Illustration：一夜人見
「リップスティック 1」

Illustration：一夜人見
「リップスティック2」

Miju Inoue

井上美珠

Lipstick
The complete

# 〔目次〕

Lipstick

The complete

# リップスティック 1

# 1

夏休みをもらって故郷に帰ってきた。

塾の講師をしている比奈(ひな)には、あまり休みがなく、一年に一回か二回の帰郷がやっとのこと。二十五歳、上京し、自立して働いている同世代の仲間うちの中では、帰っている方だと思う。それでも、父や母は一人娘があまり帰ってこないと、不満を覚えているようだった。だから仕方なく、今回の帰省を決めた。久しぶりに飼い猫のユキにも会いたいし。

しかし帰ったからといって、何かすることがあるわけではない。

今日だって、暇そうだという理由で、母にお使いを言いつかった。お使いをするのなんて、五年ぶりくらいだ。

頼まれたのは、和菓子。今日は母の友人が遠方からいらっしゃるのだそうだ。遠いところから帰ってきた娘には何も出してくれず、お使いにまで行かせるなんて、母は人使いが荒い。たまの帰省なのだから、自分にも美味(おい)しいものを作ってくれてもいいのに。

和菓子を買いに行く先は、歩いて二、三分ほどの場所にある、秋月堂(しゅうげつどう)という老舗(しにせ)の和菓子屋。はっきり言って、行きたくない場所。そこには、反りの合わない人がいる。相手はどう思っているかわからないが、少なくともこちらはそう思っている。

秋月堂には年の近い三兄弟と、少し年の離れた妹が一人いる。三男の篠原健三は同い年で、すごく仲がよく、幼馴染という間柄。小学校から高校まで一緒で、大学だけ離れた。その後、同じ東京方面に就職を果たしたのだった。

健三は就職後に結婚した。とても可愛い彼女がいたのは知っている。だから納得しながらも、どこか残念な気持ちでいっぱいだった。そこで初めて自分の本当の感情に気付いたのだが、時すでに遅し。

去年の夏、健三の結婚式のことだった。

挙式と、それに続く披露宴の後、しばらく呆然としていた。今更告白はしないが、自分の思いを何らかの形で残したいと思った。そして、思い立ってあることをしていたところを、健三の兄、壱哉に見られてしまったのだ。

壱哉とは昔から、何となく反りが合わなかった。壱哉は高学歴、高収入、背も結構高い。一流の外資系商社勤めという華々しい経歴を捨て、今は実家の和菓子屋の運営をしている。長男の壱哉が社長のような位置にあり、次男の浩二が職人として店を切り盛りしている。秋月堂は現在、この二人によって支えられている。

秋月堂の一家のことは、健三からよく聞いていた。

壱哉が会社を辞めて家業を継いだという話を聞いたのは、確か一年前のこと。ちょうど、健三が結婚するという時だったと思う。

いろいろと考えながら秋月堂に行きつくと、自然とため息が出た。これから会う人のことを考えると気が重い。

季節は七月の半ば。暑い道のゴールである和菓子屋の引き戸を開けると、クーラーの涼しい風に包まれた。古びているけれど趣のある店の中から、涼風に乗って甘い匂いが漂ってくる。その後すぐに壱哉が顔を出す。両親から店の顔になれと言われて、カウンターに立っていることが多いのだそうだ。

「こんにちは」

挨拶をしないわけにはいかないから、声をかけると、壱哉も柔らかい笑顔で返してきた。

「いらっしゃい。久しぶり、比奈さん」

壱哉は六歳年上だ。健三には呼び捨てにされているのに、年上の壱哉に、さん付けで呼ばれるのはどこかむずがゆい。

「はぁ、久しぶりですね」

普通の女の子だったら、壱哉のこの笑顔に悩殺されるのかもしれない。顔もいいし、清潔感溢れる着物姿は、それだけで絵になる。きっと、女性に不自由したことなどないだろう。しかし、壱哉をよく知っている比奈には効かない。

「お菓子、買いにきました」

「それ以外の用事ってある？」

壱哉は優しげな顔で、さりげなく嫌味を言った。健三はいつも、壱兄は嘘をつかない正直な人だと褒める。比奈も確かにそう思うけれど、時々壱哉の言い方が気に入らない。

「そうですね」

笑顔が凍りつきそうだったが、なんとか持ちこたえた。壱哉に会うのは、健三の結婚式以来だ。

「適当に見繕ってくれます？　二千円くらいで」

「お客さんにお出しするもの？」

無言で頷くと、壱哉は奥に入っていった。表のガラスケースの中に入っている商品を出してくれるのだと思っていたが、奥にある菓子を詰めてくれるようだった。

その中身を見せてもらうと、色とりどりの菓子はどれも美味しそうなものだった。

「じゃあ、ちょうど二千円で」

比奈はお金を出し、陶皿の上に置いた。壱哉はそれを受け取り、菓子箱を紙袋に入れると、表に出て手渡してくれた。こういう丁寧な対応をする店が繁盛しないわけはない。感心しながら袋を受け取った時、壱哉の笑顔とぶつかった。

「ありがとうございます」

比奈が礼を言うと、壱哉は可笑しそうに笑った。

「それはこっちの台詞。お買い上げ、ありがとうございます。今度、お茶しにおいで」

「え、ええ、そうですね」

比奈は力なく答えた。秋月堂には、お茶を飲むスペースもある。和菓子を楽しむのにぴったりのいい雰囲気だと、地元の人気を集めている。でも比奈は日本茶よりもジュースの方が好きで、和菓子もあまり好きではない。

「私、熱いお茶は苦手です」

「冷たいお茶も置いてるよ。夏だから」

壱哉の視線は店の外へ向けられた。暖簾の隙間から見える風景を、強い日射しが鮮やかに映しだす。

「だけど和菓子も苦手なんです、なんか甘すぎるし」

和菓子屋の店主に対して言う言葉じゃなかった。そう思って比奈が視線を上げると、意外にも壱哉は笑っていた。

「奇遇だね、僕も甘すぎるのは苦手だ」

他に客がいなかったからいいが、こんなこと、和菓子屋の店主は普通言わないだろう。けれど、壱哉らしい素直な言葉だった。壱哉は比奈を見て、にこりと笑う。

「ありがとうございます。またお越しください」

一礼する壱哉の仕草は洗練されていた。和服を着ているため、それが余計に映える。またお越しください、と言われたが、また会うことはないだろうと、比奈は心の中で思う。比奈は振り返らず、強い日射しの中に足を踏み出した。そして暑い道を歩きながら、昔のことを思い出す。

比奈が初めて壱哉と会ったのは、比奈が十四歳、中学二年生の頃だった。六歳年上の壱哉は二十歳で、大学生だった。初めて会った時は、どことなく冷たい印象を受けた覚えがある。健三と似ているけれど、健三よりも育ちがよさそうで、上品で、大人びた雰囲気を持っていた。そういう雰囲気の人が、にこりともせず、こちらをじっと見つめる黒い目が好きになれなかった。

比奈と出会う数年前から、壱哉は身体が弱かったので、栃木（とちぎ）の祖母のところで静養していたそうだ。それに、壱哉は加減がよくなっても、家には戻ってこなかった。全寮制の中高一貫校に進学したのだ。実家に帰らない代わりに、栃木の祖母のところへはよく帰っていたという。だから家が近所だというのに、あまり会うことがなかった。

一年前のあの日、あの時、壱哉から真っ直ぐに言われた言葉がいつまでも嫌な思い出として残っている。

その出来事が悔やまれる。あのことさえなければ、比奈は壱哉とこれほど話しにくくはならなかっただろう。もう少しスムーズに、構えることなく気軽に話ができたはずだ。

☆　☆　☆

去年の夏、健三の結婚式当日は快晴で、ものすごく暑い日だった。花嫁は、もともと可愛らしい子だったが、その強烈な日射しの下でもすごく綺麗だった。比奈も会ったことがあり、彼女とは意気投合して仲がよかった。一緒に買い物や遊びに行ったことだって何度もある。

なのに、健三と彼女の結婚式で感じたのは、心のざわつき。健三が彼女と二人でいるのを見るだけで、心が落ち着かなかった。それは以前にも感じたことのある感情、心。健三に最初の彼女ができた時もそうだった。けれど、こんなにも激しく心が騒いだことがあっただろうか。

ライスシャワーを浴び、幸せそうな二人。

それを見て、激しく動揺してしまった。と同時に、気付いたことがある。

健三は幼馴染（おさななじみ）だった。だから恋愛はあり得ないと、自分で心にブレーキをかけていたのだ。

比奈は昔から健三が好きだった。そう認めてしまえば、全てにおいて納得がいく。好きだからこんなにも胸が苦しくなるのだ。

披露宴の後の二次会は健三の実家の和菓子屋で行われた。出張のバーテンダーを呼んで、酒も入ってかなり盛り上がった。しかし、自分の本当の感情に気付いた比奈は、なんだか盛り上がる気分になれなかった。

比奈と健三は子供の頃からずっと身近にいたのに、いい雰囲気になったことが一度もない。そもそも、恋愛に対して自分から積極的に動いたことがあっただろうか。自分の心に問いかけてみると、否定の言葉しか見つからない。

開き直るしかないと思うと、なんだか妙にスッキリした気分もある。幸せそうな二人を見ると、まだ心がざわつくけれど、この感情はどこかにやるしかないのだ。健三とはいつまでもいい友達でいたい、幼馴染の関係を崩したくない、と思うから。

まだ二次会の途中だったけれど、比奈は一足先に帰ろうと外に出た。駐車場には、健三の車が停まっていた。その助手席に初めて乗せてもらったのは自分だ。それからというもの、何度も何度も助手席に乗せてもらった。

比奈は健三の車の方へ歩く。ドアミラーに顔を映してみると、口紅がはげていた。唇を指でなぞる。口紅がないとメイクが変。

比奈は、今日の服に合わせた綺麗な桜色のリップスティックをバッグから取り出し、ドアミラーを見ながら口紅を塗り直す。そして、目をつむってミラーに唇を寄せた。

桜色のキスマークが鮮やかに残る。それは比奈にとっては記念すべき初めてのキスマークだった。けれど、誰かに見られたら大変、消さなければ、と思い、手を伸ばしかける。でも消してしまえば、キスマークと一緒に健三への思いまで消えてしまいそうで、手が躊躇する。このまま、桜色のキスマークを健三の車に残しておきたかった。

思わず涙が出そうになる。比奈の健三への思いはここで止まったのだ。もうこれ以上は進むことが許されない。

「好きだった？　健三のこと」

不意にかけられた声に振り向くと、そこに壱哉がいた。比奈は慌てて涙を拭う。壱哉は高そうなスーツに身を包み、「好きだったんだろ、やっぱりな」と言いたげな表情をしていた。

「好きだったら、いけませんか？」

比奈がそう言うと、壱哉は首を振った。

「別に、ただ……」

壱哉は車に近づき、ドアミラーのキスマークを見た。比奈の唇の跡、思いの跡。

「健三は、比奈さんの気持ち、知らないでしょ？　もし知ったとしても、今更だよなあ。結婚してしまった男を思い続けるのは不毛だよ」

その言い方にカチンとくる。

「そんなこと、わかってます。それに、健三は知らなくてもいいことだし」

見つめ合い、沈黙の時間がしばし流れる。

「健三も馬鹿だな。こんなに可愛い子がすぐ傍にいたことに気付かないなんてね」

その言葉に余計腹が立った。可愛くても、近くにいても、どうにもならなかったことだ。

健三にとって、比奈は幼馴染以上の存在じゃない。

「余計なお世話です！」

カッとなった比奈はその場を走り去った。

大好きだった健三の車、そのドアミラーに口紅でキスマークをつけているところを、よりによって、健三の兄に見られてしまった。恥ずかしくてしょうがなかった。

☆　☆　☆

比奈は三日ほど実家で過ごし、帰り支度をしていた。

「比奈、もう行っちゃうの」

母が少し寂しげな表情で声をかけてきた。

「うん、三時の新幹線があるから、それに乗ってく」

「寂しくなるわねｏ ねぇユキ」

そう言いながら母は猫を抱き上げ、「次はいつ帰ってくるんでしょうね」と猫の喉を撫でていた。

去年は健三の結婚式に合わせて帰ってきたきりで、今年もこの夏が初の帰省だった。

飼い猫のユキもだいぶん年をとってきたことだし、これからは少なくとも年に三回は帰ってこようかと思った。母の「寂しい」という言葉を聞けばなおさらだ。

実家に戻って親孝行したいな、とも一瞬考えた。地元にも、比奈が講師をしている塾の系列校がある。上手くすれば、転勤扱いにしてもらえるかもしれない。

「比奈、よかったらこのアンケート葉書を秋月堂さんに届けてくれない？　このまえ比奈が買ってきてくれた和菓子の中に、新作が入っていたんだって。その感想を送ってくださいって書いてあったから」

比奈は思わず眉間に皺を寄せる。母は本当に人使いが荒い。せっかく母の心を汲もうと思っていたところなのに。

「そんなの郵送すればいいじゃない、それか自分で届けてよ。お母さん、壱哉さんのファンなんでしょ」

「やーよ。お母さんは掃除に洗濯にと忙しいの。そりゃ確かに壱哉君のファンには違いないけど、家のことをしなきゃならない時は、そっちが優先。あんた、新幹線の時間まで暇でしょう？　行ってきてよ」

時計を見ると、午後一時。帰り支度はもうできているし、秋月堂まで行くくらい、どうってことはない。

「行ったついでに、あんたも新作の和菓子を食べてきたら？　この秋の新発売なんだって。栗がのっていて美味しかったよ」

「なんか面倒」

比奈はぼやくが、「いいじゃない、時間あるんだし」と母は引き下がってくれない。

「みゃあ」

すり寄ってくる猫のユキを撫でて抱き上げた。

「行きたくないな。ユキの手を借りたい」

ユキはまた、みゃあ、と鳴いた。

時間はまだ充分にあるし、秋月堂までは歩いて三分しかかからない。壱哉にさえ会わなければ、届けに行ってもいい。

でも、ちょっと待って。今日は木曜だから、たしか秋月堂はお休みのはず。ならば壱哉には会わず、帰ってこれるかもしれない。

「仕方ないから秋月堂に行ってくる」

「あら、じゃあ壱哉君によろしくね。あと浩二君にも」

「どうして、よろしくしなきゃなんないの？」

比奈が言うと、母は「だって」と話を続けた。

「二人のファンなんだもの。健三君もいい男だけど、結婚しちゃったでしょ。壱哉君と浩二君は独身だからオッケー、目の保養になるわ」

「はいはい、じゃあ行ってきますからね」

玄関を開けると日射しがまぶしい。今日も暑そうだ。日傘を開き、手の中のアンケート葉書を見つめる。そうして一つため息。苦手な壱哉とは、できれば会いたくない。

☆　☆　☆

秋月堂の引き戸は開いていたが、中は暗かった。いったん戸を閉めて外へ出て確かめてみると、本日休業の札がさがっていた。休みなのに鍵がかかっていないなんて物騒だ。比奈は店の郵便受けにアンケート葉書を投函し、家に帰ろうと方向転換した。すると、誰かが内側から引き戸を開く音がする。

「比奈さん？」

振り向くと、着物姿の壱哉がいた。比奈の希望に反し、またしても壱哉と会ってしまった。

「今日はお休みじゃないんですか」

ちょっと尖(とが)った声で言うと、壱哉は相変わらず丁寧な口調で返してくる。

「今日は棚卸しでね。外で物音がしたようだったから、出てきたんだよ」

比奈は無言で郵便受けを指さした。壱哉は中身を確認しに行く。

「ああ、これ。わざわざ持ってきてくれたんだね。ありがとう」

「母が持って行けって、うるさいから」

じゃあ、と比奈は帰ろうとした。

「比奈さん、せっかくだから、お茶でも飲んでいったら」

壱哉が比奈を引き止める。

「でも私、三時の新幹線で帰るので」

「まだ時間あるけど」

腕時計を見ると、確かにまだ余裕がある。しかも、家はすぐそこ。断る理由はない。

「……少しだけなら」

「どうぞ」

店の中はひんやりしていた。強烈な日射しの中から薄暗い室内に移って目が少しくらんだが、すぐに慣れた。客席に案内され、しばらく待つ。ここでお茶を飲むのは初めてだった。

「お待たせ。どうぞ」

冷たい緑茶と栗の和菓子。壱哉は比奈の前に座った。彼の茶碗からは白い湯気が上がっている。

「この暑いのに、熱いお茶ですか」

一口飲んだところで比奈が言う。

「暑い時に熱いお茶を飲むと、かえって涼しく感じるものだよ」

着物姿の壱哉がお茶を口に運ぶ仕草は堂に入っていた。着物のせいだけではなく、内面から滲(にじ)み出る品のよさと教養の高さを感じさせる。

比奈は菓子を口に運んだ。栗の味がするそれは、あまり甘くなかった。冷たいお茶とよく合って、珍しく和菓子を美味(おい)しいと感じた。

「美味(おい)しい」

「それはよかった」

壱哉も菓子を口に運ぶ。やはり綺麗な食べ方だった。その姿に、比奈は思わず見入ってしまった。そんな自分にはっと気付き、内心、激しく首を振りたい思いだった。

こうやって二人きりで壱哉といるのは、初めてのことだ。比奈はなんだか落ち着かない気分になる。

菓子もお茶もいただき終えると、壱哉が小さな箱を比奈に差し出した。

「なんですか、これ」

「見ればわかるよ」

包みを開けると、中には口紅が入っていた。金色のケースに一粒だけラインストーンがついたデザイン。どこのブランドのものかはわからないが、シンプルでおしゃれだった。しかも、ちょっと高そう。

「比奈さんが今日帰るとおばさんが言っていたから、おうちの方へ届けようかと思っていたんだ」

リップスティックの色は、綺麗な桜色だった。あの日、健三の車につけた桜色よりもやや濃い色合い。

「今度は車にじゃなくて、きちんと人につけてあげて。健三のことはもう吹っ切れているだろうし、ね。余計なお世話だとは思うけど」

「ほんと、余計なお世話です」

壱哉は苦笑いをして、そうだね、といつもと変わらぬ調子で言った。比奈がちょっと苦手に感じてしまう声と口調、そして表情。でも今日はなぜか、その笑顔に優しさを感じる。

「……ありがとう。綺麗な桜色ですね、嬉しい。つけてみてもいいですか？」

「もちろん」

バッグの中を探って小さな鏡を見つけた。唇が鮮やかに彩られる。比奈は顔を上げて、壱哉を見た。

「よく似合ってる」

「ありがとうございます」

比奈は壱哉に笑顔を向けた。壱哉も比奈に微笑み返す。

ずっと、冷たい人だと思っていた。けれど、それは壱哉が持つ独特の雰囲気のせいなのかもしれない。そう、この人は基本的に優しい人なのだろう。

あの日、あの時、壱哉が比奈に声をかけたのも、その優しさからだったのかも。比奈は健三に対する思いを完全に断ち切れずにいたし、車にキスマークなんて、不毛な行為をしていたから。

「そろそろ、帰ります。お茶、ありがとうございました。おいくらですか」

「こっちが誘ったんだから、お代はいらないよ。またおいで、比奈さん」

「そうですね……また来ます」

比奈はもう一度、ありがとう、と言った。壱哉は、いつもの悩殺（のうさつ）スマイルで比奈を見送った。

今日ばかりは自分も悩殺（のうさつ）されそう。心なしか、顔が熱い。

☆　☆　☆

「ただいま」

「おかえり、遅かったじゃない」

「うん、お茶をご馳走になったから」

いいわねー、と言いながら母は比奈の横を通り過ぎようとして、桜色の唇に気付いて足をとめた。

「あら綺麗ね、その色」

「そう？」

「似合ってるよ」

比奈は口紅を確かめたくて、洗面所へ向かった。本当に綺麗で鮮やかな桜色だった。嬉しくて、思わず口角が上がってしまう。

そうこうするうち、新幹線の時間が近づいてきた。母は猫を抱き、玄関まで見送りに出てくれた。

「じゃあ、お母さん、また帰ってくるから。ユキも、またね」

「気を付けてね」

母に頷き、ユキを撫(な)でると、にゃあ、と鳴いた。玄関を出れば、熱い日射し。比奈は重い荷物を片手に、日傘を開いた。肩から掛けている小さなバッグには、あの鮮やかな桜色のリップスティックが入っている。壱哉が言ったように、今度は好きな人にこの桜色を移せたらどんなにいいか。

それがいつになるのかわからないけれど、近くそういう人が現れそうな気もする。

リップスティックの魔法のせい？

## 2

篠原壱哉にとって、女性との別れは、いつも似たようなパターンだった。

『私、壱哉が好きだけど、壱哉よりも好きな人ができたの。私のことを、とっても大事にしてくれそうな人』

それじゃまるで、壱哉が大事にしてこなかったように聞こえる。

『壱哉のこと、わからなくなってきた。私みたいな女、きっと本当は好きじゃないのよね？』

と言われることもよくあった。自分にも言い分はあるが、わざわざ反論はしない。こういう場合、悪いのは男の方だと、女性は思っているに違いないから。

付き合っている女性と別れるきっかけは、この二通りのパターンのどちらか。何度も同じ失敗を繰り返してきた。一番長く続いた人でも二年。後は、一年とか一年半とか、最短で三ヶ月。

けれど、それは仕方ないことだとも言えた。壱哉自身、本当に好きかどうかもわからないまま、なぁなぁで女性と付き合っていたのだから、心がこもらなければ自然と不誠実になる。

そもそも、壱哉はちょっと奥手だったのだ。高校まで全寮制の男子校だったため、本格的に彼女ができたのは、十九歳になってからだった。

もちろん、それまでにも好きな人はいた。デートしてみた人もいる。だが、誰と付き合っても、どうせ一緒じゃないかと感じていた。行きつく先はみんな同じ。ちょっとは長続きするかしないかの違いがあるだけ。

そろそろ終わりにした方がいいのかなと感じると、壱哉は自分にこう問いかけてみる。

「別れるしかない、と思わないか」と。

心が離れた相手と付き合い続ければ、お互いに苦痛を強いることになる。女性はそういう気配を敏感に察知し、自分から別れを切り出したのかもしれない。

そんな彼女たちの顔は辛そうで、寂しげだった。涙を流す女性もいた。

最後に恋人と別れたのは、壱哉が家業を手伝うことを決めた時だった。

長年勤めてくれていた人が辞め、困り果てた母を見かねて、浩二が壱哉に声をかけてきたのがきっかけだった。

その頃の壱哉は、外資系の商社に勤務していた。年中猛烈に忙しい会社で、大勢の部下に指示する立場に回っても、自らこなさなければならない仕事量は増えるばかり。帰りはいつも午前零時を過ぎてから。そして翌日はまた早朝に出社する。そんな多忙な日々が嫌だというわけではなかったが、そろそろ終止符を打つのもいいかと思い、体調不良を理由に会社を辞め、実家である秋月堂の経営に回ったのだった。

弟の浩二は、「来てくれてよかった」と喜んでくれたので、思い切って会社を辞めた甲斐があったというものだ。

壱哉はその際に、付き合っていた彼女とも別れた。実家に帰る、と壱哉が告げると、彼女の方から「別れてほしい」と言ってきた。

いいよ、とあっさり応じたのがいけなかったらしく、彼女はくやし涙を流しながら、リップスティックを投げつけてきた。そんなことは決してしない女性だっただけに驚いたが、こんな別れもありか、と納得した。思えばあの時から口紅に縁がある。

☆　☆　☆

壱哉の心が比奈の方へ強引に引っ張られるように動いたのは、健三の結婚式の後の出来事からだった。比奈が、健三の車のドアミラーにキスをしていたところを、偶然、目撃したのだ。

その時少しだけ涙ぐんでいた比奈を見て、彼女は健三のことが好きだったのだと壱哉は確信した。

比奈と健三は、それまでの二十四年の人生の中で一番長く一緒にいた幼馴染。血の繋がりのない異性同士だから、互いに好きになる可能性は充分あったし、どちらか一方が片思いをする可能性だって十二分にあった。

声をかければ、比奈はおそらく怒るだろうとわかっていたし、自分は比奈に嫌われているということも知っていたが、声をかけずにいられなかった。

「好きだった？　健三のこと」

「好きだったら、いけませんか？」

即答する比奈に対し、壱哉は首を横に振った。いけないことはない。ただ、心の繋がらない相手にそういうことをするのは、無駄だと思った。健三はきっと比奈を女性として好きになったりしない。なぜなら、健三は比奈のことを異性として意識していないから。

「健三は、比奈さんの気持ち、知らないでしょ？　もし知ったとしても、今更だよなあ。結婚してしまった男を思い続けるのは不毛だよ」

言ってしまってから、そこまで言うことはないだろう、と心の中で自分に突っ込みを入れた。案の定、比奈は怒りの表情で壱哉を睨んだ。けれど、その怒りもすぐに消え、比奈は顔を伏せた。

「そんなこと、わかってます。それに、健三は知らなくてもいいことだし」

恋をする女の表情だった。弟の幼馴染としてではなく、一人の男の視線で見れば、比奈はかなり魅力的な可愛い女性だと思う。

実際、健三からいつも聞かされていたのは、「比奈は意外とモテるんだ。笑顔が可愛いんだよね」ということ。その笑顔を向けられたことのない壱哉は、そうか、とだけ答えていた。壱哉にはいつも怒ったような表情を向けるだけだったから。

「健三も馬鹿だな。こんなに可愛い子がすぐ傍にいたことに気付かないなんてね」

「余計なお世話です！」

比奈は怒りも露わに走り去った。

もともと比奈にはよく思われていなかったが、さらに悪印象を与えたことだろう。けれど、どうしても言わずにいられないような、そんな感情が湧き起こってしまったのだ。

ドアミラーについた唇の跡。壱哉が左手の親指で拭うと、その桜色が指に移った。

その日から、比奈のことが気になりだした。

比奈の近況は健三からよく聞いていた。というか、いつも健三が勝手に喋る。比奈は塾で英語の講師をしていて、最近外国人の講師に口説かれたとか、酒豪だとか、あいつに男はいないとか。聞いているうちに、比奈の人格とか仕事に対する姿勢とか、プライベートなどに詳しくなっていった。そして、健三のその口調から、こいつ比奈のことを本当に好きなんだな、ただし恋愛感情は抜きで、と確信した。

甘え上手な健三は、結婚後もしばしば実家に帰ってきては食事をしていく。東京から約一時間しか離れていないこの土地は、帰ってきやすいのだ。

ある時、健三はこう聞いてきた。

「壱兄は相手いねぇの？」

「相手って？」

わざとはぐらかすと、健三は負けずに突っ込んできた。

「好きな人とか、付き合ってる人とか」

「なんでそういうこと聞くんだ」

「気になるじゃん。壱兄がモテるのは知ってんだよ。選り好みしてんの？　弟の俺の方が先に結婚したし、浩兄もそろそろだよ。いいのかなあ」

へへ、と笑いながら、健三は壱哉の答えを待った。でも壱哉は答えなかった。

まさか弟から、結婚という現実を突きつけられるとは思わなかった。別に選り好みなどしていない。

ただ今はそういう気にならないだけ。

「俺が誰か紹介しようか？　あー、でも壱兄の雰囲気に合う奴はいないなぁ……。まだ遊びたい盛りの奴が多いっていうか。女も二十五歳くらいじゃ、まず落ち着いてないし」

「落ち着いてないとダメなのか」

「ダメだろ。壱兄が落ち着いてるんだからさ」

「そうか？」

と言うと、健三は壱哉を上から下まで眺め、「落ち着いてるじゃん」ともう一度言った。

確かに、和菓子屋の店主になってからは、母の勧めもあり、店のイメージに合わせて和服を着るようになった。けれど普段はシャツにジーンズが多い。夏にはサンダルだって履く。

「だったらさ、比奈はどう？　あいつ、結構落ち着いた奴だし、可愛いし、何より男いないしな。紹介するよ」

そう言われて心が揺れた。けれど、それを表に出さない術なら知っている。動揺を鎮めるために、そっとため息をついて答える。

「健三、比奈さんとはもう知り合いなんだから、紹介されるも何もないだろう」

「そうだけどさ、付き合うこと前提で紹介するっていうのはどうかな？」

比奈は壱哉を嫌っているのだから、改めて紹介するなんて言われたら断るに決まっている。それはわかっているのだが、もしもそういう設定で比奈に会えたら、と期待してしまうところが、壱哉は自分でも馬鹿だなと思う。

比奈はあの口紅を使ってくれているだろうか。恋愛に対する期待と不安は、かつて持ったこともない情動だった。

壱哉は、思い切って言ってみた。

「じゃあ、きちんと紹介してもらおうか、健三」

☆　☆　☆

「三人兄弟のうち、独身は壱哉さんだけになっちゃいますね」

一人だけいるアルバイトの高岡真由が、そう言いながら伝票の処理をしていく。彼女は次男の浩二と結婚話の持ち上がっている恋人。小柄で優しい顔をした女性だ。

「そうだね、このまま誰も現れなければ、独身は僕だけだ」

いつまでも独身でいるのには、それだけの理由があった。恋愛で煮立ったことが一度もない。沸点に至らぬ恋愛しか知らないのだ。

そんな壱哉がただ一度だけ強く心を動かされ、沸点らしきものを感じたのは、比奈がドアミラーにつけた桜色のキスマークを見た時だけだった。

処理の済んだ伝票を棚にしまっている時だった。

比奈がためらいがちに店に入ってくる。およそ一ヶ月ぶりの再会。健三の結婚式の後は一年も顔を見せなかったのに、今回はやけに早い再訪だ。どういう風の吹き回しだろう。

「……いらっしゃいませ」

壱哉が驚いて言うと、比奈は軽く頭を下げ、遠慮がちに口を開いた。

「こんにちは、壱哉さん。あのう、健三いますか」

「健三は帰ってきてないよ。帰ってくる時は必ず家に電話があるけど、今日はまだかかってきていない」

「え？　あ、そうですか……健三からここに来てほしい、行けばわかるって言われて……。いったいどういうことなんだろう」

比奈は首をひねって考え込んでいた。その仕草を見て、壱哉は健三との会話を思い出す。

『比奈はどう？　紹介するよ』

『じゃあ、きちんと紹介してもらおうか、健三』

真実味のない、他愛のない約束のつもりだった。健三がまさか本当に紹介する気だったとは。

「健三に電話して確かめてみます」

比奈がそう言って店を出て行こうとした。

「僕が電話するから、ちょっと待ってて」

壱哉がそう引き止めると、比奈は振り返って、はい、と素直に従った。店の椅子に座ってもらい、壱哉はスマートフォンを取り出す。

数回のコールでつながり、健三の明るい声が聞こえてきた。

『もしもーし』

「健三、比奈さんがうちに来てるけど、どういうことだ？」

思わず低い声になっていた。それを聞いて健三はまず、「壱兄、怖いよ」と言って、こう続けた。

『いや、悪いと思うけどさ、比奈に壱兄を紹介するってそのまま言っても、たぶん来ないだろ？　だから多少強引だけど、とにかく店に来いって言ったんだ。ま、いいかなって思ってさ』

と明るく笑う健三だが、それに対して壱哉のテンションは低かった。それに気付いた健三も声のトーンを下げる。

『ごめん。でもあの、上手くやって！』

そこでブッツリと電話を切られた。普段は滅多に怒らない壱哉だが、さすがに舌打ちして終話ボタンを押した。その様子を見ていた比奈が意外そうな顔をしている。

「健三は今日は来られないらしい。比奈さんに謝っておいて、だって」

「え？　来ないんですか」

「そう、仕事で来られないらしいよ」

「三連休取ったのに。健三、すっぽかすなんて」

「三連休？」

　きっと比奈は、健三とゆっくり過ごせることを期待して休みを取ったのだ。それなのに、すっぽかしは結構きつい。なにしろ、比奈は健三が好きだったのだから。

「このために帰ってきたんだけど」

　比奈はため息をついた。そして、帰ります、と立ち上がる。それを見て、やはり声をかけずにはいられない。比奈のことは一年前から気になっていたし、何より比奈と少しは仲良くしたい気持ちがある。嫌われている事実は今のところ消せないのだが。

「もう少ししたら、店閉めるけど……食事にでも行かないか」

　比奈の答えを待つ時間は長く感じられた。

「食事？　私と？」

「そう。無理だったら、別にいいけど」

　壱哉が言うと、比奈は少し考える仕草をして、壱哉を見た。

「えっと、じゃあ……一度家に戻ります。何時くらいになります？」

「六時くらいに。比奈さんの家に迎えに行ってもいい？」

「ええ、はい。じゃあ、待ってます」

一度だけにこりと笑って、比奈は帰っていった。それを見送って、壱哉は重い息を吐く。我知らず緊張していたようで、手に汗をかいていた。

さっそく、店仕舞いを始める。約束の午後六時に間に合うように。

☆　☆　☆

比奈を迎えに行く約束の時刻、六時ちょうどに店を出る。少し遠出をするつもりで、車を使った。比奈の家まで、車だと一分もかからない。

車を降り、玄関のベルを鳴らすと、足音が聞こえてドアが開く。比奈は急いで出てきた様子で、靴のストラップもしていない。

「ひなぁ、何時に帰ってくるの」

遠くから彼女の母、知恵(ちえ)の声が聞こえた。比奈はきちんと履いていない靴を引きずりながら、また玄関に戻り、わからない、と大声で言って玄関のドアを閉めた。そして、何かを思い出したようにまたドアを開ける。

「遅くなりそうだったら電話入れるから」

比奈は小走りにやってくると、助手席に乗り込んだ。

「壱哉さん、早く出してください」

「どうして」

「……メイクが違うって、母がうるさくて。追っかけて見にくるかも。早く出してください」

車のエンジンをかけ、発進した。

壱哉に会うためにわざわざメイクを直したのだろうか。自分のために化粧直しをしてくれた？　これは大きな進歩だ。

比奈の唇に目をやると、桜色の口紅が塗られている。あの時プレゼントした口紅だろうか、と想像しながらハンドルを操作する。

「私、壱哉さんに聞きたいことがあったんですよ」

「何？」

「この口紅、壱哉さんが買ったんですか」

「そうだけど」

「男の人が口紅を買うなんて、抵抗ありませんでした？」

比奈は壱哉の方を見ようともせず、前方を向いたまま話す。比奈の目は、猫の目のように大きい。それも相まって、比奈という女性は、なかなか人になつかない猫のようだと壱哉は思う。

しかし、こうして誘いに応じてくれたということは、どうやら、それほど嫌われてはいないということらしい。それでもまだ信頼は勝ち取れていないだろうが。

壱哉は比奈を見ながら、こう説明した。

口紅を買ったのは、ちょっとした偶然。だから抵抗感なんかちっともなかった、と。

けれど、口紅を買うことは運命だったのかもしれない。壱哉は心の中でそう呟いた。

3

『比奈、あんた最近よく帰ってくるのね。こっちで好きな人でもできた？』

母はさすがに女だからか、勘が鋭い。比奈は、そんな人いないよ、と言った。でもそれは嘘のような本当のような。健三に約束をすっぽかされ、壱哉と二人で食事に行った日以来、度々帰省しては壱哉と会っている。

壱哉と初めて二人きりで食事した時に、連絡先を聞かれた。それ以来、壱哉から誘われては、比奈は断る理由が特にないので、それに応じている。

食事に行ったり、電話をしたりと、恋人同士のような関係。けれど、付き合っているのか、というと、はっきりしない。付き合おう、とは言われていない。

「壱哉さん、送ってくれて……ありがとうございました」

この日も、食事を終え、比奈の家まで送ってもらっていた。別れ際、車を降りた比奈は、壱哉にお礼を言った。

壱哉と二人きりで会うのは今日で四度目。わずか数ヶ月の間にこれだけ頻繁に帰省していれば、母に疑われても不思議はない。

壱哉も車を降りて、比奈の家の玄関まで見送ってくれる。

「いいえ。比奈さん、明日早く出て行く？」

「そうですね。一度自分のマンションに戻るので、比較的早い時間に」

そう、と言って比奈をじっと見る。じっと見るその目に、吸い寄せられるようだった。

だが、なんとか視線を外して、目を伏せる。

「じゃあ、お休みなさい」

玄関の、比奈の腰の高さほどある鉄の扉を開けて中に入る。そうしてもう一度壱哉を見上げると、比奈の前に立っていた。彼の指先がそっと頬を撫でた。

鉄の扉を挟んで、壱哉が身体を引き寄せる。

声を出す暇もなかった。抱きしめられて、壱哉の胸に頬が当たる。温かい壱哉の身体を感じて、比奈は息が詰まりそうになった。

「壱哉さん、あの……っん」

比奈の実家の玄関前で抱き寄せられて、唇がしっとりと重なる。柔らかさを感じて比奈は目を閉じた。こんなところでキスをされるとは思わなかった。父や母に気付かれでもしたら、もし近所の人に見られたら、と思うと気が気じゃない。でもキスは心地よくて、上手くて……

キスが上手いのは、それだけ経験があるからだろう。比奈だって、健三のことがずっと好きだったとはいえ、男性と付き合い、キスをしたことだってある。キスと言っても軽いキスで、甘いキスとはほど遠かったけれど。それにしても……

唇が離れたところで、左右を見て、玄関も確認する。大丈夫、誰にも見られていない。ホッとして、壱哉に視線を移す。

「誰もいなかったよ」

「そう、ですね。よかった」

キスが心地よくて、比奈はなにも考えられなくなっていた。けれど壱哉は余裕顔だ。きっと、誰もいないのは計算済みだったのだろう。

「キス、上手ですね。するタイミングも、絶妙」

「ありがとう、褒め言葉として取っておくよ」

と壱哉は言った。にこりと笑ったその唇に、先ほど塗り直したばかりの比奈の口紅の色が移っている。それがなんだか唇を奪った戦利品のように見えて、比奈は唇をキュッと閉じた。

「なんか、負けた気がするのは、気のせいでしょうか」

比奈が壱哉を見上げると、壱哉は唇を左の親指で拭った。壱哉は左利きなのだ。

「負けたのは僕の方だと思うけど」

意味がわからなくて首を傾げると、壱哉の大きな左手が比奈の頬を撫でた。

「また今度、電話する」

比奈は無言で頷いた。壱哉は車に乗り込み、比奈に手を振った。そして静かに車を発進させ、比奈の視界から消える。比奈はそこで小さく息を吐き、玄関のドアを開けた。靴を脱ぎながら、ただいま、と言うと、お帰りなさい、と母の声が返ってくる。

「早かったね。お友達と食事に行ったんでしょ」

「うん。でも明日は早いし、途中で抜けたの」

本当は、壱哉の配慮で早く家に帰されたのだ。夜九時半、普段ならまだ遊んでいる時間。それでも、明日の仕事のために早く寝ろ、と言わんばかりに家に帰された。

そういう大人びた配慮に、やや腹が立つ。普通、そこまで相手の心配をするか？　と比奈は言いたい。今まで付き合った人たちはそういうことは言わなかったし、比奈の自由にさせてくれた。なのに壱哉は、仕事に関することにかぎっては、自由にさせてくれないのだ。

　壱哉はそれだけきちんと仕事をしてきたのだろうし、比奈以外の人に対しても大人の配慮をしてきたのだろう。

「お風呂入って、寝るね」

と母に声をかけ、自室に引上げた。

比奈が下着を持って浴室へ向かおうとした時、スマホの画面にメールの受信通知が表示されているのに気付く。メールは壱哉からだった。

『唇の誘惑に負けました。とても可愛かった。ありがとう』

比奈は全身がかっとなった。顔が熱い。思わず、スマホを枕めがけて投げつける。

「何やってんの、ちょっと比奈！　静かにしなさい！」

母の声が飛んできた。急いで浴室に行き、服を脱いで髪の毛をゴムでまとめた。軽く身体を流してから浴槽に浸かる。湯に顔をつけて、しばらく息を止めた。

　息が苦しくなって顔を上げ、下唇を噛む。壱哉の唇の感触がまだ残っている。

「バッカじゃないの、何よ、あのメッセージ！」

　壱哉からそんなメッセージをもらうなんて、それこそ比奈の許容範囲外。二人だけで会ったのは、通算たった四回。しかも、ちょっと前までは壱哉のことが苦手で、嫌いだとさえ思っていた。

なのに、壱哉によって恋心が引き出されかけている。

壱哉に惹かれている自分が許せない。どうしても、許せない。本当に苦手だった人だから。

風呂に浸かりながら、最初にキスを交わしたのはいつだろうと思い返す。

壱哉の店を不本意ながら訪れた日から、全ては始まった――

☆　☆　☆

「またスマホと睨めっこ？」

と後ろから覗き込んできたのは、塾の事務員の牧田という女性だった。

「やだ、驚かさないでください」

「最近の比奈ちゃんってば、ちょっと手が空くとスマホ見てる」

慌ててスマホをしまった。

「気になるお相手は誰？　連休以降、おかしいけど」

そう言って牧田は、ふふ、と笑った。

「おかしくなんかないですよ。普通です」

「あら、そう？　じゃあ、篠原壱哉って誰？」

「健三のお兄さんですよ」

牧田と比奈と健三は、何度も一緒に飲みに行ったことがある仲だ。

「っていうか、牧田さん、いつの間に画面見たんですか」

「ふーん、その彼が、健三君が自慢しまくりのお兄さんなのね」

『でも比奈はさぁ、壱兄のこと嫌いなんだよな。な?』

とは、健三に言われ続けてきた言葉。それに対し比奈は、いつもムッとしていた。そんなやり取りを牧田も見て知っていたから、

「そのお兄さんのこと、本当に嫌いなのねえ。どんな人なんだろう、会ってみたい」

と面白がっていたほどだ。

今日も牧田は、「お兄さんに会ってみたいわ。連れてってよ」と比奈に催促する。牧田はこうと決めたら一人でも出かけていく性格なので、比奈としては従うほかはない。

「今度の土曜日、予定がないならいいですけど」

渋々比奈が言うと、

「予定があっても、キャンセルよ」

と牧田は綺麗に口紅を塗った唇の口角を上げた。そして比奈の肩をポンと叩いて立ち上がり、ヒールの音も高らかに、自分のデスクに戻って行った。

「キャンセルって……」

比奈はため息をついた。

牧田は面白がっているだけなのだ。でも比奈にとっては、ただ壱哉に会うというだけでも、結構重圧だった。

次の土曜まで、後四日。

☆　☆　☆

「ここが、そのお店ね。いい雰囲気だわ」

秋月堂は老舗(しにせ)の和菓子屋で、古民家の造りをそのまま活かしている。先祖代々受け継がれてきた歴史ある家業で、現在は四代目。三代目にあたるのは壱哉たちの父だが、六年前に他界している。

予定があってもキャンセルすると言ったのは本当だったのか嘘だったのか、ともかく牧田と比奈は約束通り秋月堂の前に来た。

「で、例のお兄さんはいるの」

「お昼時だから、交代してるかもしれませんけど」

昼時といっても、午後二時近く。近くでランチを済ませてきたので、この時間になったのだ。牧田は比奈の案内を待たず、さっさと秋月堂の暖簾(のれん)をくぐってしまう。

「いらっしゃいませ」

壱哉ではなく女性の声が聞こえたので比奈はホッとした。

だが、それも束の間、壱哉の低い声がカウンターの方から聞こえてきた。牧田が比奈の肩を軽く叩いてにやっと笑う。

「いらっしゃい、比奈さん。今日はお友達と？」

壱哉がこちらを見て笑っていた。

「ええ、まぁ、はい。……座ってもいいですか？」

壱哉は、どこでもどうぞ、と言った。週末は混んでいることが多いが、客は比奈たちの他は二組しかいなかった。

牧田は座った途端に笑みを浮かべ、ため息を吐いた。

「いやー、びっくり。すっごい、かなり男前じゃない。健三君の話以上だわ。着物はきまってるし、姿勢いいし、声もいいし。それに、比奈さんって、呼ぶ口調も丁寧ね。私もあの声で千沙さんって呼ばれたいわー」

壱哉を絶賛しまくる牧田に、比奈は緩く笑って頷いた。

「で、あの素敵な彼が比奈ちゃんにお蕎麦をご馳走してくれた、と」

健三に約束をすっぽかされた日、壱哉と食事に向かった先は蕎麦屋だった。家の近所にこんなに素敵で美味しい店があったのかと驚いた。

「そうですね」

「かーっ！　いいわ、よすぎる！」

牧田がここまで男を褒めるなんてあり得ない。今まで何度か一緒に合コンにも行ったけど、たいていは男性の批評をするだけで終わりだった。そんな牧田が、壱哉を褒めちぎっているのだ。

「でもね、あの人結構性格がいいというか、人の言葉の揚げ足取りますよ。それに、淡々とした口調だから、嫌味はマジで冷たく聞こえるし。私が高校生の頃なんか、勉強を教えてくれたのはいいけど、本当に馬鹿にしたように、いろんなこと言われてですね」

比奈がそう語っていると、牧田は笑みを浮かべて比奈の肩を軽く叩く。そして目で何事か訴えるので、比奈はその視線の方へと目を向けた。

壱哉がお茶を運んできたのだった。そして淡々とした口調でこう言った。

「比奈さんと健三は昔から本当に勉強が好きだったよね。高校時代、試験勉強はいつも一夜漬け。それに大学では追試の勉強をよくしてたっけ」

「へぇ、追試受けてたの？　比奈ちゃん」

と牧田も話にのってきた。

「いやだ、話半分に聞いてくださいよ。勉強好きといっても、壱哉さんにはとても敵いませんでしたよ」

「いやいや、僕よりも勉強好きなのは比奈さんと健三だよ。同じ科目の試験を二度も受けるなんて、よほど勉強好きでなければなせる業じゃない」

　そこで牧田が大笑いをかました。

「やめときなさいよ、比奈ちゃん。勝てっこないから」

　その言い方にムッとして、比奈は唇を引き締める。

「ところで、今日のお勧めはなんですか」

　笑いをどうにか引っ込めて、牧田が聞くと、壱哉はメニューを見ずに流暢に和菓子の説明をした。そのスムーズさに比奈は、デキる男を見せつけられているように感じた。

「じゃあ私はそのお勧めにしよう。お抹茶のセットでお願いします。比奈ちゃんは？」

「私も同じもので」

　壱哉が「かしこまりました」と言って背を向けようとした時だった。牧田が「ちょっと待ってください」と壱哉を引き止めた。

「今日はお暇ですか？」

　牧田は艶然と微笑んだ。唇に塗られた濃いピンクの口紅が綺麗な弧を描く。

「暇、というのは店が終わってから、ということでしょうか？」

「ええ、そうです。よかったらお食事でもどうかと。このあたりだったら、お食事できる店もいろいろあるでしょうし」

何を言っているのか、と比奈は牧田を遮りたかったが、かろうじて我慢した。

「もちろん比奈ちゃんも一緒に、ね」

にこりと笑みを向けられて、比奈は首を振った。

「いえ、私は。あの、壱哉さんもきっとお忙しいと思うから」

壱哉の方を見ずにそう言うと、牧田は、あら、と壱哉に視線を向けた。

「お忙しい？」

「……いえ、忙しくはないんですが、今日は先約がありますから。またの機会に」

壱哉にしては珍しく、言葉を濁す感じの返事だった。壱哉らしくない、と比奈は内心首を傾げる。

「先約って健三君でしょう？　昨日、彼から聞きましたよ」

健三と牧田は仲がいい。だから特に用事がなくても電話をして、週末の予定を聞いていたっておかしくはない。でも、どうしてこのタイミングで？　と言いたくなるくらい絶妙な突っ込みだった。

「健三君、可愛い子も連れてくるって言ってましたけど」

「健三と、お知り合いのようですね」

「ええ。だから一緒に行っても、構わないでしょう？　比奈ちゃんだって健三君と幼馴染だし、なんの問題もないわよね」

二人の会話にうっすら不穏な空気が漂っている気がして、比奈は壱哉と牧田を心配そうに見つめた。

するとと壱哉が、いかにもため息をつきますよ、という感じで息を吐き、こう言った。

「わかりました、いいですよ。健三との待ち合わせは七時、東京に出てきてほしいと言われているんです。だから今日は仕事を早めに上がるつもりです」

「待ち合わせ場所は？」

「丸の内中央口です。では、お抹茶のセット、今すぐお持ちしますね」

壱哉は笑顔で軽く頭を下げ、背を向けた。

「牧田さん、いったいどうしたんですか？　あんな言い方して」

「んーん、別に」

牧田は時々、こういう感じになる。何か秘密にしているような、そんな感じだ。

☆　☆　☆

「牧田さん、いつの間に健三の週末の予定を聞いてたんですか」

「んー、ちょっとね。思うところがあって、電話したの。そうしたら今日、さっきのお兄さんと会うことになってるって聞いて」

ふふ、と笑う牧田は何か企んでいるようだった。こういうところ、少し壱哉と似ている、と比奈は思う。

ついこの前まで、比奈にとって壱哉は本当に苦手な人だった。だが、その苦手だという気持ちはどこからきたのだろう。自分の感じ方や考え方が幼かったから、というだけのようにも思える。

その日、比奈たちは午後七時に間に合うように東京駅丸の内中央口へ向かった。

「ほら、健三君、来たわ」

見ると、健三が手を振りながら近づいてくる。その隣には、細身の、美人というか、可愛い女性がいた。少し肌寒くなってきた気候に合う、薄手のAラインコートを羽織り、ベージュのワンピースを着ている。そしてその唇には、淡い色のルージュが光っていた。にこりと笑う表情が本当に可愛らしい。そのうえ小顔で、肩ラインの緩いウェーブヘアがよく似合っている。

「こんにちは。川島さん、ですか」

と、その女性が言った。

「健三君からよく川島さんの話を聞くんですよ。本当、可愛い」

いやいや、そういうあんたの方が、と比奈は言いたい。比奈の自慢といえば大きい猫目、それだけだ。でもこの女性は、もっと魅力的なものをたくさん持っている気がする。

「あのな、比奈。この子は宮本加奈ちゃん。俺の会社に派遣で来てるんだ。そんで加奈ちゃん、こっちが俺の幼馴染で川島比奈。それから、こちらのお姉さまは牧田千沙さん」

健三が簡単に比奈と牧田の紹介を終えたところで、加奈は比奈たちの後ろへ視線を移した。

「課長！」

笑みを浮かべて加奈が声を上げる。

課長というのは、なんと壱哉のことだった。加奈は思いがけず壱哉と久々の再会をし、嬉しくて堪らない様子だった。女らしい小さな手で、遠慮なく壱哉の腕に縋ったりもしている。

「あらま、ラブラブね」

と牧田が声を潜た。比奈は心の中で、この人は篠原壱哉よ、課長なんていう名前じゃないわ、と毒づいていた。嫌な気分だった。

「比奈、あのな」

と健三がそっと耳打ちをした。

「宮本さん、壱兄の元カノなんだよ」

「へえ、そうなの」

元カノと聞いて、ムカッときた。そして、壱哉が加奈を見て微笑む姿に、さらにイライラが募る。

「ところでさ、なんでお前が来てるんだよ」と健三が聞く。

「……来てちゃ悪い？」と比奈はつっけんどんに聞き返した。

「いや、悪くはないよ。お前、壱兄とさぁ、その、イイ感じじゃんか」

何がイイ感じなものか、ただ食事をしただけ。健三、馬鹿じゃないの、と比奈は思った。

「どこがいい感じなわけ？　意味わかんないし。っていうか、壱哉さんは元カノとヨリ戻したいんじゃないの？」

「いや、違うって」

「どう違うわけ？　現にこうして元カノと会ってるのに」

比奈は健三に食ってかかった。すると、いつの間にか、壱哉と加奈が近くに来ていた。壱哉は加奈の手をそっと解き、比奈を見た。けれど、すぐにその目を逸らして、健三に笑顔を向けた。

「どこに行くの？　健三」

壱哉が聞くと、すかさず加奈が口を開く。

「ラミパスよね？　健三君」

壱哉は健三に聞いたのに、加奈が答えた。そして加奈は、比奈を見てにこりと笑った。

「では行きましょ」

牧田が先頭に立ち、比奈も歩き出した。その比奈の頬を、壱哉が本当に軽く、一瞬だけ手の甲で触れる。でもその瞬間のことは、他の誰も気付かなかった。

比奈と壱哉の視線が、ほんの一瞬絡み合う。

意味わかんない、と比奈は何度も心の中で叫んだ。

4

健三たちとラミパスという洋風居酒屋に向かった。

加奈はずっと壱哉の隣を歩いていた。比奈はそれを後ろから見つめ、牧田と話しながら歩いた。当然、気分が晴れない。

「比奈さん、飲み物を選ばないと」

にこりと笑う壱哉。その隣には加奈がいる。加奈は少し首を傾げて比奈を見ている。その仕草も可愛い。

「課長、川島さんのことを比奈さんって呼んでるんですか」

と加奈が会話に割り込んできた。

壱哉は会社で課長という役職だったことを、比奈は初めて知った。

「宮本さん、僕はもう課長じゃないから、篠原でいいよ」

「そうでした。元々そう呼んでましたね」

にこりと笑う加奈の淡い唇。

壱哉は比奈にメニューを手渡してくれた。それを受け取り、ドリンク一覧を見る。

「芋焼酎、ロックで」と比奈。

「最初からロックかよ……」

と健三が窘めた。

「ちょっとずつ飲むし、いいでしょ」

拗ねたように比奈が言うと、隣から牧田が、「飲んどけ、飲んどけ。帰りは私が連れて帰ってやるからね」と言って比奈の肩を抱きしめる。

「うわあ、牧田さん、男前。大好き」

と比奈も調子を合わせた。たったそれだけのことで気分が少し軽くなる。

健三は加奈のために、女の子好みの甘いカクテルを選んでやっていた。そして健三自身もカクテルを注文する。なによ健三、あんたも焼酎くらい飲めばいいのに、と比奈は思ったが口には出さなかった。

ふと気が付くと、壱哉が微笑みながら比奈を見ていた。でも比奈はあえて無視した。

なぜ今更、元カノと会うのか。比奈は元カレとは別れて以降、一度も会ったことがない。

会う気がしない。でも壱哉は違うのだろう。加奈は可愛くて、スタイルもいいし、華やかだ。壱哉が選ぶのは、こういう女性なのだろう。

そういえば何年も前のこと、比奈が大学生の頃に見たことのある壱哉の彼女も加奈のような感じで、モデル体形のとても綺麗な女性だった。

それに比べて比奈は背が低く、スタイルもそれほどよくはない。かろうじてあばら骨は出ていないけれど、痩せすぎの部類に入るのではないか。人見知りが激しくて、初対面の相手とは上手く話せないし、性格もネガティブな方だと思う。

いっぽう、加奈はまるで屈託がない。別れた相手だというのに、壱哉とも気楽に話し、初対面の比奈や牧田に対しても気軽に話しかけてくる。性格が明るくて、きっと強い人なのだ。

壱哉はこういうタイプの女性が好きなのだと思うと、これまでデートに誘ってくれたのも、社交辞令だったに違いない、と比奈はめげた。

加奈みたいに素敵な元カノがいる、そんな壱哉は、たいていのことは平気でできちゃう、そんな気がした。

料理が運ばれて、比奈の前に芋焼酎のロックが置かれる。それを飲むと、いつもの場所で飲む焼酎ほど美味しくなかった。それでも頼んだものは飲んでしまおうと思う。何より、今日は飲みたい気分だ。けれど、さすがに全部飲みきると、酔いが回ってしまい、いきなりロックはまずかったな、と思う。比奈はバッグを持ってトイレに立った。

お腹が空いていたのも手伝って、結構酔ったらしい。たった一杯でこんなに酔うことは珍しいのだが、足元がふらつく。そう思いながら、冷たい水に手を浸すと、少し酔いが醒めるような気がした。

それからしばらくそうしていると、背中に視線を感じた。

「川島さんって、篠原さんの彼女なんですか？」

顔を上げると、後ろに加奈がいた。洗面所の鏡に映ったその顔は、綺麗だった。

「違います。私はただの健三の幼馴染で、壱哉さんは健三のお兄さんです」

比奈が洗面所の水を止めて振り向くと、加奈は微笑んだ。

「そうは見えませんでしたけど」

比奈はどう答えていいかわからなかった。壱哉は幼馴染の兄だということ以外に、説明のしようがない。少なくとも今の状況はそうだ。

「篠原さんの川島さんを見る目が違いました」

「……違うって……意味がわからないんですけど」

比奈が首を傾げて言うと、加奈はいらついたように比奈を見る。

「だから、愛情ある目で見てたって、そう言ってるんです。失礼ですけど、川島さん、おいくつですか」

どこか攻撃的な口調に、比奈は思わず声が低くなる。

「年ですか？　もうすぐ二十六ですけど」

「その年で、鈍いって言われません？」

攻撃的というか、明らかに攻撃されている。比奈は怯んだ。

「言われますけど、でも、壱哉さんとは本当に何もないので」

比奈はこの場を逃げようと決めた。ここまでくれば、いくら鈍い比奈でもわかる。加奈はまだ壱哉のことが好きなのだ。今日こうやって会っているのも、ヨリを戻そうと思ってのことかもしれない。健三はそれがわかっていたから、比奈や牧田を見た時微妙な顔をしたのだろう。

「待って。本当に何もないなら、どうして篠原さんはあんな顔を向けるの」

あんな顔とはどんな顔だろう。比奈にはわからない。

比奈は何も言わず、軽く頭を下げて、トイレを出た。

席を見ると、牧田と健三が楽しそうに話をしている。けれど、そこに壱哉はいなかった。どこに行ったのかな、と首を傾げながら歩いていると、後ろから腕を掴まれる。振り向くとそこに壱哉がいて、そのまま腕を引かれて出口の方へ連れていかれた。店を出る時、牧田たちがいる席に視線を向けると、牧田と健三がこちらを見て手を振っていた。壱哉が比奈の手を引いて出て行くことがまるでわかっていたような、そんな感じだった。

少し歩いて大通りに出たところで、壱哉は比奈の手を放す。されるがままに歩いてきたが、なんだか腹が立って、ちょっと低い声で言った。

「まだ飲みたかったんですけど」

比奈が壱哉を見上げて言うと、ごめん、と壱哉が謝った。壱哉と比奈の身長差はかなりある。首を思い切り上に向けないと、壱哉の顔を見られない。

「加奈さんのこと、放っておいていいんですか」

「いいも悪いも、加奈とはもう別れてるから。それよりも今は気になる人がいるし」

加奈、というその呼び方に親密さが匂う。比奈は少しだけムッとした。

比奈に対しては、比奈さん。比奈、と呼び捨てにされたこともないし、比奈ちゃん、と呼ばれたこともない。けれど、加奈に対して呼び捨てなのは、それだけ近しい人だったからだろう。

「だったら、その気になる人と一緒にいればいいのに、どうして私の腕を引っ張るんですか」

声は低いけれど、拗ねたような言い方になってしまった。

壱哉は拳を口元に当て、さも可笑しそうに笑う。

「僕は今、気になる人の腕を引っ張っているつもりだけど」

その言葉を聞いて、比奈が唇を引き締めると、壱哉は微笑んだ。

「加奈にははっきり、もう付き合う気はないって言ったよ。本当は比奈さんがいる時にそう言いたかったけど、君はトイレに行ってしまったから」

比奈がトイレに行っている間に、加奈と話をつけたらしい。だから加奈はあんなことを言ったのか、と思いながら比奈は、視線を落とす。

「別に、また付き合ってもよかったんじゃないですか？　あの、加奈さんって人、綺麗だし可愛いし。壱哉さんのこと、まだ好きみたいだし」

「僕は目の前の可愛い子の方がいいよ」

臆面もなくこういう言い方をする壱哉に比奈は腹が立つ。

『比奈さんは目が魅力的で可愛いよ』

まだ大学生だった頃、壱哉に言われた台詞(せりふ)。健三の家に遊びに行った時にそう言われた。それを聞いてもちろんそっぽを向いたけれど、本当は少し嬉しかった。

「本当は、私抜きで加奈さんに会うつもりだったんでしょう」

「そうだね。今日もし比奈さんがお店に来なかったら、そうだった。でも、どちらにしても、もう一度付き合う気はなかったよ。今日、比奈さんがいたおかげで、はっきりした答えを告げられた。彼女にも、僕自身にもね」

言われて顔を上げると、壱哉はちょっと移動しようか、と言った。それから十分ほど歩いたところにある、壱哉行きつけのバーに寄り、今度は二人きりで飲んだ。

ちょっとのつもりがかなり深酒してしまった。比奈は覚束ない足取りで、壱哉に支えられながら公園を歩く。けれど比奈は途中でクラクラして、立ち止まる。それを見て壱哉は公園のベンチに比奈を座らせると、自動販売機の方へ行った。

「比奈さん、お茶」

お茶のペットボトルを差し出され、ありがとうございます、と言って受け取る。キャップをひねって、中身を飲むと、ひんやりとした喉越し（のどごし）が、比奈の気分をよくさせた。

「大丈夫？」

「はい、たぶん。壱哉さんこそ大丈夫ですか？　電車の時間は？」

「もし間に合わなかったら、どこかに泊まるから」

「だめですよ。ちゃんと帰ってください。私はその辺でタクシー拾うから」

比奈が言うと、壱哉は苦笑して比奈を見る。

「比奈さんを送りたいんだけど」

と言ってくれる壱哉に、比奈はどう対応していいかわからない。大人で、はっきり言って嫌いな部類の人種だった壱哉。言葉では勝てないし、今日だって、何もかも壱哉の思惑通りに動かされている気がする。

「壱哉さん、私のこと、どう思ってるんですか？　随分（ずいぶん）優しくしてくれるし」

「前からそうしてるつもりだったけど」

まぁ確かに、と思うことは多々ある。たとえば大学時代、歩いてたった三分の距離を送ってもらったこともあった。だが、ここまでではなかった。

「違うんです。どうしたいんですか？　私のこと。この前から、明らかに態度が……」

そう言ったところで、座っているベンチの後方から、苦しげなうめき声が聞こえた。さらにもう一度聞こえたので、比奈は立ち上がってベンチの後ろへ行こうとした。

「ちょっと、比奈さん」

壱哉が比奈を止めた。

「何ですか」

「後ろは気にしないで」

「でも、声が……なんか苦しいみたい」

「放っておいていいから、後ろの人は」

そう言って立ち上がる壱哉を見て、どこか納得いかなくて。

「でも」

「ここの公園、多いから」

「何が？」

「とにかく、行こう、ね」

そうして手を引かれて、その場を去る。

「あの公園を突っ切ると近道なんだけど、よくセックスしてる人がいるんだ」

そう言われると、酒の効果も手伝って顔が余計に熱くなるのを感じた。

比奈はこれまでに付き合った経験はあるが、その誰とも、そういう関係になったことがない。身体に触れられるところまではされた。ただ、そこまで進むと怖さと気恥ずかしさが比奈の中で膨らんでしまう。結果拒(こば)んで、そして別れる。今度こそは、と最後に付き合った人からも、比奈は逃げた。

壱哉の態度や言動から、比奈に好意を持っている様子なのはわかる。だったらこの人も、比奈とそういうことをしたいのだろうか。

「壱哉さん、さっきから私の質問に答えてない」

「付き合ってほしいと思ってる。比奈さんが僕のことを嫌っているのは、知ってるけどね。返事はいつでもいいよ。待つのは苦痛じゃないし」

比奈は、どう返事しようかと迷う。待つのは苦痛じゃない、と言った壱哉はどれだけ比奈のことを待つつもりなのだろうか。第一、比奈は壱哉のことが好きなのかどうかよくわからない。

「本気で思ってます？」

自分の気持ちもわからないのに、どこかで期待してしまうのはどうしてなのか。

「二人で会うようになる前から、気になっていたから」

気になっていた、というのはどれくらい前からだろうか。比奈は目を瞬かせて、壱哉を見る。

「比奈さんの好きなように、返事をしてくれればいいから」

「……振られてもOKってことですか」

「結果そうなってもしょうがないよね。でもまぁ、そう簡単に諦められそうにないけど。付き合ってくれって、何度も言うかもしれない」

「それでも振られたら、諦めます？」

比奈自身、いったい何を言っているのだろうか、と思う。壱哉が魅力的な人だから、つい突っかかりたくなるのだ。

「その時は実力行使かな。比奈さんそういうの、弱そうだからね」

実力行使と言われて、変な方へと意識が行くのは、きっと先ほど聞こえたうめき声のせいか。

比奈が目を伏せていると、壱哉の左手が比奈の後頭部を包み、そのまま壱哉の方へと顔を引き寄せられる。何をされるか、比奈だって子供じゃないからよくわかる。でも、人通りはほとんどないけれど、車が通っているこんな場所で……

「ん……」

とても優しくゆっくりしたキスだった。小鳥が啄むようなキスを一回されて、次は少し長いキス。比奈は反射的に身体を離す。

「何するんですか」

怒気を込めて言うと、壱哉はすました顔で「キスだけど」と言った。この人のこういう堂々としたところが嫌いだと思いながら、比奈は壱哉を睨む。

「酒臭い女とキスして、何が楽しいんですか」

目を逸らしてそう言うと、手の甲で頬に触れられる。駅で会った時にされたのと同じだった。

比奈が目を向けると、顔をすくい上げるようにして、また唇を奪われる。

「付き合って、比奈さん」

唇の上で言われて、軽く食まれて、いつの間にか壱哉の腕に縋っていた。付き合う、と言わなければ唇を離さない、そんな感じのキスだった。何度も角度を変えてするキスを受けて、深いキスじゃないのに声が漏れる。

「離し、て。壱哉さ……っ」

さらに抱きしめて一度唇を離し、吐息がかかるほどの至近距離で一言。

「好きだよ」

そう言って唇を食むようにキスをされ、柔らかい感触に酔う。

こんなに情熱的な長いキスをしたことがないのと、壱哉からされているという高揚感で、すぐに息が上がってしまう。深いキスになりそうだ、と思うのに壱哉はそうしない。ただ、比奈の唇を挟み込むように、啄むようにキスをするだけ。

最後に音を立てて唇を吸われ、壱哉の唇が離れる。

こんなに激しくキスをされて、唇が赤くなっているに違いない。腫れているかもしれないと思うと、熱くなっていた顔が余計に熱くなるようだった。

「好きだ」

もう一度言い、抱きしめる壱哉の腕には、思いがこもっているようだった。彼の胸から強い鼓動を感じる。この人もドキドキしているのだと思うと、次第に壱哉に心が惹かれていった。

そんなこと、この人から言われるなんて。

壱哉と出会って十一年。その間一度たりと、夢にも思わなかったことが現実になっていた。

☆　☆　☆

今日あった出来事のことを考えていると、つい長風呂になってしまった。のぼせているのか、思い出したキスのせいなのか、顔が火照る。

風呂からあがっても、さっきのキスと告白を何度も思い出していた。

これからどうしたらいいのだろう。

『また、昏の誘惑に負けました。とても可愛かった。ありがとう』

メッセージを見て赤面する。告白に応えたら、あの行為も覚悟しなければならないだろう。

キスはできる。でも身体の関係を求められても、まだできないと思う。その前に、付き合おうなんて口に出せない。壱哉を嫌いだと言って、態度にも出してきた。それを、いきなり崩すことはできそうにない。

前に健三から、お前は外見も中身も猫だな、と言われたことがある。大きな猫目が比奈の外見上の大きな特徴で、中身が猫だというのは、人に全てをさらすことができなかったり、人見知りしたり、話さなかったりするところを指しているのだろう。

自分でも直そうとは思っているが、本当に全てを見せられる人は、これまで現れなかった。

「付き合うって返事もしてないのに。……なんでキスを許しちゃうんだろう」

☆　☆　☆

スマホを見ながら、壱哉にかけようかどうしようか迷う。スマホを置き、けれどすぐまた手に取る。

告白されてから、三週間が経つ。

「できません、かけません。私からは絶対に無理」

独り言を呟き、スマホをテーブルの上に置いた。床に敷いてるラグの上にゴロリと横になって、天井を見る。牧田が外国に行った時のお土産（みやげ）の、星形をしたランプカバーが目に入る。紙製のエキゾチックな雰囲気の星を、比奈はとても気に入っていた。

寝たまま横を向いて、ため息をつく。

「本当に、どうしよう、私」

付き合うとは言ってない。けれど壱哉からされるキスに、いつも酔っているのは事実。もうしないで、と言えば、壱哉はしないだろうか。そう思うが、もうしないで、なんてきっと言えない。

「期待してるし」

馬鹿だと思うのは、壱哉とのキスを待っている自分がいること。別れ際にきっとキスをしてくれるはず、と思っている。壱哉とのキスは嫌いじゃない、むしろ好きだ。心はそんな状態なのに、いまだ返事をしていない。

『付き合います……いいですよ、別に』

「可愛くないし……」

『付き合いましょうか？』

「じゃあ上から目線？　ああ、もう、嫌い、壱哉さんなんか」

ぐるぐる考え、独り言を呟く。恋愛にこんなに悩んだことはない。男性と付き合い、キスもしたが、なんとなくその接触が嫌だった。なのに、どうして壱哉と同じことをすると、期待してしまうのだろう。

そう考えているとスマホの着信音が鳴る。比奈は起き上がって手を伸ばした。画面に表示された通知を見て相手を確かめ、思わず目を見開く。かけてきたのは壱哉だった。出ようかどうしようか、と迷っているうちに着信音が途絶えた。誰かのことを考えているとこういうこともあるんだ、と思いながら着信履歴をタップしようとしたところでもう一度、壱哉から電話がかかってきた。比奈は深呼吸をして、通話ボタンを押す。

「もしもし」

『こんばんは。今、大丈夫？』

「はい」

『仕事、早く終わったんだね』

今は午後七時半。塾講師の勤務時間は結構不規則で、今日は六時半には仕事が終わったので、早く家に帰ることができた。

『東京に来てるんだ。昼間、友達と会ったから。もし時間があるなら会えないかと思って』

「……いいですよ、どこで？」

『比奈さんの家の近くに来てる。偶然食事をした店が、比奈さんの家の近くだったから』

比奈の家の近くには、評判のランチを出すレストランがある。女性に人気で、カップルで訪れる人も多い。もしかしてそこかな、と比奈はちらりと考えた。

「家に……来ます？」

何を言っているのか、と思う。

『行っていいの？』

「何もないですけど、どうぞ」

電話を切った比奈は部屋が意外に散らかっていることに気付き、慌てて片づけを始めた。

そうこうしている間にインターホンが鳴り、モニターを見る。相手はやっぱり壱哉で、来ちゃったよ、と思いながら深呼吸をして玄関へ向かう。

「まさか家に上げてくれるとは思わなかった」

上がっていい？　と聞かれ、比奈は頷いて背を向けた。心の中では、本当に来ちゃったよ、とドキドキしていたけれど。

「紅茶、でいいですか」

「お構いなく。ちょっと話をしたら帰るから」

リビングのラグに座ってもらって、比奈も目の前に座る。壱哉は比奈に手を伸ばし、髪の毛に触れてきた。

「聞きたいんだけど、いいかな」

髪に触れたままそう言われて、比奈は頷いた。

「君は少しでも僕が好き？」

すぐには返事ができない。

「もし、昔のように嫌いなままなら、キスを許しているのはどうして？」

壱哉はズバリ聞いてきた。比奈はどう答えていいのかわからなくて、俯く。

確かに、付き合ってと言われて、デートらしきことも何回かして、そのつどキスをしている。それで付き合えないとは、言えないだろう。けれど比奈ははっきり返事をしていない。だから壱哉は、今夜こそ比奈にはっきり聞きたいのだろう。

「……そんなことストレートに聞かないでください。答えるの、怖いです」

「どうして」

「わからないから。困ります」

どう答えたらいいのだろう。嫌いじゃなくなってきている、壱哉とのキス。会うのにすごく勇気がいるのに、会ったらどこか満たされるような気持ち。

「君は嫌いな相手とキスをするの？」

顔を上げると、壱哉は比奈の髪の毛から手を離した。

「そんな子じゃないよね？　嫌いな相手には、そんなことさせないはず」

今度は比奈の頬に手を伸ばして、その頬を引っ張る。

「何するんですか！」

ちょっと痛かったので、比奈は壱哉を睨む。けれど壱哉は意に介さないように笑って、テーブルの上に頬杖をついた。そして比奈を真っ直ぐに見る。

「僕と付き合ったり、会ったりするのが嫌だったら言って。キスもしない、電話もしない。だけどキス、嫌いじゃないよね？　抱きしめられるのも、嫌いじゃない」

「……っ、そうですけど。でも、頭が切り替わらない……昔は嫌いだったのに、二人で何度か会っただけで、こんなに違ってくるものですか？　よくわからない」

「僕もよくわからないけど、比奈さんに惹かれてしょうがない。もう少しなら待てるけど、でも、今の答えがほしい」

面と向かってそう言われて、比奈は大きく息を吸い込む。

キスは期待しているし、壱哉といると楽しいことも多い。

だけど、どこか壱哉に対して持て余している感情を、どうしていいかわからない。嫌いなはずの壱哉を、いつも意識していた。嫌いだからなるべく会わないように、と思っていたけれど、会えば会ったで、つい目がいってしまう。

「なんて言っていいかわからないけど……嫌いなところも、好きで。……もし付き合うとしたら、私はどうしたらいいんでしょう」

比奈が言うと、壱哉は声を出して笑う。ムッとした顔を向けると、笑いながら首を振った。

「付き合っているっていう意識を持ってくれれば、それでいい。会いたい時には僕から連絡をするし、比奈さんは何も努力しなくていい」

比奈はその言葉に頷く。

「付き合ってくれますか？　比奈さん」

言われて顔を上げて、すぐには声を出せなかった。けれどしばらくすると自然と声が出て、比奈は壱哉に言った。

「はい。付き合います」

壱哉はにこりと笑って比奈の頬にもう一度手をやった。そうして身体を比奈の方に乗り出し、テーブル越しに比奈の唇を奪う。軽く唇を挟み込むようなキスをして離れると、頬を撫でられた。

「やっと君が、僕の彼女になった」

その響きにどこか顔が熱くなる気がして、目線を下げた。

「付き合うと言ってくれたし、帰るよ」

そう言って立ち上がって、さっさと玄関に向かう様子を見て、比奈も立ち上がる。

「お茶も出さずに、ごめんなさい」

「君の答えが聞きたくて来ただけだから。これ以上ここにいると、もっと何かしそうだし」

そう言われて身体が固まった。壱哉は苦笑し、比奈の頭を撫でてから身体を引き寄せる。

「またね、比奈さん。今度はゆっくり会おう」

「ゆっくりどこかに行きたいです」

「そうだね、ゆっくりどこかに行こう。楽しみだ」

壱哉は玄関を出て、比奈に軽く手を振った。

「鍵、きちんと閉めておくようにね」

音を立ててドアが閉まる。すぐに鍵をかけて、そして玄関に座り込んだ。

「ああ、もう、どうしよう。どうしよう、なんだか壱哉さんが嫌いじゃない」

好きだとは素直に言葉に出せないけれど、心の中では壱哉が好きだと思っている。

比奈は自分の心境の変化に驚いていた。嫌いと好きは正反対のようで、実は似ているような気がした。

## 5

壱哉が比奈と待ち合わせたカフェは、比奈が講師をしている学習塾からも、壱哉が前に働いていた会社からも近かった。

比奈は大学時代から今勤めている塾でアルバイトをしていた。当時の比奈は、髪の毛は肩より上の長さだった。化粧も覚えたてのような、そんな感じの初々(ういうい)しさがあった。

今はメイクも上手(うま)くなり、シンプルながらも自分のチャームポイントを引き出す化粧をしている。猫を思わせる大きな瞳を縁取るアイラインと緑色のアイシャドウが、大きな目をさらに大きく際立たせていた。

そして今、壱哉は左手の親指で比奈の目蓋(まぶた)に触れている。彼女の睫毛(まつげ)が震えた。

「……っ、何？」

「いや、何だか、進歩したと思って」

「何がですか」

壱哉は比奈の目蓋から指を離し、笑みを浮かべた。

「昔より化粧が上手くなった、と思って」

比奈の色白の頬がサッと赤くなる。

「壱哉さん、化粧した私に初めて会った時、笑いましたもんね」

「チークの色が右と左で違うって笑ったこと、根に持ってるんだな」

比奈はぷいと外を向いた。その膨れっ面がまた可愛いと壱哉は思う。昔から可愛いと思っていたのだが、その思いは比奈には通じたことがなかった。

「でも、今の化粧の仕方、比奈さんによく似合ってるよ。綺麗な目がさらに綺麗に見える」

「……どうも」

比奈は目を泳がせてそう言うと、また横を向いてしまった。そしてまるで猫のように、一点を見つめて何も言わなくなる。壱哉も窓ガラスの向こうへ視線をやった。その時、こちらを見て手を振っている女性に気付いた。比奈も気付いたらしい。

「誰かしら。私の知らない人ですけど」

「僕の知り合いだ」

ため息をついて手を振り返すと、相手は笑いながらこちらへ向かってくる。ここは壱哉の元職場と近いので、知り合いに会ってもおかしくはない。しまったな、と思う。

壱哉と比奈がいる席へとやってきた女性は宮川といい、壱哉の元同僚だった。宮川は壱哉の隣に遠慮なく座った。

「篠原、今日は会うの二度目ね」

にこりと笑って、眼鏡のブリッジを上げた。これは彼女のいつもの癖だ。

「宮川、相変わらず帰りが遅いね」

時刻はすでに午後十時を回っている。

「いつものこと」

と宮川が応えた。そして比奈に向かって、

「はじめまして、宮川伊織です。篠原とは会社の元同期なんですよ」

と手を差し出し、比奈を見てにこりと笑う。

比奈は戸惑いながらもしばらく宮川の手を握っていたが、頃合をみてさっと手を引っ込めると、壱哉を見て目を伏せた。

「かっわいい。篠原の彼女？」

と宮川が聞いた。

「そうだけど」

壱哉は比奈を見て言った。比奈はちらりと壱哉を見て、そしてまた軽く目を伏せる。

「色白で、目が大きいのね。眼尻が上がり気味だから、猫みたい」

宮川はそう言ったところで、比奈があまり話さないことに気付いたらしい。壱哉を見て、やや困ったような顔をした。壱哉は宮川に少しだけ笑って見せて、返事を促すように彼女を見る。

そんな壱哉の思いが通じた様子で、比奈は宮川に目を向けて、あの、と言った。

「川島比奈です。すぐそこの塾で講師をしています」

そう言って壱哉に、これでいいですよね、と言いたげな視線を送ってくる。

比奈がやっと返事をしたことに満足したのか、宮川は比奈に向かってにこりと微笑み、さっと席を立つ。

「デート中、お邪魔してごめんなさいね。今日のこと、考えてね。いい返事を待ってるから」

宮川が帰った後、比奈は何かを察した様子で壱哉に言った。

「今日のこと、って前の会社に行ってきたんですか？」

「ちょっと寄っただけだよ」

比奈は首を傾げてまだ何か聞きたそうな顔をしている。

「会社に復帰しないか、って」

「復帰するんですか？」

「店のこととか、よく考えてから返事をするつもり」

比奈がまたそうですか、と言って、覚えています？　と壱哉に言った。

「そういえば、初めて会った時、壱哉さんはスーツを着てた。実家にいるのに、どうしてスーツなんか着てたんですか」

確かあの時は、学部の教授のお伴で学会の発表に出た帰りだった。出たくないのにくじで負けた壱哉は、しょうがなく休みを潰した。しばらく実家に帰っていなかったし、用事で近くまで来たのに顔を出さないわけにはいかないと思い、立ち寄ったのだった。

たまには帰って来なさい、と母にいつも言われていたが、あまり帰る気がなかった。けれど、二年ぶりに帰ってみると、家族はとても喜んだ。ことに健三はキラキラした目で壱哉を見つめていたのを覚えている。その折に、家によく出入りをしていた比奈と初めて会ったのだ。

当時十四歳だった比奈は、その四年前に引っ越してきた少女だった。家が近くて年も同じということから、健三と仲良くなったらしい。

『あの人、健三のお兄さん？ カッコイイね。会社員？』

初めて壱哉を見た比奈がそんな風に言っているのを聞いた覚えがある。でも面と向かうと何も喋らず、まるで借りてきた猫のように、恐る恐る壱哉の方を窺い見るだけ。壱哉の方では何度も話しかけてみた。だが何が気に入らないのか、比奈は壱哉のことを苦手だという目つきで見るようになってしまった。

「壱哉さんが会社員をしていた頃も、何度か会ったことがあるけど……スーツと眼鏡が似合いますよね。ずっとカッコイイって思ってた。苦手だったから、言えなかったけど」

比奈が少し照れたような、なんとも言えない顔をして言った。

「それは知らなかったな」

「スーツも眼鏡も似合っているところが、なんだか嫌味っぽい感じで……。何だか気後れしてしまって」

それに何より、と言葉を続ける比奈は、大きな目をパチリと瞬く。

「いつも私のこと、からかってた。健三と勉強してると、相変わらず勉強好きだねとか、その化粧すごく似合ってるねとか。いつも癇に障ることばかり言われた」

確かにそうだったと思い出して苦笑する。

それに、比奈が化粧している姿を初めて見た日には、まだ不慣れで、ちぐはぐな感じがして、思わずそれを正直に告げてしまった。それはまるで好きな人にちょっかいを出す小学生のようだった、と今にして思う。

「でも、おかげでお化粧の仕方もいろいろ研究して上手くなったから、結果よかったんだろうけど」

最初は妹のような感じで見ていた比奈が、健三への思いを断ち切るように車のドアミラーにキスする場面を見て以来、女性としての彼女に惹かれだした。

「スーツは窮屈だったな。毎日ネクタイを締めるのが億劫で、ノータイで出勤できる日が来ないかなって、いつも思ってた。眼鏡だって、年齢より若く見られがちなのをカバーするためにかけていたっていうのもある。でも比奈さんがもっと早くカッコイイって言ってくれてたら、気が軽くなっていたかも」

「そんな。壱哉さんとはそんなに会わなかったし、言ったとしても、笑われるって思って言えなかった」

「比奈さんが褒めてくれるなら、今度はスーツで来ようか」

「いいです！　そんなことしなくても！」

比奈のその言葉が、壱哉の背を押した。

本当は壱哉も、今の生活にどこか物足りなさを感じていたのだ。秋月堂の仕事は楽しいし、会社勤めをしていた頃よりかなり気楽だ。だが、今は留学をして学んだ知識、経済学修士のタイトルも、ほとんど使い道がない。知的刺激に乏しい毎日なのだ。

意外と早く答えが出た。

よく考えなくても、自分は物足りなさを感じているし、そのことに気付かないふりをしていただけなのだ。

☆　☆　☆

「そう、いつかそうなるような気がしていたのよね……」

　答えを出した壱哉が母に話すと、案の定、少しだけ悲しい顔をした。

「壱哉は昔から、この家に長くいたことはないし、今も住まいは別に借りているしね。後悔してるの。いくら学力に合っていたって、全寮制の学校になんか行かせるんじゃなかった、と。喘息の治療だって、手元に置いてできたんじゃないかとか。今はもう、そんなこと言ってもしょうがないけど」

　涙が一筋ポロリと出る。実家には自分の部屋がないから、と近くに部屋を借り、壱哉は秋月堂に通っていた。それだけでも母は喜んでくれた。

　壱哉はほとんど一人で生きてきたから、別に一人でいることに抵抗はなかった。

「東京に引っ越すといっても、それほど離れてないし、また帰ってくるから」

「そんなこと言って、会社に勤めていた頃は、一年に一回帰ってくるか来ないかだった。ねぇ、壱哉、この家が嫌いなの？　どうして離れようとするの？」

「離れようとなんかしてない。ただ、会社に復帰するって決めただけ。秋月堂は僕がいなくてももう大丈夫だし、高岡さんは経理の経験もあって、しっかりしている」

　壱哉が離れるのは、別に家が嫌いだからとかじゃない。ただ、いつも未来を見つめて行動しているだけ。中学受験も、大学受験も就職先も自分の意思で決めてきた。

「この近くのお嬢さんと結婚させとくんだった。そうすれば嫌でも帰って来なきゃいけない時があるでしょ」

「それぱっかり言うね。でも本当に、ちゃんと帰ってくるよ。今度は絶対に」

母が涙を拭いて、笑ってくれたのでホッとした。壱哉も笑みを浮かべる。

「比奈ちゃんとか、まぁ、あの子も東京だけど。もっと知恵さんに話しとけばよかった」

「比奈と付き合っていることはまだ誰にも話していない。比奈とそういう雰囲気になっていないから、ということもある。猫のような性格の比奈が少しずつ警戒を緩めてきているのはわかっている。完全に警戒を解いてくれたら、この交際を家族にも打ち明けようと思っている。

「身体には気を付けてね」

「わかった。ありがとう」

壱哉が言うと、母はこれで終わり、と立ち上がった。

母はもともと性格がさっぱりしているから、気持ちの切り替えが早い。

壱哉は会社に復帰し、東京に戻ることを決めた。

☆　☆　☆

「篠原にはまだ言ってなかったが、復帰後は幹部研修から入ってもらう」

副支社長がそう言って、壱哉にぶ厚い書類を渡した。部課長クラスを対象とする研修テキストだった。

「まずはマーケティング部の第二課長になってもらう」

そう命じられて動じはしないが、現在のマーケティング部の課長はどうなるのだろう。

「失礼ですが、現課長は？」

「彼も打てば響く人材だ。篠原が第二の課長となって攻め寄ったら、重い腰を上げるだろう。もし上がらなかったら、部署異動ということになるだろうな」

副支社長が厳しい人なのはわかっている。でもそこまで厳しくする必要があるのだろうか。

「第二課長というのは、現場に慣れるまでの仮の役職だと思ってくれていい。現在は部長席が空席のままでね。二ヶ月くらいしたら、篠原には部長についてもらうつもりだ」

「そうなったら、それこそ現課長はどう思うでしょうか」

壱哉が心配すると、副支社長は笑った。

「君がそんなことを気にするとは思わなかったな。前はもっと平然と仕事をしていただろう。どんなトラブルにも動じない、鉄仮面の篠原壱哉だったよな？　たまにブラック篠原になっていたが」

「若かったんです、あの頃は」

苦笑せざるを得ないような思い出。

まだ二十代だった頃、取引相手と揉めて相手をやり込めたことがある。相手の態度があまりにこちらを見下していたことが気に食わなくて、言葉を巧みに操り、相手を屈服させた。そんな壱哉を見て副支社長がつけたあだ名が「ブラック篠原」という、ありがたくないネーミングだった。

「君ならできる。俺はわかっている」

そう言われても、しばらく現場を離れていたことへの不安がある。

「慣れるまで、多少時間がかかると思いますが」

「心配することない。今日はオリエンテーションで、明日から研修だ」

肩を叩かれ、壱哉はため息をつく。

復帰した動機が安易すぎただろうか。比奈の言葉を真に受けてしまった。それは壱哉にとって、復帰を促(うなが)すきっかけに過ぎなかったが、後押しされたのは事実だ。

『壱哉さんが会社員をしていた頃も、何度か会ったことがあるけど……スーツと眼鏡が似合いますよね。ずっとカッコイイって思ってた』

ただそう言われただけなのに、仕事の復帰を本気で考えだした。それほど自分は単純な男だったか、と自分でも呆(あき)れる。

笑顔の副支社長の後ろをついて行き、会社の内部を見て回った。

久しぶりのオフィスを歩きながら、新人研修の際に聞いたある哲学者の講演を思い出す。

『男なんかと付き合って結婚をする女は馬鹿だ。でも、女と付き合って結婚し、結局は女の言うことをなんでも聞くはめになる男はもっと馬鹿だとも言える』

話の終わりに、冗談めかして語っていた。

たかがスーツ姿と眼鏡がカッコイイと言われたくらいで、人生を軌道修正した自分のことを言われているような気がした。

6

比奈と付き合うようになってから、壱哉の環境は目まぐるしく変わっていった。まず、仕事に復帰した。続いて研修やら海外出張やらがあって多忙を極め、デートの約束をしていても、仕事の都合でキャンセルすることが多くなった。そうこうしているうちに、交際四ヶ月が経つが、やはり忙しくてまったく会えていない。

比奈はスマホのカレンダーを眺め、最後に会ったのは一ヶ月前かと指折り数える。その間、メッセージも一週間に二度ほどくるだけで、海外出張していることを知るくらい。声は聞いていない。着信があっても、比奈からかけ直すことはない。かけ直そうとしても、緊張してできないのだ。それに、いくら仕事が忙しいとはいっても、本当は比奈に会うのが億劫なのかもしれないと不安になる。壱哉が億劫がるのは、比奈が今の態度を崩さないからかもしれないと思うから。


「ねえ比奈ちゃん、一ヶ月も会えないと、恋人関係は終わるらしいわよ」

牧田は比奈が振り向くと、ふふ、と声を出して笑う。夕食を一緒に食べようと誘われて、ピザ専門店に来ていた。

比奈の大好きな店で、食べるまでは楽しみだったが、どうしても壱哉のことを思い出してスマホを眺めずにはいられなかった。

「あはは、冗談よ。そんなジンクスないから」

言われて唇をキュッと引き結ぶ。自分から電話をすればいいじゃないか、とは思うが、どうも素直にできない。

「メッセージは来てるんでしょ？　だったら大丈夫よ。彼だって比奈ちゃんが恋しいに決まってる」

「恋しいなんて、そんな」

「一ヶ月も会ってないなら、恋しくて当たり前よ。エッチだってしたいだろうし」

牧田が意味深に笑ってそう言った。

「……したいと思いますか？」

「したいでしょうね。あんなに涼しげなイイ男でも、やっぱり男は男だからね。比奈ちゃん自分から服脱いだりして、篠原さんにサービスしてあげたら？」

そう言って牧田はワインを口に運ぶ。

牧田の言い方からして、比奈と壱哉がそういう関係だと思っているのだろう。けれど実際は違ってキス止まりの関係だ。壱哉は比奈にキス以上は仕掛けてこない。舌を使うような深いキスをしても、壱哉がそれ以上身体に触れることはなかった。いつもビクビクしている比奈の心を読み取ってか、そういうことはしてこない。

前の恋人は、付き合って一週間ほどでキスをしながら比奈の胸に触れてきた。それを許すと、次は足や背中に触れてきて、二週間目には押し倒された。けれど比奈は怖くて、何度も抵抗したら険悪になってしまった。

「牧田さんは彼に、自分から服を脱いでサービスしてます？」

「してるわね、ひと月に一回くらいは。ただ、付き合ってもう長いから、エッチの頻度はそれほど多くないの。でも比奈ちゃんたちはまだできたてだから、篠原さん結構我慢してるんじゃない？　仕事で疲れた彼を癒してあげる、みたいな感じでいきなさいよ」

疲れた彼を癒してあげる、なんて言われても、そのやり方がわからない。比奈が俯くと、牧田が首を傾げた。

「できなかったらいいの。あまり深く考えないで」

「私、壱哉さんとそういうこと、したことないんです」

「は？　だって、付き合って三ヶ月以上でしょ……手、出されない？」

「キスは何度もしてますけど」

比奈はピザをかじった。パリパリの生地は比奈の大好物だが、今はそれほど美味しく感じられない。

「それに私、誰ともそういう経験ないし」

「処女、なの？」

周囲に配慮をしてくれて、小さい声で牧田が言った。前に彼がいたことは、牧田に話したことがある。普通そこまで聞いているなら、そういうことをしていると思っておかしくはない。拒んで、だから別れたなんて話はしたくないことだから黙っていた。

「そうです。だから、そういう話はちょっと苦手で」

「いいんじゃない？　初めてなら、あの人でよかったかもよ」

「だから、そういう話は苦手で」

「苦手なんて言ってられないでしょ？　比奈ちゃんの性格だから、前の彼には強く拒んだんじゃない？　スキンシップ苦手よね」

図星をつかれて、比奈は俯いた。目の前にあるワインを飲もうとしたが、その気持ちも失せる。

「メッセージしかないとか言って、比奈ちゃんからメッセージしてないんでしょ？　電話もしてないし、声を聞いていないとか言いながら、実は着信があるけどかけ直していなかったり」

そのくせ電話を気にして、と言われて比奈は俯く。

壱哉は根気がある。比奈が黙っていれば、喋りやすいように仕向けてくれる。壱哉の同期の宮川に会った時も、壱哉の目線は比奈にもっと気楽に喋るよう促していたし、比奈が会話に加わりやすいようにしてくれた。そんな比奈を面倒だと思う人は多い。知らない人とすぐには話せないし、けれど何とか話そうとして相手のことをじっと見てしまう。そんな風にされると、まるで観察されているようで嫌だ、と言われることもある。

人に言わせると、比奈は付き合いにくい人間だった。けれど、そんな比奈を壱哉は好きだと言ってくれる。初めて会った時から、健三の隣にいる比奈によく話しかけてくれた。それが比奈を怒らせるような、拗ねさせるような内容でも、ともかくコミュニケーションをはかってくれていたのだと、今はわかる。

『人のことをじっと見て、タイミングをはかってるところが、猫みたいだ』

と壱哉に言われると、なんだかかえって心がスッとして、会話のタイミングが掴みやすくなった。壱哉はいつも自然体で、比奈のことを考えてくれている。ここまでしてくれる人はそうそういない。

「壱哉さんのこと苦手だったし、どうしていいか、わからなくて」

「どう話を切り出せばいいか、わからないってこと？」

比奈は牧田の言うことに頷く。

「基本、比奈ちゃんは言葉の引き出しが少ないからね。でもね、言葉を尽くしてきちんと話さなきゃダメな時もある。ちゃんと言葉にしないと伝わらないよ。まぁ、あの人なら比奈ちゃんのそういうとこ、わかってるだろうけど。エッチが怖いなら、そう言いなさい。はっきり言っとかないと、相手も比奈ちゃんも傷つくから」

そうですね、と比奈が言うと、牧田は微笑んだ。

「それにしても、可愛いのね。比奈ちゃんが相手だったら、手を出す方もいろいろ考えちゃうだろうなぁ」

「どうしてですか」

「比奈ちゃんに嫌われたくないもの」

「嫌うなんて、そんなこと」

「あるでしょ。でも、きっと今の彼は違うと思う。大丈夫よ、前に進んで。それに……」

牧田は少しだけ赤い顔を近づける。

「あの人だったらエッチだって上手(うま)いと思うわ。いい大人だし、初めてだってそんなに痛くないかもよ」

それを聞いて頭に血が昇り、顔が熱くなった。

「牧田さん！」

比奈がそうやって反応すると、牧田はさも可笑(おか)しそうに笑う。その時、スマホの着信音が聞こえた。比奈はスマホを取り出して画面を見る。

なんてタイミングでかかってくるのだろう、と比奈はしばらくその着信を見つめた。しばらくすると着信音は切れ、留守番電話に切り替わる。牧田を見ると、大きく息を吐き出した。

「かけ直しなさい。エッチって、恋人になったら通る道なの。それに私の見解では、あの人、比奈ちゃんがいいと言うまで、絶対待ってくれるから」

比奈は言われて、スマホを握りしめる。牧田は、スッと立ち上がり、レジに向かった。会計を済ませて外に出る牧田に続き、比奈も後を追って出る。去り際に牧田が振り向いて、電話しなさいね、と言った。

「じゃあ、また明日」

手を振る牧田に、比奈は何も言えず、ただ笑うだけで応(こた)えた。牧田は背を向け、曲がり角を曲がると見えなくなってしまう。比奈は握っていたスマホの着信歴を見る。篠原壱哉と表示されたその番号を見て、通話ボタンを押した。呼び出しは二回、三回と続き、比奈の心が次第に高鳴る。

電話に出たら何を話そうか、と考えると、胸が苦しくなってきた。

『比奈さん？』

まず名前を呼ばれたことにドキリとして、久しぶりに聞く低い声に息を吐く。

「……はい」

『元気にしてた？　今、やっと成田に着いたところ』

「元気でした。壱哉さんも、元気そうで」

『まぁ、そうだけど、ちょっと疲れたな。……こんな時間だけど、これから会える？会って話したい』

「私、明日仕事です」

時刻は午後十時半を回っていた。ここで会って、そして家に帰ったら、十二時を過ぎてしまうだろう。

『そう……じゃあ、また今度にしようか。久しぶりに声が聞けてよかった』

そのまま切られそうな感じになって、比奈は、思わず待って、と言った。そう言っても、実際は何を話していいかわからない。

「壱哉さんだって明日仕事でしょう？　なのに、どうして」

会おうと思うのだろう、と言葉にはできなかったけど、相手には伝わったらしい。

『一ヶ月も会ってないから、顔を見て話したかっただけ。もう、愛想が尽きた？』

「そんなこと」

『本当に？』

すぐには返事ができなくて、けれど大きく息を吸って思う。

明日も仕事はあるけれど、一ヶ月も会わなかった恋人が、会いたいと言ったのに、それなのに、会わないなんて、そういう返事をしたらだめだ。

比奈も壱哉に会いたかった。何を話していいかわからなかったけど、いつもスマホを眺めてそわそわしていた。

「やっぱり会います。言いたいことがあるから」

『……じゃあ、迎えに行く。どこにいる？』

比奈が今いる場所を告げると、壱哉はわかった、と電話を切った。

比奈は牧田の言葉を心の中で繰り返し、話さなきゃダメな時もあるんだ、と自分に言い聞かせた。

☆　☆　☆

比奈は大通りの方へ出て、近くのバス停で待っていた。一時間ほど待っていると、見覚えのある黒の四駆が目の前に停車する。それを見て、比奈は立ち上がる。時刻はすでに午前零時近い。

壱哉が手を振ったので、比奈は車に走り寄った。車高の高い車に乗り込む時、身長が低い比奈はいつも苦労する。壱哉は一度比奈と目を合わせて、微笑んだ。

「久し振りだね。元気そうでよかった」

「壱哉さんも。身体平気ですか」

「ああ、うん。大丈夫だよ」

車はゆっくり発進した。どこに行くかなど聞いてはいない。だが、きっと二人で話ができる場所へ行くのだろう。

「忙しかったですか」

「そうだね。目まぐるしいというか、なんというか。アメリカ本社へ研修に行って、今度はフランス支社に行くことになった」

淡いサックスブルーのシャツと、きっちり締めたシルバーグレーのネクタイ。スーツ姿の壱哉は嫌味なくらいカッコイイ。

「どこに行くんですか」

　信号で止まったので聞くと、僕の家に、と言った。

「え？　あの」

「ちゃんと送るよ。明日仕事なのに、遅くなってごめん」

　いや、それはいいのだけど、と言いたかったが、信号が変わって青になったため、それは言えなかった。

　ハンドルを切る壱哉の右腕には、シルバーの時計がはめられている。秋月堂で働いていた頃はそういうものをしていなかった。きっと会社勤めを始めて、時間に追われることになったのだろう。

　そうしているうちに、壱哉のマンションに着いたらしい。壱哉が駐車場のリモコンを操作して、地下の駐車場に車を滑り込ませた。

「すごいマンションですね」

「僕もそう思う。けど、会社から与えられたものだから」

　壱哉はシートベルトを外した。比奈もそれに倣（なら）いながら、今通ってきた道のりを思い出す。見覚えのある道ばかり通ってきた気がする。

「このマンションから、ひょっとして私の部屋が見えますか？」

比奈のアパートの近くにある高層マンションは、どれもわりと最近できたばかりだ。こんな高級マンション、いったいどんな人が住むんだろうと眺めていた。

壱哉は車からスーツケースを降ろすと、それを持ち上げながら、そうだね、と言った。

「比奈さんの部屋から徒歩十分もないいんじゃないかな」

エレベーターの前にエントランスがあり、そこに鍵を差し込んで番号を打ち込むと、自動ドアが開く。壱哉がエレベーターのボタンを押すと、すぐに降りてきて、それに乗り込む。

壱哉を見上げると、一息ついて、ネクタイを緩めている。比奈の父は体育の教師をしていたので、出勤はいつもジャージ姿だった。比奈の周りにはスーツを着た大人がほとんどいなかったので、壱哉がネクタイを緩める仕草さえ新鮮に映る。

もう少しで十階に着く、というところで比奈は壱哉のスーツの袖に触れた。壱哉が視線を下げて比奈を見たので、咄嗟に手を離した。エレベーターが十階に着き、比奈は先に出た。壱哉はスーツケースを持って、左手に歩いて行く。部屋に着いて鍵を差し込み、暗証番号を打ち込むと鍵が解除される音が聞こえた。

「すごいですね」

「さっきからそればかりだ。僕も初めて見た時は、すごいと思ったけどね」

壱哉が中に入って、電気をつける。廊下の先に、木枠にガラスをはめ込んだドアがある。

その先には広いリビング空間があった。

「わ……」

「空気を入れ替えたいから、窓開けていいかな」

比奈が頷くと、壱哉は縦長のガラス窓をスライドさせた。比奈には何もかもが珍しくて、あたりをキョロキョロしてしまう。

「比奈さん、眠くない？」

「あ、はい。大丈夫です」

こういう場所、慣れないなと思いながら、ゆっくりとソファに腰かけた。柔らかいソファはちょうどいい具合に身体が沈む。背中のクッションも、ふわりと柔らかくて気持ちいい。でも、ここは男の人の家。それを思うと、緊張して身体が硬くなった。

「比奈さん」

「はいっ！」

「紅茶でいいかな」

目の前のテーブルに、ふわりと湯気が立つ紅茶のカップが置かれる。少しだけミルクを落としたミルクティーだった。それから壱哉はネクタイに指をかけてそれを解き、ジャケットを脱いで手近にあったハンガーに掛ける。

ファッション雑誌から抜け出したモデルのような姿に、この人が自分の彼だなんて信じられなくなる。

壱哉は何のためらいもなく比奈の隣に座った。ソファが壱哉の体重分だけ沈んで揺れる。壱哉がこちらを見る前に、比奈はカップを手に取って紅茶を飲んだ。熱すぎず甘すぎないそれは、とても美味しかった。

「比奈さんに渡したいものがあって」

カップを持ったまま壱哉を見ると、そのカップをやんわりと取られる。そしてテーブルに置き、壱哉は小さな箱を比奈に見せた。首を傾げると、箱を開けて中身を取り出す。中からキラリと光るものが出てきて、そのまま比奈の首にかけられた。

「誕生日、祝えなかったけど。二十六歳、おめでとう」

三センチほどの大きさのハート型のネックレスだった。蛍光灯を反射してキラキラ光る石がびっしり付いている。

比奈の誕生日は三月で、この前過ぎてしまった。誕生月の一ヶ月間は壱哉が海外出張中で会えなかった。

「綺麗ですね。……ん？」

首にかけられたペンダントを比奈はじっと見て、落ち着かない気分になった。

「何？」

じっと比奈が見たので、壱哉は首を傾げた。

「これ、ダイヤモンド、ですか」

「そうだけど」

「お……」

「お」

首にかけたペンダントに人さし指をかけて少しだけ引っ張る。キスをされそうになって、壱哉の胸のあたりに抵抗するように手を置いた。

「おいくら万円ですか、聞かないように」

「そういうことは、聞かないように」

壱哉は苦笑して、今度こそはと比奈の唇に唇を寄せる。比奈の頬に手が添えられる。

「ん……」

少し息苦しくなって、唇を離すと、すぐにまた唇を寄せられる。

一ヶ月ぶりのキスは柔らかくて、比奈の心臓をうるさく鳴らした。小さな声が自然と漏れて、キスとキスの合間に、息を吸った。いつの間にか比奈の左手は壱哉のシャツを掴んでいて、その手に自然と力が入る。

軽く唇を啄むようにされて、キスが終わる。熱いため息が口から漏れた。少しだけ光る唇がにこりと笑って、比奈のペンダントを触る。

「思った通り、よく似合う」

「あの……」

言いたいことがあった。比奈が壱哉を見ると、壱哉は黙って比奈を見る。

「これ、ありがとうございます。嬉しいです」

ハートを持ち上げて笑顔で言うと、壱哉も笑顔で答えた。

「いいえ、どういたしまして」

「それで、言いたいことがあって」

「何」

「聞いていいですか」

壱哉は首を傾げて、頷いた。だから比奈は思い切って言った。

「壱哉さん、私と、したい、ですか」

比奈が言うと、壱哉は少しだけ眉間に皺を寄せた。比奈の言ったことは言葉が足りていなくて、すぐには理解できなかった様だ。

「何を？　……ああ、まぁ、そうだね」

少しして壱哉は、比奈の聞きたいことがわかった様子だった。そして、それで、と次の言葉を促す。

「したくないんですけど」

比奈は言ってから、しまった、言い方を間違ったと思った。けれど、訂正の言葉が上手く出てこない。

「壱哉さんのこと、苦手だったし。でも、あの、違う……」

「落ち着いて話していいよ」

頭をポンと軽く叩かれて、それから撫(な)でられる。

普通はあんなことを言われたら、傷つくだろう。したいですかと聞かれて、したい、と壱哉は言ったのだ。そんなことを言ってはだめだと気付いても、いったん口から出た言葉はもう取り消せない。

「ごめんなさい。私、その、そういうことしたことがないので」

比奈が俯(うつむ)いて、普通より小さな声で言うと、壱哉は何も言わなかった。

「壱哉さんのことは、前は苦手だったけど、今は平気です。でも、付き合って結構経つけど……すぐには無理っていうか……」

「いいよ」

顔を上げると、壱哉の笑顔とぶつかる。

「なんとなくそういう気がしていたし」

「どうして」

「だから、なんとなく」

壱哉は比奈の肩を抱き寄せる。比奈の心臓は、うるさいほど動悸(どうき)を速めた。

「こんな年になって、おかしくない？」

「そういう人、世の中にはたくさんいると思うけど」

「壱哉さん、変な人だ」

「どこが？」

「私、上手く話せないし、でも壱哉さんはこんな私が本当に好き？」

「好きだよ。だから待ってる」

比奈は壱哉を見る。壱哉は比奈を見て微笑む。

「比奈さんは？」

聞かれて、きちんと言わなければと思う。

「待ってもらえる？」

「しょうがないから」

「そんな言い方しなくても」

比奈が言うと、壱哉は声を出して笑った。

「さっき、したくないとか言ったし。お互いさま」

それでも、ここまではさせてくれる、と壱哉は比奈の耳元で小さく言い、それから、比奈の唇を軽く啄んで、抱きしめた。

「好きだよ。だから待ってる」

壱哉は、比奈を抱きしめながら、もう一度そう言った。比奈は抱きしめられながら頷く。牧田も言っていた通り、壱哉は待ってくれると言った。

この先も、と考えるとまだ想像はできないけど、でも壱哉とだったら、できそうな気がする。

比奈は本当に安心した。不安は残るけど、安心の方が勝った。身体の力が抜ける。壱哉の力強い腕に身を任せた。

☆　☆　☆

ふと気が付くと、比奈の目に飛び込んできたのは、見慣れない天井。ふかふかと柔らかいベッドは、比奈の家のシングルベッドではなく、やや大きなセミダブルサイズだ。

「え……え？」

布団をめくってみると、昨日の服を着たままだった。どこにも乱れたところはない。腕時計は午前九時過ぎを示している。慌てて飛び起き、ドアを開けてリビングに行くが、そこに壱哉の姿はなかった。テーブルの上にはラップで包まれたおにぎりと鍵が置いてあり、小さな手紙が添えられていた。

『仕事なので先に出ます。マンションを出て、真っ直ぐに行けば比奈さんの家です。おにぎりしかないけど食べてください。部屋の鍵は閉めて、そのまま持って帰ってください。部屋に入る時の暗証番号は、比奈さんの誕生日です。いつでも好きな時に来てください』

最後に、壱哉、と綺麗な文字で書かれてあった。手紙を手に取り、顔に押し当ててみた。

「……っていうか、私の誕生日って」

比奈の誕生日は三月二十日。

「0320」

それだけで、やけに心が高鳴るのだから、恋はおかしいと思う。

比奈は首にかけたネックレスのハートを握りしめ、どうかこのドキドキをコントロールできますようにと祈った。

そこまで考えてはっと我に返り、急いで身支度をする。

首元で揺れるハートを、くすぐったく感じながら。

7

比奈に約束するように、壱哉は言った。

『好きだよ。だから待ってる』

壱哉は比奈に確かにそう言った。でも、いったいどれくらい待ってやれるだろうか、と自分の言葉を訝しく思う。

そうして比奈を思い浮かべる。人前で少しは話すようになったと思うが、人見知りな性格はすぐには直せない様子だった。特に男の前では押し黙ってしまいがちだ。

そんな比奈だから、異性と身体の関係なんて持ったことはないだろう、と思っていた。比奈が大学生の頃、彼氏がいたことは知っている。けれど、彼女の性格を考えると、たいして深い付き合いではなかったのだろう。

でも今はお互いに大人で、以前の関係とは違う。もしそういうことになって、途中で拒まれたとしたら、待ってやってもいい。だが、比奈を抱きたい気持ちは強い。どうしてもこの欲望を達成したい。だから比奈を安心させるような言葉ばかり言ってしまったのだが、今はそのことを後悔もしている。壱哉の言葉にすっかり安心した比奈は昨夜、壱哉の部屋で眠ってしまったのだ。

もちろん、何かするわけにいかなかった。比奈をベッドに寝かせ、自分はソファの背を倒してベッドにして寝た。

だけど比奈は、キスまでなら許してくれる。

壱哉は比奈が初めて壱哉の家に来た日のことを思い出す。

「……っは……ん」

初めはキスにも抵抗があるようだったし、身体を硬くしていた。けれど今は違う。キスをすると身体が柔らかくなって、簡単に壱哉に抱きしめられる。そして、少し深く唇を合わせると、壱哉の身体に縋ってくる。そして唇をずらすたびに、甘く悩ましい声を出す。

「ん……っん」

比奈の頬を両手で包み込み、その後片方の手を耳の後ろに移動させる。比奈の後頭部をやんわりと固定し、角度を変えてまたキスをする。比奈の背を抱き寄せると、壱哉のジャケットの襟に手を置いていて、手を丸めて苦しそうにしている。そんな比奈の様子を見るのが快感だった。

「壱哉さ……っ」

息を吸わせた合間に壱哉の名を呼んだ甘い声。もう一度出させたくて、唇をずらす。

「う……っん」

壱哉に身体を預けきっている。耳の後ろを撫でて、深く唇を重ねるとスーツの襟を掴んで、眉を寄せる。これ以上したらまずい、と考えて唇を離す。唇をずらした時に息をしっかり吸えばいいのに、比奈は息継ぎが下手だ。だが、慣れていないその感じがいい。こういう表情や仕草を見たことがあるのは、自分だけなのだという優越感に浸る。

比奈の背中を撫でてやると、身体をさらに預けてきた。

「ん……」

比奈は息を吐いて、掴んでいた襟を離した。

「ごめんなさい、襟に、シワが」

「構わないよ」

比奈の赤い顔を見て、比奈の鼓動を感じて。比奈の濡れた唇は、もう一度、と思わせた。だが壱哉がじっと見つめると、比奈は必ず視線を逸らす。そんな時の目元の表情も魅力的だった。


身体の関係を待つと言った翌朝、壱哉は比奈に合鍵を預けた。これまで女性を部屋に上げることはあっても、鍵を預けるようなことは決してなかった。自分のテリトリーへ他人に勝手に侵入されるのは嫌だったから。

でも比奈なら、いつだってウェルカムだ。鍵を預けるということは、それだけ好きなのだということなのに、比奈は何か思うところがあるようで、まだ一度も使ったことがない。

付き合い始めて、すでに五ヶ月目に入っている。部屋の鍵を預け、キスもしていて、手を伸ばせば届くところにいる比奈。普通だったら、もっと先に進んでも、文句なんか言われないだろう。だが待つといった手前、そういうことをするわけにはいかない。

どれだけいい人なんだか、と思いながら心の中でため息をつく。

好きな女性にあんな甘い声を出されて、何も感じない男がいたら教えてほしい。

こんな風にペースを乱されるのも、じらされるのも、壱哉には初めての経験だった。

## 8

「……っは……ん」

二人で外食をした後の、車の中。駐車場に人気はないけれど、車中でこういうことをするのは初めてなので緊張する。

壱哉と知り合った十四歳の頃の比奈は、まだキスさえ知らなくて、友達が彼とキスをしたなんて話を聞くだけでドキドキしていた。

「ん……っん」

物思いにふけっていると、壱哉の両手が比奈の頬を包んでいた。片方の手が耳の後ろに移動して、そして比奈の後頭部をそっと固定する。もう片方の手は、比奈の背を抱き寄せた。

比奈は壱哉のジャケットの襟のあたりに手を置いていて、けれどそれがシワになるといけないから、猫のように指先を丸めていた。こんな風に壱哉の身体にしがみつく格好になってしまうのは、内から湧き出る激しい思いに耐えるためだった。この激しく熱い思いは、キスを続けている間ずっと持続する。

　唇をずらし、そっと息を吸う。軽いキスだけで終わる日もあれば、こうやって深く唇を重ねることもある。そのたびに声が出そうになるのを我慢したり、内から湧き出る情熱をやり過ごしたりするのに、比奈は必死だった。

　ようやく唇が解放されても、すぐには目を開けられなかった。軽く啄むようなキスをされて、唇が濡れているのを感じる。唇を離した後、壱哉は比奈を抱き寄せ、まるで泣く子を落ち着かせるように優しく背を撫でる。比奈にはそれが心地いい。

「付け睫毛？」

　壱哉が比奈の目蓋に触れる。比奈は軽く目をつむり、じっとしていた。

「マスカラです。仕事が終わった後、牧田さんに塗られたんです」

　いつも牧田が使っている、筆タイプのアイライナーを使用されたので、もともと大きい目が今日はさらに強調されている。

「ごめんなさい、濃いですよね？　直す暇がなくて」

　いつも使っているグリーンのアイシャドウが取れかけていたので、それを直している時に、牧田からアイメイクをされたのだ。「デート？」と聞かれて、比奈は何も言わなかったけれど、牧田はすぐにわかったらしく、自分のメイク道具を持ってきた。

『デートなら、比奈ちゃんをいつもより美人にしないとねー。ちょっと濃く見えるかもしれないけど、目力が強いからオッケーよ。よく似合ってる』

牧田はそう請け合ったけれど、どう見ても濃いメイクだと思う。チークも口紅も薄目だが、目がかなり強調されているので、多少ケバい。比奈はバッグから携帯のコンパクトを取り出して、自分の顔を見る。何度か瞬きをして、ため息をついた。

「気に入らない？」

「はい。どう見ても化粧オバケです」

比奈が化粧オバケ、と言うと壱哉は笑った。比奈の顎を少しだけ上向かせて、しげしげと顔を見られる。緊張して身体が固まる。

「これくらいメイクしていた方が、比奈さんは似合うよ。塾の生徒さんたちの手前、昼間はここまで濃くできないだろうけど、仕事が終わって誰かと会う時くらい、いいんじゃないかな」

「……壱哉さん、ナチュラルメイクが好みだと思ってました」

「メイクの好みなんか別にないよ。その人に似合っていれば、いいと思うけど」

そうなのか、と思いながらコンパクトを閉じて、バッグにしまう。壱哉はエンジンをかけ、車を発進させた。

駐車場を出て、比奈の家の方角へと車を向ける。比奈が勤めている塾と、壱哉の会社はたいして離れていない。比奈のアパートと、壱哉が会社から支給されたマンションも近距離にある。

もちろん比奈のアパートとは違い、壱哉の家は豪華な新築4LDKマンションだ。使ってない部屋もあるくらい広い。

比奈は壱哉から合鍵を預かっているが、まだ一度も使ったことがない。壱哉の留守中、勝手に部屋に入ることには抵抗がある。どうしても合鍵を使って部屋に入らなければならないほどの用事もなかった。

比奈の心の準備ができるまで待つと言った壱哉。そう言われてすでに二週間以上経つ。四月も半ばを過ぎ、付き合ってからすでに五ヶ月目に入っているというのに。ぐずぐずしていると半年目に入って、比奈が何も言わなければ、二人はいつまでもこのままの状態かもしれないと思う。

「比奈さん」

「あ、何？」

「さっきから、ずっと黙ってるから、寝てるのかなと思って」

大丈夫です、と言って笑ってみせる。

壱哉に我慢をさせているのだろうか、と比奈は思う。壱哉はそんな素振りなどまったく見せないけれど、男だもの、やはり我慢しているのではないだろうか。

今日もこのまま何もせず、家まで送ってくれるだろう。それは比奈も望んでいることだけれど、どこか申し訳ないような気持ちになってしまう。

そう思うのは、きっと優しさの中に激しさが混ざってきたキスのせいだ。初めの頃は、息もつかせぬようなキスはしなかった。でも最近は、もう絶対に離したくないと言っているように激しく迫ってくるし、何度も何度も軽く唇に噛みつかれる。

壱哉は、いつまでも身体を許そうとしない比奈をどう思っているだろうか。面倒くさい女だとか、もしくは、もう別れたいとか思っているのではないだろうか。

変に勘ぐりたくなる思いが堂々巡りしてしまって、整理がつかない。

私はどうしたいのだろう、と比奈は自分に問いかけた。

☆　☆　☆

ため息をつきたくはないが勝手に出てしまうのは、仕事の忙しさからだろうか。

壱哉がパソコン画面に向かい始めて、すでに五時間半が経過している。今は午後八時半過ぎだ。

「集中できなくなってきた」

眼鏡を外して、目頭を揉むと目からジワリと涙が出てくる。疲れを実感して、デスクの隣に置いていたブリーフケースを持ち上げる。そろそろ帰るか、とスマホを取り出した途端、タイミングよく電話がかかってきた。

相手は三番目の弟だった。

『壱兄？』

「ああ、どうした？」

明るい声で話す健三は、どこか酔っているみたいだった。

「そっち、少しうるさいな。どこかで飲んでるのか？」

『今、比奈と飲んでるんだ。仕事中？　そうじゃなかったらこっちに来ない？』

比奈、という言葉に思わず反応してしまう自分がいる。彼女を好きだと自覚してからは、ふとした瞬間に会いたいと思うようになっていた。

「行こうかな」

壱哉が言うと、間髪容れず（かんはつい）に電話口から比奈の声が聞こえた。

『壱哉さん、忙しいでしょ？　この前会ったばかりだから、別に会わなくていい！』

『壱兄、聞こえた？　ひどい彼女だよなー？』

「ほんとうだ」

苦笑してそう答えると、健三は短く「待ってるから」と言って電話は切れた。

スマホをしまい、ため息を一つ吐く。こっちは比奈に可能な限り会いたいと思うくらい好きなのだが、彼女はそうではないのかと考えてしまう。意地っ張りな比奈のことだから、口をついて出た言葉だとは思うが、それでも聞きたくなかった。

これまで付き合ってきた女性となら、とっくに身体の関係に発展している頃だろう。けれど比奈とはいまだに、そういう関係に至っていない。

「キスは許すくせに」

独り言が口から零れ落ちる。比奈はいつも、キスは許すくせに、それ以上はできないと猫のような目で訴えてくる。壱哉は比奈が好きだから、身体ごと欲しいと思うのに、彼女は拒む。彼女だって子供ではないのだから、きっと、いつそういう関係になってもおかしくない間柄だということはわかっているはずだ。だからこそさっきのような場面で、遠まわしに会うことを避ける言葉を言うのだろう。

だが、いつまでも彼女のペースに付き合ってもいられない。壱哉は早くキスの先にも進みたいのだ。待ってほしいと言う比奈の気持ちを無下にするつもりはない。ただ、これから先もずっとこうだったらと考えると、自分はとても苦しくなるだろう。

「こんなことくらいで、いい大人が……」

これまでに付き合ってきた女性がいないわけじゃない。恋人の気まぐれで、約束していた日に「今日は会わない」と言われたことだってあるのに、比奈から言われるとなんだかショックが大きかった。

健三と比奈に合流した後も、そんな思いが壱哉の頭の中を支配していた。

もともと二人は幼馴染なのだから、仲がいいのは当たり前だが、二人の姿を見ていると、壱哉の心は痛んだ。比奈はまだ健三のことが好きなのではないか、という疑念さえ浮かんでくる始末だ。同級生で幼馴染、という間柄にさえ嫉妬する。弟である健三にまでヤキモチを焼く自分の心の狭さに笑ってしまう。

二人の話に相槌を打ちながらも、壱哉はずっとそんなことばかり考えていた。

もう、なんだか待てなかった。比奈が好きだから、これ以上は待ちたくない。もしずっと、彼女が壱哉とは身体の関係を持てないのならば、最悪、比奈とは関係を続けられない事態になるかもしれない。自分には男としての欲求もあり、一生このままでいろと言われたら、いくら思う気持ちがあっても、難しいだろう。

ならばいっそ、比奈のことが好きな気持ちを抑え切れる今のうちに、距離を置いた方がいいのではないか。そんなことさえ考えてしまう。それほどさっきの比奈の言葉は、壱哉の心に傷を残した。

☆　☆　☆

普通に付き合っているカップルが、どれくらい頻繁(ひんぱん)に会うものなのかわからない。けれど壱哉が東京の会社に復帰してからは、会う機会が格段に増えた。少なくとも、一週間に二回くらいは会っている。壱哉が会社に復帰してすぐは忙しすぎて、なかなか会えずにいたけれど、近頃は落ち着いたようで、積極的にデートの時間を作ってくれる。

今日だって比奈が思い切って電話をかけたところ、職場の近くまで迎えにきてくれた。

二人並んで、壱哉の車が停めてある駐車場まで歩く。

「急に呼び出したりしてすみませんでした」

「いいよ、ちょうど仕事も終わるところだったから」

「そうですか、よかった」

もしかしたら壱哉は比奈の誘いによって仕事を早く切り上げたかもしれない。そう思うと申し訳ない気持ちになる。

ほどなく、壱哉の車が見えてきた。壱哉が車のドアノブに触れると、解錠のしるしに、二回ランプが光った。

「この間、健三と三人で会った時『この前会ったばかりだから、別に会わなくていい！』って言ったのは嘘ですから。健三がいたから、恥ずかしくて」

比奈が言うと、壱哉はシートベルトを締める手を止めて、笑顔で頷いた。

「本気で言ってないですよ」

「じゃあ、会いたかった？」

間髪容れずそう聞かれて、比奈は押し黙った。

会いたかったかと聞かれて、否定も肯定もできない。お互いの距離をどう取ったらいいか、まだわからずにいたから。

「前から言おうと思っていたけど、少し距離を置く？」

普段通りの笑顔を向けられて、比奈は俯いた。

「よくわかりません。どうしたらいいのか」

どうして壱哉はそういうことを言うのだろう。比奈は壱哉と付き合いだして初めて、恋愛について深く考えるようになった。いつか彼と身体の関係を持つのかもしれないと、悩んでいた。

比奈は男の人と経験がない。キスだって、前に付き合った人とした時は、少し唇が触れただけでも気持ち悪くて、受け入れられなかった。でも壱哉とのキスはすんなりと受け入れられる。歩みは遅いかもしれないけれど、少しずつ距離を縮めていきたいと思っていた。

好きだと言われるとドキドキして、キスをされると心が浮き立つようだ。抱きしめられると、その心地よさにうっとりしてしまう。

キスの先を待たせているのはわかっている。壱哉が比奈のことを欲しいと思っているのは、キスの熱さから伝わってきている。

「どうしたら、いいんでしょう……」

途方に暮れ、もう一度同じ言葉を呟く。

これで距離を置かれたら、そのまま壱哉との関係は終わってしまいそうに感じた。それは嫌だ、と思う。

今、比奈が距離を置くことに同意したら、この人はあっさりと手を離すだろう、と直感的に思った。彼を失いたくない。

比奈が顔を上げると、壱哉が頬を撫でた。さらりとした感触の親指が睫毛に触れた。目蓋が自然と震えて思わず目を閉じたけれど、キスはされなかった。目を開けると壱哉は少しだけ笑顔を向けていて、比奈から手を離す。身体も離そうとしたが、比奈はそれを追うように、壱哉のネクタイの結び目に手をやった。比奈が少しだけ距離を詰めると、壱哉は比奈をよく見るために目線を下げた。

「比奈さん」

キスはされなかった。しようと思わなかったからだろう。

比奈はそのまま壱哉の首筋にゆっくり近づき、そこに頬を寄せて、まるで猫が甘えるように身体をすり寄せる。比奈が顔を少しだけ上に向けると、その頬に壱哉の耳が触れた。

どうしたいのかわからないけれど、でもずっと思っていた。

壱哉に近づきたかった。それに、今は離れたくなかった。

壱哉の清潔な柑橘系の香りが比奈の鼻をかすめる。これ以上は、どうすればいいかわからない。

でも、今、壱哉の手を離したくはない。こんなことをするのは初めてで、この行動が合っているのかもわからない。けれど、勇気を振り絞って大胆に、壱哉のネクタイの結び目をなぞりながらじっ、と壱哉を見上げる。

「距離を置いた方がいいですか」

念押すように問いかけた。

壱哉は何も言わない。ただ、比奈の目を見ている。

比奈はその瞬間、壱哉を受け入れる覚悟を決めた。正直、怖いけれど、この人とだったら一線を越えられるだろうと思った。

比奈がそのことを告げると、壱哉の手が比奈の背に添えられる。少し力を込めて抱き寄せられて、首に壱哉の息を感じると、そこに顔を埋められる。思わず首を竦めると、唇が首から耳を通って、比奈の唇に辿りついた。

重なる唇に、少しだけ逃げ腰になる。比奈の全てが欲しいと言っているような、そんな激しいキスだった。

☆　☆　☆

比奈には待つと言ったものの、壱哉は二人の関係がなかなか進展しないことに悩んでもいた。

比奈は外見も猫のように可愛らしいが、性格も猫のようだった。触ろうとすると逃げる、待つと言って安心させても、どこか不安な顔をする。そのくせキスをすると、甘い声を出して身体をしならせる。

「前から言おうと思っていたけど、少し距離を置く？」

キスは受け入れるが、それ以上のことは怖がって避けようとする。キスから先に進むことを意識するあまり、最近はキスだって少し逃げ腰になっている。

そういう態度で焦らされると、普通の男なら誰だって、もやもやする。触れたい気持ちはあるが、触れたらどうなってしまうのかと考えると、正直怖い。もしも嫌悪の目で見られたら、と恐れているのだ。

比奈は、男性と肉体関係を持ったことがないと、正直に、恥ずかしそうに、怖々と言った。壱哉がどういう反応をするか、と気にしていたのだろう。大きな目が潤んでいた。

そんな比奈を見ていると、今すぐにでも手を出したい衝動に駆られる。キスだけであれだけ甘い声を出すこの子が、セックスをしたらどれだけ甘い声を出すのだろう、と。

「よくわかりません。どうしたらいいのか」

比奈は顔を上げて壱哉を見上げた。その大きな目に誘われるように、頬を撫でる。色白の頬はふんわりとして柔らかい。頬に手を触れたまま、その親指で長い睫毛に触れた。比奈の目蓋が震え、キスをしたいと思ったが、我慢した。ここでキスをしてしまったら、やばい衝動が湧き上がる気がした。

壱哉は手を離した。ついで身体も離そうとした時、比奈は壱哉の身体を追うように、胸のあたりに手をやった。

「比奈さん」

思わず息を詰めた。比奈がどうしたがっているのか、その気持ちがよくわからない。普通ならここでキスをするのが自然の流れというものだろう。でも、壱哉は「距離を置くか」と聞いたのだ。それに対するこの比奈の反応は、どう解釈していいかわからない。

比奈は今までの相手とまったく反応が違う。壱哉が過去の経験を総動員しても、比奈には効かない。どう触れていいのか、それさえわからなくなる。

比奈は壱哉の首筋に、ゆっくり近づいた。首筋に頬を寄せて、まるで猫が甘えるように身体を寄せてきた。比奈の柔らかい頬が壱哉の耳に触れる。服の擦れる音がやけに耳に響いて、壱哉は、ざわりと感じてしまった。比奈の首筋からたちのぼる香りが、いつもより近かった。

「距離を置いた方がいいですか」

耳元で比奈のやや高めの声が聞こえて、唇の動きを首筋で感じる。

好きな相手にここまでされて、こんな風に身体をすり寄せられて、何もしない男がいたら教えてほしい。

距離なんて置けるはずもない。むしろ近づきたい。

比奈の身体を抱き寄せる。甘い香りがする比奈の白い首筋に顔を埋めて、キスをした。

「……ん」

小さく上がった声は、これだけ近いとしっかりと聞こえる。相変わらず甘い声で、比奈もそのことに気付いたのか、身体を硬くした。壱哉は比奈を抱きしめたまま、唇を近づける。軽く重なったところで、比奈が顔を少しだけ引いた。けれど壱哉はすぐにまた引き寄せて、唇を強く啄んだ。

「ん……っん」

深く唇を合わせて、比奈の頭をシートに押しつける。比奈の手が壱哉の肩に縋るように回されて、壱哉も身体をさらに引き寄せる。

引き寄せながら、自然とその手は比奈の胸のあたりに行きついて、服の上から胸の感触をまさぐった。手に余裕で包み込めるそれは、柔らかい。少し手を動かすと、比奈が息苦しいように顔を動かした。そのタイミングで唇を解放すると、比奈の顔が赤くなっていた。比奈は顔を俯けているから、その目がどんな色になっているかわからない。嫌がっているかどうか読み取れない。けれど壱哉は、比奈の薄いブラウスをスカートのウエストから引っ張り出して、中に手を入れる。そこまでしても比奈は嫌がらなかった。首筋に顔を埋め、両手を背に回す。下着の金具を外し、胸に直接触れた。

「あ、の」

比奈が醒めた声を出したので、手を止める。

触れ過ぎたかと思い、顔を上げた比奈の顔を見る。

赤い顔をしているけれど、壱哉を見る目に嫌悪感はなかった。瞬きで何度か睫毛が動いた。

「ここ、車の中……」

「……ごめん」

まだ駐車場で、車のエンジンさえかけていなかった。夜だから人通りが少ないとはいえ、こんな場所で比奈の服を脱がしかけていたなんて。壱哉がブラウスの中から手を引くと、比奈は身体を起こして服を直し始めた。壱哉が外した下着の金具もつけ直し、スカートの中にブラウスを入れる。

「すみません、壱哉さん」

比奈が壱哉を見て、謝罪を口にする。謝らなくていい、と言おうとすると、先に比奈が口を開く。

「あの……ここじゃないところだったら」

比奈が俯いた顔のままで言った。比奈の顎を持ち上げると、頬の赤みが増していた。

「して、いいわけ？」

正直、ここまでしておいて、触れられないのは辛い。

柔らかな胸の感触を知ってしまったのに、と比奈の頬に触れて答えを促した。

「待たせてごめんなさい。して、いいです」

きっと、勇気を振り絞って言っているのだろう。本当は触れられるのが怖いはずだ。もう少し先延ばしにできるものならそうしたかっただろう。だが、壱哉が距離を置きたいと言ったから、だから比奈はこうやって壱哉に身体を差し出したのかもしれない。それでも男は、ともかく抱ければいいと思ってしまうのだから、本当にしょうがない。

「じゃあ、移動しようか。途中コンビニに寄ってもいいかな」

なるべく冷静に言って、比奈の顔を見た。

比奈は小さく頷いた。それを見て、壱哉は車のエンジンをかける。

ここじゃない場所でと言われて、比奈を抱くための場所を頭の中で必死に検索する。そんな自分が少しだけ嫌いになる。なぜなら、本当にどこでもいいから早く、とセックスのことばかり考えているからだった。

ただ、その荒々しい欲望を抑えて、比奈のことを考えようとした。

比奈は初めてなのだから、と逸る気持ちを抑えるのは、至難の業だった。

9

壱哉はホテルに着くと、比奈をエレベーターの前で待たせてチェックインした。比奈とエレベーターに乗り込む。

部屋の鍵を開け、先に比奈を中へ通す。直後、比奈は立ち止まって壱哉を見上げた。だが視線が合うとすぐに目を伏せる。その仕草に誘われて、抱きたい気持ちがさらに強くなる。

比奈をドアに押しつけ、ふっくらとした唇を優しく噛んだ。

「壱哉さ……ん」

壱哉はネクタイをほどき、ジャケットを脱ぐ。その間も比奈にキスを続けて、先ほど触れた胸にもう一度触れた。柔らかなそれを上下に揉んで、ブラウスをウエストから引き出す。背中に手を滑らせて、その感触を堪能した。そのまま比奈の身体を抱き上げてベッドへ向かう。

「重く、ないですか」

「これくらいで？　軽いよ」

比奈の背をベッドにつけると、ブラウスのボタンを下から外す。比奈が着ていたカジュアルなジャケットとブラウスを一緒に脱がせた。比奈は壱哉から視線を逸らした。その顔を壱哉の方に向けさせて、キスをしながら壱哉はネクタイを取り去り、比奈のスカートのファスナーを下ろす。

「ん、ん……っ」

キスの合間に甘い声を出す比奈に、もっとその声を出させたくて、下着の金具を外して胸に直に触れた。触れながら、肩紐を外し、自分もシャツのボタンを外す。比奈は身を硬くして、けれど壱哉がすることを受け入れる。胸を隠そうとする比奈の腕を掴んで、目を合わせた。

「隠すと見えない」

「……だって、あの……ん、う……っ」

比奈の胸に唇を寄せる。先端の部分を口に含み、軽く吸ってみる。比奈が色白だということは知っていたが、胸はもっと白かった。比奈は壱哉に腕を掴まれたまま、力なくじっとしている。その腕を放してやると、比奈はゆっくりと壱哉の頭に手を伸ばしてきた。

「壱哉さん……っん、や」

左右の胸を唇で愛して、それから唇を深く合わせる。スカートを脱がせて床に放ると、壱哉もスラックスのボタンを外し、前を緩めた。コンビニで買った避妊具の箱を枕元に置き、比奈のショーツの中に手を入れた。すると途端に比奈の両足に力が入って、壱哉の侵入を拒む。

「比奈さん、力を抜いて」

比奈は壱哉の下で首を横に振って、肩に縋りついてきた。

「できない、です」

と甘い声を上げる。そんな甘い声で、そんな可愛いことを言ったら、男の欲望を煽るだけなのに。そういうことが比奈はまったくわかっていない。

「苦しいから、力を抜いて」

もう一度壱哉が言うと、比奈は大きく息を吐いた。

「……痛く、しない?」

大きな目が懇願している。その仕草はあまりにセクシーで、壱哉を十二分にその気にさせる。

随分待たされて、こんなにも慎重に手を出している。絶対に痛くしないと約束することはできないが、壱哉は比奈の頭を撫でて、そこにキスをした。

比奈はようやく、力を抜いた。壱哉は比奈の足の間に身体を入れ、覆いかぶさる。ショーツの中に手を入れると、また足に力が入ったけれど、今度はすぐに力を抜いた。

比奈の秘密の場所に指を侵入させると、狭さを感じる。けれどそこは充分に濡れていて、熱くて、壱哉を受け入れる準備ができていた。

「ん……っい」

「痛い？」

比奈が首を横に振るのを見て、枕元にやった箱に手を伸ばす。中から一つ取り出し、袋を破る。その中身を着けてから、比奈の足を抱え上げた。比奈は壱哉の一連の動作を見ながら、懸命に息を吐き、力を抜こうとしていた。その健気さに打たれた壱哉は、比奈の頬を両手で包み込んだ。

「……どうしたら、いいの」

息が上がりかけている比奈に軽くキスをしたところで、眼鏡をかけっぱなしだったことに気付く。壱哉はさっと眼鏡を外し、比奈の頭を撫でた。

「そのまま、動かないで」

壱哉はもう一度キスをして、片手を比奈の足の間に持っていった。そして、そのままゆっくりと比奈の中に壱哉自身が入っていき、その途中で比奈から唇を離し、熱い息を吐いた。

「う、あ、あ……っ、ちやさん……」

比奈の背がしなる。壱哉の腰を両足で締めつけた。

久しぶりの行為だった。同じことを他の女性ともやったことがある。ただ、これが昔から知っている比奈の身体だと思うと、より興奮する。初めて会った二十歳の頃、まだ中学生だった比奈とこんなことになるとは夢にも思わなかった。比奈の内部がこんなにも狭く、心地よいものだということも知らなかった。

「こんなに……」

比奈の顔が歪んだ。大きな目に涙が盛り上がる。

「ごめん」

比奈の頬に手をやると、瞬きと共に涙が零れる。その涙を拭って、大きな目にキスを落とした。微かに涙の味がして、それだけで下半身はまた苦しくなる。

「動いて、いい？」

と聞くと、比奈は歪んだ顔のまま、壱哉に向かって手を伸ばした。その歪んだ顔がまた可愛いと思うのだから、恋は重症だ。

比奈が壱哉の背に手を回して、何度も何度も名前を呼ぶ。

壱哉はゆっくりと比奈の身体を揺らし始めた。

☆　☆　☆

　ことが終わった後、比奈はぐったりとしていた。呼吸を整えるのにも時間がかかったが、それはフィニッシュにあたって壱哉がちょっと無理をさせたせいかもしれない。しているうちに比奈も痛みが薄れてきたのか、甘い声が混じるようになった。その声に煽(あお)られてつい、初心者にとってはやや過激な営みになってしまった。それでもセーブはしたつもりなのだけれど。

「比奈さん、水飲む？」

　比奈は頷いて、億劫(おっくう)そうに起き上がる。壱哉からペットボトルを受け取って飲み、最後はむせた。比奈の細い背を撫(な)でると、目にまた涙が盛り上がる。

「どうした？　苦しかった？」

　ぐったりするほど動いたのは壱哉の方なのだが、比奈も相当疲れたようだ。だが比奈は首を振って、壱哉を見る。

「大丈夫です。ただ、なんか……本当に、まだ痛いんです」

　そうとしか言えない。壱哉は男だからそういう痛みはわからない。だから何も言えない。

「次は痛くない？」

「たぶん、ね」

「壱哉さん、さっきから曖昧」

「なんとも言えないから。個人差があると思うし」

比奈は潤んだ目のまま、外を向く。冷たい水をもう一度口に含んで、壱哉と目を合わせないようにして言った。

「次は、なるべく、痛くないようにしてください」

さっきから次は、次はばかり言う比奈が可笑しかった。

「次もしてくれるんだ？」

その言葉にカチンときたらしく、比奈は大きな目で睨む。刻一刻と変化する比奈の表情は見ていて飽きない。

「させてくれるなら、今度は比奈さんを気持ちよくしてあげる」

「……その言い方、やめてください」

「どうして？」

「そういうことは口に出さないで、ってことです」

比奈が壱哉に背を向けたので、その綺麗で滑らかな背中に触れて、抱き寄せる。後ろから抱くと比奈は身体を硬くしたが、しばらくすると少しだけ緊張を解いた。

「好きな人に、苦痛を感じさせたくないだけだよ」

壱哉が言うと、比奈が振り向いて、じっと見た。

「壱哉さんは……よかったんですか？」

思い切って聞いたのだろう。比奈の目元が少し赤い。大きな目は少しだけ赤くなっていて、それが自分のせいだと思うと、壱哉の心に後ろめたさと嬉しさが入り混じった。

「よかったよ」

比奈の声とか、身体の内部とか、よかった点を数え挙げたらきりがないのだが、比奈との行為そのものが、初めてのわりにはとてもよかった。これがもし初めてじゃなかったら、どれほど強烈によくなってしまうだろう、と勝手に想像が膨らむ。

比奈はじっと見ていた目を少しだけ伏せて、壱哉の唇に近づいた。

近づいてくる比奈の唇に、迷いなくキスをして、華奢な肩を撫でる。

待たされた時間が長かっただけに、満足感も大きかった。

唇を離すと、いつものように比奈の白い頬を撫でて、抱きしめた。

## 10

自分が誘ったと思う。思うではなく、誘った。

『待たせてごめんなさい。して、いいです』

深いキスをされて、胸を少しだけ揉まれたけれど、嫌じゃなかったから。

そのまま触れることを許していたが、服の上から触れるのではなく、ブラウスをスカートから出されて、下着のホックを外されて、直（じか）に触れてきた手。その手の感触と温かさを感じながら、だけどここは車の中だから、と言って。

ここではないところだったら、と言うと手を引いてくれた。途中でコンビニに寄るから、と言ってどこかへ電話をした。フルネームで名を告げ、スイートルーム、と言っただけで電話を切った。

本当にいいのだろうか。ホテルの予約だとわかって、急に心臓が苦しく鳴り始めた。

二十六年の人生の中で、軽く触れるようなキスしかしたことがなかった。

だから、隣で車の運転をする人にされたキスは、初めて経験するキスだった。抱きしめる強さとか感触とか、そういうのも、全部初めての体験をさせた人。

「どこに、行くんですか」

ようやく声に出して聞くと、たった一言返された。

「トレジャーホテル」

「……壱哉さん、コンビニはどうして？」

どうしてコンビニに行くの？　そう言いたかったのに、間違えた。

「コンドームを買うから」

あっさり言われて、ああそうか、と思ったけれど。セックス、避妊、というものがリアルに頭の中を駆け巡った。

「怖くなった？」

壱哉に聞かれて、今の気持ちを素直に言った。

「怖く、なったかも」

壱哉は少しだけ笑って比奈の頬を撫でた。そうしてシートベルトを外して、車から出て行く。それを見送って、大きく深呼吸して、自分にこれから起こることを想像した。

「私、壱哉さんと、するんだ」

顔を上げると、壱哉がコンビニから出てくるところだった。およそコンビニなんか似合わない、エリートの姿。しかもカッコイイから人目を引く。そんな彼がどういう顔をしてコンドームなんか買ったのだろう。

壱哉が車に乗って、こちらを見た。

「怖いかもしれないけど、僕は比奈さんとしたい」

露骨にそう言われて、目を伏せる。壱哉が胸の奥に潜めている男性としての欲望を、特に今夜は強く感じる。

「あ……はい」

車が動き出し、比奈は街の景色に目をやった。やがて見えてきたのがトレジャーホテル。

比奈は瞬(まばた)きをして息を小さく吐いた。

☆　☆　☆

ホテルの一室に入り、壱哉がカードキーを差し込むと灯りがついた。

そうして壱哉と目が合って、すぐにその視線を外し、目を伏せる。

ドアに身体を押しつけられたのは、急なことで。瞬(まばた)きをする間もないほど素早く、比奈の唇に壱哉の唇が重なり、優しく唇を食(は)まれた。

「壱哉さ……ん」

壱哉はネクタイをほどいて、ジャケットを脱いだ。

比奈へのキスをやめないので、苦しくなってくるけれど、忙(せわ)しなく繰り返すキスに、壱哉の思いを感じた。だんだん深くなっていくキスに息苦しくなりながら、唇をずらしたタイミングをねらって息を吸って。そうして何度もキスをしながら、壱哉は比奈の胸に触れてきた。壱哉の大きな手に比奈の小さな胸はすっぽり収まってしまう。それを優しく上下に揺らされて、ウエストからブラウスを引き出された。

背中に手が添えられ、服の下から直(じか)に背中に触れる。温かく大きな手が背中を通ってウエストに触れた。そして軽々と身体を抱き上げられて、ベッドへ向かう。比奈は、これから自分たちがすることを考えた。

ああ、どうしよう、と思いながら壱哉の肩に手を置いてその目をじっと見る。

苦手だったはずの黒い目が比奈を見ていた。

「重く、ないですか」

「これくらいで？　軽いよ」

微かに笑った壱哉は、比奈の身体を背からベッドに下ろす。ブラウスのボタンを下から外して、ジャケットと一緒に、脱がされる。視線が合うと、比奈は壱哉から視線を逸らした。壱哉は比奈の頬に手を添えて、優しく自分の方へ向ける。

しっとりと重なる唇の柔らかさを感じて、少し息を詰めた。唇を啄むようなキスを繰り返されて、そのたびに濡れた音が聞こえて、心臓がばくばくした。壱哉の手が、比奈のスカートのファスナーに伸びる。脱がされる、と思うとキスの深さが増して、壱哉の吐息が聞こえた。

「ん、ん……っ」

キスの合間に声が出るのを噛み殺そうとしたけれど、下着のホックを外されるのを感じて、声を噛み殺すことができなかった。大きな温かい手が、比奈のたいして大きくない胸に直接触れるから。

思わず身体を硬くしたけれど、壱哉がすることを拒否できない。肩紐を外して下着を取られ、直接胸を見られることが恥ずかしかった。女の人とお風呂に入ったことはあっても、男の人に裸を見られるのは初めてだ。

しかも、相手は中学生の頃から知っている壱哉。嫌いだった相手。

両腕を前にやって胸を隠そうとすると、壱哉に両腕を掴まれる。胸の前で交差していた腕を開かれ、「隠すと見えない」と言われた。

見られるのが恥ずかしいんです、と言えなくて顔が熱くなる。

「……だって、あの……ん、う……っ」

顔を寄せてきた壱哉の吐息が胸にかかる。壱哉は唇を開き、比奈の胸の一番上の部分を軽く吸った後、美味しいものでも食べるみたいに比奈の胸を吸った。濡れて柔らかい舌の感触。

愛撫を受けながら、こんなこともするのか、と思って息を吐く。

「はぁ……っん」

恥ずかしいほど甘い声が出てしまう。ドキドキと苦しいくらいに打つ心臓。ただ息を吐き出しただけ、苦しい息を逃がしただけなのに、恥ずかしい声が出る。

片方の胸を食んでいた唇が、もう片方へと移動する。空いた方の胸を壱哉は手で包み込み、優しく上下に揉み上げる。

「壱哉さん……っん」

両方の胸をそれぞれ唇が触れていく。壱哉の唇が、比奈の胸から鎖骨を通って唇に行きついた。比奈の口内に舌が侵入してきて、息ができなくなる。それと同時に、完全にスカートを脱がされて、取り去られる。その後に何か金属音が聞こえたけれど、壱哉がベルトを外す音だとは気付かなかった。

身体を引き寄せられて、比奈の足に硬いものが当たる。それが壱哉の身体の一部だということがわかるまで、ちょっと時間を要した。はっきりわかったのは、壱哉が比奈の足に触れながら、スラックスのボタンを外してジッパーを下げた時だった。

比奈の足からウエスト、そしてショーツの中に手が入ってくる。

あ、と思った時にはもう触れられていた。咄嗟に力を入れたから、両足で壱哉の手を挟んでしまって。けれど指が動くから、触れられるまま、その感触に熱さを感じて息を吐く。

「比奈さん、力を抜いて」

「できない、です」

壱哉の肩に縋って首を振った。

壱哉から見られる、触れられる。その全てが恥ずかしくて、壱哉は比奈の身体を見てどう思っているのか知りたくて、少しだけ目を開ける。

にこりと笑った壱哉が、耳元で言った。

「苦しいから、力を抜いて」

苦しいから、というのは壱哉自身だろうと思うと、顔がさらに熱くなる。身体の力を緩めると、壱哉が比奈の足の間を撫でてきた。肌が粟立つような感覚。身体の芯から込み上げる熱いものが、足に力を入れさせた。一度ショーツの中から出ていった彼の手が、比奈の臀部を撫でる。

全部が恥ずかしい、というのが壱哉はわかっているのだろうか。彼は経験が豊富だろうけれど、比奈には全てが初めての経験で、怖くて、恥ずかしくて。

「……痛く、しない？」

壱哉の大きな黒目を見つめながら、できれば痛くしないでほしい、という気持ちで言った。

誰に聞いても、痛かった、としか言わない初エッチ。初めて同士だと、余計痛いとか、そういう話はよく聞いた。いつか比奈も経験すると思っていたけれど、その相手というのが、どこからどう見ても素敵でカッコイイ、壱哉。そういえば牧田が、初めてがイイ男でよかったじゃない、と言っていたっけ。

「それはわからない」

比奈が何度か瞬きをして壱哉を見ると、短くキスをされる。足を閉じられないようにするためだろうか、壱哉の身体が両足の間に入る。

恥ずかしい格好。比奈は目を逸らし、上から覆いかぶさってくる壱哉の重みだけを感じていた。もう一度ショーツの中に手が入ってきて、触れる。一度力を入れたけれど、もう足を閉じられないから、力を抜いた。ショーツを脱がされ、大きく息を吐き出すと、まだ誰も触れたことのない比奈の身体の隙間に指が入ってくる。もう一本、指を入れられた時、少し痛くて。でも、するりと入ってしまうのが恥ずかしかった。音を立てて入ってきたから、余計に恥ずかしい。

「ん……っい」

少し痛かったから身を縮めると、耳元で壱哉の声がした。

「痛い？」

首を振って壱哉を見ると、中の指が動いた。少しだけ背を反らして、あ、と甘い声が出る。比奈は裸になっているけれど、壱哉はまだそうなっていなくて。壱哉は脱がないのかな、と思っていると、シャツを脱いでスラックスをずらす。スラックスを脱ぐところは、目を逸らした。

やっぱり恥ずかしい。だって壱哉はまだ眼鏡を外してなくて、しっかり見られている。比奈の裸をどう思っているのか。

忙しなく息を吐き出しながら、中に指が出入りする感覚がリアルで、この時も声が出て。いつの間にか壱哉は四角のパッケージを手にしていて、それを破るところを比奈はボーッと見ていた。

壱哉が比奈の足を抱え込んだので、瞬きをして壱哉を見る。

今からされることが少し怖い。裸で恥ずかしいうえに、いよいよ男の人を受け入れる。

壱哉が比奈の足から手を離し、頬を両手で包んだ。

「……どうしたら、いいの」

比奈が聞くと、壱哉はいつものように少しだけ笑った。でもいつもと違うのは、嫌いだった黒い目が、なんとなく違う色に見えたこと。

そうして息が上がった比奈に壱哉は軽くキスをして、やっと眼鏡を外した。サイドテーブルの上に眼鏡を置き、比奈の頭を撫でる。

「そのまま、動かないで」

もう一度キスをして、比奈の左足を抱える。唇を離さないまま、少しだけ腰が浮く。

比奈の隙間に、硬いものがゆっくりと侵入してくる。

唇が離れたので、息を大きく吐き出す。

「う、あ、あ……っ、ちやさん……」

痛かった。思わずのけ反るほど、痛い。こんなに痛いなんて思わなかった。もうやめてと言いたいくらいなのに、壱哉はまだ中に入ってくる。

「……っん」

壱哉が吐息のような色っぽい声を出した。そして壱哉が閉じていた目を開けると、ドキリとするほど、色を湛えていた。

痛いのに、とても痛いのに、しっかりと目を開けて壱哉の顔を見た。こんな顔をするんだ、と思って。

いつもの穏やかな表情と違う、男の顔だった。

痛いと思いながらも、中に入った壱哉を感じる。比奈の隙間がいっぱいに開いている気がして、そのせいで痛いんだ、と思った。腰を揺すられると、さらに痛い。

「こんなに……」

自然と涙目になっていた。壱哉の大きな手が頬を包んで、瞬きをすると涙が零れた。あまりにも痛くて。

「ごめん」

すまなそうに、でも微笑んで言う壱哉は、本当にいつもと違う。

涙を拭われて、壱哉の唇が比奈の目蓋にキスをする。そうして、堪らないという感じに、息を吐き出して。

「動いて、いい？」

痛いから嫌だ、とは言えなかった。壱哉はそうしたくて堪らないようだった。

痛いんだけど、と思ったが、比奈は壱哉に手を伸ばす。

壱哉も比奈の背に手を回して、抱きしめる。恥ずかしい思いもあるけれど、それよりも痛みがあって、気が逸れていた。

「比奈……」

耳元に熱い吐息を感じて、そうして身体が揺れ始める。

「っ……い、たい……ぁ」

抱きしめた手を離して、壱哉が起き上がる。比奈の頬を利き手の左手が包む。

「ごめん……でも、僕の、ものになった」

壱哉は切れ切れに言った。その言葉にドキリとする。

この人が好きだ。好きじゃなきゃ裸なんて見せられない。そして、初めての経験もあげられない。

壱哉から与えられた痛さと、少しだけ感じる心地よさ。そして、込み上げる熱いもの。

身体を揺すられながら、何度も壱哉の名前を呼んだ。

☆　☆　☆

壱哉自身が比奈の身体から出ていって、忙しない息のまま、正面から抱きしめられる。

比奈が息を整えられるよう、優しく背中を撫でられる。壱哉のもう一方の手は比奈の目蓋を撫でてから、頬を撫でる。

「大丈夫？」

布団を引き上げて、比奈の身体を覆うと、頬にキスをして唇にも軽くキスをする。

大丈夫だけど、まだ痛みがあるから。

比奈がそう言うと、壱哉は微かに声を出して笑った。そうしてもう一度キスをして鎖骨を撫でた後、比奈の身体から手を離して、起き上がる。

ベッドから下り、下着だけ身につけてから、冷蔵庫の中にある水を取り出した。そうしてクローゼットを開け、白いガウンを二つ取り出す。

「比奈さん、水飲む？」

息を整えるのに時間がかかったし、起き上がるのはしんどかった。水を手渡され、喉に流し込むとむせてしまった。あまりむせたので、目に涙が浮かぶ。

「どうした？　苦しかった？」

壱哉が比奈の背を撫でる。心配そうに聞かれ、首を横に振って応える。

「大丈夫です。ただ、なんか……本当に、まだ痛いんです」

「……そう」

壱哉に奪われた初めての経験。こんなに痛いとは思わなかったし、後を引くほど痛いなんてことも知らなかった。

いつもいつも、こんなに痛いのなら、もうしたくないとさえ思う。

「次は痛くない？」

「たぶん、ね」

「壱哉さん、さっきから曖昧(あいまい)」

「なんとも言えないから。個人差があると思うし」

「次は、なるべく、痛くないようにしてください」

さっきから次は、次は、と言っているけれど、それを期待しているわけじゃない。

こんなに恥ずかしいこと、壱哉としかしたくない。

比奈の決心がつくまで何ヶ月も待ってくれた。普通なら、一ヶ月も付き合えばしておかしくない行為なのに。

「次もしてくれるんだ？」

比奈はいろいろ考えているのに、壱哉が笑いながら軽く言うので。比奈は少し睨(にら)んでやった。

「させてくれるなら、今度は比奈さんを気持ちよくしてあげる」

髪の毛に触れながらそう言われ、少し顔が熱くなる。

「……その言い方、やめてください」

「どうして？」

「そういうことは口に出さないで、ってことです」

まだ初心者なのに、気持ちよくしてあげる、なんて。壱哉に背を向けて、水を飲む。そうすると、背中に触れた大きな手が、中心を撫でて、後ろから抱き寄せる。いきなりだったので思わず固まったけれど、息を吐いてその腕に身体を預けた。

「好きな人に、苦痛を感じさせたくないだけだよ」

好きな人に、というそれがドキドキした。後ろを振り返って、壱哉を見上げる。

「壱哉さんは……よかったんですか？」

こんなことを面と向かって聞くなんて、と恥ずかしくなり、顔がまた熱くなる。

初めての比奈は、快感よりも痛さの方が先だった。後半は少し感じたけれど、それだけ。

だけど壱哉は、他の人に聞かれても同じように答えるのかもしれない、と思いながら目を伏せ、唇に唇を近づける。

「よかったよ」

耳元でそう囁かれて、またドキリとする。相手が比奈だからよかったんだ、と言われた。

それは自然な流れだった。特に意識をせず、近づきたいから近づいた。期待通り壱哉も比奈にキスを返してくれた。啄むようなキスをして、肩を撫でた。それから少し深くキスをして、一度だけ舌が絡んできて、唇が離れた。

さっきクローゼットから出してきたガウンを取り、比奈の左腕を持ち上げる。袖を通して、反対側もそうされて。

「疲れたかもしれないけど……シャワー、浴びておいで」

「はい……壱哉さんは？」

「君の後に」

頭を撫でて笑みを向けられる。それがまた素敵で。

この人は前から素敵だったけれど、前よりもずっと素敵に見えるのは、比奈の心が変わったから。

「い、行ってきます」

浴室のドアを閉めて、大きく息を吐き出した。

「ガウン、着せてくれたけど……こんなこと、普通するのかな？　壱哉さんは慣れてるんだろうけど」

壱哉はごく自然に、比奈の背中からガウンを着せかけ、腕を通してくれた。

「カッコよすぎ」

ガウンを脱いで、鏡を見る。比奈の肌に赤い痕がいくつもあった。胸に、ヘソの横に、脇腹に、そして足の付け根のあたりに。全て、壱哉の唇が辿った後。

顔が熱くなる。壱哉に全てを見られたことが恥ずかしい。こんなこと、誰もがやっていることだけど。

そう思いながらシャワーを頭から浴びる。疲れていたけれど、心地よかった。

シャワーを終えて身体を拭き、髪の毛を乾かしてから浴室を出ると、壱哉はスマホを耳に当てながら、こちらに視線を向ける。壱哉はそのまま立ち上がり、比奈のところへやってくる。

比奈の髪の毛、そして耳に触れた。

どこの国の言葉かわからないけれど、流暢に話している。

電話を切って、にこりと笑った壱哉は、頬を撫でた。

「先に寝てて。シャワー浴びてくる」

近くにあるテーブルにスマホを置き、そのまま浴室へ入っていくのを見て。

「仕事の話かな」

こんな時間に、こんな場所で電話を取るということは、プライベートではないはずだ。

まだ痛みの残る身体をベッドに横たえると、勝手に眠くなってきた。先に寝ていて、と言われた通りにしなければならないわけではないけれど、自然と目蓋が落ちてくる。

だから比奈は壱哉がシャワーを終えて出てきたのを知らない。

壱哉が比奈を抱きしめて眠ったことも知らない。

☆　☆　☆

「これから仕事、ですか？」

「本当は休みのはずだったけど、出社しなければならなくなった」

帰りの車中で、壱哉は大きくため息をついた。

早朝にチェックアウトをしたのは、壱哉が仕事になった、と言ったから。

「ゆうべの電話、仕事の話だったんですね」

「出なきゃよかったけど、でもそういうわけにはいかない相手だった」

壱哉は忙しい。頻繁に出張があるし、東京にいてもいつも遅くまで仕事。

「このまま行くんですか」

午前八時半を少し過ぎたところだった。

「いや、一度帰るよ」

「どうして？　仕事大丈夫ですか？　このまま行った方が……」

比奈が言うと、壱哉は苦笑した。

「昨日と同じスーツだと、朝帰りだってすぐにわかるから。いったん帰って、シャワーを浴びて行くよ」

朝帰り、という言葉を聞いてちょっとだけドキドキして。

確かに比奈も壱哉も朝帰り。素敵なホテルで初めて愛し合った後。

「シャワーも？」

「いつもと違う匂いとか、そういうの、女はめざといから。前に入浴剤を入れて朝風呂してから出社したら、今日はいつものフレグランスと違うんですね、篠原さん、って気付かれた。比奈さんも女だし、そういうことに敏感なんじゃない？」

言われてみれば、同僚の男性が、とてもいい匂いをさせていたことがあった。シャンプーを変えたのかと聞いたら、ただの朝帰りだった。

「気付き、ますね」

比奈が言うと、壱哉は笑った。そして、もうすぐ着く、と言ってハンドルを操作する。

比奈のマンションの前で車を停める。

こうやって朝帰りをしたのも初めてだが、朝、男の人に家まで送ってもらったのも初めてで。

「ありがとうございます、送ってもらって」

「いいえ。これからもずっと送らせてもらうから」

これからも、という言葉に、息を詰めた。

「どうしてそんな顔をするの？」

「だって、あの……」

「何？」

「壱哉さんは、恋人、だけど……ずっと送ってもらうのは、悪い気がして」

なんとなくそう思った。こんなこと、男の人にされたことがないから。

「好きな人とはできるだけ、車の中でもいいから一緒にいたいだけ。比奈さんは嫌かな？」

「いいえ、一緒にいたいです」

比奈が言うと比奈の顎（あご）を少しだけ上げる。

そして、しっとりと唇が重なってくる。比奈の唇が緩むと、キスの深度が増していく。

朝から熱いキス。何度も昨日したのに、ドキドキが止まらない。慣れることなんてあるだろうか？

唇が離れると、濡れた音が聞こえて、恥ずかしくて顔を上げられない。

「仕事、頑張ってください」

「はい」

「それじゃ」

比奈はドアを開けて、車を降りる。

振り返ると、壱哉が比奈を見て微笑んでいた。比奈も笑みを向けて、手を振った。

それを合図に、車は動き出して行ってしまう。

車が完全に見えなくなった後、マンションに入ってエレベーターに乗って。

部屋の鍵を開けて、靴を脱いだ後、何も考えず普通にソファに腰を下ろした。

「……った」

思わぬ痛みに顔をしかめてしまった。アソコが痛い。

壱哉の色っぽい声とか表情とか、キスとか、彼を受け入れる時のドキドキとか、いろんなものが一気に蘇(よみがえ)ってくる。

でも、こんなに痛いとは思わなかった。

「痛いよ、壱哉さん」

ソファに横になる。しばらくそうしていて、ようやく起き上がり、服を脱いで、今度はベッドに横になった。ちょっと肌寒い。昨夜はちょうどいい暖かさだったのに、と思いながら布団を引き寄せた。

まだ壱哉が中にいるような余韻(よいん)を感じながら、なるべく昨日のことは思い出さないように、と目を閉じた。

するとまた眠くなってきて、意識を手放した。

# 11

高いハードルを一度越えてしまうと、後は自然と慣れていくものらしい。壱哉と付き合うようになって、そして初体験を済ませてからは、特にそう感じることが多くなった。

「比奈ちゃん、痩せた？　ちゃんと食べてる？」

いきなりそう聞かれて振り向くと、そこに牧田がいた。比奈は授業を終えて、生徒たちが勝手に職員室と呼んでいる講師控え室に向かっているところだった。比奈が担当しているのは中学三年と二年。午後七時に三年生の英語の授業が終わり、本日の仕事はこれで終わりだった。

「食べてますよ、ものすごく」

と答えると、牧田は首を傾げながら、比奈と一緒に控え室に入った。同僚の講師たちが数人、次の授業にそなえて教科書を読み返している。

比奈は自分のデスクに教材を置き、椅子に座った。牧田のデスクは比奈の隣にある。

比奈が勤めるこの塾は決して大型の塾ではなく、地域密着型で、塾の教育理念と地域性が合う場所にだけ点在して校舎を構えていた。その儲け主義でない姿勢が塾生の親たちに受けていて、しかも、ここに通うと必ずといっていいほど学力がアップしていくので、近隣一帯で有名だった。

比奈も塾の名に恥じないよう、日々勉強をしているつもりだが、年々変わっていく教育方針には、時々目を回す。

授業開始のベルが鳴り、講師たちが立ち上がる。

「食べてる？　そーお？　っていうか、締まったのかな」

牧田はそう言って比奈の腰や脇を触ってくる。くすぐったくて身をよじった。

「ちょっと、牧田さん、くすぐったい！」

「ねぇ、比奈ちゃん、このブラ合ってないわよ」

牧田が比奈の胸のあたりに手を置いて、中身を検分するように触る。

「ブラ、きつくない？」

「……少し。でも、太ったと認めたくなくて、つけてるんですけど」

「太ったんじゃなくて、大きくなったんじゃない？」

からかうような言い方だったので、比奈も緩く笑って見せた。牧田はいつまでも笑っていた。

「なんですか？」

「いーやー、比奈ちゃんはもともと胸はあまり豊かではない方だったけど、彼氏の力ってこんなにすごいんだなと、私は実感した」

「違います！　絶対違う！」

「いーや。それはあるでしょう。この前までしたことなくて悩んでた比奈ちゃんが……大人になったわね。どんな揉み方してんだろう。気になるー」

比奈は頭がグルグルした。

牧田はこういう話を平気でするが、比奈はいつも顔を赤くして、何も答えられないまま会話は終わる。

だけど本当に、比奈は普通に食事を取っている。よく食べるねと言われるが、自分では普通だと思う。比奈よりも家事全般が上手い壱哉の作る料理は美味しくて、かなりの頻度で食べている。外食をしたのはどれくらい前か覚えていないほど。後片づけは比奈がさっさとやってしまって、後は、二人だけの時間になる。

壱哉と本当の意味で付き合うようになって、恋人同士らしい行動が増えた。週に少なくとも二回は会い、そのほとんどは壱哉の家で過ごす。比奈の仕事が終わるのが遅いせいもあるのだが、そのまま泊まってしまうことも多い。

そのことを健三に話したら、どれだけインドアなカップルだよ、と笑われた。けれど壱哉は、比奈が本当は出かけたがるタイプだということを知っているので、休みが合えば、車を出して遠くまで連れて行ってくれる。

「確かに、エッチすると痩せるもんね」

と笑う牧田に、比奈はやや困る。

「私たち、痩せるほどしすぎてる？」と心の中で自問し、そんなことはないはずと首を横に振る。

「週にどれくらいしてるわけ？　私の場合、彼がどんなに疲れていても週に一回はするけど。でも私たち、もう付き合いが長すぎて、一回で終わっちゃうから」

週にどれくらい、と聞かれ、頭の中で数えてみる。月曜日は会った、火曜日も会った、そして木曜日に会って、金曜も仕事帰りにばったり会って、そのまま今度は比奈の家に行った。そして今日は土曜日。

「比奈ちゃん、毎日？」

と言われ、すぐには否定できなかった。毎日ではないけれど、ほぼ毎日会っていて、比奈の身体の都合がオッケーな日は、必ずしていると思う。

「わっかいわー。篠原さん、年いくつよ」

「毎日じゃないですよ！　そんなわけないです」

「確かに！　毎日してたら、仕事どころじゃないものね。で、篠原さんっていくつ？　比奈ちゃんより二つくらい上？」

「そんな風に見えます？」

「うん。健三君のお兄さんってことは、それぐらいかなって。あ、でも健三君はもう一人お兄さんがいるのよね？　じゃあ、篠原さんはもっと上か。ぎりぎり二十代くらい？　にしては若く見えるけど。でも、三兄弟が年子だったら二十八くらいかな」

壱哉は本当に若く見える。童顔ではないけれど、比奈が初めて会った時から、ほとんど変化が見られない。

「牧田さん、壱哉さんは私より六歳上だから」

「……うっそ！　確かに落ち着いているけど、えー、三十いってるの」

「本当です。壱哉さんって、気持ち悪いくらい年をとらなくて。初めて会った時から、そんなに変わらないから、いつも若く見られて、だから眼鏡をかけてるんです」

壱哉が大学生の頃、眼鏡なんてかけてなかった。それが社会人になって身に着けだした。健三が「壱兄は若く見えるから、ああやって少しでも年上に見せているんだよ」と教えてくれた。

「ってことは私と同い年？　若い！　眼鏡かけてても若いわよ、あれは」

「そうなんですよね」

でも、まぁ、と比奈を見て牧田が言った。

「比奈ちゃんがあの人と本当に付き合うなんて思わなかった」

「どうしてですか」

「だって、顔がナイスで色男すぎるもの。あそこまで見た目がよくてストイックな雰囲気持ってると、隣に据える女もだいたい決まってくるでしょ、でもそれが比奈ちゃんだからねぇ」

牧田は比奈のことを悪く言っているのではなく、壱哉の男っぷりのよさを褒めているだけなのだ。比奈も牧田の言いたいことがよくわかる。

「ごめんね、なんとなくそう思っちゃうの」

比奈が、いいの、という風に首を振ると、そういえば、と話し出す。

「あの、この前の加奈って子？　あんな感じの子が篠原さんには向くのかと思ってた。比奈ちゃんはちょっとジャンルが違うし、比奈ちゃんは彼のこと嫌ってたっぽいし」

確かに嫌っていたのに、今はまったく逆の感情を持っている。

そして今は一週間のうちのほとんどを会っていて、初めての相手になってしまった。

「ハードル越しちゃって」

「ハードル？」

「そう。せっかく高いハードル飛び越えたんだから、別れちゃだめよ？　ラブラブなんだし、こんな可愛くて高価な首輪ももらってるんだし」

牧田にからかわれ、比奈は、もう、と言いながらハートのネックレスを触る。

壱哉と付き合うようになって七ヶ月目。

六月も末になるけれど、今年の梅雨はあまり降らなった。暑い日が続き、壱哉と一緒に過ごす夜はたいていクーラーをつけていた。

けれど二人の熱さはクーラーなんかじゃ冷やせないほど。

キスをしたらキスだけじゃ収拾がつかない。

だからいつもクーラーをつけたままセックスしていた。

でも最近は、ただ抱き合っていることも多い。壱哉から誘われるというわけではなく、どちらからともなく、なんとなく。

「明日は休みだから、ゆっくりアレしちゃいなさい。じゃないと彼、浮気しちゃうかもよ」

牧田はそんな冗談を言って、バッグを持った。お先に、と言う牧田の背中を見送り、比奈も家に帰る準備をする。スマホを見ると、メッセージと着信の両方がある。どちらも壱哉からで、比奈は笑みを浮かべた。

きっと壱哉は浮気などしないだろう。

でもだったら、二人が別れるとしたら、どんな理由で別れるのだろうか。

もしも比奈が別れたいと言ったら、壱哉はどう答えるだろうか。

そんなことをぐるぐる考えていると、比奈の心の中に染みが広がっていくようだった。

さっきの連絡を受け、比奈は壱哉の家に来ていた。

一緒にベッドに横になっていると、壱哉の手が比奈の頬から首筋へ滑る。鎖骨を通り、胸の谷間で手が止まる。そこに軽いキスを繰り返して、壱哉の一部が比奈から離れる。離れた後、胸の谷間にキスをしたまま、今度は唇が上へと滑っていく。互いに息が荒くて、けれどいつも先にそれが整うのは壱哉の方だった。

壱哉は一度会社を辞めてから後、身体を鍛えるためにスポーツを続けているらしく、比奈はいつも体力では負けてしまう。男女の体力差もあるだろうが、それにしても壱哉はタフだと感心させられる。

「壱哉さん、胸、好きなの？」

前から聞こうと思っていて、いつも聞かなかった。壱哉は比奈の胸に両手で触れて、にこりと笑う。

「比奈さんの胸、好きだよ」

「……骨っぽい身体だから、胸が一番柔らかいでしょ」

比奈は華奢な身体つきをしていた。胸はたいして大きくないし、腰のラインもたいして魅力的ではない。ただ一部の人からは、この細さが羨ましいと言われるけれど、あまり女性的でないことは否めない。

「細いのは体質でしょ？　胸だけじゃなく、どこも柔らかいよ」

「じゃあ、どうして……そこばかり」

うん？　と言って、壱哉は比奈の右胸を持ち上げ、そこに唇を落とした。軽くキスをした後、それを口に含んで軽く歯を立てる。

「比奈さんの胸、綺麗だから」

壱哉の唇の中の温かさと舌の感触に、思わず声が出る。

「いち、やさん、私たち会ったらいつも、してない？」

比奈が言うと、壱哉は比奈の胸から顔を上げた。

「嫌かな？」

壱哉がにこりと笑う。そして比奈の頬に触れて、軽く撫でた。

比奈はそのまま首を横に振って、壱哉の顔が近づいてきたので、目を閉じた。

啄むような優しいキスを何度もされて、比奈は身体が熱くなる。

唇がちょっとだけ離されて、その唇の上で壱哉が話した。

「比奈さん、一週間くらい出張でアメリカに行くから」

「いつから？」

比奈は唇を離して壱哉を見た。壱哉は比奈の首に手をやり、「明後日(あさって)から」と言った。

「今度の出張、場合によっては一週間よりも長びくかもしれない」

「メッセージくださいね。時間があったら電話も」

壱哉は頷き、もう一度比奈の唇に優しいキスを落とした。

12

壱哉は一週間の出張だと言った。

けれど、延長を余儀なくされて二週間になったと連絡があった。

そして、二週間経っても帰ってこないのは、現地で引き止められているということ。それだけ壱哉が有能だという証拠なのだろう。

だが、七月半ばを過ぎても、壱哉は帰ってこなかった。

壱哉が再就職をした当初は一ヶ月くらい会わなかった。

その頃は比奈も壱哉との距離を測りかねていたからわりと平気だったが、今は会えないことが本当に寂しいと思う。一週のうち四日も五日も会っていたのに、もう三週間近く会っていないのだ。壱哉とのキス、優しく抱いてくれる壱哉の身体が恋しかった。

ため息なんかつきたくはないけれど、と思いながらため息が出てしまう。

仕事が早く終わっても、家で映画を観るぐらいしかできない。

壱哉から電話もメッセージも来るけれど、一人でいるのはつまらない。

会えなくて寂しいとかつまらないとか、これまで一度だって思ったことはなかった。

比奈は人づきあいが苦手で、誰とでもすぐに気楽に話せるタイプではないからだった。

でも壱哉がそんな比奈を変えた。異性と付き合うことになかなか慣れない比奈をいたわり、比奈がその気になるまで待ってくれて、そして優しいセックスをしてくれた。

ハードルを越えた、と牧田は言った。その言葉の意味が今は少しだけわかったような気がする。

壱哉のことは好きだ。けれど、付き合ってまだ八ヶ月で、こんなに長く一人で放っておかれるのは辛い。

こういう付き合い方に、どこか物足りなさを感じてしまうこともある。

前の彼とはそれほど長く続かなかった。比奈の人見知りや引っ込み思案に原因の一端があるのだが、それよりもむしろ、男が望んでいることって結局は身体の関係なのか、とわかってしまうと、なんだかばかばかしくなってしまうからなのだった。

だから長い間、恋人は作らなかった。作らなかったと言うよりも、作れなかった。またああいうことをされるのなら、と。

壱哉にも同じことをされた。最後までされて、今では会えば必ず抱き合って、深く繋がる。

男と女のことは決して綺麗なことばかりではないけれど、でも、アレをしないと不安になる。どうしてだかわからないが、壱哉は比奈じゃなくてもいいのではないか、と思ってしまう。

壱哉はいつも優しく抱いてくれるが、一方的にされるだけで、比奈からは壱哉に何もしない。けれど、壱哉は比奈の身体を愛してくれる。

比奈じゃなくても、壱哉は他の人もこうやって愛することができそう。

でも比奈には、きっと壱哉以上の人は現れないような気がした。

物足りなく感じてしまうのは、そんな卑屈な思いのせいだ。

「壱哉さん、早く帰ってこないかな」

いつも忙しくて、出張も多い壱哉。

それだけ仕事ができるのだろうし、信用されているからなのだろうけど。

映画はちっとも頭に入らなかった。

頭に浮かぶのは卑屈な考えのみ。

きっと壱哉は自分でなくてもいいのだ、と思いはよからぬ方向へ飛んでいく。

もしも、このまま壱哉と会えない状態が続いたとしたら、自分はどうするだろう。

いずれ別れなければならないなら、早く別れた方がいいのかもしれない。

☆　☆　☆

壱哉が戻ってきたのは、それから三日後だった。

帰国の連絡を受けた比奈は、仕事を代わってもらって二日間の連休を取った。

壱哉から渡された合鍵を手に、ひと足先に部屋を訪れ、長いこと締め切りだった窓を開けて回った。カーテンが風でふわりと泳ぐ。

ふとベッドを見ると、綺麗にベッドメイクされていた。壱哉のベッドはセミダブルで、かなり寝心地がいい。壱哉が戻るまでまだ時間は充分あったので、ベッドに寝ころんでみた。あまりの心地よさに眠くなってしまい、一時間くらいなら昼寝もいいか、と目を閉じる。目が覚めたら買い物に行き、料理をして、久しぶりに壱哉と食事をするつもりだった。

そこまではよかったのだが、比奈が目を覚ましたのは、すでに暗くなり始めた頃だった。しかも、壱哉に身体を揺さぶられて目が覚めたのだった。

「あ、起きた？」

「……壱哉、さん。あれ？　あれっ」

「よく眠ってた。疲れてた？」

壱哉はネクタイをほどきながら苦笑した。

比奈も近頃は残業続きで、帰るのはいつも遅かった。高校受験を控えた中学三年の生徒たちが夏休みになって連日通ってくるので、仕事の量は増えていく一方なのだ。

「最近遅くて。ごめんなさい、寝てて」

壱哉は首を振って、いいよ、と言った。

ネクタイを引き抜き、クローゼットに掛ける。ストライプのシャツのボタンを二つほど外しながら、壱哉は窓際に立った。

「今日、花火が上がるって。知ってた？」

「え？　本当に？　知らなかった」

「宮川がそう言ってた。ここからは特によく見えるって。花火を見てから、ご飯にしない？」

壱哉の提案に頷いて、ベッドから下りる。花火は七時から、と壱哉は言い、スラックスにシャツのままベランダに座った。比奈にも座るように促す。そして壱哉は、ふと思い出したように自分のバッグを持ってきて、スマホを取り出す。

「何か連絡でもあるんですか？」

「あるかもしれないし、ないかもしれない。それより、仕事長引いてしまって、ごめんね」

「謝ること、ないです」

「でも、行きたいところに連れて行けなかった。水族館だっけ？」

「また行けますから」

比奈が笑顔で言うと、壱哉は比奈の頭を撫でた。

後五分で七時。その五分間、壱哉は何も言わなかった。

ただ外を見ていて、比奈は話しかけようと思ったが、そんな雰囲気ではなかった。

壱哉の前髪が風で乱されて、形のいい額が露わになる。その横顔を見て、無駄にイイ男だな、と比奈は思った。長身でスーツを着ているから、それだけでまずカッコよく見えるというのに、顔もいいなんて、と思う。こんな素敵な人の恋人がどうして比奈なのだろうと思う。比奈の魅力といえば、大きな目だけ。身長は低いし、身体つきはやや骨っぽくて、胸もたいしてない。元彼女の加奈は比奈と正反対だった。背は高く、胸だって見たところ豊かそうだった。全身に程よく肉がついていて、ただ細いだけの比奈とは大違い。顔だって綺麗で、人なつこい性格だった。

そんな魅力的な女性が比奈の前に付き合っていた壱哉の彼女だ。

「上がり始めたね」

花火の大きな音が聞こえて、比奈は意識をそっちに向ける。

「よく見える。音大きい！」

率直な感想を言うと、壱哉も確かにすごいね、と言った。

色とりどりの花火は先に光って後から音が聞こえる。どうしてかな、と健三に聞いたら、光は音よりも速いからだろ、と教えられて納得した。

「こんなに間近で花火を見るの、初めて」

「え？」

花火の音に邪魔されて、よく聞こえなかったらしい。それくらい近くで花火が上がっている。もう一度言うと、壱哉も「そうだね」と。それから続けて言った。

「比奈さん、言いたい……」

壱哉の目は真剣で、比奈を真っ直ぐに見据えていた。きちんと話を聞いてほしいようだった。けれど、花火が邪魔をして、よく聞こえない。

「……するんだ。八月に」

「え？　よく聞こえなくて」

「後で言うよ……」

その後また何か言ったが、上手（うま）く聞き取れなかった。ただ、大切な話だから、と言ったような気がした。

壱哉の顔が近づいてきて、比奈は反射的に目を閉じる。思った通り、しっとりと壱哉の唇が重なって、軽く啄（ついば）むようなキスをされた。久しぶりのキスで、比奈の心臓はうるさいほど高鳴った。

壱哉の大きな手が比奈の両頬を包み、唇を重ねる深度が増した。壱哉の舌が侵入してきて、比奈もそれに少しずつ応える。唇と唇をちょっとずらす合間に息を吸って、長いキスをした。キスの最中に、壱哉の手がゆっくりと比奈の胸に触れた。胸の形をなぞるようにして、その手が背中に回る。ようやく離れて、それでもまだ小さなキスを繰り返して、そのまま床に倒された。

「壱哉さん」

壱哉の背中越しに花火が見える。相変わらずその音は大きくて、比奈の小さな声が聞こえたかどうか定かではない。きっと聞こえなかっただろうと思う。

壱哉は比奈の首に顔を埋める。腕を掴んで、撫でる。

こんなところで、と思ったけれど嫌だとは言えなかった。久しぶりに会う壱哉の身体の重みを感じると、それだけで心地よかったから。

ざわりと鳥肌が立つ。腕を撫でていたその手が、比奈の服の上から胸を触る。下から上に持ち上げられるようにされて、首筋に埋めた顔が胸の上へ移動して、服の上からそこを食んだ。

「あっ」

服の上から胸を食まれて、反対の胸の尖った部分は壱哉の長い指に撫でられている。大きく息を吸うと、比奈のキャミソールの下に壱哉の手が入ってきた。脇腹を撫でて、背中に手を回すと器用に比奈の下着のホックを外される。

下着を押し上げて、直に大きな手が比奈の胸を揉み上げる。反対の胸も同じようにされた。ただ、触れかたはあまり優しいとは言えない。行為は早急だった。比奈を高めるとか、そういうことは考えていないような感じ。ただ、比奈を高めようとしなくても、壱哉の早急に触れる手で、比奈の身体は高まっていく。

それからまた手を移動させてウエスト部分を通り、大腿に触れる。その手はまた上がっていって、比奈のショーツに辿りついた。壱哉は何も言わずにキスをしたまま、ショーツの上から比奈の敏感な場所を撫でる。

「あっ……ん」

触れながらキスをされると、変な声が漏れて恥ずかしい。

しばらく撫でた後、ショーツの中へ手を侵入させてきた。直に触れられると身体がビクリと反応してしまう。

「ん、あ……っ」

思わず足を閉じた。壱哉はショーツの中から手を抜いた。でも、その両手で比奈の足を開かせる。そして壱哉は比奈の両足の間に身体を入れ、もう一度キスをし、手をショーツの中にまた侵入させた。

壱哉の指の動きがよくわかる。初めはそっと触るだけだったが、だんだん奥深く入ってきて、くの字に曲げる。足を閉じたくても、壱哉の身体がそれをさせない。音が聞こえそうなくらい、比奈は濡れていた。壱哉が与える快感をやり過ごそうとする。

「壱哉さん……っあ」

すると壱哉は、比奈の腕を取って自分の首に回させた。壱哉の身体が覆いかぶさってくる。息が止まりそうになった。でも、壱哉の身体の重みが久しぶりで心地よくて。

壱哉は比奈の右足を持ち上げる。そうしてショーツを片足だけ抜く。壱哉もベルトを外し、スラックスの前を開いた。近くにあったバッグに手を伸ばし、中を探って何かを取り出す。

壱哉は絶対に避妊を忘れない。いつものバッグにそれが入っているのを知っていたから、比奈は壱哉が避妊をしてくれるのだと思った。四角いパッケージを取り出して、早急に破って、ボクサーブリーフの中の自身にそれをつけた。

比奈はそれをぼうっと見ていて、あれが自分の中に入るのか、とそこだけを見た。

壱哉が比奈の両膝に手を置いて、少し足を開かせる。指とは比べものにならない大きな物が比奈の中に入ってきた。硬くて熱い壱哉が、比奈の隙間をいっぱいにする。

「……んっ、……っん」

一ヶ月ぶりに壱哉が比奈の中に入る。

「痛くない？」

性急だったかもという自覚があるのか、壱哉は比奈を気遣うように言った。比奈が首を横に振ると、腰を一度揺らしてから、本当に？　とまた聞いた。行為に没頭していた壱哉が、急にそんな風に優しくなったことに、少し違和感を覚えた。忙しなく息を吐きながら、壱哉を見上げる。そうして、

「ど、して？」

「いつもより、狭い気がする」

眉を寄せて、ん、と息を詰める彼の仕草が色っぽい。

そんな彼を見ていると、心に巣食った違和感は、すぐにかき消されてしまった。

比奈は口元に手を当てて、必死に声を抑えた。

隣室の人もベランダで花火を見ているかもしれない。もし声が聞こえたらと思うと、快感よりも恥ずかしさが先立った。そのせいだろうか、いつもよりもやけに壱哉の熱や身体を感じて、声を抑えるのが苦しかった。

「我慢するな、声を聞かせて。この花火で隣には聞こえない……っ」

「だ…って、もし、周りに聞こえてたら……ぁ」

「聞こえても、構わない。どうせ近所付き合いもない相手だ」

そうは言っても、気になってしまう。壱哉の唇が比奈の胸を食むように愛撫する。身体

が繋がったままそうされると、声を我慢できなかった。

「あ……っあ……っん」

壱哉が腰を揺らすたびに上へ、上へとずれていく比奈の身体。それを壱哉は少しだけ引き寄せて、足を抱え直した。そして身体を何度か揺さぶってから、比奈の身体をいとも簡単に持ち上げ、膝の上に座らせる。

自分の身体の重みで、さらに深く繋がる。思わず壱哉の腰を足で強く挟み込んだ。そんな比奈の反応に彼は微かに笑った後、背を撫でてゆっくりと腰を揺らし始める。

「すら、くす、汚れる……っ、壱哉さん」

「構わない。それより、気持ちいい」

比奈の服の中に手が入って、下着のホックを外して直に触られる。たいして膨らみのない比奈の乳房を、利き手で揉みながらその背を支えて、下から身体を動かされる。

「ん、ん……っ」

「比奈、気持ちいい？」

壱哉はあの最中だけ比奈、と呼び捨てにする。壱哉は抱きしめた手を緩めて、比奈の顔を見る。

「よくない？　いいはずだと思うけど」

比奈は腰を動かされて、込み上げるものが抑え切れない。苦しいくらい。

「壱哉さん……っいい……っあ」

壱哉はにこりと笑って、強く腰を突き上げた。

「僕も、すごくいいよ」

こんなこと、と思う。

こんなことを壱哉とするなんて。こんなのエッチすぎる、こんなのは自分がすることじゃない。

花火の音が聞こえていて、まるで外でセックスをしているような気分。

「恥ずかし……っい、窓、閉めて」

比奈が言うと、壱哉は比奈の二の腕を掴んで、荒々しくキスをした。

「後で閉めるよ」

比奈が今閉めてほしい、と訴える前に、壱哉のキスが唇を塞いでしまう。

「あっ、あっ……っあ」

壱哉はさっき、何か言いかけていた。言いたいことがある、と。

けれど近くで上がっている花火がそれを打ち消し、久しぶりの行為になだれ込んでしまった。

今までこんなに性急に、激しく求められたことはない。

こんなに身体が震えるほど、よくなったこともなかった。

この人が、心底好きだと思う。そうでなければこんな恥ずかしいことはできない。

唇を解放されて、息苦しさを感じる。それよりも壱哉から与えられる快感が堪らない。

どうしようもない逃せない身体の反応を、どうすればいいのかと思う。

「我慢しなくていい」

いつも言われる「我慢しなくていい」という言葉。最初のうちよくわからなかった。身体の内側から湧き起こる、どうしようもない疼き。声を出して、強く抱きついたら治まりそうだと思っていたけど、そんなことはなかった。

それが快感を解放することなんて、よくわからなくて苦しそうにしていると、壱哉がその解放を促すように比奈の身体を高めてくれた。

「イって、比奈……ほら」

「はぁ……っん…っあ！」

腰を強く突き上げられて、壱哉のシャツを強く掴む。

もうだめだ、と思った瞬間、壱哉が腰を強く掴んで、何度も速く突き上げた。

「……っん！」

「……っ」

何も考えられなくなるくらいの浮遊感。頭が真っ白になって、壱哉の胸に身体を預ける。

何度か腰を緩く揺らして、壱哉が腰の動きを止めた。壱哉もイッたようで、大きな手が背中を優しく撫でてくれる。

壱哉の肩越しに、大きな音を立てて上がる花火が上がる。連続で上がる花火はまるで大輪の光る花のようで綺麗だった。

「壱哉さん……花火、見ないの？」

「見たい？」

そう言いながら、比奈の中から自分のモノを抜いて、避妊具を取り去る。しかし次の瞬間、新しい四角のパッケージを手に取って、また身に着け始める。それからまた比奈の身体に覆いかぶさって、頬にキスをした。

「どうする？」

首筋に顔を埋め、比奈の大腿の内側を撫でながら、壱哉が問いかける。

こんなことをされて、嫌だとは言えないし、比奈も身体を委ねていた。フローリングに身体を預けたまま、壱哉の向こうに綺麗な花火を見る。

そうして見るのを諦めて目を閉じると、壱哉の唇が比奈の唇に触れた。すぐに深いキスになり、それに応えていると、比奈の隙間に硬いモノが当たる。その隙間に体重をかけるようにして入ってくる壱哉。

比奈は唇を離して、喘ぎ声を上げる。

ベランダの窓を開けてしていることなど、すでに忘れてしまっていた。

この日の花火を確かに見たのに、その美しい色さえ比奈の記憶には残らなかった。記憶にあるのは、壱哉の温かさのみだった。

## 13

アメリカ本社に出張が多いのはどうしてかなんて、詳しいことはわからない。けれど、なんとなく理由は見当がついた。

壱哉はやけに社長に気に入られているのだ。会社を辞めて、秋月堂で働いている時も、社長と交流が続いていた。

今回も、社長とばったり廊下で会ったのは偶然なのか、必然なのか。目が合うなり声をかけられて、雑談をしながら仕事の報告をした。だがその雑談の中には、壱哉にとってよろしくない話もあった。

「君がいい返事をくれないのなら、辞令を出すまでだよ。そこまでされたら君も拒否できないだろう。一度辞めて、また戻ってきてくれたことは嬉しいが、これが元でまた辞められたら困る。こっちに来てくれたら、できるだけ優遇しよう。君にはもう辞めてほしくないからな」

アメリカ本社への転勤は栄転と言えるだろう。けれど、日本支社のシステムにやっと慣れたところで、異動はさすがにきつかった。

「復帰してまだ間もないし、やっと慣れてきたところです。今はこれでいっぱいいっぱいです」

壱哉が言うと、社長はにこりと笑って、肩を叩く。

「君ならもっとやれるさ。その能力がある。アメリカに慣れるためにも、もうしばらくこちらにいて手伝ってくれ」

そう言って去ろうとする社長に、壱哉は笑顔を向けた。

日本での仕事は軌道に乗り始めたばかりだし、今自分が離れることに気がかりがある。ストレスがたまることも多いけれど、意識して身体を鍛えるようにしているので、今のところ持病の喘息の発作も起きていない。比奈がいてくれるおかげで心が和む、といういい影響もあるのだろう。

今まで付き合った女性たちに比べると、比奈は普通に見える。だが、比奈の方が心を惹きつける。子供の頃から知っていたからだろうが、しっくりくる感じなのだ。

もしアメリカ本社に転勤ということになったら、あの大きな猫目は何を語るだろう。

先ほどの社長の様子だと、アメリカ行きは免れないと思う。それが嫌で駄々をこねるほど壱哉は子供ではないし、再就職をした以上、承諾せざるを得ない状況だと言える。

壱哉は一つため息をついて、手に持っていた書類を見る。

まずはこれから片づけないと、と思いながらオフィスへ足を向けた。

☆　☆　☆

一週間と思っていた出張が二週間になり、三週間になった。その間に、壱哉にアメリカ本社へ異動の辞令が下(くだ)った。

異動後は、マーケティング部門を担当する。

嫌だと逃げるわけにはいかない。一度辞めた会社に、もう一度自分の意志で就職したのだから。

外資系の会社なので、九月から新年度がスタートする。それに合わせての異動となった。時間はあまりなかった。

帰国の機中で考えたのは家族のこと、そして比奈のこと。

比奈は自分の仕事を楽しんでいるし、いろいろと任せられるようにもなってきている。そんな比奈と付き合いだして、まだ一年も経っていない。

二十六になったばかりの若い女性、比奈。

それでも彼女に、アメリカ行きを打ち明けなければならない。

今、隣で眠っている比奈のふっくらとした唇に指を這わせると、その唇が微かに動き、あえかな声を出す。

比奈のことが好きで堪らない。だが、いくら好きだからといって、全てが許されるわけではない。

アメリカについて来てほしいと言ったら？

壱哉のために今の生活の全てを捨て去るほどの情熱が比奈にあるだろうか。

「比奈さん」

呼んでも返事がないのは、深い眠りのせいだった。

壱哉は比奈の唇に自分の唇を寄せた。

そしてその身体を抱きしめながら眠りについた。

なんとなく、比奈の答えはわかっていたけれど。

☆　☆　☆

昨晩は寝るのが遅かったので、起きたのはお昼近くなってからだった。二人ともお腹が空いていた。近くのカフェでブランチを取ろうと比奈が言った。壱哉も同意して、さっそく出かける。

七月の、よく晴れた日だった。

カフェでドリンクを飲みながら、壱哉は比奈の頬に手をやった。

「どうしたの？　壱哉さん」

「うん、別になんでもないけど……昨日、話したいこと話せなかったな、って」

「そうだった。話そうとしてたけど、花火がうるさくて聞こえなかったから」

「転勤するんだ」

「そう、ですか。どこに？」

「アメリカ」

「いつからですか」

「八月中に発(た)たなきゃいけない。外資系の会社だから、九月が新年度の始まりなんだ」

「急ですね。もっと早くわからなかったんですか」

「いきなりの辞令でね。実は僕も困ってる」

「どうしたらいいんですか？　壱哉さん、もう準備しないとだめですよね」

「そうだね」

比奈は何をどう言ったらいいのかわからない感じだった。壱哉もそうだが、けれど言わなければならないことがある。たとえ、その答えがわかっているとしても。

「比奈さんは今の仕事、本当に好きなんだと思う。それに、やりがいも感じているね」

「はい」

「無理かもしれないって承知で言うけど、ついて来てほしい」

壱哉が言うと、比奈の大きな目が真っ直ぐに壱哉を見た。

壱哉もその大きな目を見て、笑みを浮かべる。

「アメリカに、ですよね」

「そうだね」

「結婚、ってことでしょうか」

比奈にずばり問いかけられて、壱哉は自分の失言に気付いた。

「そう。僕と結婚して、アメリカに一緒に来てほしい」

比奈は目を泳がせた。

壱哉も、こんなところで言う言葉ではなかったな、とため息をつく。

「今すぐには、お返事できません」

やはり、と思いながら壱哉は比奈に笑みを向ける。

「よかったら、一週間後には返事を聞かせてくれるかな。期限付きで悪いんだけど。これからしばらく忙しくて会えない日が続くと思うから」

「すみません、すぐに返事ができなくて」

「いいよ。一生のことだから」

一生のことをこんな場所で言ってしまって、と後悔が募った。

もし比奈にプロポーズをするなら、と前に一度だけ考えたことがある。比奈の好きなレストランで食事をして、きちんと自分の思いを伝えて、そして比奈は笑顔でそれを受け止める。

そういう単純で、明るいことを考えていた。でも現実はそういうわけにはいかなくて。

比奈と壱哉はブランチを終えて、席を立つ。比奈がこのまま家に帰ると言うので、壱哉は送ろうとしたが、断られた。比奈は、一人で考えながら帰りたいと言う。

壱哉は笑みを浮かべて、手を振った。

結婚してほしい、と言ったのは間違いだっただろうか。でもそれなら、どう言えばよかったのか。

遠距離恋愛をしてくれ、とでも言うべきだっただろうか。

だが、遠距離恋愛など壱哉の中であり得ない。

比奈は可愛いし、モテる。遠く離れた恋人よりも近くにいる誰かを好きになる可能性だってある。

付き合って一年の間に、心も身体もやっと壱哉に向けてくれるようになった比奈に、どう声をかけたらいいかわからなかった。

比奈はおそらく、壱哉と一緒に来ない。

そんな風に否定的に考えるのは自分らしくない、と思いながらも、どうにもならなかった。

☆　☆　☆

「それで、彼女なんて言ったの？」

「今すぐには、お返事はできません、って」

宮川は、壱哉に異動の辞令が下ったことを聞きつけると、すぐに声をかけてきた。仕事が終わってから一杯やりましょう、と誘われた。壱哉の大学時代の友人のジョイスが経営している、行きつけの隠れ家バーへ向かった。この店は、比奈に告白したあの夜、二人で立ち寄ったところでもある。

そこで壱哉の転勤の話題になった。

「彼女はどうするの？　ついて来てくれそう？」

「それはないかもね」

「なんでよ」

なんでと聞かれて壱哉は苦笑した。比奈が仕事に燃えているから、とか理由はいくつも挙げられるが、ただ漠然とそう思うのだ。

「仕事のこと？　塾講師の仕事、好きなの？」

「好きみたいだよ。やりたかった仕事みたいだしね」

「でも、好きな人がいなくなるんだから、それくらい辞めてもいいんじゃない」

「それだけが理由じゃないんだよ」

「結婚してほしいって、言った？」

「言ったけどね、遠距離恋愛してくれって言えばよかったかも」

そう言ったところでどうなるだろう、とも考える。

人見知りなのに、一人でいることが嫌いな比奈。意外と寂しがり屋なのはよく知っているし、健三がいつも比奈に連絡をするのは、そういう性格だからだと知った。

もしもアメリカについて来てくれたとしても、比奈のあの人見知りな性格で、上手く やっていけるだろうか。英語は話せるようだから、そこは問題ないだろうが。

「好きな人には、傍にいてほしいよね」

ぽつりと宮川が呟き、ジョイスも「そうだね」と言う。

「僕も傍にいてホシイな。でも壱哉は、結構一人で生きていけるタイプだよね」

ジョイスに言われて、そうだな、と笑う。

これまで一人で過ごすことが多かった。中学から高校までの一貫校は全寮制だったし、実家は遠かったので、一年に一回帰るか帰らないかだった。大学に入ってからも独り暮らして、会社に勤めだすともっと家に帰らなくなってしまった。

その間に付き合った人はいるが、四六時中一緒にいたわけではないので、一人の時間は多かったと思う。

ただ、その付き合った女性の中でも比奈は特別だった。何しろ、昔から知っているうえに、一番時間をかけて恋人になった人だから。

けれど、昔から壱哉は諦めが早かった。

身体が弱かった壱哉は、祖母のいる栃木に預けられて小学校時代を過ごした。子供心にも内心、なぜ自分だけ親元を離れて暮らさなければならないのだろうと悩んでいた。でも、自分を育ててくれているのは実の父と母ではないことが、壱哉に諦めることを覚えさせた。

壱哉は、今は亡くなった父の妹の子で、本当の父の名は工藤一哉。工藤家にとって最初の子供だったし、父の名前から「一」を受け継いで壱哉と名づけられたらしい。

壱哉が五歳の頃、父母は不慮の事故で亡くなった。残された壱哉は、伯父夫婦の家に引き取られた。しかし新しく母となった人のお腹にはすでに子がいて、そうして生まれたのが浩二、続いて健三、そして末娘の愛が生まれた。本当なら浩二は長男、健三は次男だったが、壱哉に配慮して、浩二は二番目の子、健三は三番目の子と順送りになった。

三人は壱哉とは従兄弟の関係にあたるのだが、特にそれを意識したことはない。それでも壱哉は、本当の父と母ではないから甘え切れなかったし、一人でいる方がむしろ気楽だった。高校生になる頃には、一人でいることにすっかり慣れてしまっていた。

「でも、わからないじゃない。ついて来てくれるかも」

宮川もジョイスも、そう言った。

そうだといいけれど、と壱哉は心の中で思いながら、けれど、そういう期待はすでに捨てている自分に気付いてもいた。

期待を捨てているから、断られても落ち込んだりはしない。

でも、もし比奈が壱哉について来てくれると言ったら、と思う。

そうしたら間違いなく幸せにしたい、と。

☆ ☆ ☆

それからの一週間、比奈は考えに考えぬく日々を送っていたのか、ぱったり連絡が来なかった。

いっぽう壱哉は、比奈のネックレスを買ったのと同じ店で指輪を買った。急だったけれど、メッセージを入れてもらうことができたのは幸いだった。

アメリカ行きは一週間後、と決まった日、壱哉は指輪をアタッシェケースに入れ、比奈との待ち合わせ場所に急いだ。

すでに比奈は座って待っていた。比奈はもの憂げにテーブルに肘をつき、指で唇のあたりを押さえている。口にできない重大な秘密でもあるような、そんな様子だった。

「比奈さん」

声をかけると、比奈は顔をほころばせた。けれど、その表情はどこか硬い。比奈は正直だから、思いが全て顔に出てしまうのだ。ここで壱哉は悟った。断られる、と。

「壱哉さん、あの……」

「来られないんでしょ」

比奈の大きな目がようやく壱哉を見た。

「そんなに固まらないでいいよ。ある程度予測はついていたから」

壱哉が笑うと、比奈は下を向いた。

「私、ついていけないです、壱哉さん」

思っていた通りの答え。比奈はさらに話した。

「今年から、受験生担当にされているから、中途半端で仕事を投げ出せないから。今はついていけないっていうか……。アメリカにはどれくらいいるんですか?」

比奈は下を向いたまま言ったが、壱哉はそんな比奈を見て言った。

「たぶんだけど、二年から三年は帰って来られないと思う。でも年に三回は長期休暇を取って帰ってくるつもりだよ」

自分の意思だけでなく、周囲の力添えもあって再就職を果たした会社だった。転勤を嫌がってどうする、という気持ちが強かった。それに、以前にも増して仕事が面白くなってきたところ。今は辞める時期ではない。

けれど比奈にもやりたいことがある。それを壊したくない。

「遠距離に、なりますね」

「……そうだね」

国内ではなく海外という、遠い距離。

「そういうの、私にはできません。したことないし、いつか帰ってくるといっても、本当かどうか……」

「帰ってくるよ。一生海外にいることはないから」

「好きな人と離れることは、私にはできない。今更、転勤を断るなんてこと、できないのもわかるけど」

比奈は涙を流した。

健三の結婚式の日以来、比奈の涙は見たことがなかった。

壱哉はあの時の比奈を思い出しながら、自分も健三と似たようなことをしているのかと思う。

叶わぬ恋を悲しみ、苦しんでいた比奈。そして今、比奈を悲しませ、苦しめているのは壱哉だった。心が痛くなった。

ただ一言、待っていて、と言えないのは、遠い国にいる壱哉を比奈が本当に待っていてくれるか、不安だったから。

「壱哉さんがアメリカに行くなら、私……別れると思います」

「比奈さんはそれでいいの？　僕は嫌だ」

「じゃあ、どうしてアメリカに行くんですか？　断ってくれました？」

比奈はそう言って壱哉を見た。そうして、ごめんなさい、と言ってまた俯く。

「お仕事ですから、無理ですよね」

比奈は唇を噛みしめている。その唇に、壱哉は軽く親指で触れる。

「噛んじゃだめだ。傷がつくから」

桜色の唇。

「あの口紅」

「気に入ってるんです。ずっと使ってて、なくなったらどうしようって」

そう言って比奈は唇を引き締める。

この唇に何度キスをしたか、と思いながら、壱哉は唇から指を離した。

「アメリカ行きは断れない」

比奈の大きな目から涙が零れた。それを見て、壱哉は本当にどうすればいいのかわからなくなる。

「じゃあ、別れるんですね、私と壱哉さん」

何か言ってほしそうな目だったが、何事か決意した強いまなざしでもあった。

「僕は比奈さんが好きだ」

壱哉は笑みを浮かべた。こんな時でも笑みを浮かべてしまう自分は何なのだろう。

「でも、遠距離が辛いなら、比奈さんの好きなように」

また繰り返すのか、と自分に問いかける。

比奈にはできるだけ心を傾けてきた。何度も二人で会い、キスをして、抱き合った。あんなにたくさん愛し合ったのは比奈の他にはいない。

でも結局はこうなるのか、と諦めながら、自分はどこか人間として欠けているのではと思う。

「壱哉さん、ちっとも強引じゃない。ただ優しいだけ。もっと強引なら、私、違う答えを出したかもしれない」

比奈が顔を上げた。きちんと涙を拭いて。

「いつ、行くんですか」

「急なことで、一週間後には。本当はもっと遅くてもいいはずだったんだけど」

比奈はもうそれ以上泣かなかった。そして、強い目をして壱哉を見た。泣いて別れた過去の女性たちとは明らかに違う。

だが、比奈はきっと後で泣くだろう。意地っ張りだから、今はこれ以上泣かないだけだ。

「壱哉さんのことだから、金髪美人掴まえて結婚しそう」

比奈の大きな猫目が少しだけ笑って、壱哉を見る。この目を見るのもこれが最後かもしれない。

これも自分が招いた結果だから、と壱哉は怒りを呑み込んだ。

何も言わない壱哉を見て、比奈は席を立った

「お茶代、奢ってくれます?」

壱哉は微笑んで頷いた。

「さよなら、壱哉さん」

比奈はバッグを持って壱哉の横を通り過ぎようとした。

これは未練か、と思いながらその手を掴まえる。すると比奈は壱哉を見て、唇を引き締めた。噛んでいたかもしれない。

「来週の水曜日、午後七時の便で発つから」

比奈は目に涙が盛り上がっていて、もう少しで泣き出しそうだった。

「またね、比奈さん」

手を離すと、その顔が少しだけ歪む。

足早に去っていく比奈の後ろ姿を目で追いながら、壱哉はため息をついた。

どうして、またね、と言ったのか。

きっと比奈は今頃泣いているはずだ。

壱哉はアタッシェケースを手に立ち上がった。

後悔の念が激しく押し寄せてきた。女性との別れを、これほど後悔したのは初めてだった。

アタッシェケースが、やけに重く感じる。

重いのは、比奈のために買った指輪のせいだとわかっていた。

## 14

最悪、と称していいかもしれない一日。

壱哉と別れて泣いて帰る途中、知らない男が寄ってきた。

『なにか悲しいことがあったの？』

口調は優しいが、気持ち悪いと思った比奈は、完全無視をした。

けれど男は後をついてきて、頭にきた比奈は怒鳴ったのだが、それがかえっていけなかったらしく、男は肩に手を回してきた。

振り切ろうとすると、腕を掴まれた。力いっぱい抵抗してどうにか逃げ出し、近くの交番に駆け込んだところ、男はようやく諦めて立ち去った。

泣きながら歩いたりするからこんな目に遭うんだ、と涙を拭いて交番を後にした。すると今度は、靴のヒールが引っかかって転んだ。転ぶだけならまだしも、ヒールが折れてしまって、靴を一足ダメにした。仕方なく靴を買い替えたのでお金も減って、これからしばらく倹約生活をしなければならなくなった。

壱哉は追いかけてこなかった。それが余計に悲しかった。何でこんなことになったのか。せめて送ってくれてもいいのではないか、と暗くなった道を一人で歩いた。

もう絶対会わないだろう壱哉のことをウジウジなじっていると、自分の心の狭さが嫌になる。

そしてその最悪の日の最後のとどめは、とんでもない靴ずれができていたことだ。風呂に入ると痛さに涙が出た。その日あった出来事全てが悲しすぎた。

「初めてこんなに好きになったのに。初めての人なのに」

だったらアメリカくらいついて行けばいいじゃないか、と後悔し始めている。一応英語は話せるが、慣れない土地で比奈の心はきっとパンクするだろうとも思う。三ヶ月間アメリカに語学留学した時は、精神的に参ってしまって、帰国すると同時に倒れてしまった。

馴染みのない土地で、よく知らない人々に囲まれて、気を遣っていたからだろう。

そんな自分が嫌になる。

もしついて行ったら、壱哉はいろいろフォローをしてくれるだろう。でも、壱哉に負担をかけたくない。

となると遠距離恋愛しかないが、あの魅力的な壱哉を自分に繋ぎ止めておく自信がない。それくらい比奈は、自分に自信がなかった。あまりにも壱哉と自分では違いすぎる。

「馬鹿じゃないの、私」

こんなことなら付き合わなければよかった。こんなことなら、セックスなんてしなければよかった。

この先、壱哉以上の人が現れるだろうか。今では壱哉が基準になってしまっているから、多少魅力的な人に出会っても満足できそうにない。ハードルが高くなってしまっているから本当に厄介だ。

「本当に、馬鹿」

比奈は浴槽いっぱいの湯に身を沈めた。

しばらく何もしたくないし、仕事だってしたくなかった。

壱哉と別れてまで選んだ今の仕事なのに。

泣くくらいなら別れなければよかったじゃないの、と牧田に言われた。

泣き腫らした目で出勤したので、何も言わなくても全部ばれてしまったのだ。

比奈はその翌日も一人になると涙が出てしかたがなかった。その次の日もそうだった。

そんな毎日が続いて、とうとう壱哉と別れて六日も経ってしまった。

どうしてこんなに苦しいのか、きついのか。かつては嫌いだったのだし、ちょっと付き合って別れただけ、と何度も自分に言い聞かせた。

だが今日は壱哉がアメリカに発つ。それを思うと、ますます感情の整理がつかなくなる。

見るに見かねた牧田が、強引に比奈を食事に連れ出した。

「遠距離くらいすればいいのに」

「でも……」

「浮気が怖いわけ？」

怖いというか、してほしくない。

壱哉はたぶん比奈の他に、誰か綺麗な人と付き合うようになって、日本に帰って来た時だけ、比奈の恋人になる。そうなるのがとても嫌で、考えるだけで平常心を失ってしまう。

そして実際にそうなった時は、比奈はパニック状態に陥るだろう。

「壱哉さん、私以外に誰か、アメリカで恋人を作ったりするかもしれない」

「それくらい、男ならするでしょうよ。しない人もいるけど。人ってそういうとこ、全ては信じ切れないものよ」

牧田は一口ドリンクを飲み、こう続けた。

「それは比奈ちゃんにも言えること。遠く離れていて、それでも篠原さんだけって約束できる？」

「……できます」

「そうね、たぶん比奈ちゃんの性格だったら約束できるでしょう。けれどね、彼がそこまで信じてくれるかどうか」

「信じてくれないって、そう言うんですか」

「そうじゃないわよ。恋愛って結構デリケートだから。離れている間に、誰か別の男が、ってことありうるでしょう」

そんなことない、と心の中で言った。牧田はさらに続けて言った。

「遠くの親戚より近くの他人、だったっけ？　昔からそんな言葉もあるじゃない。遠く離れた恋人よりも、近くにいる誰かさんの方がよくなっちゃう。だから遠距離恋愛って、本当に難しいのよ。会えない寂しさに耐える忍耐、それに誘惑に負けない強さがないと成立しないからね。比奈ちゃんが、それを乗り越えられるかって話」

できるかどうか、やってみなければわからない。今はっきり言えるのは、遠距離恋愛なんかやってみたくない、ということ。

「壱哉さんは私と違って、遠距離恋愛できるタイプなのかな」

「彼は大人だし、女性経験もそれなりにありそうだし、一人で生きていくことが自然とできちゃいそうな人でしょ」

「どうしてわかるんですか」

「なんとなくね。篠原さんって、いい人だと思うけど、ちょっと人と距離を置いてる感があるし、一人に慣れていそう」

牧田はさらに言った。

「これは私の勝手な憶測だけど、彼も遠距離恋愛は怖いんじゃないかな。いずれは彼も日本に帰ってくるでしょう。そうなった時、比奈ちゃんに誰かいい人がいたらって、ね。比奈ちゃんはまだ若いし、可愛くて、人見知りするけど、そこがモテ要素なんだから、もっといい人が現れるかもって、篠原さんはそう考えたんじゃないかな」

「私、モテません」

「あなたは知らないだろうけど、モテてるのよね。身長も可愛いサイズ。大きな猫目と長い睫毛（まつげ）。細身の身体に、色白の肌。比奈ちゃんは男受けする容姿よ」

そんなことない、と比奈は小さく首を振った。

壱哉には、背が高くて綺麗な加奈のような女性が似合う。自分の意見をはっきり言えて、仕事も恋も頑張る素敵な女性。加奈がもし今も壱哉と付き合っていたなら、きっとアメリカにもついて行っただろう。

比奈にはそんな強さはない。

「本当に、ついて行けないの？」

「……」

「好きならついて行けばいいのに。人見知りする性格とか、そういうの気にしていちゃだめ。いい人間関係作れないわよ」

弱点を突かれ、比奈は唇を引き締めた。

「泣くくらい好きなら、ついて行けばいいのよ」

「アメリカですよ」

「飛行機に乗ったら一日で着くわ」

「だって、仕事が……」

「いったん辞めても、また就職できるわよ。それだけの実績を、比奈ちゃんは残してるでしょう」

「でも、今年受け持った生徒たちのことが心配だし。私の指導次第で、生徒たちの将来が決まるかもしれない」

比奈が言うと、牧田は頭をかきながら、あのねぇ、と言った。

「比奈ちゃん、人の人生よりも自分の人生じゃないの？　それに、一週間で返事をくれって言われたからって、律儀に期限を守らなくてよかったのよ、一生の問題なんだから。そんなこともわからないなんて、比奈ちゃんは壱哉さんのこと、それほど好きじゃなかったのかもね」

「好きだった。最初は嫌いな人だったけど、ずっとすごく気になっていて……英語科の講師になったのも、実を言うとあの人が私に影響を与えたから。初めてしたのも、きちんと私のことを考えて待ってくれたからだし。考えたら、いつも壱哉さんは私を大事にしてくれていたの。気付いたら本当に、好きになっていた」

「だったら、遠距離でもなんでもいいじゃない。ついて行くのも一つの手でしょ。プロポーズはしてくれた？」

比奈は頷いた。

比奈が結婚ですか、と聞くと、壱哉は、結婚してほしいと言った。結婚して、一緒に来てほしい、と。

結婚という言葉を耳にした時、本当は、比奈は少しだけ怖かった。

比奈は今、二十六歳。壱哉は六歳年上だから、今年三十二歳になる。お互いに結婚適齢期。

でも比奈は自分のような未熟な人間が結婚していいのかと思った。掃除や洗濯はなんとかなるだろうが、料理はさほど上手(うま)くないし、貯金もそれほど持っていない。これまでの人生で何事かなしたかといえば、何もしていない。比奈に比べると、壱哉は大人だった。

自分もいつか、こういう大人になれるのだろうか、と壱哉を見て思った。

アメリカから呼ばれるほど、優秀な壱哉。その壱哉の隣に比奈は果たして似合うだろうか。価値観の違いから、ダメにならないか、と思うと怖かった。

そう、それが何より怖かったのだ。

「正直に言って、プロポーズされるのが怖かった。壱哉さん、私と違って考え方も前向きだし、選ぶものも持ち物も全部いいものばかり。このネックレスだって、私には買えない上等な物。私なんてまだまだ子供で、とてもあんな素敵な大人になれない」

比奈は一度言葉を切って、牧田を見る。

「別れ話をした後、壱哉さんは私を追いかけてこなかった。その程度なのかなって、悲しかった」

もう泣きたくない、と思っていたのに、自然と涙が盛り上がる。

「あの人には、もっと大人で、綺麗な人が似合うはずだから」

比奈が言うと、馬鹿じゃないの？　と言われた。

「似合う似合わないで付き合ったり結婚するんじゃないのよ。好きかどうか、この人とずっと一緒にいたいと思うかどうかでしょ？　あんなにイイ男と出会えたのだから、比奈ちゃんもきっと素敵な大人の女性になっていけるわ。人は、一緒にいる相手に影響されるものよ」

「そんなのわからない」

「わかる。私がそうだから」

牧田は比奈の頭を撫で、ハンカチで涙を拭ってくれた。

「別れるべきじゃない。わかるでしょ」

比奈はすぐには頷けなかった。

けれど壱哉の顔を思い浮かべると、自然と首を縦に振っていた。

「もう飛行機は出ちゃったの？　今は五時四十分か」

比奈も慌てて自分の時計を見る。

「午後七時の便に乗るって、壱哉さん」

「だったら、こんなことしてる場合じゃないでしょ」

「私、急いで電車に乗る」

「でも、それだと間に合わないかも。タクシーの方が早いんじゃない？」

夕方の今の時間、車で行くと渋滞に巻き込まれるかもしれない。電車の方が確実性は高いだろう。けれど電車でも四十分はかかる。どちらにしても賭けだ。

「とにかく急いで。別れたくないって、きちんと伝えてきなさいよ、比奈ちゃん。こうしている時間がもったいないわ」

比奈の足は自然と動きだしていた。駅のホームを目指して階段を駆け上がる。

壱哉は今頃、空港で搭乗前の手続きをしていることだろう。

すでに午後五時五十八分。

空港方面へ向かう電車に乗り込み、比奈は息を整えながらつり革に掴まる。

自分の足元を見て、よりにもよってこんな靴、とため息をついた。

今履いている靴は、履き慣れていない真新しいもの。駅まで走ったことで、すでに踵が痛かった。

☆　☆　☆

思ったよりも時間がかかってしまい、空港に到着したのは午後六時四十分だった。

比奈は急いで改札を通り抜け、出発ロビーへと向かう。

壱哉は午後七時の便に乗ると言っていたが、どの便なのか聞いていなかった。電光掲示板を見て一列ずつチェックをすると、午後七時発の便は二つある。両方ともアメリカ行きで、壱哉がどちらに乗るのかわからない。

とにかく比奈は出発口を見て回ることにした。

壱哉はもう出発口を通り過ぎ、搭乗ゲートに向かっているかもしれない。

夜だというのに人が多く、その混雑ぶりに比奈はクラクラした。

それでも、と比奈は広大な空港内を必死に走り回る。

壱哉の姿を、どこにも見つけることはできない。

時計は午後六時五十分を指していた。

飛行機が出発するギリギリの時間。すでに壱哉は飛行機の中だろう。

大きなため息が漏れて、その場に座り込みたくなった。

「比奈ちゃん」

聞き慣れた声に頭を上げると、目の前に壱哉の弟の浩二がいた。

「もしかして、見送り？」

比奈がどうにか頷くと、手を引かれてまた走らされる。

「壱兄、比奈ちゃんが来るかもしれないからって、ギリギリまで待ってたんだけど、アナウンスで名前呼び出されちゃって。たった今、出発口に向かったよ！」

浩二が指さす方向には、きっちりとスーツを着た壱哉がいた。金属探知器を潜(くぐ)ったところで、空港のスタッフに何か言われている。

「壱哉さん！」

大声で呼ぶと、壱哉はこちらを振り返った。

壱哉はにこりと笑って、比奈に軽く手を振った。

けれど、すぐに背を向けて行ってしまう。

搭乗時間ギリギリだ。走らなければ間に合わないだろう。

「壱哉さん……」

「もうちょっと早かったら……」

と浩二が声をかけてくる。比奈は力が抜けてしまい、その場に崩れ落ちた。

ドラマだったら、ここでヒロインが泣き崩れるところだ。

まさに今、比奈は悲劇のヒロインのように、大きな目から涙を流していた。

呼吸が苦しくなって、どうしたらいいかわからない。

「言おう、って……思った、のに」

「言うって……何を？」

浩二が優しく聞いた。

「好きだから、って。……別れたく……ないって」

浩二はため息をつき、そっか、と言った。そして比奈の頭を優しく撫(な)でた。

帰ろう、と浩二が言うまで、長い時間が経過したように感じた。けれど実際の時間は短く、比奈は深い後悔に沈んでいった。

その日、どうやって家に帰ったか覚えていない。

家に帰ってスマホを見ると、牧田から何度か電話が入っていた。けれど、それに応える元気がなくて、そのままにしておいた。

しばらく経つと、空腹が襲ってきた。

近くのコンビニへ買い物に出た。その帰り道に、段ボール箱の中でか細い鳴き声を上げる小さな三毛猫を見つけた。

子猫は力の限りに鳴いていた。生きたい、助けて、と泣き叫んでいるように見えた。

「うちに来る？」

抱き上げると、安心したように比奈の手の中で丸くなる。比奈は子猫を持ち帰った。

翌日はずる休みをした。子猫を病院に連れて行くため、というのも理由の一つだけれど、それより何より、昨日の出来事がきつかったからだった。

浩二、そして健三からも、壱哉に連絡をするように言われた。その優しい心遣いが、余計に壱哉への思いを募らせた。

比奈は思い切って壱哉の携帯電話にかけてみたが、繋がらなかった。何事にも用意周到な壱哉が、アメリカへ発つ前に解約していたのだ。

健三によると、壱哉はアメリカの連絡先を家族にも教えていない、ということだった。用がある時は壱哉の方から連絡するつもりなのだろう、と健三は言った。

赤の他人の比奈ならなおさら、連絡先を教える必要はないと思ったのだろう。

別れると言ったのも、遠距離は嫌だと言ったのも比奈の方だった。それを今更くつがえせない。

だから比奈は、もう何がなんでも壱哉に連絡をしないと決めた。

子猫がいてくれれば、しばらくは寂しくないはず、と笑顔を向ける。

「ミラ」

誰も気付かないような路地裏に捨てられていたのに、比奈が見つけて奇跡的に助かった猫。まさに奇跡、ミラクルという意味を込めて、ミラと名づけた。

ミラの大きな目は黄緑色をしていた。その目がじっと比奈を見つめて、甘えてくる。

壱哉とは縁がなかったのだ、そう思うことにした。

縁があるなら結婚まで行ったはずだし、壱哉だって、あんなにあっさりと比奈から手を引かなかったはずだ。

ただ、最後の言葉を思い出すと心がぶれそうになる。

『またね、比奈さん』

壱哉が最後に口にした言葉が、いつまでも耳に残って消えない。

いつかまたどこかで出会ってしまうような、そんな気がしてならない。

## 15

「比奈ちゃん、気に入ってたんでしょ、この部屋」

「でもしょうがないです。ミラがいるし」

「可愛いわね。生後三ヶ月くらいかな」

「このアパートは動物禁止だったから、引っ越すしかないんです」

手伝いに来てくれた牧田は、割れものを丁寧にくるんで段ボールに詰めた。

比奈は箱に、写真や小物を詰めていた。

壱哉と一緒に写った写真、壱哉が置き忘れていった物もある。壱哉はうっかり忘れ物をする人ではないから、もしかするとわざと置いていったのかもしれない。

「それ、綺麗な眼鏡ね。だけど比奈ちゃんのじゃないわね」

比奈は目がいいので眼鏡は必要ない。それは牧田も知っている。

「ちょっと貸して」

牧田が眼鏡をつけてみる。綺麗系お姉さんの牧田が眼鏡をかけると、デキる女に見えてカッコイイ。

上だけ銀縁がついたフレームで、テンプルの部分も銀色。シンプルなユニセックス風のデザインで、壱哉がつけると、本当にデキる会社員に見えてカッコよかった。

「にしても、これ、きっついわー。私も目が悪いけど、視力〇・二はあるのよ。これは〇・一以下ね。篠原さん、かなり目が悪いのね」

「そんなに、ですか」

比奈も壱哉の眼鏡をかけてみた。視界が小さく歪(ゆが)んで目が痛くなる。これで真っ当な視力を得られるなんて信じられなかった。

「うわ……なんだろう、この世界」

すぐに外して目をこする。

「それにしても、いいフレーム使ってるのね。フレームだけで何万もするわよ」

「そんなにいいものだったんだ」

「目が悪いなら、少しくらいいいのを持ってないとね。それに、眼鏡をかけていると視力落ちるのよ。そのたびに眼鏡を買い替えるの、大変でしょ？　だからレンズを変えるだけでいいやつにしておかないと」

そうなんだ、さすが壱哉だな、と思いながら眼鏡を畳み、ハンカチで包んで箱の中にしまった。

「さっきの眼鏡、レンズを薄く仕上げてあったから、相当すると思う。レンズを一ミリ薄くするだけで何千円か取られるの」

そんな高価なものをどうして比奈の家に置いていったのか、と考えて、思い出した。

壱哉が初めて比奈の家に上がって一晩過ごしていったのは、付き合ってしばらく経ってから。

キスがだんだん深いものになっていくと、眼鏡が当たって少し痛かった。それに気付くと、壱哉は眼鏡を外して、もう一度比奈の唇にキスをし直すのだ。その翌日、壱哉は眼鏡をする前にコンタクトをしてしまったと言って、会社に出勤した。眼鏡はケースにも入れないまま、置いていかれた。あの朝はかなり急いでいたので、忘れたのだろう。

比奈の方でも、返すタイミングを逸(いっ)してしまったのだった。

「スペアがあるって言ったから、まぁいいかと思って。結局返し忘れちゃった」

「ふーん。他にも返し忘れたもの、ありそうね」

箱の中には他に、ネクタイが一本とカフスボタン。このネクタイは比奈のお気に入りで、これをつけている壱哉が特に好きだった。いつも壱哉を身近に感じていたかったので、内緒で奪ったも同然の品。カフスボタンは、このデザインが好きと言ってずっと見ていたら、壱哉が「あげるよ」と言ってプレゼントしてくれた。

「それ、取っておくの？」

「捨てた方がいいですか」

比奈が言うと、牧田は「捨てるのもなんだしね」と首を振った。

思い出の写真も小物も全て詰め終わると、比奈は箱にリボンを掛けて結び、中身を封印した。

「私も、前の彼からもらったもの持ってるわよ。そのネックレスだって、堂々としていなさいな」

牧田がそう言い、段ボールを持って立ち上がる。

「髪の毛も切ったことだし。心機一転で、引っ越しもいいわね」

牧田の言うことに少しだけ笑って、比奈は短くなった自分の髪の毛を触る。肩より下まで伸ばしていた髪の毛を、耳の下あたりまで切って、軽くパーマをかけた。似合うと言われて、自分でも満足していた。何年も同じ髪型だったから、これでよかったのだと思った。

職場はそのままだが、髪型を変え、住む場所も変えれば、自分も変わっていくのではないか、と比奈は期待している。

「恋のハードルは、高くなったけどね」

ミラが近寄ってきて、にゃあ、と鳴いた。

比奈は、リボンで封印した思い出の箱を段ボールに詰める。

さよなら、と心の中で言って、段ボールの蓋(ふた)を閉めた。

もう泣かない、と比奈は決めた。

泣かないで、前を見て歩いて行こう、と。

## 16

朝起きて、まず思うのは、「頭が痛い」ということ。

ベッドサイドに置いてある鎮痛剤を少量の水で飲む。あまり薬に頼りたくなかったが、アメリカに来て以来頭痛が続いているので、つい薬の力を借りてしまう。頭痛の原因はストレスなのだとわかっている。

ベッドに寝たまま眼鏡を取ろうと手を伸ばしたら、カシャンと音を立てて落ちてしまった。起き上がって眼鏡を拾い、とりあえず装着すると、ようやく視界がクリアになる。少しきつめに作った眼鏡にまだ慣れていないせいか、目の奥が痛くなる。

「いいさ。どうせ、また視力は落ちるし」

眼鏡をきちんとかけ直し、身支度を始める。

壱哉がアメリカに来てからすでに四ヶ月が経っていた。

「また頭痛なの？」

後ろから、髪を撫でられる。

「たいしたことない」

スウェットを穿いて振り向くと、にこりと笑った色素の薄い唇がある。

「ゆうべは帰ると言ってたのに」

「泊まりたかったの。イチヤいつも泊めてくれないから」

肩より少し長い金色の髪、そしてブルーの瞳。

「彼女になったのに、一度も泊めてくれたことがないわ。追い出しもしなかったでしょ、だから泊まったの」

ふふ、と笑って壱哉の背部から、細い手が絡みつく。

「距離を置かないで。好きなの」

「置いてないよ」

壱哉が笑うと、薄い唇も笑った。

「ただ、朝は本当に寝起きが悪いから、エマに見せたくなかっただけ」

エマ・ワイズと言う名の女性と出会ったのは、アメリカに来て五日目。壱哉にとっては上司のようなものに当たるダグラス・ワイズ氏が、九月からすぐに働きだした壱哉を気遣って自宅へ食事に招いてくれた。そこで知り合った、父親譲りの金髪碧眼の女性がエマだった。

「イチヤは寝起きが悪いんじゃないわ。頭が痛いだけよ」

そうやって頭を撫でる。

外国の女性というのは、スキンシップが多い。そのことをエマと親しくなってから肌で実感した。

出会って四ヶ月、つい最近彼女に告白された。

断る理由はまったくなかった。

「エマ、僕は日本人だから、そうやって撫でられるのに慣れてないよ」

手を解いて立ち上がると、壱哉はエマを見た。

青い目は少しだけ困惑している。

「遅い朝食でも食べに行こうか」

壱哉が言うと、エマは笑って頷いた。

たった四ヶ月。そんな短い時間で君の望み通りになったよ、と壱哉は思いながら微笑んだ。

『壱哉さんのことだから、金髪美人掴まえて結婚しそう』

と比奈が言ったことに腹を立てたあの日。だが言葉の力、言霊は本当に存在するのだ、と壱哉は感じている。

身長が高く、スレンダーな体型だが、胸と腰はボリュームある綺麗な女性。

比奈とは違う髪の色。比奈と同じスレンダーな体型でも、まったく違う感触と形。

「聞きたいことがあるんだけど」

壱哉が言うと、エマはスカートのファスナーを閉めながら、首を傾げた。

「どうして日本人の僕を好きになったんだろう」

「……あなたは素敵だわ、イチヤ。とても優しいし、紳士的。仕事も丁寧で、やりやすいと父が言っていた。それに、初めて会った時から、なんだか惹かれたの。ところで、今日は食事の後は何をして過ごすの」

「君が好きなように過ごすよ」

壱哉が言うとエマは髪の毛に軽く触りながら、壱哉の近くに来た。

「もっと、近づきたいわ、イチヤ。帰ったら、あなたをもっと知りたい」

綺麗な腕が腰のあたりに伸びてきて、壱哉は抱きしめられた。

「いいよ。食事が済んだらね」

壱哉はその薄い唇に唇を寄せた。

比奈とは違う唇の形、違う感触。

それでも感じる身体。

男ってやつは本当にしょうがない、と自分でも思いながら、エマの感触を味わっていた。

☆　☆　☆

「イチヤ、娘のエマだ」

　そう紹介されたのは、背が高くてスレンダーな美人。金色の髪は細く繊細で、にっこり笑うと青色の瞳が愛らしく輝いた。

「はじめまして、イチヤ・シノハラです」

　英語圏に入ってちょうど五日目だった。

　すぐに仕事を、と言われて、慣れない仕事に就いた。が、もちろん全てが上手くいくはずもなく、上司のようなものに当たるダグラス・ワイズ氏は、そんな壱哉を気遣ってか、自宅での食事会に壱哉を招待してくれたのだ。

「素敵な人ね。お化粧直しておいてよかった」

　手を差し、シェイクハンド。明るい性格らしい。このエマという女性に、壱哉は好感を覚えた。

　その唇は薄いが、綺麗な色で彩られている。なんとなく知っているような口紅の色で、壱哉はそこをじっと見る。笑みを湛えて首を傾げる。その仕草にも好感を覚えた。

「どうかしました？」

不審そうに言われて首を振った。いいえ、と言うと、エマは壱哉の手を引いてリビングへ誘った。

「あら、いらっしゃったのね。はじめまして、妻のリサよ」

リビングにいたのはダグラス氏の妻だった。リサもまた綺麗な人で、エマとよく似ていた。

「もう食事の用意はできているの、アメリカの家庭料理よ。さあ席について」

とエマが言った。

「イチヤはいくつなの？」

リサが聞いてきたので、

「三十一です。もうすぐ、三十二になります」

と答えた。

「日本人って若く見えるわよね、本当に。私は二十六、もうすぐ二十七歳よ」

と、今度はエマが応じた。

もうすぐ二十七歳ということは、比奈より一つ年上だ。でも比奈は早生まれだから学年は一緒なのか、と思いながらエマを見る。

エマは綺麗な青色の目を壱哉に向けた。

「彼女とかは？　いないの？」

やや首を傾げるように、青い目が聞いた。

「いませんよ」

いないのは事実だから、そう答えた。

アメリカに来て、まだ五日。

時差ぼけはないが、眠れない夜が続いている。浅い眠りがやってきても、午前三時前後になるとなぜか目が覚めてしまう。日本はまだ夜の九時くらいだろうと思いながら、つい今しがた見ていた夢を思い出す。

あの日、もしかしたら比奈が空港へ見送りに来てくれるかもしれない、と期待していた。だが、いくら待っても来なかった。もし来てくれたらと、その時にかける言葉も考えてあった。

比奈がようやく現れたのは搭乗時刻ギリギリで、壱哉は出発口の金属探知器を出て、スタッフに誘導されているところだった。遠くから見た比奈は表情はどこか泣きそうで、けれど行かなければならない壱哉は、何も声をかけられなかった。

「彼女とは、アメリカに来る前に別れたんです。別れたばかりですよ」

それを聞いてエマは、ごめんなさい、と言った。悪いことを聞いてしまった、というような顔をしているのを見て、こんな話をするんじゃなかったと思う。

笑みを浮かべ、いいえ、と言って料理を口に運ぶ。他に言う言葉が見つからなかった。

エマの表情が変わらないのを見て、後でフォローする言葉を言わなければ、と思う。比奈がもし、搭乗前の余裕のある時間に来ていたら、待っていてほしい、と伝えるつもりだった。離れていてもきちんとメールも電話もするから、と言おうと思っていた。

比奈もきっと悩んだのだろう。だからあのような時間になってしまって、結局は壱哉と話をしないまま別れてしまった。

それにしても、と壱哉には後悔してもしきれないことがある。あの別れの日、どうしてあんなことを言ってしまったのか。どうしてもっと素直に、別れたくないと言わなかったのか。

比奈ならきっと待っていてくれる、と心のどこかで信じていた。だが、待っていてほしいとはっきり伝えることができなかった。それでも比奈は待っていてくれるかもしれないなんて、虫のいい話じゃないだろうか。

『遠距離が辛いなら、比奈さんの好きなように』

大事な時にそんな強がりを口にしてしまう自分の性格が恨めしい。

比奈は可愛い女性だ。猫のように黒目の大きい瞳、細い身体は均整が取れていて、身長が高くないところも男受けするだろう。実際に、待ち合わせのカフェで壱哉を待っている比奈を、どこかの男がじっと見つめていたことがある。比奈の友人の牧田という女性も、比奈はモテる、と言っていた。

壱哉は改めて不安を覚えた。アメリカと日本に離ればなれになってしまった二人だから、会える機会はごくわずかしかない。毎日きちんと連絡を取り、そのつど好きだと伝え合っても、会うことができなければ、いつしか心も離れてしまうだろう。いや、その前に、比奈が他の男に目移りしないとも限らない。

比奈がいない寂しさから、壱哉も他の女性に、という不安を彼女も感じているだろうか。

「その人とは今も連絡を？」

ダグラス氏が壱哉に気遣いの目を向ける。

「いえ。納得して、別れてきたので。すみません、こんな話をして」

表面では笑みを浮かべて、エマが気にしないように、とエマにも笑顔を向けた。そう言いながら、心の中でため息をつく。何を言っているんだ、と自分をあざける気持ちがある。

もし納得して別れたのなら、なぜ出発日や搭乗時間を告げたのか。そしてなぜ、出発ギリギリまで比奈を待っていたのだろう。

「いい子だったんですね。ひどく寂しそうに見えるわ」

エマが綺麗な目を壱哉に向けて言った。笑顔を向けても、彼女には壱哉の心がわかってしまうらしい。比奈とは違う機微の敏さに、好感が持てた。桜色の唇がにこりと弧を描いている。

壱哉は一人で生きることに慣れているから、この寂しさも悲しさも時間が解決してくれるとわかっていた。そのうち、比奈のこともあまり思い出さなくなり、よく眠れるようになる。そして壱哉には、新しい恋人ができるかもしれない。

『壱哉さんのことだから、金髪美人掴まえて結婚しそう』

怒りを覚えた比奈の言葉通りになることもあり得るのだ。

食事を終えると、エマがテラスで話をしようと誘ってきた。時間はまだ早かったので、少しなら、と誘いに乗った。趣味のいいテラスで、テーブルと椅子でゆっくりくつろげるようになっている。シャンパンを持ってきたエマが、壱哉の隣に座った。

「父が大事にしているシャンパンなの。イチヤに出すなら、飲んでいいって」

「そうですか。ありがとう」

性格が明るく、社交的な女性。比奈とは大違いだった。

「さっきは変なことを聞いてごめんなさい」

「気にしていません。こちらこそ、そんな表情をさせてしまって申し訳ない」

壱哉は笑顔でシャンパンを受け取る。一口で、いいものだとわかった。

比奈もシャンパンが好きで、家に常備していた。外見と違い、意外と酒もいける口だったのだ。けれど、限度を知らないらしく、飲む時は潰れるまで飲む。それがいつも心配だった。

けれどエマはゆっくり飲むタイプらしく、グラスを傾けても少ししか飲まない。壱哉もゆっくり飲みたい方だったから、それにも好感が持てる。

「さっき、あなたに恋人がいるかどうか聞いたでしょ。母に、あからさまだわ、って頭を小突かれたわ。でも、父が家に呼ぶ日本人はいい人ばかり。……今夜はどんな人が来るのかって、楽しみにしてたの」

壱哉が頷くと、青い目も笑顔に細められる。言葉を発する感じから、意見もしっかりというハキハキした人のように思えた。何か思うことがあっても黙ってしまう比奈とは大違い。外見の綺麗さもあって、本当に明るい雰囲気だ。

「あなたは、その、寂しいと感じていると思うけど、私はラッキーだった。こんな言い方してごめんなさい。どう言っていいかわからないの。でも、とにかく私は、初めて会ったあなたに、惹かれてるみたい」

そう言われても答えに困る。でも、身振り手振りを加えて思いを伝えようとするエマは微笑ましかった。

こういう時どうすればいいか、それなりの経験を積んだ壱哉はよく知っていた。

それに初めて会ったが、壱哉はエマのことを魅力的な人だと思っていた。

だから、自分の気持ちをそのままに言ってみた。こうした方が、エマも綺麗な笑顔で話してくれると思ったから。

「ありがとう。君の気持ち、とても嬉しいよ」

無難な答え方をしたが、エマは笑顔を見せた。綺麗な桜色の唇は、きっと直してきたのだろう。食事の時よりも鮮やかだった。

「綺麗な色のリップですね」

壱哉が言うと、唇を指さしてにこりと笑う。

「あなたの会社、アースリー社のリップスティックよ。日本にしかない色だそうね。ネーミングも、デザインもとても気に入ったわ。どうしても手に入れたくて、父にねだって買ってきてもらったの」

「桜色のリップスティック」という意味の名をつけられたカラー。

比奈が健三の車につけたキスマークも、桜色だった。新しく日本で発売されたカラーだと言われて、宮川に見せられた時、すぐに一つほしいと、会社のコネで融通してもらって購入した。高級感ある金色のケースに入っている桜色のリップは、比奈の唇に似合いそうだと、そう思った。

『気に入ってるんです。ずっと使ってて、なくなったらどうしようって』

と比奈は言っていた。

「なくなったらどうしよう、って思うほど。また買ってきてもらうしかないわね」

エマも同じようなことを言う。エマの唇にもよく似合っていて、白い肌に映えている。

だが比奈は、あのリップスティックに名前があるなんて知らないだろう。ただいつも同じ色のリップスティックを唇に塗り、壱哉はその唇にキスをしていただけ。

「その色、似合ってますよ」

壱哉が言うと、本当に嬉しそうにエマは笑った。

比奈も壱哉が似合っているというと、少しだけ笑って壱哉を見つめた。

エマにも似合う色だが、やはり比奈にと思ってプレゼントしたリップスティックの色なので、比奈のことを思い浮かべてしまう。

好きな人と別れたばかりなのに、エマという人にもどこか惹かれている自分がいた。

同じ色のリップスティック、というのはただの偶然だろう。

それなのに、好きだった人の面影を重ねている。

そして、好きだった人とほんの少しだけ共通点のある女性に好意を向けられたというだけで、心が揺れ動いている。

ただ、惹かれるきっかけにはなってしまった。偶然でも、比奈とはまったくタイプが違う金髪で青い目の綺麗なエマに、心が行ってしまうのは自分に寂しさがあるからだ。

電話をしても通じなかった比奈。またかけてみようと思うが、出ない可能性が高い。会社が壱哉名義で契約したスマートフォンは、以前とまったく違う番号だから。

寂しいからといって、エマを、と思うのは自分でもただ甘えている気がする。けれど、元からエマのような明るい人が好きだったことを考えると、それは自然に思えた。

リップスティックは本当にただの偶然。きっかけを作っただけなのに、エマと話しているとどこかしっくりくる感じがした。

寂しさを埋めたいだけだ、それにしても本当にしょうがないな、と自分で思う。

「よかったら、今度デートでも……あなたがいいのなら。フリーになったばかりで、そんなこと、考えられないかしら？」

にこ、と笑って答えを待つエマを見て、その表情が好ましかった。綺麗なのに、なんだか可愛い感じがしたのだ。

「いいですね。失恋したばかりなのに、気が変わってしまったようで恥ずかしいのですが」

「……新しいことも、必要だと思うわ。少なくとも私はそうしてほしい」

大きく息を吸ったエマを見て、緊張しているのがわかった。日本人のしかも失恋した壱哉に、綺麗な人が緊張しながら誘ってくれている。

気が変わっているわけではない。エマの手前そう言っただけだ。

比奈に心を残していて、まだ連絡を取りたい気持ちがあるのに。

綺麗なアメリカ人のエマに惹かれる壱哉は、今だけだ、と思う。

だが、以後比奈とは連絡は取れなかった。

今だけだと思っていた。だが、躊躇（ためら）いながらもエマに惹かれるのを止められなかった。

☆　☆　☆

「あなたと、一緒にいたいわ」

ことが終わった後、エマはそう言った。

「今こうして一緒にいるけど」

「そうじゃないの。ずっとよ。あなたとずっと一緒にいたいの」

青い瞳が懇願(こんがん)していた。

「僕はいずれ、日本に帰るよ」

「その時は、ついて行くわ」

「迷いがないね」

「どうして迷うの？　好きな人となら、ずっと一緒にいたいもの」

それを聞いて、壱哉は心が痛くなった。

比奈はずっと一緒にいたいわけじゃなかったのかもしれない。

だから壱哉のプロポーズを断ったのかもしれない。

だが、ここで比奈とエマと比べて不信感を増長させるのはいけないことだ。

それだけ比奈のことを好きだった、ということなのか。

比奈が初めての行為を怖がったから、根気よく待った。

十四歳の頃から知っている比奈、その身体を全て知っているのは壱哉だけだというのに、なぜ手放してしまったのだろう。

「ずっと一緒にいたいって、結婚したいってこと？」

壱哉が問うと、エマは押し黙った。だが、意を決したように青い目が壱哉を見る。

「そうしないと、不安だわ。あなたの心は、私にあるの？」

エマの瞳から一筋涙が零れ、壱哉は指で拭（ぬぐ）った。

「もちろんだよ。君がそうしたいなら、君の好きなように」

この四ヶ月、何度も比奈に連絡を取ろうとした。

一度目は、スマホにかけた。だが留守電に転送され、返信は来なかった。

二度目は、この電話番号は使われていない、と冷たいメッセージが届いた。

三度目は、健三を介して比奈に連絡を取ろうと試みた。

『比奈は引っ越しをしたし、壱兄と別れたことが辛いみたいで、携帯番号も変えたんだ。髪の毛も耳のあたりまでバッサリ切ってさ。でももしどうしてもって言うんなら、連絡取るけど』

健三にそう言われて、比奈へのアプローチを諦めた。

比奈に迷惑かもしれないと思ったたし、比奈がそこまで身辺整理したのなら、これ以上何か言っても無駄だろうとも思った。

ちょうどその頃、エマが接近してきたのだった。壱哉もエマに心が傾きだし、次第に比奈のことを考えなくなっていった。

「結婚してくれるの？」

「いいよ」

壱哉が即答すると、エマは嬉しそうに壱哉の身体を抱きしめる。

誰かが傍にいてくれたら、比奈のあの印象深い綺麗な目も忘れられるだろう。

そして、本当に好きだった思いも、時が解決してくれるだろう。

何よりも明るく、包容力のあるエマは、壱哉にとって手放せない存在になりうるだろう。

そう思った。

「エマ」

名を呼び、唇にキスをする。

けれど、その時思ったのは、結局は比奈のことだった。

もしもこれが比奈だったら、と思わずにはいられなかったのは、壱哉の弱さだった。

# 17

新しい家族として三毛猫を飼うことになり、住む場所を変えて、そしてそろそろ受験シーズン本番が近づきつつあった。

壱哉と別れてすでに五ヶ月経っていた。比奈の中では、ある程度心の整理がついてきた。一度壱哉から電話がかかってきたことがある。その着信履歴を見つめながら、なんと言って電話をすればいいのかわからなくて、結局は連絡を取らなかった。

牧田が付き合っている彼氏の会社に頼むと新規のスマホを安く購入できる。そんな話もあり、比奈は、この際だからスマホを変えることにした。それまで使っていたスマホはリサイクルに出した。

壱哉が日本で使用していたスマホも、すでに解約されていた。アメリカからかけてきた壱哉の電話番号をメモしておかなかったので、もう連絡を取ることはできなくなった。

健三に聞けばすぐに教えてくれるだろうが、それはどうしてもできなかった。

別れた相手に連絡を取るということは、比奈にはとても勇気がいったのだ。とにかく、できなかった。

比奈にとって、壱哉は初めての相手だった。だからというわけではないが、本当に好きだった。容姿がよくて、優しく穏やかな性格の壱哉。時々比奈をからかうけれども、それは比奈の緊張をほぐすため、比奈のためを思ってのことだった。そういう気遣いは、後になって気付くものだ。

そんな思い出にふけってしまうのも、今日これから出かける合コンが憂鬱(ゆううつ)だからだ。

「比奈ちゃーん、メイク直しなさーい」

仕事を終えると、牧田がそう声をかけてきた。牧田自身はもうバッチリ化粧直しを済ませていた。牧田は彼氏がいるにもかかわらず、比奈が壱哉の妹の愛から合コンに誘われたと知ると、真っ先に参加したがった。

「牧田さん、すごく綺麗ですね」

「ったりまえ。久しぶりの合コンよ。たまには羽を伸ばしたいわ」

愛が今回持ってきた、大人の合コンの話。愛の友達がそういう企画をしている会社に勤めているという。だけど人数が足りないから、と比奈に誘いをかけてきて、牧田がそれに便乗した、というわけだ。

『比奈ちゃん、いいかな？　壱兄のこと、吹っ切れてるかな、って……』

愛に気を遣わせてしまっていることを申し訳なく思い、比奈は「大丈夫、行くわ」と伝えた。壱哉とのことは完全に吹っ切れてはいないけれど、いい思い出だと思えるようにはなってきた。

比奈もトイレでメイクを直す。比奈はアイシャドウをつけ、アイラインを直す。軽くファンデーションも直して、これでOKと瞬きをした。髪の毛は肩の少し上まで伸びた。柔らかいウェーブパーマをかけている。

「比奈ちゃん、ほらこっち向きなさい」

牧田がマスカラを持ってやってきた。

「牧田さん、それ、目が派手になるから嫌です」

「いいじゃない。とっても美人になるわよ」

マスカラのブラシ部分を比奈の目に近づける。比奈は観念して、じっとしていた。

「比奈ちゃん綺麗だから、これくらいしたらもう、モテモテよ」

マスカラを塗り終えた牧田が、満足そうに笑う。

「どこから見ても綺麗な女性よ。誰かいい人と出会えるといいわね」

去年あたりから特に綺麗になった、と言われて比奈は少し胸が痛む。綺麗になれたのは、本気で恋をしていたからだろうが、それが壱哉との恋だったから、こんなに胸が痛むのだ。

「牧田さん、私に新しい恋人、できると思う？」

「さぁね。私にはわからない……でも」

一度言葉を切って、牧田は比奈の頭を撫でた。

「比奈ちゃんが、彼よりも好きになる人がいたらいいのにって、思うわ」

そう言われて、比奈はまた胸が痛む。

あんなに好きだった人の手を放してしまったから。

先に手を放すと決めたのは、たぶん比奈の方。

だから、この胸の痛みは比奈のせいで、別れたのもきっと比奈が悪かった。

壱哉にもう一度会うとか、もう一度付き合うとか、そういうことはまったく望めない。

望もうとも思わない。

望んではいけないのだと、そう決めた。

☆　☆　☆

「盛況なのね」

牧田が言うと、愛が、そうなんですよ、と言った。

「友達の会社、最近業績伸びているんです。こういう楽しめるパーティーばかりで、華やかだから」

そこそこ高級なホテルを使っての合コンパーティー。立食するもよし、座って話すのもよし。バイキング形式で、お酒の種類も豊富。こういうパーティーは受けるよな、と思いながら、比奈はスパークリングワインを飲んだ。

「比奈ちゃんも気に入ってくれた？」

愛に聞かれて、比奈は頷いた。

「ドリンクの種類が多いのが嬉しい。愛ちゃんも彼氏を探すの？」

「まさか。私はまだいいもん」

愛は比奈より十センチ以上も背が高い。篠原家は、長身の家系なのだ。

「それより比奈ちゃん、あまり飲まないでね。加減を知らないって、聞いてるから」

愛がそう言って比奈を見る。

「誰がそんなこと言ったの？」

「……前に、壱兄に……」

そういえば、壱哉がいるといつも「そこでストップ」と酒量を制限された。

「最近は加減を知ったから、心配しないで」

「本当？　どうも信じがたいわ」

横から牧田がすかさず言った。

「この前、私の家で潰れたのはどこのどなた様？」

「あの時は牧田さんが勧めるし。それに、シャンパン美味しかったし」

愛は笑いながら聞いていたが、こうつけ加えた。

「壱兄が前に私に言ったの。子供じゃあるまいし、加減を知らないなんて、って」

牧田が腹を抱えて笑う。

「言いそう！　言いそうだわ、それ！」

「もっと言ってたよ。悪酔いしそうなものばかり飲んで、少しは考えて飲めばいいのに、とか。後は、呂律が回らない比奈さんは最悪、って」

「ムカつく！　壱哉さん」

比奈はワインをぐいっと飲み干した。

「あーあ、言ってる傍から」

「だいたい、あの人は私のことなんだと思ってたわけ？　呂律が回らなくなるのはしょうがないでしょうが」

「そんなになるまで飲んだことあるんだ？」

愛に言われて、比奈は口を尖らせた。牧田が比奈の代わりに答えて言う。

「あるわよー。一度だけ私も一緒に飲んだことあるけど、篠原さんにクダ巻いてたわね。帰ろうって言ってるのに、一人で帰って、とか。どうしても帰りたいなら抱っこして帰れ、とか」

「それで？　壱兄どうしたの」

「嫌がる比奈ちゃんを抱っこしたわ。そのままお持ち帰りよね」

「もう、別れた彼氏の話はいいです。最近はお酒も控えるようにしているつもりです」

「そうねぇ、確かに。でも本当に、男の前ではあまり飲まないようにしなさい。これからはね。ストップかけてくれる人も、連れて帰ってくれる人もいないのよ、比奈ちゃん」

牧田がそう言って話を締める。そして、ビュッフェ料理を取りに行った。

「牧田さんって、カッコイイね。壱兄に少し似てる」

愛が牧田の後ろ姿を見送りながら、そう言った。

「そうかな」

似ているとは思わないけれど、牧田はいつも頼もしく、比奈は頭が上がらない。

「さっきの女の人、牧田さんっていうの？」

そう声をかけられて、比奈は振り向く。ワインを手にした男性が立っていた。

「カッコイイよね、彼女。ここに戻ってくるかな」

「戻ってきますよ。牧田さん、お料理取りに行っただけだから」

「じゃあ、ここで待っていよう。いいかな？」

ほどなく牧田が戻ってきて、その男性と会話が弾む。

愛にも誰か声をかけてくる。

牧田も愛も綺麗系の顔立ちで、愛想もいい。合コンで放っておかれるはずがない。

あぶれたのは、比奈一人。

彼氏がいる牧田と、まだ彼氏はいらないと言っていた愛。今はフリーの比奈だというのに、と心の中で少しだけため息をつき、いいか、と思いながら一人でソファに移動する。

そのままボーッと会場を眺めていると、隣に誰か座る気配があった。比奈が目線を移すと、相手はにこりと笑いかける。スタイリッシュなスーツを着ている。普通の会社員には見えなかった。

「こんばんは」

「こんばんは」

比奈は、ぎこちない笑みを向けた。

「一人になってくれてよかった。話したかったんだ」

比奈は頷いて相手を見る。

「名前を聞いてもいいかな？」

「川島比奈です」

「可愛い名前だね。顔と名前が一致してる」

顔か、と思いながら、好意を寄せられているのがわかって、比奈は座り直した。

「これに参加したのは初めて？」

「はい。主宰している会社に知り合いがいて。数合わせに呼ばれたんです」

本当のことだから、と比奈は正直に話す。

「そうなんだ。じゃあ、ラッキーだったな。君が入ってきた時から、可愛い子だなって思ってたんだ」

そんな風に言われたことがなくて、上手く言葉が選べない。比奈はただ微笑んでみせた。

「彼は？　付き合っている人はいる？」

「……いませんけど」

比奈が目を向けると、

「大きな目だね」

と、不意に目蓋に触れられた。

壱哉がいつも触れていた。軽く、睫毛にタッチしながら。

同じことをされて、比奈は思わず顔を引く。

「あ、ごめん。いきなり触って……嫌だった？」

比奈は少しだけ笑って、首を振った。

「驚いて……」

比奈はそれだけ言うと、立ち上がって牧田のところへ行った。牧田はどうしたの、と言って比奈を見る。比奈は何も言わずにグラスを預けて、化粧室へ向かった。

化粧室に入って、比奈は息を落ち着ける。そうして手を洗って、自分の目を見た。

『比奈さん目力強いから。よく似合ってる』

前にマスカラをつけた時、壱哉に言われた言葉だった。思えば、壱哉は昔から比奈の目を褒めていた。人に目を褒められて嬉しいと思ったことはあまりなかったが、壱哉に褒められた時の嬉しさは今も強く残っている。

比奈の目に触れるのも壱哉だけだった。その前の彼は比奈の目に触れたりしなかったし、褒めたりもしなかった。

それなのに、今日は違う人が比奈の目を褒めて、そして目に触れてきた。壱哉のように軽く優しく触れるのではなく、指を押しつけるような触れ方は不快だった。

比奈は一つ息を吐いて化粧室を出る。

出たところに、先ほどの男性がいた。比奈は足を止めて、相手を見る。

「さっきはごめんね」

「いえ、大丈夫ですから」

横を通り過ぎようとすると、手を掴まれる。

「俺のことは、気に入らない？」

「そういうわけじゃ……ただ、本当にびっくりして。だから……」

手を放してほしいと思った。

比奈が顔を上げると、抱き寄せられてすぐに唇が塞がれた。

比奈は大きな目をさらに大きく見開いて、男の胸を何度も力いっぱい叩いた。男は渋々といった調子で比奈を解放した。

キスをされた。キスをされた。

比奈は小走りで会場フロアを横切った。牧田と愛が心配そうに比奈の名前を呼ぶ。だが比奈は振り返らずに、フロントに預けていたバッグを受け取って、ホテルを後にする。

息切れがするほど走った。

さっき飲んだアルコールが急激に回ってきて気持ち悪くなり、吐き気をもよおし、その場で吐いた。

近くにあったコンビニに入り、トイレの中でうがいをして、比奈は鏡に映る自分の顔を見た。

白い顔、口紅のはげ落ちた唇。

唇を手で拭い、大きく息を吐く。

深呼吸でもしないと、涙が出そうだった。

たかがキスくらい、と開き直ろうとするが、上手くできない。壱哉とのキスを思い出してしまう。

こんなところで涙は流せないと、比奈は急いでコンビニを出る。

いきなり何も言わずに、強引にされたのは初めてだった。壱哉なら、性急にキスをする時も、比奈の唇を優しく包んだ。そういうキスを経験しているから、ただ唇を押しつけるだけのキスは本当に不快だった。

こんな時にも壱哉を基準にして考えている自分が嫌になる。本当に馬鹿だな、と思いながら、比奈はトボトボと歩いた。通りかかったタクシーを拾って、お金がかかると思いながらも、家まで帰った。

本当にしょうがないな、と思いながら。

## 18

もう合コンには行かないと心に決めて、先に帰ったいきさつを牧田と愛に話した。牧田は、その無礼な男に憤慨（ふんがい）した。愛は立場上、もちろん平謝りだった。

けれど、そんな出来事も、日々のあれこれに紛れて、いつしか忘れてしまう。

冬が終わり、春になろうとしていた。

受験シーズンはピークを迎え、三月になれば合否発表が続々と届きだす。塾の講師をしている比奈は壱哉のことさえ思い出す暇もないほど忙しくなる。

三月二十日、比奈の誕生日の頃になると、ようやく終わりが見えてくる。

そして塾長からねぎらいの言葉をかけられ、一仕事終えた満足感に浸（ひた）ることができる。

そんなある日、久しぶりに健三から飲みに誘われたので、塾の打ち上げは辞退し、待ち合わせ場所であるジョイスの店に向かった。

ひと足先に着いていた健三と、ジョイスが笑顔で出迎えてくれた。

「比奈ちゃん、久しぶりー。ゲンキだった？」

「はい、元気です」

「健三も？　ゲンキだった？」

「もちろんのことさ。お腹空いてるから、何か適当に出してくれるかな」

「オッケー」

目の前にチップスが置かれる。続いて、温かいピザとチャーハンが出てきた。

飲み物も適当に出す、と言われて比奈は頷いた。

健三が、あのさ、と話し出す。

「言いたいことあってさ……比奈には話そうって思ったんだ」

「何？　神妙な顔をして」

健三がそんな顔をするのが可笑しくて、普通に笑った。

ジョイスも健三の頭を軽く撫でる。

「ヒナちゃん。今日、壱哉がここに来たよ」

ジョイスの言葉を聞いて、比奈は一瞬止まった。

「帰国、してたんですか」

健三がこう答えた。

「そうなんだ。実家にも顔を出してさ、ジョイスのところにも行くって言ってたから。でも、ほとんどとんぼ返りだよ。報告しに来ただけだから」

報告とは何の報告だろう、と思った。

「比奈と壱兄が別れて、結構経つし。それに、一度も言わなかったけど、壱兄、比奈と連絡を取りたがってたんだ。まぁ、アメリカに行った当初の話だけどさ。その頃比奈は新しい生活を始めていたし、猫も飼って元気にしてて。おまけに髪の毛も切ってたし」

そこで健三は言葉を切った。

確かに、壱哉と別れてから住む場所を変え、髪も切った。その髪は、今は肩まで伸びて、パーマも少しとれかけている。そろそろ美容室に行こうか、と思っているところだ。

「だから、比奈は新しい生活を始めているからって、断ったんだ。俺は壱兄が好きだけど、比奈がそこまでしているんならって。だから聞きたいんだけど、吹っ切れてるよな?」

壱哉のことなんて、ここ二ヶ月くらい思い出しもしなかった。それに、壱哉のことはもう諦めている。また付き合うとか、そういうことは望んでいない。

「いろいろあったけど、昔のようにも思えるし」

そっか、と言って健三は、ジョイスが作ったカクテルを飲んだ。それにつられるように比奈も飲んで、健三の次の言葉を待った。

「壱兄さ、結婚するんだ。今日はその挨拶に来てた」

「……そう」

「金髪に青い目のスレンダーな美人でさ。英語しか話さないんだぜ。当たり前だけどさ」

「壱哉さん、ペラペラだから通訳してくれたでしょ」

「まぁね。でもさ、驚くよなぁ、国際結婚。母さんびっくりしてさぁ、まぁ一番びっくりしてたのは真由ちゃんだけど」

真由というのは、秋月堂で働く看板娘だ。浩二との結婚が正式に決まり、今は店の運営をしっかりと守っている。

「比奈には話しておきたかったんだ。壱兄も話していいって言ってたから」

「壱哉さん、私が言った通りになったんだなぁって、今思った」

「なんで？」

「別れる時に、壱哉さんのことだから金髪美人掴まえて結婚しそう、って言ったの。言ったことが本当になるなんて、言葉の力ってすごいのね」

本当にそう思った。

ジョイスが作ってくれたドリンク、チェリーブロッサムを口にした。ちょっとだけアルコールが強い。強い酒が喉を通る独特の感触を楽しんだ。

「俺は壱兄と比奈が結婚するって思ってた」

「ごめんね、予想通りにいかなくて」

「でもまあ、壱兄が比奈のことを好きだったのは、本当だしな」

「どうしてそんなこと言うの」

今更、と心の中でつけ加えた。

壱哉が結婚する。それを聞いても、今は特に悲しみなんてものはない。祝福とか、そういう気持ちもないけれど。

「壱兄から預かったものがあるんだ」

比奈は首を傾げて、何？　と言った。

「これなんだけど」

健三がバッグから小さな箱を取り出す。まだ赤いリボンが掛けてあるそれは、少しも歪(ゆが)んでなんかいなかったし、まだ新しいもののように思えた。

「壱兄が比奈に渡したくて、でも渡せなかったものだって。……開けてみろよ」

まるで中身を知っているような、そんな言い方だった。

「今日飲みに誘ったのは、壱兄が挨拶(あいさつ)をしに来た日だからなんだ。渡してほしいものがあるって、前から言っていたから。だから、わざと今日を選んだんだ」

健三の言葉を聞いてから、赤いリボンを解く。箱の中にもう一つ、小箱が入っていて、それを見た途端、心臓がドクンと音を立てた。

小さな箱の中に、指輪が入っていた。とてもシンプルな形で、周囲にぐるり、光る石がはめ込まれている。

どう見ても、マリッジリングのような感じ。指輪の内側に文字が刻んであるのを見つけて、息が止まりそうになる。

「My heart is always with you. From Ichiya.……やるなぁ、壱哉さん」

「どういう意味だよ」

比奈は健三を見て笑い、指輪をしまった。指輪が語ってくれた言葉も箱の中に閉じた。

「僕の心は、あなたのもの。壱哉より」

「……へぇ、そっか」

もしあの時、壱哉がアメリカに行く前に、この指輪を貰っていたら。そして、この指輪に刻印されたメッセージを読んでいたら。

きっと仕事も何もかも捨てて、アメリカについて行ったと思う。

この指輪にはそれくらいの情熱が感じられる。

比奈は苦しくなっていた。

「結婚、いつするの？」

「四月だって。指輪は好きにしてくれって、そう言ってた」

「これ持ってたら、奥さんになる人、怒るもんね」

「まぁそうだろうけど。でも、壱兄は比奈にあげたかったんじゃないかな。結構高いぜ、それ」

「価格は聞いちゃだめなのよ、健三」

「なんでだよ」

「壱哉さんがそう言ってたから。価格っていやらしいしね」

まぁなぁ、と言って健三は飲み物を口にした。

「貰って(もら)おきましょうか。くれるんだし」

比奈は精一杯強がった。本当に強がったと思う。

どうして今になってこんなものくれるのか。

あなたは他の人のものになるのに。

『またね、比奈さん』

会うつもりもないくせに、どうしてああいう言葉を言ったのか。

この指輪は、今までのことをリアルに思い出させる効力があるみたい。

指輪の重みを感じる。

「飲むか？　比奈」

「そうね、飲むよ」

一気にチェリーブロッサムを飲み干すと、すぐにジョイスが次のカクテルを置いた。マルガリータだった。その次はチャーリーチャップリン。

強い酒でかなり酔った比奈は、健三の肩を借りて帰った。

健三にクダを巻いたと思う。

けれどそれはしょうがないことだった。

この日、比奈の胸の痛みを鎮めたのは、紛れもなくお酒の力。

壱哉なんて忘れてやると思った。

本当にそう思った。

だが、忘れることなどできない。比奈にとって、壱哉は特別な存在だったから。

どこかに消えてほしいと思う感情は消えないままに、家に帰ってからも、結局壱哉のことを考えてしまう。

酔った頭をどうにかしたくて、ベッドにダイブする。化粧を落とさなきゃ、と手軽に落とせるクレンジングシートを手探りで探す。ベッドの下にいつも置いてあるプラスチック製のかご。二枚抜き取って、顔を拭いた。いつもマスカラはつけないので、メイクは簡単に落とせる。

そうして一息ついて、うつぶせになって目を閉じた。

このベッドで、と考える。比奈の狭いシングルベッドの上で、壱哉は比奈を愛してくれた。二週間ほど離れていた後なんか、とても情熱的に。比奈も久しぶりに会ったのが嬉しかった。あの日のことを、比奈は一人思い出す――


「初めて、避妊しなかったなぁ」

狭いベッドだったから、ぴったりくっついて寝た。

翌日、安全日かと聞いた壱哉に、比奈はわからない、と首を振った。

わからないと答えた比奈に、壱哉は笑顔を見せた。

『わかった。これから、気を付ける。何かあったら、すぐに言って』

何かあったらという言葉の意味がわかったのは、しばらく間をおいてから。比奈はようやく、前夜は避妊しなかったことを思い出した。


「メチャクチャ冷静だった」

その時の行為で比奈が妊娠することはなかった。結婚前なのにそんなことになったら、両親がなんと言うだろう、と思っていたからホッとした。けれど、何かあっても受け止めてくれる関係なのだと自覚した。そんな壱哉が、比奈以外の女性と結婚をする。

比奈に、きちんとした恋愛を初めて経験させてくれた壱哉が。比奈の初めてを奪った壱哉が。

「痛かったのに。壱哉さん大きすぎるんだもん。きつい時もあったんだよ」

それでも、比奈は壱哉との行為でいつも快感を得ていた。比奈の身体の中に壱哉がいる時、もちろん痛くて苦しかったこともあるけれど、それを乗り越えると、痛さも苦しさもどうでもよくなってしまって、抑え切れない声を出した。

比奈にそんな経験をさせた壱哉。そして、今でも思い出せるような行為を比奈に教えた壱哉が。

「結婚するなんて」

最後は涙声にしかならなかった。

この前まで壱哉は比奈のものだったというのに、違う人のものになる。結婚という形を取るということは、それだけ相手のことを真剣に思っているのだろう。

「壱哉さんのバカ。どうして指輪なんか」

どうして指輪を比奈に贈ったのか。そんなものがあること自体許せない。

比奈はバッグを探って、指輪の入った箱を壁めがけて投げた。

大きく重い息を吐いて、しゃくりあげた。

そんなことをしても、と自分に言い聞かせる。別れようと言ったのは自分だから。ついて行けないと言ったのも自分だから。比奈がこうして壱哉を思っていることさえ、いつか壱哉の迷惑になるかもしれない。弟の健三と友達なのだ。こんな気持ちのまま、もしも壱哉に再会する機会があったとしたら、壱哉の迷惑にしかならない。

そう思いながらも、比奈はベッドから下りて、投げた箱を拾った。壁にぶつかって、箱の一部が崩れていたけれど、指輪は変わらぬ美しい輝きを見せている。

それを見て、また込み上げる涙があって。

壱哉が結婚する。

比奈にとってはこの上なく、心に突き刺さる出来事だった。

19

誓いの言葉が、こんなにするりと出るものだとは思っていなかった。神父に「イエス」と返事をするだけだから、簡単といえば簡単だが、思ったよりも軽く口をついて出たので自分でも驚いた。

結婚の儀式なんて呆気(あっけ)ないものだ。

「誓いのキスを」

促(うなが)されて、花嫁の薄い唇に軽くキスをした。

微笑む花嫁に、壱哉も微笑んでみせて。

結婚したのだ、と実感する。

結婚式は日本ではしなかった。英語しか話せないエマが相手だから、というのもあるが、派手にしたくないという思いが強かった。

日本から結婚式に来たのは、会社の同僚と壱哉の家族だけ。

もちろんワイズ家からは親族や友人も多数集まったが、壱哉の方の親戚は日本だからと言っておいたので、少人数でも不自然でなかった。

式の後、ワイズ家でホームパーティーを開き、エマも壱哉も婚礼衣装のまま参加した。幾度も焚かれるフラッシュに、目がくらむ。

「アメリカって、お手軽だよなぁ」

エマが席を立つと、健三がやってきて壱哉に言った。

「本当に。披露宴ってこんなものでいいんだって、思った」

「日本の結婚式が派手すぎるなのかな？　芸能人じゃなくても、一般の人が派手婚やっちゃうもんなあ。あ、そういえば、壱兄が渡してって言ってたあれ、比奈にきちんと渡しといたよ」

比奈と聞いて、壱哉の心が少し揺れる。

「ありがとう」

「すげーリングだった。比奈もやるなぁ、って言ってた」

友人たちとはしゃぐエマを見ると、エマもこちらを見た。手を振られたので、壱哉も手を振り返す。

「マジでやるなぁ、って俺も思った」

「どこが？　あんな負け犬リング」

負け犬、という言葉が一番似合っているような気がしてそう言った。

「そうかなぁ？　もし別れる前に見てたら、って比奈言ってたぜ。海なんてきっと越えてた、ってさ」

壱哉の唇から笑みが消える。そして健三を見て、少しだけ微笑んだ。

「そういうことは、言わないように」

健三との会話は日本語だから、周囲の人に聞かれる心配はなかった。

それでも言ってほしくない言葉はある。

「なんで？　結婚したんだから、別に今更じゃん」

「だからこそ言ってほしくないな。比奈さんは、健三にとっては幼馴染だろうけど、僕にとっては別れた人だから」

別れたくて別れたわけじゃないと、壱哉はそれだけは信じたい。

けれど結婚までした今の自分に、比奈の話は毒のようなものだ。

「だったらさ、なんであんなもの渡したんだよ。持ってればいいじゃん。もしくは、質に出すとか？」

　健三は苛立った口調で言った。それだけ比奈との絆が深いのだろうし、大切な幼馴染なのだ。

「健三は知ってた？　比奈さんは最初、健三のことが好きだったんだけど」

「……はぁっ？」

　驚いた顔をする健三に、壱哉は笑顔で言った。

「そうか、やっぱり知らなかったか。比奈さんは不器用だから、態度に匂わすこともできなかったんだろうな」

「……っていうか、比奈ってば、なんだよ……。俺だって、玲奈に会うまでは比奈のこと好きだったし」

　それは笑えない事実だな、と壱哉は息苦しくなってくる。

「じゃあ、健三も道を間違ったってことか。人のこと言えないぞ。お互いさまじゃないか」

　もしも健三が勇気を持って比奈に気持ちを伝えていたら。そして、もしも比奈が健三に好きだと態度で示していたら。きっと、全てが違っていただろう。

　比奈は壱哉とは付き合わずに、もしかしたら健三と結婚していたかもしれない。

だが現在のこの状況、こうなることは宿命的に決まっていたことなのかもしれない。

「今は奥さん一筋だけど、さ。比奈ってば、可愛いし、俺にだけはよくなついてて……好きなら、早く言ってくれればよかったのに」

それを聞いて、嫉妬が起こらないわけじゃない。

比奈は壱哉のものにはならなかったのに、健三とはこれからもきっと幼馴染として続いていくのだ。

「おい健三。笑えない冗談を吐くなよ」

威嚇するように、つい声が低くなってしまう。

壱哉は冷静になれと自分に言い聞かせ、健三の頭を撫でた。

「……悪かった。このこと、比奈さんに言うなよ」

「ったりまえ。言うかよ。比奈は幼馴染だし、いつまでも大事な友達だからな。っていうか、今更変なこと言うなよ、壱兄」

「リングを渡してもらったのも、さして深い理由があるわけじゃないんだ」

「もしかして、比奈の心に残りたいって、それだけ？」

と健三は聞くが、壱哉は返答ができない。

壱哉だって、これだけきつい思いをしている。自分で決めたことに首を絞められている。

だから、比奈の心に壱哉がまったく残らないなんて、耐え難かった。

本当にずるくて最低だ、と思うのだが、自分ではどうにもならない。

「比奈の心に何か残したいって思ってたんなら、あれで大成功じゃね？」

と健三は笑った。

壱哉は健三の肩を叩き、立ち上がった。

その壱哉をエマが見ている。当然こちらに来るものだと、思っているらしい。

だから壱哉はその期待に応（こた）えて、エマの隣に立ち、彼女の友人に応対した。

エマは壱哉の愛する妻になったのだから。


二人の新居はエマが選んだ。白を基調とした綺麗な家で、しかも家具付きだったので、新たに購入するのは電化製品だけでよかった。

明日は新婚旅行に出発するというのに、挙式後のパーティーが長引き、ようやく新居に帰ったのは午前一時過ぎだった。これでも早く帰された方だとエマに笑われ、壱哉は少し面食らう。

「明日の朝、何時出発だったっけ？」

「十一時には出ないと間に合わないかな」

「そんなに早く？」

「君が決めたんだよ、エマ」

「あら、そうだったかしら」

行先は、エマお気に入りのマイアミ。

「イチヤは行きたい場所、なかったの？」

「こういう場合、夫は妻に合わせるものだと思ってるしね」

「行きたいところがあるなら、私も行くわ」

ウェディングドレスのままのエマが壱哉の傍に来て、青い目で見る。

「行きたいところなんか、特にないよ。どうしてそんなこと気にする？　もう明日だよ」

壱哉が言うとエマは微笑んだ。

「だって、結婚式も何もかも、私の言う通りにしてくれた。日本人は誰でもそうなの？　意見を聞かせてくれたのは、このドレスくらい。こんないいドレスを着られるとは思わなかった」

「日本の相場に比べたら、こっちの結婚式は低コストだったよ。ホームパーティーで済ませないんだ、日本は」

「そうなの？　こっちのやり方の方が素敵だと思うけど」

ふわりとしたベールをつけたエマは綺麗だった。もともと美人なので、きちんと化粧を施すと、さらに華やかになる。

壱哉はエマの淡い金髪に手をやって、唇にキスをする。エマのしなやかな白い腕が壱哉の身体に巻きついて、その一方の手が、ネクタイにかかる。

「イチヤ、好きよ」

一瞬遅れて、壱哉も同じ言葉を口にした。

「僕も好きだよ」

そう言いながら、比奈から好きだと言われたことがあるだろうか、と考える。

言われたとしても、たぶん一度だけ。

エマのように惜しげもなく、好きだと言ってもらったことはない。

これでよかったのだ。

もう比奈とは別の人生を歩んでいく。

壱哉は決意を固め、エマを抱く手に力を込めた。

☆　☆　☆

壱哉に対する周囲の評価は、何事もそつなくこなす人、妻に甘い夫、というものだった。

確かに壱哉は、エマがこうしたいといえば、まずたいていのことはオーケーする。特に反対する理由がなかったし、同意する方が楽だったから。

エマに好きだと言われれば、僕もだよ、と答える。愛していると言われれば、僕もだよ、と答えてキスをする。結婚後も二人でデートだってするし、彼女が遠出を望むなら、休みを調整してでも、連れて行った。

そんな風に始まった新婚生活は、上手くいっているかに思えた。

けれどエマは、そういう壱哉の対応に、どこか物足りなさを感じていたらしい。

そんなある日、エマが壱哉の古いフォトアルバムを手に、こう聞いてきた。

「これ、誰？」

比奈の写真だった。エマは咎めるようなきつい声を出したが、壱哉は冷静に笑ってみせた。

「昔付き合っていた人だよ。アメリカへ来る直前に、別れた。君にもそう言っておいたはずだ」

「別れた人の写真なんか、どうして大事に取ってあるの」

「別に大事に取ってあるというわけではないよ。アルバムを整理する時間がなかっただけ」

「本当にそれだけなの？」

そう言われて、壱哉は頷いた。

比奈と一緒に撮った写真は数少ない。比奈も壱哉も、それほど写真に興味がなかったせいだ。

「いずれ、きちんと整理しておいて」

「君との写真はちゃんと整理しているよ」

「だけどイチヤ、昔の彼女の写真を取っておくのはやめて」

「たかが写真じゃないか」

「あなたの未練を感じてしまうの。それから、アルバムの後ろのポケットに入っている手紙は何？　封書のレターもあるけど、ただのメモみたいなのもある。全部日本語だから、私には読めない。でも、女の人が書いた文字だということはわかる。こういうものを、どうして取っておくの？」

「それも整理し忘れたんだよ」

「本当かしら？　あなた、日本に帰るたびに別れた人と浮気しているんじゃない？」

エマと知り合って以来、一度しか帰国していない。それも、結婚の報告をするためにだった。

「僕が日本に帰っていないこと、君も知っているだろ」

「だけど、彼女の方からアメリカへ来ているかもしれないわ」

「それほど疑うなら、プロにでも調べさせるといい。僕は浮気なんかしていない」

「信じられない。だってイチヤは私に、都合の悪いことは何も言おうとしないもの。なんでも私の自由にさせてくれて、私の言うことに賛成してくれて、私の行動を少しも制限しない。……セックスだって、私が誘えば必ず応じてくれる。……でも、あなたはまだ一度も、コンドームなしで私を抱いてくれない」

「……それは、まだ二人きりでいたいから」

「ウソ。絶対ウソ。私との間に子供を作らないためでしょう？　結婚前なら、いつもきちんと避妊してくれるあなたを本当に紳士的だと思った。それに、もうしばらくは二人きりでいたい、って言ってくれた時も本当に嬉しかった。……でも、一度も私のこと、本気で抱いたことはないでしょう」

そんなことはない、と言ってやれない。

エマがとうとう、青い目に涙を浮かべる。

「なぜ何も言わないの」

青い目から、涙がポロリと落ちる。

「君がそう言うなら、もう避妊しないよ。もうこの話はよそう。こんなことで咎められるなんて、不快だ」

壱哉の口から激しい言葉が飛び出した。こんなことは、かつて一度たりとなかったはずだ。壱哉は感情的になることが大嫌いだったから。しかし今は、言葉の暴走が止まらない。

「子供を作れば安心なのか？　それとも、その写真を捨てれば君は満足？　僕のことを紳士的だなんて思ってほしくないね。僕はそういう男じゃない。セックスの時に避妊しなくていいならしないし、君のことを欲しくないなら、抱いたりなんかしない」

　エマの青い目が驚いている。

　壱哉はエマに言い返すのは、これが初めてだった。エマはしばしば不満を口にするが、そんな時も必ず壱哉が折れてきた。

「僕は君と出会ってからこの子と会っていないし、もちろんセックスだってしていない」

「じゃあ、どうしていつまでも写真を取っておくの？　大事だからでしょう。そうでしょう？」

　確かに大事だった。たまに比奈の写真を見て、微笑む自分がいたことは事実。

けれど、結婚までしている今の状況を考えると、写真を見てさえ心が苦しくなることもある。だからもう写真なんか捨ててしまおうと思いつつ、捨てるに捨てられずにいたのだった。

　壱哉はエマの手からアルバムを奪い返した。何の変哲もない、けれどしっかりとした造りの、黒い小さなアルバム。

　壱哉はそれをゴミ箱に投げ入れた。ガンッと音を立て、アルバムが底に落ちた。

「これで満足？」

　壱哉が言うと、エマが壱哉を見た。

「満足じゃないなら、燃やす？　君がしたいようにすればいい。こんなもので浮気を疑われるのは面倒だ」

「どうしてそういう言い方をするの？　今までそんなこと言わなかった」

エマが大粒の涙を流しながら、壱哉に言った。

「あなたの言う通り、たかが写真よ。……でも、身体の関係がなくたって、心を残すのはどうなの？　精神的な浮気じゃないの？　あなたは私のこと、本気で好きなの？　その写真の人よりも愛してるの？」

壱哉がここで言わなければならないことはわかっている。「もちろんだ」「当たり前だ」「愛している」と言ってやらなければいけない。だが壱哉の喉から声が出なかった。

「この人とは写真で会うだけだった。それの何がいけない？」

今度はエマの言葉が止まる。

「君と出会う直前まで、付き合っていた人だ。アメリカに来る時に別れて以来、一度も会っていない。これは事実そのもので、どこにも嘘はない。……本当に好きだった。付き合う以前からよく知っている人で、特別な人なんだ」

「……だったら、私は、何なの？　私はあなたにとって何？　どうして付き合ったりしたの？　どうして結婚したの？」

そんなこと、聞かずにおいてほしかった。正直に答えれば、エマを傷つけてしまう。

「答えてよ！　私が望んだからだって、そう言うの？　付き合ってほしいって言ったのも、結婚してって言ったのも、私の方からだった。私がそう言わなかったら、あなたは私と付き合わなかったし、結婚もしなかったというの？」

エマが壱哉の身体を掴んで揺らした。

青い目が、そうじゃないと言って、と懇願をしている。

「答えたくない」

「エマ、君を傷つけたくない」

エマの頭にそっと触れて、髪の毛を梳いた。

そうするとエマは顔を歪めて壱哉を見る。

壱哉の頬に乾いた音が響いて、次いで痛みを覚えた。エマが力いっぱい頬を叩いたのだ。その拍子に眼鏡が飛んで床に落ちたらしく、エマの顔も何もかも見えなくなった。

部屋を出て行くエマの足音だけが聞こえて、壱哉はため息を吐いた。

比奈と別れて一年半弱。

思い出さない日もあった。一度も顔を思い浮かべない日もあった。

エマとの生活はそれなりに楽しくて、身体の欲望もそれなりに満たされていたからだ。

だが比奈の写真を見るたび、心は過去に連れ戻されてしまう。比奈とのキス、身体の関係を持つまでの経緯、そして少しずつ壱哉の行為を受け入れるようになった比奈の愛しさを思い出してしまう。

『壱哉さん』

と甘く呼びかける比奈の声を、ありありと思い出せる。

ゴミ箱に放ったアルバムを拾い、何気なく開いたページに、比奈の写真があった。比奈の横顔。大きな目をしていて、唇は桜色。正面から撮った写真もその隣にある。

比奈の写真に触れて、首のあたりをなぞる。実際の比奈はそうすると、くすぐったいように笑って、首を竦(すく)めた。

けれど写真では体温も感じなければ、反応もない。

「君の言った通りになったんだけどね。もうじき終わりそうな気がするよ」

壱哉は写真の比奈に語りかけると、アルバムを閉じた。

比奈の写真は、やはりどうしても捨てることができない。

壱哉は机の引き出しにアルバムをしまった。

もしエマが見つけて捨てるのなら、それでも構わなかった。壱哉の心の中に、比奈の思い出があるから。

☆　☆　☆

結局エマとは、あのケンカをきっかけに別居することになった。壱哉が家を出ることで決着がついた。

連絡をして、壱哉がエマと会うことができたのは、エマの父であるダグラスのおかげだろう。

だが、話し合いは上手くいかなかった。どうして結婚したの？　と聞かれて好きだったからと伝えた。ケンカをした時も同じことを言ったが、それは嘘じゃなかった。他の人に心を残しながらも、エマの明るさに惹かれたのは事実。会社での立場もあり、社交的なエマだから妻としてもしっかりと務めを果たしてくれていた。

ケンカをした時のことは、感情的になってしまって悪かったと伝えたが、感情的になるくらいあの写真には執着していたのかと詰め寄られた。

『あの、日本人が好きなんでしょう？　だから、私と結婚していてもずっと、避妊をしていたんでしょう？』

そうじゃない、と伝えてもエマは聞かなかった。もっと気持ちを深めたかったと言っても無駄だった。エマは自分で壱哉に言った言葉に対して反省し後悔し、壱哉に謝罪をした。

苦しそうに。

『私はイチヤが好き。でも、頭の中がリセットできないの。一緒にいたいと思うけど、もうできない。あなたは、あの日本人を忘れられるの？』

エマは比奈の名前を聞こうとはしなかった。日本人と比奈のことを表現するそれに、エマの心にそれだけの傷を残したのかと思った。

一番悪いのは壱哉だろう。

何も言わなかった。エマの決めたことに頷き、肯定し、言葉は少なく、コミュニケーションも足りなかった。

このまましばらく会いたくない、別居させて、と言ったエマに壱哉が言った言葉は冷たいものだったと思う。

『エマがそうしたいなら、エマの好きなように』

何度か話し合い、その最後に比奈の時と同じ台詞を言った。

好きなようにしていいと言った後、本当に感情が欠落していると思った。今までもあっさりと別れてきた。いつもと違うのは、離婚するかもしれないということだった。

そうして半年が過ぎた頃、エマの方から電話がかかってきた。

好きな人ができたから別れてほしい、と。

それが嘘か本当かはわからない。けれど離婚を切り出されるような気がしていたので、承諾の返事をした。

お互いに納得した上での離婚のため、手続きは驚くほど呆気（あっけ）なく進んだ。

書類にサインをする時に会ったエマは、元気そうだった。

「一つ、聞きたいの……あ、だめ、二ついい？」

「いいよ」

「少しは私のこと、好きだった？」

「好きだったよ。でなきゃ結婚なんかしない」

壱哉はすぐに答えた。

確かに好きだった。いい人だと思った。だから結婚してと言われた時、いいよ、と応じたのだ。

「後一つ。……あの写真の人と、ヨリを戻すの？」

これもすぐに答えようと思った。だが迷いが生じて、壱哉は首を振った。

「まさか。彼女とは、もうずっと会っていないよ。それに彼女にも、誰か隣にいるかもしれない」

「そう……」

あの綺麗な大きな目に壱哉以外の誰かが触れているなんて、と思うと少しばかり傷ついた。

「今までありがとう。元気でいてね」

「ありがとう。エマも元気で」

エマはにこりと笑うと、壱哉の胸のあたりに手を置いて、少し背伸びしてキスをした。

「これで最後。さよなら」

エマの唇には何も色がなかった。だから壱哉の唇に色を移すこともない。

エマという一人の女性を傷つけたのは、壱哉が馬鹿だったから。最低だったから。

自分の弱さを隠すための結婚なんて、誰かを傷つけるだけなのに。

エマの後ろ姿を見送りながら、本当に悪かった、すみませんでした、と心の中で言い、壱哉も背を向ける。

比奈と別れてすでに二年以上が経過していた。

後どれだけこの地にいるのだろう、と考えながら、壱哉は歩き出す。左手の薬指に、指輪をしたままに。

## 20

「嫌です」

「なんでよ？」

「なんでも、です」

「はいはーい、川島比奈さん、あなたはおいくつになられたんでしょうか？」

マイクのようにした手を牧田から突きつけられて、比奈は言葉に詰まる。

「三月二十日のお誕生日を迎えまして、確か二十九歳になられたのではないでしょうか？お答えください」

お答えください、というその言い方に思わず笑ってしまった。

「友達の結婚式が続いて金欠、と嘆いていたのは川島比奈さんでしたよね」

比奈の友達という友達が、ほとんどみな結婚をしていた。二十代のうちに結婚しなきゃ、ということで、二十八を過ぎると「駆け込み結婚」が急増する。比奈も結婚式に呼ばれる回数が俄然増えた。

比奈の後に入ってきた二人の新人講師も、相次いでゴールインを果たした。

「だからって、そういうのに行くっていう発想はないです」

「あらぁ？　この塾で未婚なのは、一人だけですけどね」

「……牧田さん、意地悪しないでください」

比奈が睨むと、牧田は可笑しそうに笑った。

牧田も三十三歳でゴールインを果たしており、本当は苗字が変わっている。けれど職場では旧姓の方が馴染みがあるからと、今も牧田で通している。付き合って五年も経ってからの結婚だというから、それなりにいろいろあっただろうな、と思う。結婚ばかりがゴールじゃないけどね、と牧田は口では言っているけれど、いかにも幸せそうで、比奈は時々羨ましく感じる。

「今度の合コンは、愛ちゃん紹介の合コンパーティーとは格が違うんだから」

「一緒です。だって、どうせ結婚したい人ばかりが集まるんでしょ、それ」

「確かにそうだけどね」

と言いながら牧田はニヤリと笑う。

「比奈ちゃんが好きな、トレジャーホテルでのお見合いパーティーなのよ。しかも、会費は女性五千円、男性一万五千円。支配人付きの事務員をやってる友達がただでくれたゴールドチケット。行って損はないわよ。思いっきり飲み食いしましょ」

と言われて、ちょっとだけ揺れ動いた比奈の心。トレジャーホテルの雰囲気も、レストランの料理も大好きだった。名高い高級ホテルなので、レストランもそれなりの値段がするから、しょっちゅう行けはしないのだが、それでもたまには行きたいと思う場所。

「でも、ダメですよ。私、この前のやつでこりごりだし」

「この前っていっても、もう二年も前のこと、いつまでもこだわってるんじゃないわよ、二十九歳にもなった大人の女性が」

「でも牧田さん、旦那さんはどうなんですか？　行っていいって？」

「もちろんです。だって、お見合いパーティーって言ってないもん」

「結婚しているのに、嘘ついて遊びに行くのはダメですよ」

「わかってるわよ。でも私、比奈ちゃんが結婚するまでは行くわよ」

「そんなこと、してくれなくていいです」

「ダメダメ。まったく、あの人以外ダメだなんて、絶対にダメ。もっといい男を探すのよ、比奈ちゃん」


あの人以外ダメだなんて言ったことがない。けれど、結局そういうことなのかもしれない、と思うことがたくさんあって、牧田に反論できない。

ある男に路上でいきなり告白されて名刺を渡されたが、その日のうちに名刺を破り捨てた。見ず知らずの人に電話などするつもりはない、と名刺を突き返したのだが、だったら今から知り合いましょう、と言われた。でも、とてもそんな気分になれる相手じゃなかった。

それとは別に、ほんのちょっとだけ付き合ったような彼とも会わなくなって一年半が経ち、あれよあれよという間に二年が経過していた。

「まず、あの合コンからダメでしょ。そして、紹介された男もダメでしょ。それから誰だっけ？　ほら比奈ちゃんにいきなり告白した男、とにかくそれもダメだったわよね」

「よく覚えてますね」

「ええ、私は覚えてますとも。比奈ちゃんの心に厚い壁をこしらえて去っていった篠原壱哉さんのこともね」

篠原壱哉。比奈にとって、まともな彼氏だった人はその人しかいない。

「忘れられない男かもしれないけど、それじゃ比奈ちゃんの人生が進まないわよ。それに、あの人、結婚したんでしょう？　だったらなおさら、あなたが先に進まないと」

確かにそうだな、と思いながら、壱哉の顔を思い浮かべる。健三から聞いた話では、金髪の美女と結婚をしたということ。それは比奈の予想通りだったが、その事実を聞いた時は本当に苦しかった。

「トレジャーホテルのパーティーって、変な人は来ないですよね」

「そうね。っていうか、そういうパーティーに一万五千円も出すのはそれなりの大人よ。大丈夫、私が傍についててあげるから」

「本当ですか？」

「本当よ。変な人っぽかったら、近づけないようにしてあげる」

牧田がにこりと笑って、それに、と言った。

「私の友達でトレジャーホテルの従業員やってる人も、実は覆面で参加するの。彼女にも一緒にいてもらうように言っとくわ。これでどう？」

　確かにこのままじゃいけない、と比奈もわかっているのだが、なんとなく先に進めない。新しい出会いを積極的に求めているわけでもないから、そういう人が現れない。

「本当に大丈夫ですね？」

「任せて」

　牧田の笑顔に少しだけ安心して、比奈は一つ息を吐く。

「じゃ行きます。けど、十時までには帰りますよ」

「なんでよ」

「だって……私、次の日は朝から講義なんです」

「大丈夫よ、評判の英語科講師じゃない。しかも美人で親受けがいいんだから」

「美人っていうのは、余計です。それに評判でもないし」

　比奈はそう言いながら自分の教材をまとめた。

「それに、前日の金曜は健三と食事をする約束なんです。妹の愛ちゃんも一緒で。愛ちゃんが大学出て旅行会社に就職してから会ってないし。あと、二晩連続で遅くなると、ミラが寂しがるだろうし」

「はいはい、わかりました。十時までには帰るってことで手を打ちましょう。だけど、着ていく服は私に用意させて」

「おしゃれなパーティーだから、ドレスかスーツ着用のことって言われてるのよ。私まだ一度も着ていないワンピースがあるから、比奈ちゃんはそれを着て。いい？」

「どうしてですか」

「ワンピースくらい、私も持ってますよ。友達の結婚式の時に買ったやつとか」

「いーから、いーから。私が髪の毛もセットしてあげるからね」

牧田が軽くウインクをして立ち上がる。もうこれ以上、比奈に何も言わせないために。

まったく、比奈は牧田に頭が上がらない。

お見合いパーティー、本当は乗り気じゃないけれど。でも、そういうものに行った方がいいのは、自分でもよくわかっていた。

別れた人に心を残しているなんて、そういうことをしているから先に進めないのだ。

髪はすでに肩を通り過ぎて、胸のあたりまで伸びた。こんなに伸ばしたのは初めてだった。

壱哉と別れて耳のラインまで切ったのに、と比奈は自分の髪に触れた。

☆　☆　☆

金曜の夜、比奈は約束通り、健三と愛と一緒に過ごした。

「待った？」

「そんなことないよ。久しぶりね」

「本当に、比奈ちゃん会いたかった」

「おい、そこ。じゃれてんなよなぁ」

健三が呆れたように言って、比奈の前の席に座る。

「久しぶりに会ったんだもん、いいでしょ、健兄」

健三は本当に呆れたように笑って、店員に飲み物を注文する。もちろん、比奈と愛のぶんも忘れずに。

「就職先はどう？」

「面白いし、楽しい」

「そうなんだ？　よかったね」

「うん。仕事はまだ覚え切れないけど、やりがいあるよ」

愛は本当に自分に合う場所に就職を果たしたようだ。比奈も嬉しかった。

健三が注文してくれたドリンクは青い色のカクテルで、すっきりしていて柑橘系の味がする。

それ美味しそう、と愛が見つめていた。

「飲む？」

愛が頷いて、ひと口、試す。

「愛、お前が好きなカシスオレンジを頼んだぜ」

「ありがと。でもこれも飲みたいな」

健三は、わかったよ、と言って店員を呼んだ。

「甘いなぁ、健三」

「何言ってんだよ。俺よりも浩兄や壱兄の方がＭＡＸ甘いぜ」

「そうなんだ？」

「そうだよ。愛にはなんでもかんでも買ってやるし、おかげで俺がケチッて言われるんだからな。俺は一介のサラリーマンだってての」

壱哉の話が出ても、落ち着いて話ができるようになったのは、ここ一年くらいだった。たいして動揺しなくなったのは、比奈が大人になった証拠だし、それだけ時間が経ったということ。

こうやって健三と愛と話していると、食も進むし、気持ちよく笑える。

人見知りする性格はそのままだが、人当たりがよくなった、と同僚や牧田、そして塾長から言われるようになった。

ここまで成長できたのには、壱哉の影響もある。壱哉は比奈になるべく会話をさせようとした。初対面の人とも、比奈が苦手とするタイプの人に対しても。

それで少しずつ、比奈は変化していったのだ。壱哉に感謝しなければ。

でも、こうやっていつまでも壱哉のことを思っているから比奈は先に進めないのだ。

「そういえばさ、比奈にちょっと聞きたいことがあって」

楽しい話の流れで健三が言った。

「非常に言いにくいことだけど、言っていいかな？」

「内容がわからないから、そう聞かれても」

比奈が言って愛を見ると、どうやら愛は、その言いにくいことの中身を知っていそうな感じだった。それで愛が、健三の代わりにこう言った。

「壱兄、帰国したの。会社からの辞令で」

「俺たち家族も二年以上会ってなかったけど、まったく変わりがなくてさ。っていうか、大学時代くらいからほとんど年とってないよな、あれ」

健三も笑って言った。

「壱哉さんってホント、年齢を感じさせない人よね」

比奈がそう言うと、愛がじっと比奈を見て、そして微笑んだ。

「比奈ちゃん、もっと別の反応するかと思ってた」

「どうして？　もう別れて二年半くらい経つんだよ。元気ならよかった」

本心からそう言って、比奈は笑みを浮かべた。健三と愛はそんな比奈を見て安心したような顔をして、また話を続けた。

「一度、会いたいって言われたんだけど……比奈はいいかな？」

そんな話になるとは思わなかった。比奈は少し大きく息を吸った。心臓がうるさく音を立て始める。

「いいかなって言われても、予定とか、そういうのもあるし」

「でも、できるだけ比奈の都合に合わせるって、そう言ってたよ」

「壱哉さん忙しくないの？」

「忙しいみたい。でも、なんとかすると思う。誘ったのは壱兄の方だから」

「そう。じゃあ、いつでも。受験シーズンも終わって、もうそれほど忙しくないから」

「そっか。だったらさ、日曜は？　どう？」

「日曜日？　明後日(あさって)ね」

特に予定は入れてなかったが、明日の土曜に比奈は牧田から誘われて、お見合いパーティーに行くことになっている。その翌日に壱哉に会うのは、少しきついような気がした。

それに、なぜ壱哉が比奈に会いたがるのか、わからなかった。壱哉の真意を知りたいが、比奈にはそれを聞くだけの勇気がない。

まったく忘れたわけではない人。心の奥底に残っている人。比奈が本当に好きだった人。

比奈の方でも、壱哉に会いたい気持ちがないわけではない。

壱哉の話が出ても以前ほどは胸が痛まなくなったとはいえ、たまに、本当にたまに思い出すと、壱哉から貰った指輪をじっと見つめてしまう。

指輪には、「僕の心は、あなたのもの」と彫ってある。でも壱哉は、比奈ではなく、他の女性を選んだのだ。

壱哉から贈られた美しいリングは、比奈の思いを現実に引き戻す代物でもあった。

「日曜日は無理そう。今週は用事がありすぎて」

「そっか。じゃあ、月曜は？」

「……健三、壱哉さんの予定、全部聞いているわけ？」

「第三候補くらいまでは。で、いいのかよ？　月曜で」

「いいよ。月曜なら三時には仕事が終わるから」

「じゃ、夜の七時。場所も指定していいか？」

「うん。どこ？」

「トレジャーホテルのロビーで待ち合わせ」

「わかった」

「じゃあ、よろしく頼むな」

健三は他にも何か言ったような気がするが、もう比奈の耳には入らなかった。

壱哉と再会することが決定したのだ。それだけで緊張してしまう。

その日着ていく服、化粧、何時に家を出ればいいか。そうした諸々が頭の中で渦巻いていた。

## 21

牧田に誘われて出かけることにしたお見合いパーティーの当日、比奈が着るものは牧田が貸してくれることになっていたけれど、比奈は自分でも一応用意をしておこうと、この間の結婚式で着たドレッシーな服を出した。

でもそれは徒労に終わった。牧田は大荷物を抱えてやってきて、「これよ、これ。いいから着なさいよ。ちょっと細身のシルエットだけど、この方が雰囲気出るから」と強引に勧める。

それは真っ赤なAラインのノースリーブワンピースで、Vカットの襟口は胸元を強調しそうなうえに、膝上十五センチのミニだった。

「や、です」

「や、じゃない。着なさい。絶対似合うから。これ以外はダメ」

「絶対寒いですよ、これ」

「比奈ちゃん、黒のトラッドなコート持ってるじゃない。あれを着て行って、向こうで脱ぐの。ほら着替えてよ、時間ないんだから」

牧田は有無を言わせず、次々とメイク道具、そしてマニキュアを出した。

「ほら、行って、行って」

比奈は言われるままに、奥の部屋で服を脱いだ。ミニの真っ赤なドレスに着替えたが、スカート丈が短すぎて気になる。比奈はいつも膝丈くらいのスカートしか穿かないから、裾を引っ張り通しになる。でも牧田は、「うん可愛い。じゃあ、ここに座って」と満足そうに言う。

「メイクならしましたよ」

「そのメイクじゃドレスに合わないでしょ」

牧田は比奈の頬に色をのせた。続いて目蓋に、キラキラ光るアイシャドウをのせる。そして、アイライナーで目を縁どり、長い睫毛がさらに長くなるようにマスカラをした。軽く粉をはたいて肌色を明るくし、メイクを終了させた。

「後は髪の毛ね」

比奈の髪を軽くブラシで梳いてから、ヘアアイロンを真っ直ぐに当てた。毛先だけ丸くなるようにする。前髪は真っ直ぐに下ろし、少しカットされた。

少しばかり伸びた爪に真っ赤なマニキュアを塗って、その上からドライヤーを当てる。

牧田は「自分で当てて」と言って比奈にドライヤーを渡し、その間に、比奈の化粧ポーチから桜色のリップスティックを取り出してきて比奈の唇にのせ、軽く指でなぞった。もう残り少なくなっているそのリップスティックは、比奈が大切に使っているものだ。リップの上にグロスをのせて、綺麗な桜色の唇が完成した。

「よし！　爪は乾いた？」

「はい」

「じゃあ、行くよ、比奈ちゃん」

今日の牧田は、仕事ができる女という感じのスタイリッシュなワンピースに黒いジャケットを羽織っていた。

「このドレス、クリーニングに出して返しますね」

「いいのよ。それは誕生日祝いとして取っておいて。今年はあげてなかったから。それより比奈ちゃん、靴はこれを履いてね」

赤い紐がついたサンダルだった。その中央には大きな赤いスパンコールの花が咲いている。

真っ赤なドレスに合わせたクラッチバッグを持たされた。

これで完璧。

でも、ちょっと気後れしてしまうほど派手な格好。

何よりも、短すぎるドレスが心配だった。

☆　☆　☆

トレジャーホテルに着くと、華やかに着飾った人々が大勢いた。ディナーに訪れた人、結婚式に参列した人、みなそれぞれ幸せそうな表情をしていた。

「比奈ちゃん、堂々として。あなたが雰囲気のある美人だから、みんな見てるのよ」

「そうですか」

「そうよ。この階段を上(のぼ)ってすぐのところが受付なの」

牧田の後に続き、足元に気を付けながら階段を上(のぼ)る。

「ドレスが短かすぎて、下着、見えません？」

階段を五段ほど上がったところで比奈が言うと、「クラッチバッグをお尻に当てて、隠すしかないかな」と牧田は言った。

「この丈、すごく気になる」

「でも、すごく似合ってる。綺麗で可愛くて、素敵な雰囲気の……」

と言いかけた言葉を呑み込む牧田は、思いもかけぬ意外なものを見てしまったというような驚愕(きょうがく)の表情を浮かべていた。

「牧田さん？」

「比奈ちゃん、後ろを見ちゃだめ。こっち向いて。髪の毛にゴミがついてるから取ってあげる。さ、受付は上だから、行きましょ」

それでも比奈が後ろを向こうとすると、「行きましょ」と腕を引っ張られた。

その勢いに比奈はよろけて、階段から足を踏み外してしまう。

「きゃあ！」

ドレスの裾（すそ）がめくれて、ショーツが丸見えになってしまった。

色気も何もない、ベージュ色のショーツ。

どうしてもっといいショーツを穿いてこなかったんだろう、と考えてしまうのが我ながら可笑（おか）しい。

比奈は、ああ、もう見てくれ、と開き直る。

「やだ比奈ちゃん、無事？」

腰を打ってしまったが、歩けないほどひどい痛みではなかった。

「比奈さん」

その時、聞き覚えのある声が上から降ってきた。

「起きて」

その人の手が比奈の肩に触れ、身体を起こされる。比奈はじっとその人を見た。

「壱哉さん」

「……久しぶりだね。どこも打ってない？」

変わらない表情、変わらない声、そして変わらない容貌。

彼、篠原壱哉はまったく変わっていなかった。

「気を付けないと」

「……はい。ありがとうございます」

突然の再会に驚きすぎて、そう答えるのが精一杯だった。

言葉が喉に貼りついて、後は何も口に出せなかった。

22

「ため息つかないでください、篠原さん。篠原さんは今や、我らがアースリー社日本支社の顔なんですから」

呆れ顔でそう言ったのは、壱哉の秘書、春海だった。

「だけど、なにもここまで大掛かりなパーティーを開かなくても」

「そういう会社なんですよ、うちは。幹部のお歴々もお忙しくて、まだ新支社長とちゃんと顔合わせしていないでしょ。だからしょうがないです」

「君も言うようになったよね」

「秘書の務めを果たしているだけですよ」

「だったら春海、僕に代わって就任のスピーチをしてくれないかな」

「ご冗談でしょ。僕はもうこれ以上、ニセ篠原なんて呼ばれて陰で笑われるのはごめんです」

壱哉と秘書の春海は背格好がよく似ていて、特に後ろ姿がそっくりのため、しばしば見間違えられることがあった。

「あはは、ニセ篠原か。だけど僕より君の方が少し背は高いようだけど」

「たかが三センチ、誤差ですよ、誤差」

壱哉と春海はそんなことを言い合って笑いながら、パーティー会場を見回した。

「盛況だな。早く始めてくれればいいのに」

「ウェルカムドリンク、取りに行ってきましょうか」

「じゃあ、三つほど」

「持てませんよ、そんなに」

春海は人波の中を泳いでいった。壱哉は会場の隅に移動して壁にもたれる。今夜の壱哉はパーティー用の濃い青のスーツを着ていた。スーツと同色のドット柄の細いネクタイ、シャツもブルー。普段あまりしない格好だから、ちょっと息が詰まる。

「どうぞ」

差し出された小さなグラスの中は、よく冷えたシャンパン。

「春海は？」

「僕は飲みませんよ。篠原さんを送らないといけませんから」

「大変だな、秘書も」

「車の運転を口実に、飲まずにいる方が楽って時もありますよ。それより篠原さん、飲みすぎて体調崩さないでくださいね」

わかった、と口にして、シャンパンを飲む。甘い口当たりに、結構いいものを出しているな、と思う。そういえば比奈もシャンパンが好きだった、と思い出す。

「日本アースリーの支社長就任、おめでとうございます」

と声をかけてきたのは、トレジャーホテルの支配人だった。

壱哉は壁から背を起こした。

「お久しぶりです。お変わりありませんね」

壱哉がそう返すと、支配人は可笑（おか）しそうに笑って言った。

「変わらないのは篠原さんの方でしょう。まったく変わっていないので、本当に驚きです。相変わらずイイ男だし」

そういう支配人も繊細な雰囲気のイイ男だった。

「うちにとって、御社は一番のお得意様です。篠原さんにも本当にいろいろとお世話になりまして。今日はお祝いを用意しておりますので」

「ありがとう」

「では」

と行きかけて、支配人は最後にこうつけ加えた。

「もう、指輪は外されてはいかがですか」

軽く頭を下げ、背筋をピンと伸ばして立ち去る。その洗練された姿を見送りながら、目ざといな、と壱哉は感心する。

壱哉はひそかに、左手の薬指に触れた。

壱哉は新しいシャンパングラスに手を伸ばした。それを見て秘書の春海が「あまり飲まないでくださいね」と念を押す。

「これくらいじゃ酔わないって、知ってるだろ」

「強いですよね、篠原さんは」

酒に強いのは血筋だ、と父から言われたことがある。壱哉の実の父は焼酎一升瓶くらい軽く空(あ)けた、という話である。壱哉はそこまで酒豪ではないが、ワイン一本は普通に空(あ)けられる。

「そういえば、赤ワインを飲んでいる時……」

　春海がワインの話をしようとして言葉を止める。

「どうした?」

「……いえ、雰囲気のある人が通ったので」

「女の人?」

「ええ、女性です。綺麗だけど、可愛くて。ほら、あそこです、階段のところに」

と促(うなが)されても、壱哉は目を向けようとしなかった。

「でも春海がそんなに興奮するなんて、珍しい」

「見ればきっと篠原さんも驚きますよ。赤いドレスを着た細い人」

　そう言われて壱哉も春海の視線の先を辿(たど)る。

「本当だ、ちょっとびっくり。ミニの真っ赤なドレス」

　その女性の長い髪は真っ直ぐに伸び、赤いドレスの背を覆(おお)っている。ノースリーブから覗(のぞ)く肩から腕のラインはか細くて、肌の白さが目にまぶしいほどだ。足も白く細く、綺麗な形で真っ直ぐに伸びている。ヒールのあるサンダルを履いているから背が高く見えるが、実際は小柄な方だろう。

「確かに雰囲気のある女性だ」

と壱哉は目を細める。

「……」

どこかで見たことがあるような、そんな錯覚を覚えた。

「本当に綺麗で、可愛かったです。大きな目をしていて」

と春海が賞賛し続ける。

すんなり伸びた細い腕と長い足。クラッチバッグを後ろ手に持ちながら階段を上がるその仕草は、いやでも男たちの目を奪う。でも赤いドレスの女性本人には、男の視線を集めている自覚などまったくないのだろう。

「どうかしましたか？」

春海が壱哉を見る。

「ああ、いや、別に」

そう言いながらグラスを空(から)にして、近くの従業員に手渡す。にこりと笑って受け取る従業員を見てから、再び赤いドレスに目をやる。色白で細い首、細く白く、すんなり伸びた手足。

その時、赤いドレスの数歩先を上(のぼ)っていた黒ジャケットの女性が振り返り、壱哉と目が合った。

黒ジャケットの女性は、あっと息を呑んだ。むろん壱哉も驚いた。

赤いドレスの女性もこちらを振り向きかけたが、黒ジャケットの女性に無理やり腕を引かれ、その直後、バランスを崩して階段から足を踏み外してしまった。

「きゃあ！」

壱哉はゆっくり瞬（まばた）きをした。その声も、その顔も、その白い肌も、よく知っている人だった。

裾（すそ）がめくれあがって下着が見えている。彼女自身、それがわかっていながら直すことができずにいる。彼女は全てのことを諦めたように、大きな目をパチリと一度閉じた。

壱哉は慌てて彼女に駆け寄った。

「比奈さん？」

思わず語尾が上がって疑問形になってしまう。

驚きのあまり見開いた比奈の大きな目。唇は薄すぎず厚すぎず、濡れたような感じで、少しだけ開いていていた。

「……起きて」

比奈の肩に手を回し、細い身体を抱き起こす。

以前と変わらぬ軽さ、柔らかさ。

「壱哉さん」

比奈も壱哉の名を呼んだ。

二年半という時が経過しているが、比奈はそれほど変わっていなかった。

比奈が大人の女性になっていることは認める。けれどその美しさの中に、昔のままの可愛らしさが残っている。

「……久しぶりだね。どこも打ってない？　気を付けないと」

「はい、ありがとうございます」

比奈がそう言った直後、後ろから黒ジャケットの女性が近づいてきて比奈の細い腕を引く。壱哉も何度か会ったことのある、牧田だった。

「比奈ちゃん、行きましょ」

比奈は壱哉に視線を残しつつ、クラッチバッグでドレスの裾のあたりを隠しながら、牧田に引かれるまま階段を上がる。

「お知り合い、ですか？」

春海が遠慮がちに聞いてきた。

「弟の、幼馴染なんだ。昔から知っている子でね」

そんな冷静な言い方をして、どうにか心を落ち着かせる。

「あんな素敵な女性が幼馴染だなんて、いいですね」

春海がまた階段の方を見上げて言った。階上から比奈が、こちらを見ているところだった。壱哉も比奈を見上げた。

赤いドレスが細い身体によく似合い、比奈の魅力を引き出している。

「あんなに綺麗になっているとは、思わなかったな」

「篠原さんの奥様だって、魅力的な方じゃないですか？」

言われて、壱哉は春海を見る。

左の薬指にはシンプルな銀色の指輪。

壱哉が離婚したことを知っているのは、ごく一部の人間だけだった。仕事に直接関係のないことなので、秘書にさえ告げていない。アメリカ本社では、壱哉とエマをいまだ夫婦だと思っている人がほとんどだ。

離婚の事実を隠しているわけではない。だが、あえて公表する必要もなかった。それはエマの立場を悪くしないためでもあったし、壱哉にしても、新たな縁談を持ち込まれるわずらわしさから逃れることができて好都合だった。

「素敵な幼馴染ですね。羨ましいなあ」

と春海が繰り返す。

「あの子は、比奈さんは特別なんだよ」

壱哉が言うと、春海は笑った。

「特別だって言いたい気持ち、なんとなくわかります。僕には、あんな素敵な女性が階段から転がり落ちて下着丸見えだったのが、とても印象的です」

「確かにね」

と壱哉も笑った。

ふと見上げると、階段の上にもう比奈の姿はなかった。

## 23

「驚いたわね、まさかこんなところで会うなんて」

比奈はぎこちなく頷いて、心の中で「本当に」と返事をした。

「でも篠原さん、いい格好してたわね。おしゃれなスーツが似合ってた。それに、周りにいた人たちも、みんなすごくドレッシーじゃなかった？」

比奈の目にも、久しぶりに会った篠原壱哉はセレブそのものだった。

ブルーのスーツ、少し光沢のあるシャツ、ドット柄のネクタイ、どれもゴージャスな雰囲気で、足元の靴もピカピカだった。眼鏡ではなくコンタクトをしていたから、以前よりも若くなったように見えた。

さっき階段で壱哉に抱き起こされた時、比奈は無意識のうちに、彼の左手に目を走らせた。壱哉が結婚したことを、自分の目で確認したかったのかもしれない。

その左薬指には、銀色のシンプルなリングがあった。ああ、やっぱりこの人は結婚しているんだな、と実感した。そして、壱哉が心身共に充実している様子だったのを見て、きっと幸せなのだろうと思った。

いまだに独身の比奈とは、まったく違う。牧田からいろいろ聞かされた後だけに、なんだか壱哉が別世界の人のようにも思えてくる。

お見合いパーティーの会場に足を踏み入れると、そこもまた、おしゃれな格好をした人たちでいっぱいだった。

「緊張しなくてていいのよ」

牧田はそう言うと、さっそく料理を取りに行こうとする。その後ろに比奈もついて行く。ビュッフェ形式の立食パーティーなので、好きなものを好きなだけ、好きな場所で食べることができる。さすが一流ホテルだけあって料理はどれも美味しい。

「このお料理だけでも、来た甲斐があったわ」

と比奈は声に出して言ってしまったほどだ。

でも、ここはお見合いパーティーの会場。素敵な男性を見つけることが本来の目的。にもかかわらず比奈は、つい今しがた再会した壱哉のことで頭がいっぱいだった。他の男性のことを考える余裕なんてない。

もう少し何か言えばよかっただろうか。でもあれが精一杯だった。

そう考えていると、牧田が比奈の顔の前でパチンと指を鳴らす。

「比奈ちゃん、また篠原さんのこと考えてるでしょ」

図星だったので、比奈は俯く。

「考えちゃダメよ。あの人は既婚者なんだから。指輪もしっかりしてたし、それに別れて何年も経ってるんだからね」

「ですね。だけど、なんか……」

消えてほしくても、結局は消えなかった壱哉の存在感。

既婚者、何年も前に別れた人、左手の薬指のリング。

今更もう、どうしようもない。

頭ではわかっているのに、会えばやっぱり心が壱哉のことを考えてしまう。

けれど比奈は、結婚している人とどうにかなる気はない。

会いたいと言ってきた壱哉との約束の日はもうすぐだが、妙なことにはならないと断言できる。

会う約束なんかしていない、と嘘をついても、まったく心苦しくない。

シャンパンをお代わりして、それも半分くらい飲みきった。

「そう、ならいいけど」

少しホッとしたような表情を向ける牧田に、比奈は笑ってみせた。

壱哉とは、一度はきちんと会って話がしたかった。

壱哉はもう結婚していて、比奈のものには絶対にならない人だとわかっている。

間違いなんか起こりようもない。

## 24

月曜日、比奈は午後三時に仕事を終えた。壱哉と会う約束の時間まで四時間くらいしかない。

急いで帰ろうとする比奈に、同僚や先輩たちが、「どうしたの、そんなに慌てちゃって。誰と会うの」と聞いてきた。牧田が休みだったのは幸いだった。

終業後すぐに帰宅して、靴を脱ぎ捨てた。

「ミラ、ダメだよ。相手する暇ないの」

足にまとわりついてきた飼い猫に比奈は言ってから、一度化粧を落とそうと顔を洗う。そうしてから、どうせならシャワーも、と思って服を脱いだ。

『七時にトレジャーホテルのロビーで待ち合わせだぜ。遅れるなよ』

前日に健三からかかってきた電話を思い出しながら、比奈はシャワーを浴びる。

一度耳の下あたりで切っていた髪は、二年半の間にかなり伸びた。途中切ったりもしていたが、すでに胸のあたりまで伸びている。

「長いと面倒なんだよね」

短く切っていた時は、シャンプーも楽だった。でも長い方がいい、とみんなから言われ、今の長さを維持している。それでショートヘアは諦めたのだが、今度はあまり切らなくなって、今の長さまで伸びてしまったのだ。

シャワーを終えて髪を拭くと、化粧をし直した。目にアイラインを引き、アイシャドウはあまりつけないでおく。マスカラはするかしないか考えて、しないことにした。

そして最後の仕上げは、もうほとんど残っていない桜色のリップスティック。壱哉がプレゼントしてくれたものだ。ケースの底の方にわずかばかり残っているそれを、紅筆で取りながらつけている。けれどそれももうなくなりそうで、同じメーカーのリップスティックを必死に探したけれど、どこにもなかった。壱哉はこれをどこで手に入れたのだろうか。

パチンと蓋を閉めて、金色のリップケースを見る。

壱哉のことが気になりだしたきっかけのリップスティック。

比奈はそれを化粧ポーチにしまって、時計を見る。

「服決めてなかった。髪もきちんと乾かさないと」

まるでデートのようだと思いながら、いそいそと服を選んで着る。

デートなんかじゃないのに、どうしてここまで。

そう思いながら、鏡に映る着飾った自分をじっと見つめた。

☆　☆　☆

月曜日だからか、トレジャーホテルのロビーは人もまばらだった。高級ホテルにふさわしい、高そうなソファに座って待つことにした。スマホを出して時間をチェックする。午後六時四十五分。少し早く来すぎたな、と比奈は思った。

長くなった髪をどうしようか迷ったが、食事をするのだから、と思って、一つにまとめてからゴムの部分にパール素材のついた飾りゴムをつけた。選んだ服は無難な黒のスカートと、チェック柄のロール襟（えり）のブラウス。後ろにボタンがついているそれは、比奈が好きな服だった。

待っている時間も緊張するな、と思いながら、もう一度スマホを見る。

さっき見た時から、まだ五分しか経っていない。

でも、後十分で壱哉に会えるのだと思いながら、深呼吸をした。

「……から、それは……」

比奈の耳に聞き覚えのある声が聞こえた。猫が耳を立たせるように、声のする方へ顔を向けると、二人の男が話をしていた。一方は壱哉で、もう一方は壱哉よりも少し背の高い、細身のカッコイイ男だった。

「あれ見て。すごいイケメン二人が話してる。二人ともスーツでカッコよくない？」

比奈の隣にいた女性たちがそう囁き合った。

この間のパーティーではコンタクトだったけれど、今日の壱哉は眼鏡をかけている。壱哉の連れの男性を見ると、比奈が階段から落ちた時に壱哉の隣にいた人だった。

ようやく話が終わったらしく、壱哉がこちらに目を向ける。

以前と変わらない優しい笑みを浮かべて、比奈の方に向かってくる壱哉。比奈は立ち上がった。スカートの裾を少し直して、そして比奈のすぐ傍まで来た壱哉を見る。

「待った？」

この前も思ったことだけど、顔も、姿もほとんど変わっていない。

「お久しぶりです」

比奈がぺこりと頭を下げると、壱哉は噴き出すように笑った。

「うん、そうだね、久しぶり」

「何笑ってるんですか？」

「比奈さんが転んだシーンを思い出して」

階段の方を指さしてそう言う。比奈は壱哉の胸のあたりを叩いた。

「思い出さなくていいですから！」

比奈は隣にいた女性たちのことが気になった。彼女たちは食い入るように壱哉を見つめていて、比奈のこともちらちらっと見ている。

やはり壱哉と比奈ではつり合いが取れないのかもしれない。比奈は、早くこの場を離れたかった。

「……帰国したこと、健三から聞きました」

と話を切り替えた。

「十二階のフレンチレストランへ行こう」

壱哉は比奈の問いかけには答えず、切り出した。比奈は頷いて、背を向けた壱哉を追う。

そこで左手の薬指を見て、現実に引き戻された。

結婚の証（あかし）を身につけて堂々としているということは、間違っても比奈とはそういう気を起こさない、と暗に主張しているようだった。間違いを犯さないのはもちろん当たり前のことだし、そういう態度を取る壱哉は健全だと思う。

でもやっぱり少し寂しいのは、壱哉への思いが後を引いているからだった。

気持ちを残してもどうにもならないのはわかっている。

それでも、壱哉から貰（もら）ったリングが手放せない。

「私、十二階のレストランに行くの、初めてです」

壱哉はホテルの中を迷いなく進んでいく。エレベーターに乗り込んでボタンを押すその仕草は、いかにも場慣れしている。

そんな姿を見ている間に、十二階に着いた。同フロアにレストランと喫茶ルームがあり、窓から見える景色が素晴らしかった。

足元に敷き詰められた絨毯の柔らかい感触を感じる。

「篠原様、お待ちしておりました。どうぞこちらへ」

ギャルソン風のコスチュームを着たスタッフが手を差し伸べて奥へ誘った。

個室のような造りになっている席に案内されて、比奈が座る側の椅子が引かれた。比奈が椅子の前に立つと、腰を下ろすタイミングに合わせて椅子が押される。壱哉も同じようにされて、二人は席についた。

ギャルソンは黒い背表紙のメニュー表を比奈と壱哉の前にそれぞれ置いてくれたが、比奈はバッグを膝にのせたまま固まってしまった。

壱哉がさっとスマートに料理と飲み物をオーダーすると、ギャルソンは去っていった。ほどなく、氷の容器に入った瓶が運ばれ、グラスに注がれた。

「木イチゴのシャンパンでございます」

比奈は淡いピンク色のシャンパンを見つめた。

壱哉は、もう一つのグラスにシャンパンを注ごうとするギャルソンを手で制して、ミネラルウォーターを頼んだ。

「飲まないんですか？」

「連日飲んでいるから、さすがに疲れてね」

「……忙しいのに、私と無理に会わなくても……」

「それほど忙しいわけじゃないけど、日本に戻ってから毎日のようにパーティーとか、そういうものに出席しているから、気が張って疲れたのかも」

そう言ってにこりと笑う顔は本当に変わりない。気持ち悪いほど変わらない、と言った健三の言う通りだった。

最近比奈は、自分が年をとったなと思うことも多い。それは肌の状態だったり、疲れやすさだったりに表れている。

比奈はシャンパンを飲み干した。壱哉がそれを見て、二杯目を注いでくれたが、ほどほどにね、と言われた。

「好きだからって、たくさん飲まないように」

「限度は心得てます」

「飲みすぎだと思ったらストップかけるよ。潰れてしまっても、連れて帰れないからね」

どこかがっかりした気分と、そして胸に痛みを感じた。

シャンパンを氷の中に戻す壱哉の手には指輪がしっかりとはめてある。確かに、そういうことはできないな、と思いながら、もう一つのグラスに注がれているミネラルウォーターを比奈も飲んでみた。

「比奈さん、変わったね」

思わずギクリとする。

「どういう意味ですか、それ」

比奈はもう二十九歳で、三十歳は目前だ。

「綺麗になったな、と思って」

そう言われてホッとしたけれど、どこが？　と比奈は壱哉を見る。けれど壱哉はその視線を受け流して、料理を口に運んだ。

「髪も伸びたし」

「一度短くしたんですけど、結構伸びてしまって。少し切ろうかどうしようか迷っていたところ。今日は食事だからと思って、一つにまとめてきたんです」

「その長さも似合うよ。この間のパーティーで赤いドレスを着てた時は、かなり雰囲気があって目を奪われたし。前はあどけない感じもあったのに、女ってすごいな、って」

ドレス姿で階段でこけた話は、できればしてほしくなかった。が、褒めているようなので、比奈はよしとした。

壱哉と久しぶりに食事ができて本当に楽しい。

こういう場所できちんと食事をするのは、久しぶりだった。行くとしたら、たいていはランチか、夜は居酒屋みたいなところに行っていた。

彼との食事は懐かしい過去の思い出で、この先はそういうことはできない。

壱哉が金髪の美人と結婚したと聞いた時は、さすがに悲しかった。けれど時間が経過した今は、悲しみもいくらか薄れた。

ただ、銀色のリングが左手の薬指にあるのを見ると、やはりどこか寂しいような悲しいような気持ちになる。

もしあの時比奈が壱哉に遠距離恋愛をすると言っていたら、そしてもしもアメリカについて行っていたら――

プラチナ製のダイヤモンドリング。今頃あれを身に着けていただろうか。そして、二人仲良く笑い合っていただろうか。

今となってはもう、できないことばかり。本当にしょうがないな、と比奈は思う。

お互いの近況を話しながら、食事は進む。

料理は少しずつ出てくるので、知らず知らずのうちにたくさん食べてしまい、お腹がいっぱいになる。

どれもすごく美味しいのだけれど、壱哉と築くはずだった未来のことを考えてしまい、途中から味を覚えていない。

そういうことを考えること自体ダメだと思う。

後はデザートだけになった。そのタイミングで、失礼します、と入ってきたのは、壱哉に負けないほど長身で、繊細な顔立ちの男性。つい癖で、左の薬指を見ると、リングがはまっている。

「ご歓談中に失礼します。挨拶をさせていただいてもよろしいでしょうか」

「支配人が自らお越しになるとは思いませんでした」

「いつもありがとうございます。篠原様、支社長になられてから、多忙ですね」

支社長、という言葉に比奈は目をむく。

比奈がお見合いパーティーに行ったあの日、壱哉はかなりおしゃれなスーツを着ていて、まるでセレブのようだった。でも実際にセレブだったのだ。支配人がわざわざ挨拶に来るくらいの重要人物に、壱哉はなったのだ。

「忙しいのは仕方ありません。いずれそちらにも正式にご挨拶に伺いますから。その時にまたゆっくりと」

「そうですね。今日は素敵な女性とご一緒ですし。では篠原様、今後ともどうぞよろしくお願いいたします。当ホテルも精一杯尽くさせていただきます」

「こちらこそよろしく。では、また」

壱哉は支配人を見送ってから、比奈のグラスにまたシャンパンを注いだ。

「支社長、なんて驚きました」

「言ってなかった？」

「聞きませんでしたよ」

　健三だって言わなかった。

　あの日、壱哉は以前よりも格段にいいスーツを着ていたし、ネクタイもソリッドが多かったように思える。そして今夜は、紋章のような模様入りの深いブルーのネクタイをしている。壱哉はまだ若いけれど、日本支社長にふさわしい上等な装い(よそお)の、上等な男になっている。

「支社長のポストに就くために帰ってきたんだ。僕自身、辞令を受けた時はかなり驚いた」

　驚いた、と言いながら余裕そうな顔。壱哉は感情の揺れをあまり表に出さない。昔、比奈はそんな壱哉が苦手だった。でも付き合うようになって、苦手意識はどんどん薄らいでいった。

「それで、奥さんも一緒に？　それとも向こうにいるんですか？」

　デザートを食べようとしていた壱哉の手が止まる。それを見て比奈は首を傾げた。

　壱哉は苦笑して比奈を見て、それから自分の左手を見る。その視線の先に銀色のリングがあって、比奈もそこを見る。けれどずっとは見ていられなくて、比奈は自分のデザートをスプーンでつついた。

「離婚したんだ。もう半年になるよ」

「……は？」

気の抜けた声が出て、比奈は自分の唇が開いていることさえ忘れた。

「だって、指輪……健三も、壱哉さんが離婚したこと言わなかった」

「離婚したこと、周りは知らない人が多いんだ。さっき話してた秘書だって知らない。そのうちばれるだろうけどね」

そう言って、左手の薬指からリングを外す。

カチャリと音を立ててテーブルに置くと、リングを外した薬指を触る。

「健三は知っているけど、比奈さんには話さなかっただけだろうね」

「……どうして、それ、はめたままなんですか？　誤解されるでしょう」

「誤解させておけば、要らぬ誘いも受けないしね。女避けには役に立っているから」

女避けと言う言葉に、比奈はますます気が抜けた。

意味のないリングに心を痛めていた比奈。

そんな自分を認めたくなかった。

全てが徒労に思えて馬鹿らしかった。

結婚生活が続いていると思っていた。だから牧田は比奈に釘を刺した。比奈だって、こう思いは持ってはだめだと自分を制しながら壱哉と接した。

そういうのは全部、しなくていいことだったのだ。

「離婚していたんですか。驚きました」

一度は別れた人で、今は独身に戻ったといっても、もう一度なんてあり得ない。

それでも比奈が壱哉に心を残すのは、彼が初めての人だったから。

それに、壱哉がまた比奈を、と思っているとは限らない。壱哉の考え方がクールなのはよく知っているし、女避けと称してリングをしていたのも、今しばらくはそういう気分になれない、ということだろう。


「明日、仕事なんです。早く帰らないと」

どうにかそう言うと、壱哉は笑顔で頷いて、外したリングをポケットにしまった。

「送るよ」

「家まで？」

壱哉はそうだけど、と言った。

「いいんです。まだ電車、動いているし」

「だけど、もう暗いから」

ゆっくり食事を取っていて、随分遅い時間になっていた。

「大丈夫です。そんなに飲んでないし」

そう言って比奈は笑顔を向ける。

「そういえば、ここの食事代は？」

比奈が言うと、ギャルソンがすぐに小さな紙を持ってくる。壱哉はそれを見て頷いてから、ギャルソンが差し出す別の紙にサインをした。その一連の動作を見ていて、比奈は壱哉が支払いを終えたことがわかった。

「壱哉さん、あの」

「いいよ。こっちから会いたいって言ったんだから」

「でも、そういうこと、される謂われはないし」

我ながら可愛くない言い方をした。壱哉はどんな反応するだろう、と思って見ていたら、壱哉はにこりと笑って、ギャルソンから貰った小さな紙を比奈の前に置いた。

「半分、払える？」

小さく折りたたんだ紙を開いて、その金額を見る。

思わず瞬きをして息を吸った。

壱哉は意地悪だ。そう思って壱哉を見ると、にこりと笑う。

「意地悪です。昔から本当に」

比奈が唇を軽く噛むと、壱哉はまるで勝ち誇ったような表情をして、そうかな、と言った。

「昔から可愛がっているつもりだけど。君には通じないね」

「そうですね。通じなくてごめんなさい」

この言い方も可愛くない。そう思うけれど、すぐにはやめられない。

比奈は思う。年を重ねても、根本的なところは変わることができないいんなんて、と。

「好きな人は、いる？」

そういう話をしていただろうか、と思いながら比奈は首を縦に振った。

「いますよ」

即答した比奈を見て、壱哉はそう、とだけ言った。

「だったら、もっと可愛くしないと」

「その人の前では可愛くしてますから」

嘘をついてもいいはずだと思う。

またこの人と、ということはできない。

壱哉は比奈を忘れて、結婚までした人だから。

それなのに、比奈に渡すはずだったというリングを渡したりするから、壱哉を忘れられなかった。

「久しぶりに会ったのに、喧嘩はしたくないですね。……帰ります」

比奈が席を立つと、壱哉も立って先に歩きだす。

その背を比奈が追いかける形になる。

エレベーターの前まで行き、比奈は壱哉の隣に並んだ。

「送るよ、比奈さん。送らせて」

「電車で帰ります。そんなことは、次にできた彼女にでもしてください」

「何をそんなに怒ってるのかな」

比奈は何も答えなかった。エレベーターが来て、ドアが開くと比奈はそれに乗り込む。

だが、なぜかこのタイミングで足を捻って転んでしまった。

後ろで笑う気配がしたけれど、比奈は立ち上がれない。カッコ悪い、と思いながら、壱哉がエレベーターに乗り込む音、ドアが閉まる音を聞いていた。

「比奈さん、やっぱり送る。電車だったら、また転ぶかもしれないよ」

左利きの壱哉が手を差し出し、比奈はその手を見る。

指にはもうリングははまっていない。

素直にその手に助けられて立ち上がり、比奈は壱哉の顔を見上げた。

「送るだけですよね？」

まるで何かしてほしがっているように聞こえるような言い方をしてしまった。

「送るだけだよ」

穏やかに言い返されて、比奈は一つ息を吐く。

「どうして私と会いたいなんて言ったんですか？　独身になったから？　でも、私は……」

好きな人がいるなんて、どうして見栄を張ったのだろうか。嘘はすぐにばれるだろうし、そんな嘘をつくということ自体、壱哉への思いがあからさまだ。

「迷惑かもしれないと思ったけど、比奈さんが好きだから会いたかった」

比奈はその言葉を聞いて、瞬きをした。

この人はいつも素直に、自分の思っていることを言葉で表現する。

「もう一度その目を見て、話をしたかったよ」

壱哉の笑顔を見て、比奈はめまいがした。

心臓がうるさい。心がやけに興奮する。

比奈は壱哉の顔を見ないように目を伏せた。

狭いエレベーターの中が息苦しい。

壱哉が会いたがっていることを健三から聞いた時、複雑な気持ちになったが会いたいと思った。彼が結婚したと知った後も、好きな気持ちは忘れられなかった。

ようやく一階に着き、比奈が降りようとすると、壱哉が比奈の手を掴む。

壱哉の気持ちを聞いた後、比奈はこれからどうしたらいいかわからなかった。

一度別れてから、二年以上の時が経っている。

けれど比奈は彼が結婚したと知ってからも、この思いを忘れられなかった。

一度だめになってしまった恋。やり直したからといって、上手くいく保証はない。

また失うかもしれないと考えると怖い。

戸惑う気持ちは大きいが、今、壱哉のこの温かい大きな手を振りほどく気にはなれなかった。

比奈は壱哉のことが好きだから。

次の瞬間、目の前でエレベーターが、機械音を立てて閉まる。

エレベーターが動き出す。

その瞬間、比奈と壱哉の止まっていた時間が再び動き出した――

# Lipstick

The complete

# リップスティック 2

# 1

川島比奈は同じ会社の牧田を呼び出し、二人でカフェに来ていた。篠原壱哉とのことを、誰かに聞いてほしかったのだ。

ここは以前、彼とよく来ていた店。恋人だった頃の思い出がいっぱい詰まったこの場所には、壱哉がアメリカへ行ってからは牧田と来ることが多かった。

比奈は牧田に促され、ことのなりゆきをどうにか話した。

壱哉は幼馴染である健三の兄で、比奈が初めて心から好きになった男性。商社に勤める彼のアメリカ転勤が決まった時、遠距離恋愛をする自信がない、と比奈が言い出して、結局別れてしまった相手だ。渡米して間もなく、彼はアメリカ人の女性と結婚したと、健三から聞かされた。付き合っていた当時、別れを切り出したのは比奈だが、壱哉の結婚の事実を知った時は、身を切られるような思いだった。彼がすでに自分とは違う新しい道を歩み出しているという事実が辛かった。まだ恋に臆病になる気持ちはあるものの、やっと心の傷が癒えてきたと感じていた矢先——思いがけず再会してしまった。

牧田に誘われて行ったホテルで開かれたお見合いパーティー。そのホテルにたまたま仕事で来ていた彼と再会した。それがきっかけで壱哉に誘われ、翌日二人でディナーに出かけた。そこで比奈は壱哉に「ずっと忘れられなかった」と言われたのだ――

壱哉と食事に出かけたあの日から、二日が経っている。

牧田は比奈の話を聞き終えると、小さく呟く。

「会ったのね」

比奈は何も言えなかった。会うな、と牧田には言われていたのだ。けれど、比奈は会いたい気持ちに負けてしまった。

「それで？」

二人でディナーに出かけた日、比奈が奥さんのことを聞くと、壱哉は薬指の指輪を外して、半年前に離婚したのだと告げた。長く身に着けていた証に指輪の跡が残っていて、彼が他の女性と共に歩んできた月日の長さを感じさせられ、比奈は苦しかった。だが同時に、彼が指輪を外した瞬間、ふっと心が軽くもなった。

「壱哉さん、離婚してました」

「……そうなの？」

たいして驚いた様子もなく、牧田はコーヒーを飲んだ。

「何もされなかったの？」

「どうしてですか？」

「好きな女が目の前にいて、自分はすでに独り身。つまり、縛(しば)る鎖はないはずなのに、どうして何もしないのかな、と思って」

淡々と言う牧田の言葉に、比奈は少し赤くなる。

「壱哉さんは、そんな人じゃありません」

壱哉はそんな人じゃない。いきなり手を出したりするような人ではない。

比奈は短い付き合いをしただけだが、それはよく知っている。

恋人として付き合った期間は短くても、彼のことはよく知っているから。出会ったのは比奈が中学生の頃だ。出会ってからを計算すると十年以上。

だからわかるのだ。壱哉はいくら以前付き合っていたからと言って、何かをするような人ではない、と。

「あらそう。でも私は篠原さんのこと、そんなに知らないから」

「目蓋(まぶた)に指で触れられただけです」

「本当にそれだけ？」

恋人同士だった時、壱哉は比奈の目蓋(まぶた)をよく撫(な)でていた。そんな壱哉の手を、比奈は目蓋(まぶた)を震わせながら受け入れていた。そしてその後は、必ずキスをされた。

だから今回も、もしかしたらキスされるかも、と思わないわけではなかった。もしそうなったらどうしようと、期待と不安に心臓がうるさいほど高鳴っていた。

けれど壱哉は何もしなかった。目蓋（まぶた）に触れるだけで満足したように、笑みを浮かべて言ったのだ。

「家まで送るよ」と。比奈は小さく息を吐き、彼に住所を教えた。

「それで、車で送ってもらった、と？」

「そうです。本当に他には何もされてないし、連絡先さえ聞かれなかった」

そのことを、比奈は内心がっかりしていた。

好きだと言ったくせに、壱哉はどうして行動を起こしてくれなかったのか。あのホテルのエレベーターの中での告白は、比奈の聞き違いか、それとも壱哉は過去形で話していたのか。

「もしかして、すでに他に好きな女性がいるのかも。離婚して半年だもの、もしそうだったとしても、早すぎるってことはないわ」

「……そうかもしれません」

やはり壱哉のあの言葉は過去形、あるいは嘘だったのだろうか。

期待してしまった自分が悲しい。

「どうしてそんな泣きそうな顔するのよ。自分で言っておいて」

「してませんよ」

「いーや。きっと店を出たら泣くわ」

牧田にそう断言されて、比奈は下を向く。

「……わかった。まだ好きなのね？　いいんじゃないの？　独身になったんだから」

牧田の励まし(はげ)の言葉に元気づけられ、比奈はやっと顔を上げられた。

「連絡先を聞かれなかったなら、どうして自分から聞き出さなかったの？」

「……そんなこと、できません」

「できるとかできないとか、そんなことばかり言うの、そろそろやめなさい。来年には三十歳になる大人の女でしょ？　連絡先を聞くくらいのことで、モジモジしてたらダメ」

比奈には、自分から連絡先を聞いた経験なんてない。たとえそれが好きな相手でも、聞かれなかったら仕方ない、と今までずっと諦めてきた。

けれど今は、壱哉の気持ちを信じて、一歩踏み出してみたい思いもある。

『迷惑かもしれないと思ったけど、比奈さんが好きだから会いたかった』

あの日、壱哉から言われた言葉――。比奈の知っている彼は嘘をつかない。

だから、「好きだから会いたかった」と言われた時、嬉しかった。

この人は今も自分のことを思ってくれているかもしれないと思ったのだ。

比奈があれこれ思案していると、牧田はおもむろにスマホを取り出し、誰かにかけだした。

「もしもし、健三君？　篠原さんの電話番号が知りたいの。個人情報？　しばくわよ」

　あまりの行動の早さに、比奈は驚いて牧田を見た。

「私が電話するのよ。いけないの？　うん、うん、わかった。じゃあ、またね。今度また飲みにでも行きましょ」

　そう言って牧田は電話を切り、ナプキンに書いた番号を入力する。

「牧田さん、あの、何をしてるんですか？」

「篠原さんに電話するの」

「いいです、かけないで！」

「どうして？　好きなんでしょ？　やり方が強引なのはわかってるし、こういうことしたくないけど。でもね、私はあなたが大切だし心配なの。前の彼氏が忘れられなくて、連絡先も聞けなくて泣きそうになってるところを、放っておけないから」

　出ないわね、と言って牧田は終話ボタンを押し、テーブルの上に置く。そうして一度ため息をつき、比奈を見つめた。

「こういうことは本来、比奈ちゃんがするべきことだと思う。彼のことを本当に思っているなら、これくらい頑張ってほしいと思う。今の比奈ちゃんなら、きっと踏み出せる。以前ほど人見知りをしなくなった。笑顔も可愛くなった。篠原さんと付き合うようになってからだわ」

牧田はにこりと笑って、比奈の頭を撫でた。

「前に私、篠原さんに言ったの。『あなたは比奈ちゃんの人生に影響を与える人だ』って。比奈ちゃんが英語の先生になったのも、雰囲気が柔らかくなったのも、あの人がきっかけでしょ。あの人ときちんと恋愛をして、確かに別れは辛かったと思うけど、それも一つの経験だと思う。既婚者を好きになるなんてダメ、って言ったけど、離婚したなら別にいいと思うわ。好きなら、頑張りなさい」

比奈の目から小さな涙がポロリと落ちた。

「これくらいで泣かないでよ。大丈夫、比奈ちゃんなら」

比奈は涙を拭き、笑顔で頷いた。

牧田も頷いて、比奈の手を握る。

そこで、牧田のスマホが鳴った。牧田はちらりと比奈を見ながら電話に出た。

「もしもし……牧田です」

比奈の心臓が高鳴る。きっと相手は壱哉だ。

「この前は久しぶりにお会いしたのに、ご挨拶もせず失礼しました。ええ、そうなんです、電話番号を健三君に聞いて。個人情報だぞってぬかしましたけど、強引に聞き出しました。ご迷惑でしたか？」

牧田が笑顔になって、比奈を見る。

「今、お仕事中ですか？　そう、それならよかった」

牧田は頷きながら、比奈の方へ身を乗り出す。

「あ、ちょっと待ってください」

牧田が電話を差し出す。比奈は緊張しながら電話を受け取り、耳に当てる。

『もしもし？』

壱哉の声が比奈の耳に直接響く。この前にこうやって電話で話をしたのはいつだっただろう。

『……比奈さん？』

「はい」

電話口で、少し笑う気配がした。

『どうした？』

「……いえ……別に」

牧田が「別にじゃないでしょ」と言って比奈を見ている。

「ま、牧田さんが、かけたんです。それで、私が傍にいたから……お仕事中、ですよね？」

『残業なんだ。別に電話は構わないよ。……牧田さんに代わってくれる？』

比奈は何も言わずに、電話を牧田に向けた。

牧田は不満そうな顔をして受け取ると、壱哉と二言三言話してから電話を切った。

「比奈ちゃん、あんたちゃんと話しなさいよ、まったくもう」

「……ごめんなさい」

「まぁ、いいわ。篠原さん、ここに来るって。私は帰るから、待ってなさいよ」

「え？　あの、どうしてそういうことに」

「篠原さんが、場所を教えてって言うから教えたの。比奈ちゃん、きちんと自分の気持ちを伝えなさいね」

牧田はにこりと笑い、一人で先に帰った。

まもなく壱哉はここへ来るだろう。壱哉が来たら何を話そうか、と比奈は思いをめぐらす。

付き合っていた頃は、何を話すかなんて考えたことはなかった。しかし、いつも話題を提供するのは壱哉で、比奈から話しかけたのは、三度に一度あるかないかだった。

比奈は、今度こそ自分から話しかけようと思いつつ、「先日はごちそうさまでした」と切り出すか、それとも「牧田さんがいきなり電話してすみませんでした」とでも言おうか、と迷っていた。

あれこれ考えているうちに、壱哉が到着した。仕立てのよいスーツにきっちりと締めたネクタイ。手にはネイビーブルーの革のブリーフケース。今日はコンタクトなのだろう、眼鏡はしていない。

壱哉は比奈を見つけると軽く手を上げ、カフェの客の視線を一身に集めながらこちらに向かってくる。遠目にも壱哉はカッコよかった。どこから見ても、上等な男そのものだった。

「比奈さん」

壱哉は微笑を浮かべる。

「お仕事はいいんですか？」

比奈は話しかけた。

「残りは明日で大丈夫。それより、比奈さんが何か話したそうだったから」

「電話番号、牧田さんが勝手に健三から聞き出してしまってすみません」

「ちょっと驚いたけど、別に構わないよ」

「牧田さんって、実はもう『牧田さん』じゃなくなったんですよ。……結婚して水沢(みずさわ)さんになったんです。私は今も牧田さんって呼んでますけど」

「そうなんだ。時間の流れを感じるな」

「職場では今も牧田姓で通しています。名前を変えるの面倒だからって」

壱哉は頷いてから、コーヒーを買ってくる、と席を立った。

その間に比奈は今の状況を頭の中でまとめた。

『好きなら、頑張りなさい』

牧田が言った言葉を反芻する。

その間に壱哉はコーヒーを頼みに行ったようで、トレイに載せて戻ってきた。彼は、砂糖とミルクは少量の苦めの味が好みだった。比奈はうんと甘いコーヒーが好きだけれど。

「何か言いたいこと、あったでしょ？」

「……はい」

そう言って比奈は壱哉の左手の薬指を見つめる。指輪を着けていた跡は、すっかり消えていた。その様子に、ホッとする。

「新しい……連絡先、聞かなかったのが気になっていて。聞けばよかったなって」

比奈は、やっとの思いでそう言った。壱哉はスーツのポケットから名刺入れを取り出す。

「名刺でいい？」

比奈は頷く。

「いたずら電話はしないように」

「したことないでしょ？　っていうか、用事がなければ電話しないし」

そう言ってしまってから、比奈はまた可愛くない発言をしたことに気付く。でも壱哉は穏やかに笑っている。

「僕からかけるから番号を教えてくれるかな」

比奈は分の番号を画面に表示させて、壱哉に見せた。

壱哉はその場でスマホを操作し、目の前で比奈のスマホへ電話をかける。

連絡先の交換が終わると、もう話題がなくなってしまう。

「連絡先を聞きたかっただけ？」

「そうです……いや、あの……」

言いたいことがあるのに、どう話を切り出していいかわからない。

「本当は、僕も聞こうと思ってたことがある。この前のディナーの帰り、比奈さんは車をさっさと降りて、早歩きで家に帰っちゃったから。送られるのが、よっぽど嫌だったのか聞きたかった」

「違います。……あの時は、緊張していて。それに、猫が待っていたし」

「猫？　飼ってるの？」

「はい。ミラっていう名前の三毛猫です。拾ったんです……だからマンションもペットが飼えるところに移ったんですよ」

「なるほどね。そうだったのか」

壱哉は、苦笑しながら言った。

「実はアメリカに行ってから、比奈さんに連絡を取ろうとしたことが三回あった。一度目はコールはしたが比奈さんは電話に出なかった。二度目は携帯が解約されていた。そして三度目に連絡を取ろうと思った時、健三に相談した。健三が言ってたよ。比奈さんは僕と別れたことが辛くて携帯を解約した、って。君が住む場所を変えて、髪も切ったっていうことを健三から聞いた。健三に、どうしてもって言うなら連絡を取ってやる、と言われて、諦めてしまったんだ」

比奈が携帯電話を解約した理由は、新機種への交換よりも新規買い替えの方が安かったからである。壱哉と別れたのが辛くて解約したわけではない。

比奈は、壱哉に新しい番号を伝えようと思ったのだけれど、壱哉のアメリカの連絡先を健三に聞くことはなぜかためらわれたのだった。

「君に辛い思いをさせていると知って、四度目のチャレンジはしなかった」

「壱哉さんが私に連絡を取ろうとしていたなんて、全然知らなかった。私だって、結婚してしまった元恋人に、連絡なんかできない」

そうして比奈が俯くと、壱哉が口を開く。

比奈は顔を上げて、壱哉を見た。どこか寂しいような笑みを浮かべる。

「そうだね。でも、結婚生活は思うようにいかなかった。最後の半年くらいは、別居だったな」

別居と言った時、壱哉は少しだけ目を伏せた。

「別居、ですか？」

「そうなんだ。せっかく好きな人と結婚したのに努力が足りなかったよ」

好きな人と結婚した、というそれに胸の痛みを覚える。壱哉は比奈以外の人を好きになって結婚した。それはしょうがないことだと思う。別れたのだから、結婚したって文句は言えない。

しかし本当に好きな人だったから。比奈にとっては心から好きになった、初めての人だから、胸が痛む。

胸の痛みはしょうがないことだけど。

「後悔してますか？」

比奈が聞くと壱哉は首を横に振った。

「遅かれ早かれこうなっていただろう。別れたこと自体は後悔してないんだ。お互い、これでよかったと思う。僕は君を忘れられなかったからね」

後悔はしていない、と言える壱哉は大人だ。比奈は壱哉と別れて後悔だらけだった。

壱哉と再会した日のお見合いパーティーでは、誰に声をかけられても、たいして話せなかったし、ブルーのスーツを着ていた壱哉を思い出すばかりだった。

愛に誘われて行った合コンパーティーでも、さんざんだった。会ったばかりの人に突然キスをされて、目蓋(まぶた)に触れられて、不快な思いをした。

「比奈さんを忘れられなかったけど、彼女との生活は楽しかった。毎日、お帰りと言ってくれる人がいるのは、幸せだと思えた。ただ、自己主張が強いところもあってね。合わせるのは大変だったよ。その大変さを思うと、君への思いも思い出す時が多くなった。ある意味、彼女との結婚生活では学ぶことも多かったね」

「学ぶこと？」

「そう。感情的な喧嘩の仕方、とか。感情的になることはあまりなかったし。文化の違う異国の人との共同生活とか、他人に合わせるということの難しさ。こっちばかりが折れるのは、かえって悪いんだって思ったりしたしね。全寮制の学校に行っていたから協調性はある方だと思っていたけど、男と女では違うことも多いから」

「壱哉さんでも感情的になることあるんだ？」

比奈が言うと、壱哉が苦笑して「そうなんだ」と話を続けた。

「いい意味で、彼女から引き出された感情なんだ」

そう静かに言った壱哉の顔は、遠くアメリカへ思いを馳せているようにも見えた。

「別れる時はさすがに感情的になった。きっかけは君とのアルバムだった。それで喧嘩になって頬を張られて、僕は君の写真を、ゴミ箱に捨てた。その後も何度も話をしたけど、ダメだった。結果、いつまでも比奈さんへの思いを忘れられない僕がいた」

壱哉と比奈はあまり写真を撮らなかった。その数少ない写真を、互いに大切にアルバムに収めていたことを思い出す。けれど、それを渡米の時にまで持って行っていたなんて思わなかった。持って行ったとしても、結婚する時には捨てるのがけじめなのではないだろうか。

「アルバム、持って行ったんですか?」

「写真は捨てられなくてね。でもそれが見つかってしまって。元々夫婦仲がぎくしゃくしていたところへ、決定的な亀裂ができたという感じだった。僕は、一度はゴミ箱に捨てたアルバムを、また拾って家を出た」

比奈には、壱哉が感情的に喧嘩をする姿など想像できなかった。比奈はいつも壱哉の掌の上で転がされているような感じで、喧嘩になりようがなかった。怒るのはいつも比奈の方。壱哉も多少は気分を害しているような時はあったが、たいていは、冷静に比奈を操っていた。

「できれば、もっと……そう、彼女と向き合って、もっとよく話し合って、お互い歩み寄ればよかったと後悔する気持ちもある。先に家を出てしまった僕の我慢が足りなかったのかもしれない。でも、あの時はあの時で一生懸命だったし、そんな自分たちが最善だと信じた結果だから、結婚も離婚も後悔していない。本当にこれでよかったんだ」

比奈と別れた頃よりも、壱哉はさらに柔軟な考え方になっている。

比奈と付き合っていた頃の壱哉は、こんなに穏やかに自分の悪いところをさらけ出すことはなかった気がする。比奈の前で、他の女の人の話をすることもなかった。

でも今、壱哉は正直に元妻のことを話している。感情が高ぶったり心が揺れているような様子もない。

　比奈はそんな風に正直に話してくれている壱哉に、心が動いていた。彼の真摯な態度は、比奈に対する告白のようにも思えたからだ。

　比奈に真実を話す壱哉は、誠実だと思えた。

　付き合っていた当時、壱哉は喧嘩になりそうになると、比奈をベッドに誘った。比奈は、何だかセックスで誤魔化されているような気がしていたが、壱哉にこう言われたことがある。

『君には手を上げられないし、怒鳴るのも嫌だ。それだけ君を好きだから。喧嘩するくらいなら、身体で発散した方がいい。そうすれば、どれだけ相手のことを思っているか確かめられる。もし嫌いだったら、僕の行為を受け入れられるはずがないでしょ。比奈さんはそういう人だから』

　この言葉を聞いて、比奈は真っ赤になった。

　面と向かってそんなことを言われれば、誰だって赤面するに決まっている。だけど壱哉は臆面もなくそう言う。そんなストレートで情熱的な物言いに、この人の祖先には絶対ラテン系の人がいるはず、と想像を巡らせた。

　そして今、比奈は改めてこう思うのだ。

　この人が好きだ、と。

「君の好きな人は、どういう人？」

不意に聞かれて、比奈は焦る。

この前食事をした時に、好きな人がいる、と壱哉に言ったのだ。

「教えてほしいな」

「もったいないので、教えません」

「もったいつける意味がわからない」

「意味なんて、わからなくていいです」

「僕の知っている人？」

すぐには答えられなかった。

知っているも何も、と心の中で呟く。

壱哉が今話した離婚話には、元妻への配慮も愛も感じられる。きっと夫婦関係は解消してしまったけれど、二人の間には強固な信頼関係が築かれているのだろう。

比奈は自分も元妻のように、壱哉の心に何かを残せているだろうか、と考えた。けれど、何かを残せている自信はない。彼にとって自分は、きっと懐かしいだけの過去の恋人。だから、ここで今、自分の気持ちを言うことはできない。

「その人のこと、信用していいかどうかわからない」

比奈がそう言うと、壱哉は苦笑した。

「そんな相手なら、やめておいた方がいいと思うけど」

「そう思います？」

「比奈さんが信用できないのならね」

壱哉は、腕時計を見る。ブルーのフェイスの時計は、比奈の見たことのないものだった。以前は黒いフェイスの時計だった。比奈も時間が気になってショップの時計を見ると、午後八時半を回っていた。

「時間、気になります？」

比奈が聞くと、壱哉は「別に」と言った。

けれど壱哉は、普段はあまり時間を気にするような人ではなかった。仕事の途中で抜け出してきたから、気にしているのかもしれない。

だから比奈から、こう切り出した。

「もう遅いですよね。帰りましょうか」

そう言っておきながら、まだそんなに遅い時間などとは思っていなかった。だけど比奈は、今この場所にいることが、少し息苦しかった。

さっき壱哉は、比奈のことを今でも好きだと言ってくれたけれど、その言葉を思い出しても胸の苦しさは楽にならない。

壱哉は本当に比奈を思っているのだろうかと思う。

もしそうではなかったら、と考えると、怖くて壱哉に思いを伝えることなんてなおさらできない気がした。

「比奈さんは、明日仕事？」

「はい。午前中に準備をして、午後から講義が入ってます」

じゃあ帰ろうか、と壱哉はコーヒーを飲み干した。

「送ろうか」

「……車、ですか？」

「今日はね。会社に置いてあるから、一緒に取りに行こう」

いいえ私は電車で、と言おうとしてやめた。今更意識する必要もない。

「ありがとうございます」

「どういたしまして」

壱哉はそう言って、先に店を出た。比奈もその背を追いかけて外に出ると、もう春だというのに肌寒い。急いで上着を羽織った。

「壱哉さん、いつ帰国したんですか？」

「三月二十日」

「……すごい偶然ですね」

三月二十日は比奈の誕生日だ。そして二年半前の二十六歳の誕生日は、壱哉から初めてプレゼントを貰(もら)った日でもある。ハート型のネックレスを贈られたのだ。

だけどその後、壱哉との交際は一年も続かなかった。それだけ浅い関係だったのかもしれない。なのに、比奈の心は壱哉を求め続けているのだ。惹(ひ)かれちゃいけない、と思いながらも、壱哉のことを考えずにいられなかった。

「あの日、気が付いたら、比奈さんの誕生日だった」

と笑いながら話す壱哉を見上げて、比奈は尋ねた。

「三月二十日、私のことを思い出しました?」

別に本気で言ったつもりはない。だから、もし壱哉が冗談めかして返事をしても、比奈は笑って対応するつもりだった。ところが――

「そうだね。その日がくるたびに、いつも君のことを考えていたよ」

と壱哉は真剣な面持ちで言うのだった。

そこからは互いに話をせずに歩いた。

そして二人は目的地に着く。

比奈は、初めて壱哉の会社のロビーへ足を踏み入れた。思わず声が出そうなほど立派なビルで、外も内もシンプルだけど、とてもおしゃれな雰囲気。床は鏡のようにピカピカで、姿が映りそうなほどによく磨かれている。

受付にいた女性が、壱哉に向かって軽く頭を下げる。

「こんな時間なのに」

「彼女ももうすぐ帰るよ。今日はちょっと残業したんだろう」

壱哉と比奈はエレベーターに乗り込み、地下の駐車場へ向かった。ランプが二回点灯する車が目に入った。比奈は促（うなが）されたけれど、ここへ来て少しためらう気持ちが芽生えた。

運転席に行きかけた壱哉が足を止め、比奈の方を振り向いた。

「壱哉さん、信用できる人じゃないとダメだって言いましたよね」

「そうだね。じゃないと、僕も心配だ」

「どうして心配なの？」

「君は僕の特別な人だから。変な男に掴まってほしくないな」

「特別」という言葉が、胸に響く。けれど何だか余計にもどかしい気持ちになり、苦しかった。

「信用できる人ってどんな人？　教えてくれます？」

「誠実で、比奈さんのことだけを思ってくれる人。君が、心を許せると思った人」

「……そんな人、今のところ、健三以外にいませんよ」

「君は、まだ健三が好きなのか」

「友達として、ですよ」

壱哉はため息をついて、助手席側のドアを開ける。

言ってくれない。

下を向くと涙が出そうだった。さっきの話の内容と、自分の心が苦しくて。

壱哉が運転席に乗ると、少しだけ車体が揺れる。ドアが閉まり、この話はもう終わりだな、と比奈は思った。だが、壱哉はなおも言う。

「僕は君だけを思っていたわけじゃないと思う。だから、誠実かといえば、そうじゃない。それに、僕は一度は別の人と結婚した身だ」

エンジンがかかる音が聞こえた。

「以前、僕と付き合っていた頃も、君はどこか心を許していないようなところがあった。それを思うと、僕は信用できる人物じゃあないね。そうだろう？」

「……」

「君は昔から、僕に好きだと言ったことがない。でも僕は君が好きだ。君がほしい」

比奈は唇を引き締める。そして壱哉の目を見ずに、こう打ち明けた。

「言ったことがなくても、わかってくれてると思ってました。は、初めてエッチした時だって、どれだけ……もう、いいです。家に帰して」

早く帰りたい。もう、こんな話をしていたくない。そう思ったけれど、ここで何も言わずに離れてしまったら……」

「辛い思いをさせて、ごめん」

比奈の頬に壱哉の手が優しく触れた。泣きそうになる。

「好きなんだ。だから、君もそう言って」

「好きなんだ」という言葉が、比奈の先ほどから苦しかった思いを救った。

元妻への包み隠さぬ思いを聞いても、やっぱり好きだという気持ちには変わりなかった。

そんなことはどうでもよくて、この人は今、比奈のことをどう思っているのか、それだけが比奈の心を、不安要素として厚く覆っていた。

好きだと言う言葉を聞いた途端、比奈の心は浮上した。

たった、それだけで。これだけで。

比奈は壱哉の身体をシートに押しつけるようにして彼に抱きついた。

「……好きです。好きなんです、ずっと好きだった」

好き、好き、と比奈はうわごとのように繰り返した。壱哉は比奈の背に手を回して、きつく抱きしめる。

「なんだか、本当に……君との恋愛は苦労する。……顔を上げて」

壱哉にそう言われて顔を上げる。首に壱哉の大きな手を感じていたら、彼のもう一方の手は比奈の腰を抱いた。

ゆっくりと唇が近づいてきて、壱哉が比奈の頬に軽くキスをする。

そして互いの唇が重なって、濡れた音が聞こえた。久しぶりのキスだった。

「ん……っ、壱哉さん……っ」

壱哉のキスは啄(ついば)むようなものから、唇を深く合わせるものに変わっていく。

比奈も優しい舌の動きに応(こた)えながら、壱哉を抱きしめる手に力を込める。

「やばいな」

唇を離して壱哉が呟いた。そして苦笑しながら比奈を見る。

「これ以上すると、したくなる」

「私、と？」

壱哉は比奈の腕に触れる。二の腕から肘にかけてゆっくりと触れていき、にこりと笑った。

「……想像しているだけよりも、現実は、もっといい」

だけどこんなこと言う男は最低だ、と壱哉は言い、比奈の腕から手を離す。

比奈も壱哉の首から手を離す。

「私も前に他の男の人とキスしました」

「……誰と？」

「知らない人。いきなりされて、とても嫌だった。目蓋(まぶた)にも触られて……」

壱哉はその言葉にため息をつき、そして比奈の頬に触れる。

キスはもちろん、目蓋（まぶた）に触れられるのはとても不快だった。

壱哉しか触れたことがない、壱哉にしかされたくないことだったのに。

比奈の恋愛の基準は、いつも壱哉だ。

今、こうして抱きしめられているように、誰かの腕の中にいるとしたら、壱哉しか嫌だった。

キスも、目蓋（まぶた）に触れるのも、それ以上のことも。

「キスとセックスは違う。でも、その男、許せないな」

「私にとっては同じこと。泣きながら帰った」

比奈はそう言って、壱哉の肩に額（ひたい）を預けた。

「君は可愛いんだから気を付けないと。何かされてからじゃ遅いだろう」

呆れるように言ったその声を聞いて、比奈はまじまじと壱哉を見る。

「壱哉さんは、そういうつもりはまったくなかったんですか？　二日前も？」

比奈に好きだと言っておきながら、そういうつもりはなかったのだろうか。

「まったくなかったとは言えない」

「……私、可愛くないこと言いましたよね」

比奈が目を伏（ふ）せると、その顎（あご）を持ち上げられる。そして少し荒っぽいキスをされて、きつく抱きしめられた。

狭い車内でもつれあい、比奈は心も身体も熱くなる。

「君を持ち帰るよ。いい？」

比奈は何も言わなかった。頷きもしなかったけれど、壱哉はそれを肯定と受け取ったようだ。

壱哉はシートベルトをして車を発進させる前に、もう一度比奈の唇に食むようなキスをした。

明日は仕事だとか、そういうことはどうでもよくなっていた。

今、この人と一緒にいたい。ただそれだけだった。

## 2

壱哉は帰国以来、トレジャーホテルのスイートルームに長期滞在している。こんなに広い部屋は必要ない、と思っていたが、住んでみるとやはり快適そのものだった。

壱哉は財布の中からカードキーを取り出した。

「部屋は20001号室。比奈さん、先に行って。フロアには二つしか扉がないから、すぐにわかるよ」

「……壱哉さんは？」

「車を停めてから行く。先にあがって待っていて」

ホテルの地下のエレベーター前で別れる。すぐに来たエレベーターに乗る比奈を見送ってから、壱哉は車に戻った。

スマホを取り出して電話をかける。三度のコールで相手が出て、お疲れ様です、と言った。壱哉の秘書の春海だ。

「明日アメリカへ行く便を午後からのものに変更してほしい」

『ええ、構いませんが、どうかしました？　早く行って面倒な仕事を片づける、とおっしゃったのは篠原さんじゃないですか』

「急用ができた」

『わかりました。では、明日』

壱哉は、用件だけを手短に話し、電話を切った。

「さて、どうするかな……ホテルの前にコンビニがあるな」

エマと別れた時、これでしばらくは女性には縁がないだろうと思い、避妊具は全て捨ててしまった。比奈と会ってもそういうことにはならない、と決めていたのだが。

あの日偶然、トレジャーホテルで比奈に再会した。比奈を見てしまったら、彼女を手に入れたくて、欲しくて堪(たま)らなくなった。何とかしてもう一度会えないかと、そればかりを考えていた。

「ここで迷っていてもしょうがない」

壱哉は車を降り、エレベーターで一階まで上がって、ホテルの外に出た。ホテルのすぐ前にあるコンビニに入り、迷わず目的のものを購入する。

それからホテルに戻ってフロントに立ち寄った。

「お帰りなさいませ、篠原様。お手紙をお預かりしております」

壱哉は手紙の束を受け取り、マネージャーに言った。

「会社にカードキーを忘れてきてしまった。申し訳ないが、スペアを貸してもらえないだろうか」

「かしこまりました」

マネージャーは、スペアキーをフロントカウンターの下から取り出した。

「どうぞ、こちらをお使いください」

「ありがとう」

壱哉は頷いた。すぐにエレベーターが来て、素早くそれに乗り込んだ、他に誰も乗ってこない。早く比奈のところへ行けと言わんばかりに、全てがスムーズに進んだ。

ただしそれも、本当に比奈がいれば、の話だ。

「君を持ち帰る」と壱哉は言った。しかし、最後の決定は比奈に任せた。比奈が壱哉のことを思っているなら、きっと待っているはずだ。けれど、比奈の保守的な性格を考えれば、部屋へは行かずに帰ってしまう可能性もあった。

カードキーでドアを開けると、比奈は確かにそこに立っていた。

ちょっと驚く。

「ちゃんと待っていてくれたんだ？」

壱哉に抱かれるために、比奈が壱哉の部屋にいる。これがどういうことか、と考えた。

比奈は壱哉に抱かれていいと思ったからここにいるのだ。

ただそれだけのことなのに、二年半ぶりだからか、緊張と嬉しさが込み上げてくる。

「え？」

首を傾げた比奈に、壱哉は笑顔を向けた。

「もしかすると、待っていてくれないかもしれないと思った」

比奈が顔を伏せる。

やっぱり帰る、と言われるのが怖かった。部屋の照明を消すと、窓の外のネオンが、スイートルームの豪奢な白壁に反射した。

壱哉は比奈に近づいて身体を引き寄せる。そして唇を重ねていく。

唇を啄み、何度も吸い上げた。比奈の唇の感触をこんなに感じたのは久しぶりで、いつの間にか抱きしめる手にも力がこもっていた。

「……っ」

壱哉を高ぶらせる感触。この細さ、この柔らかさ。強く抱きしめていることで、比奈の胸の感触が身体に伝わる。

全身で比奈を感じる。まったく男ってやつはしょうがない、と我ながら思ってしまうほど、壱哉の身体は正直に反応していた。

比奈が少し苦しそうに壱哉の胸元に手を置いた後、ジャケットの襟を強く握ったので、唇を離してやる。その代わりに、比奈の白く細い首から顎を、唇で辿っていく。比奈のジャケットを脱がせ、ブラウス越しに柔らかい胸に触れた。

「は……っん」

久しぶりに聞く甘い声を、比奈は出すまいとして手で唇を覆って堪えていた。壱哉は比奈の甘い声をもっと聞きたくて、比奈の手を取ってそこへキスをする。それからまた唇を啄み、浅いキスを繰り返し、開いた唇の隙間から舌を差し入れる。

細い身体をすぐ近くの壁に押し付けて、胸に触れた後ブラウスの下に手を入れ、背に手を回してブラジャーのホックを外す。背中を優しく撫でてから、直に比奈の胸に触れた。

さらにキスを続けながら、胸を揉み上げる。二年以上の時を経て直接感じる、温かい肌の感触と乳房の柔らかさに、壱哉の口からは知らず小さなため息が零れた。柔らかい感触が壱哉の心も身体も興奮させる。

しかし、しばらくすると胸を揉む手を比奈が掴(つか)んで止めた。

「ここじゃ、嫌です」

「久しぶりに聞いたよ、その台詞(せりふ)」

付き合っていた当時、ベッド以外でしようとすると、比奈は嫌がった。変わらない台詞(せりふ)に苦笑する。

比奈は壱哉の愛撫(あいぶ)の手を止めようとするが、構わず優しく揉み続けた。

「いつも、ベッド以外だとそう言っていたね」

言いながら柔らかい乳房を揉み上げると、比奈は熱い息を吐いた。もう一方の乳房も同じようにすると、比奈は壱哉の手を掴(つか)んで抵抗したが、その力は弱々しかった。

「あ、ん……っ」

壱哉は比奈の耳に唇を寄せて、言った。

「ベッドへ行く?」

「……さ、つきから、ここじゃ嫌、って……っ」

壱哉は愛撫(あいぶ)の手を止めない。比奈が腕の中にいると思うと、身体に触れずにいられない。

大腿を彷徨(さまよ)っていた壱哉の手が、比奈のショーツにかかる。比奈は少し抵抗したが、壱哉は手を止めなかった。我慢できず、比奈のショーツを下げ、行為を進めようとした。

「い、ちやさん。お願い……っん」

必死に懇願している比奈を見て、壱哉は観念した。そのまま比奈の身体をお姫様抱っこする。相変わらず軽い身体だ。

ベッドの上で優しくしたくても、今夜は無理かもしれない。

壱哉は、比奈をベッドへと連れて行った。

「君が欲しい」

そう囁いたが、比奈にその言葉はすでに聞こえていない様子だった。すでにぐったりしており、壱哉からされるがままだった。

けれど、それでもいい。欲しいと言ったのは素直な気持ちで、もう一秒だって待てそうにない。

比奈の身体をまたいで膝立ちになり、壱哉は服を脱ぎながらコンビニで買った箱を枕元に放った。手を伸ばした比奈は、それが何であるのか感触だけでわかった様子だ。

「いち、やさん、これ、持ってた、の？」

「まさか、さっき買ったんだよ」

スラックスのベルトを抜いて、ボタンを外した壱哉が、比奈の身体に覆いかぶさる。

素早く比奈のブラウスを脱がせ、スカートも脱がす。それからショーツの中に手を入れようとすると、逃げようとしたので身体で押さえた。

「は、ぁ」

そうしてショーツの中に手を入れ、比奈の大切なところに触れる。すでに少し濡れている。比奈は目を開いて大きく息を吐き、それから目を閉じて壱哉の肩に手を回した。

「ん……っふ」

比奈の声に煽られて、壱哉は比奈の隙間に指を入れる。少しずつ、ゆっくり入れたが、とっても狭い。何度か指を中で動かすと、肩に回した手に力がこもる。

「痛くない？」

すると比奈が甘い息を吐きながら首を横に振ったので、指を一本増やした。濡れた感触が最初よりも数段増し、部屋中に水音が響く。指で比奈の中を愛撫しながら、唇で胸を愛撫する。

比奈は最初は身体を硬くしていたが、行為が進むにつれ、力が抜けていった。比奈は以前、自分の身体に触れた男は壱哉だけだと言っていた。比奈の性格と今日の反応を考えると、今も自分しか知らないように感じる。壱哉しか触れたことのない身体というのに、ひどく興奮した。身体中に触れたくて堪らなかったが、すでに下半身が張りつめてズキズキと痛いくらいだった。

指を抜いて脱力している比奈の足を開く。抵抗しないのを確認して彼女の顔を見る。目が合うと恥ずかしそうに目を逸らされた。壱哉はその様子にもひどく興奮した。比奈は壱哉を煽るのが、いつも上手い。早く入りたい気持ちを抑えるのは、至難の業だった。キスをしながら自分のモノをあてがって、ゆっくりと押し入る。狭い、と思った。だが、この感覚が気持ちよかった。しばらく動かず、比奈の中を堪能する。

入れた時、比奈は少し痛そうな顔をしたが、壱哉はすっかり煽られていて、優しくする余裕がない。

けれど何とか自制心を奮い立たせて、比奈の頬を撫でた。

「この感覚、久しぶりだ」

壱哉の声に応えるように比奈が少しだけ笑う。そんな顔をしたら、ますます優しくしてあげられなくなる、と思いながら身体を少し強く突き上げた。

「あっ……！」

比奈が声を押し殺してシーツを掴む。もっと声を聞きたくて、我慢してほしくないと言った。

けれど比奈は首を横に振ったので、もっと声を出させたくて壱哉は腰を揺らす。思った通り優しくできなかった。それでも受け入れてくれる比奈が愛しかった。二年半、焦がれていた身体。思い通りに突き上げて、最後の瞬間まで比奈の身体を自分本位に愛した。これまでの時間と距離を埋めるように。

☆　☆　☆

比奈を何度も抱いた。

日頃の疲れがたまっているはずなのに、目は冴え、身も心も心地よく溶けた。満ち足りていた。

比奈と別れ、エマと結婚して、そして離婚した。まさかもう一度、比奈を抱ける日が来るとは思わなかった。一度別れ、その後は電話で話しさえしたことがない相手とヨリを戻し、再び身体の関係を持つことになるなんて、今までの壱哉だったら考えられないことだった。

だが壱哉は、比奈のことが今でも好きだとはっきり告げた。

比奈も壱哉を好きだと言ってくれた。

壱哉は、自分の幸運に感謝する。

隣に眠る比奈の白い顔を眺めていると、過去の思い出がとめどなく溢れてくる。

いつもお互いの家で会っていたあの頃。比奈を抱くたびに、比奈という特別な存在を意識した。どうしてこの人はこんなにも特別なのだろう、といつも考えていた。

再会した今ならわかる。

初めて会った十五年前のあの頃から比奈が好きだったのだ。比奈に恋をしていたのだ。

会うたびに可愛く、綺麗になっていく比奈に、壱哉は心惹かれていたのだ。

そして健三の結婚式の日、偶然目にした比奈のつけた桜色のキスマーク。あの姿を目撃した瞬間、壱哉ははっきりと恋に落ちたのだ。

「好きだ」

比奈の細い身体を抱きしめて、唇に軽くキスをする。

この人には、いつまでも傍にいてほしい。

そう思いながら壱哉も目を閉じた。

☆　☆　☆

ベッドに膝立ちになった壱哉が、比奈のブラウスを性急に脱がしていく。壱哉自身もジャケットを脱ぎネクタイを捨て、シャツのボタンを片手で器用に外していった。

そして壱哉は、枕元に紙製の箱を放り投げた。

まだ封は切られていない。比奈は、いつ買ったのだろう、と思った。

「いち、やさん、これ、持ってた、の？」

「まさか、さっき買ったんだよ」

壱哉はシャツを脱いだ。壱哉の身体は二年半前よりも筋肉がついていた。壱哉がスラックスのボタンを外したところで、こくりと唾を呑む。

壱哉は出会った時から魅力的だった。本当にカッコイイ人だと思っていた。憧れの人だった。

壱哉は何をしても魅力的で、ストイックな雰囲気の彼が服を脱ぐ様は、比奈の中の女の部分を刺激した。目が離せない。

いつも比奈を魅了する壱哉が、比奈の身体に覆いかぶさる。

ブラウスもスカートも脱がされた比奈のショーツの中に、壱哉の手が侵入してきた。身体を横に向けて手から逃れようとするが、壱哉はそれを許さない。身体に重みをかけてくる。

「は、ぁ」

比奈は久しぶりの感覚に一瞬目を見開いたが、再び目を閉じて、壱哉の肩に手を回した。両足の間に壱哉の身体が割って入ってくる。さらに強く目を閉じた。

吐息が漏れる。自分でも信じられないほど甘い声が出て、顔が熱くなる。

かつて、付き合っていた頃も、こういう甘い声を出していたはずだ。でも今夜は久しぶりなので、すごく恥ずかしい。声を出すまいと思っても、つい出てしまう。

比奈の内部は、壱哉の長い指を感じている。比奈の吐息と混ざって、壱哉の喘ぐ声も聞こえる。

濡れた音を立てる自分の身体が、とにかく恥ずかしい。キスをされた時からすでに濡れていたのだ。

「ん、ん……っふ」

内部に感じていた異物感が消えた頃、比奈は目を開いて壱哉を見た。壱哉は、四角いパッケージを口で噛み切るところだった。比奈が瞬きをすると、その目蓋に壱哉の指が触れてくる。比奈が目を閉じると、またキスをされた。息苦しさに目が回りそうだった。

やがて比奈の隙間に指より大きなものがあてがわれた。それは隙間を、ゆっくりと、慎重に、埋めてくる。

久しぶりの行為だから、痛みは少しだけあった。だが隙間がぴったりと埋められると、痛みよりも快感が勝っていった。

身体の内部から込み上げる、何とも言えない感覚。満たされている快感。

まだ腰を揺すられているわけではないのに、繋がっている部分から身体全体が疼きだす。

比奈の頬を壱哉の大きな手が撫でた。その手に比奈は自分の手を重ねて、大きな手を頬に押し付けた。

「この感覚、久しぶりだ」

壱哉が吐息の合間に放った声は掠れていた。比奈も壱哉の頬に触れた。頬に触れた掌に、壱哉がキスをする。穏やかなのはそれまでだった。壱哉が我慢できないように比奈を見て、腰を強く突き上げる。

「あっ……！」

不意に身体を揺らされて、思わず声が出る。唇を噛みしめてシーツを掴む。身体を揺すられるたびに壱哉の一部が馴染み、濡れた音を立てる。それが恥ずかしいけれど、声は止まらない。

「比奈、声を我慢しないで！」

そう言われても、首を横に振るしかできない。壱哉はさらに比奈の身体を揺らしてきた。喘ぎ声を押し殺していたけれど、そんな抵抗はすぐに尽きた。恥ずかしいほどの声が出てしまう。でも、恥ずかしいと感じられたのも、最初のうちだけだった。久しぶりの壱哉との行為は優しいとは言えない。けれど、比奈を求める気持ちはよく伝わってくる。彼の忙しない呼吸が比奈の全てを欲しいと言ってくれているような気がして嬉しい。付き合っていた頃のように、比奈は壱哉の行為を全て受け入れた。

涙が滲み、それが頬に落ちるのもまったく気付かないほど、壱哉との行為に夢中になっていた。

しばらくすると、身体の奥底から込み上げるような快感を覚えた。

「いち、や、さん」

比奈は、我を忘れた。いったい何度、壱哉の名前を呼んだかわからない。それくらい夢中になり、気持ちよかった。

「あ、あ、あ……っん」

声が抑えられない。壱哉の行為が強いるのもあるが、身体が敏感になっている。逃れられない感覚が大きくなって一度弾けたのに、まだ壱哉の行為は終わらないから、どうしたらいいかわからなくなる。

「ぁ……っだめ」

息が苦しい。もう何も考えられない。ただ、壱哉の手や唇、そして比奈の中にある壱哉の一部を感じている。強い快感を引き出すような、壱哉の行為。これからはずっと、またこうして愛されるのだろうか、と考えたが、その考えもすぐに霧散してしまう。繋がっている壱哉の腰の動きが強く速くなったからだ。

しばらくすると壱哉が強く腰を突き上げ、二度ほど揺すって止まる。

壱哉が達した時、比奈も同じように達していた。

忙しなく息を吐きながら、しばらく抱き合って天井を見つめていた。

比奈は、愛している人との久しぶりのセックス、久しぶりの快感に浸った。

☆　☆　☆

比奈が目を覚ますと、ネクタイを締めながらこちらを見ている壱哉がいた。

「起きたね」

比奈はゆっくりと起き上がる。

壱哉は、比奈の傍(かたわ)らに来て肩に手をやった。そして、比奈の裸の肩と胸に、肌触りのよいガウンをかけてくれる。

私ったら裸で寝ていたのか、と比奈はガウンの前をかき寄せた。壱哉はそんな比奈に微笑みかけ、頭を撫(な)でた。

昨夜は、一度した後、二人で入浴した。そしてもう一度して、それからまたお風呂に入った。

「私、疲れて、あのまま寝ちゃったんだ……」

壱哉が頷いて、比奈の髪に触る。

「今、何時ですか？」

「九時半」

「よかった」

壱哉は冷静だな、と思う。比奈の方は、恥ずかしさでうるさいくらい心臓がどきどきしているというのに。

「一回しかしないと思ってたのに」

「……嫌だった？」

少しのためらいもなく聞く壱哉に、この人は変わってないな、と比奈は思う。

「嫌じゃありません。私が受け入れたのだから」

「朝食は？　食べる？」

比奈は首を横に振った。

「お腹空いてるけど、一度家に戻らないとダメなんです。十一時には、塾にいたいから」

比奈は立ち上がって、服を探す。

「私の服……」

「服も下着もしまっておいたよ」

壱哉が、クローゼットを指さす。比奈がクローゼットを開けると、何着ものスーツがかけられていた。比奈と壱哉が再会した時のブルーのスーツもあった。その隣に比奈の服が綺麗にかけてあり、下着も近くにまとめてあった。

「着がえるところ、見てるんですか？」

比奈が恥ずかしがると、壱哉はソファに座ってにこりと笑う。

「いつも見てなかったっけ？」

比奈は何も言い返せず、深呼吸して、壱哉に背を向けた。ガウンを脱ぎ、下着をつけ、スカートを穿く。ブラウスを着てボタンを留め、身支度を整えてから、壱哉に近寄った。

「今日も、コンタクトですか？」

「うん。だけど今は裸眼」

「じゃ、さっきの着替えは見えてなかった？」

「でも、比奈さんの仕草で何をしているかは、何となくわかったよ」

壱哉はコンタクトレンズを洗浄してから目に入れた。

「壱哉さんも仕事でしょ」

「会社に一度行ってから、午後の便でアメリカへまた発つ」

アメリカ、と聞いて、比奈は微かに動揺した。

「そうですか」

何とか平静を装い、そう言った。

「比奈さん、君はどういうつもりで僕に抱かれたの？」

壱哉が比奈の手を取って言った。

「どういうつもりって……」

「これから、君は僕とどうするつもり？」

「そんなこと……まだ……」

「ただ気持ちが高ぶったせいで僕に抱かれたというなら、僕は、昨日のことを謝らないと」

比奈はその手を振りほどいて、壱哉を睨む。

「私、そんなに軽くないです！」

壱哉は比奈の言葉に満足した。そしてもう一度比奈の手を取って言う。

「じゃあ、重く考えていいよね」

「重くって……意味が……」

「僕の心を君に捧げるから、僕の願いを聞いてほしい。一生、僕の傍にいてくれないだろうか」

比奈は息が止まりそうだった。

「いきなりそんなこと……」

「前にも言ったよ、同じようなこと。また、断る？」

「返事は、急がなくてもいいんですよね」

「今の気持ちを聞かせてほしい。もう君を手放したくないから」

比奈は戸惑った。けれど、二年半前にも同じことを言われているのだ。結婚してアメリカについて来てほしい、と。

しかしその時は、断ってしまった。そして壱哉は比奈を追いかけなかった。断られてなお、しつこくしたくなかったのだろう。

自ら断ったのだが、比奈はその後、とても苦しんだ。壱哉が結婚したと聞いた時、胸が潰れそうなくらい寂しくて、辛かった。

「壱哉さんは、これからのことを約束してくれるんですか？」

「約束するよ。だから今度は君も覚悟を決めて。一生僕の傍にいる覚悟を」

そう言われて、比奈は胸が熱くなった。涙が出そうになる。

あの時ついて行っていれば、と本心ではいつも後悔していた。

素直に壱哉の胸に飛び込めなかったのは、恋に人生を懸けるのが怖かったから。それに、仕事のことも諦められなかった。つまり、未熟だったのだ。でも今は違う。

恋に懸けたっていいじゃないか。比奈は、これまでの仕事で人生を渡っていく充分なキャリアを積んできた自負がある。もう恋を優先しても大丈夫という自信がある。

「私、もうすぐ三十歳なんですよ、壱哉さん。言っていること、わかります？」

壱哉は比奈の言葉に頷いた。そして比奈の身体を引き寄せた。

「二十代のうちに、結婚したいんです」

そう言った比奈を見て、壱哉は言った。

「バツイチの男でよければ、いつでもどうぞ」

比奈も笑みを浮かべて、そして言った。

「……私でよければ、一生壱哉さんの、傍にいます」

壱哉は微笑んで比奈を抱く手に力を込めた。

優しいキスをくれて、「ありがとう」と言った。

「だけど、こんなに簡単に決めていいの？」

「簡単じゃない。すごく時間がかかった」

壱哉からプロポーズされたのは、これが二度目だ。

「二度も振られたらどうしようかと思った」

小さな声で「ホッとした」と付け加えた壱哉の身体に、比奈は身を預ける。

一生傍にいる、という言葉に嘘はなかった。後悔もまったくない。

比奈は、幸福感に満たされて壱哉の胸に飛び込み、背中に回した手に力を込めた。

## 3

インターホンが鳴ってドアを開けると、会社の部下が二人いた。壱哉はドアロックを外して、その二人を見る。

「おはようございます」

妙に改まって挨拶(あいさつ)するのは、秘書を務める春海だった。

「気持ち悪いな、春海。下心でも？」

壱哉が返す。

「そんなことないわよね、春海」

眼鏡を押し上げながら言ったのは、壱哉と同期の女性、宮川だった。

壱哉は予定より早い二人の訪問を不思議に思いながらも部屋の中に招き入れた。

「道が混む前に移動します」

春海に言われ、壱哉は答える。

「わかった。会社へは顔を出さなくていいのか？」

「結構です」

春海から言われて、壱哉は再度、わかった、と答えた。壱哉は、まとめてあった荷物を取りに寝室へ入ると、乱れたベッドが目に入った。

朝まで一緒にいた比奈は送ると言ったのに、自分で帰ると言い張った。別れ際にエレベーター前で、壱哉にキスを残して。

『電話、待ってますね』

一言そう残し、比奈はエレベーターに乗った。

比奈と再会してまだそれほど時間は経っていないにもかかわらず、比奈は壱哉を受け入れた。そして「一生傍にいる」と約束した。

比奈は堅実な考え方をする女性で、冒険はしないが、確実に何かをやり遂げようとする。

反面で、その考え方が、比奈を保守的でやや受動的に見せているかもしれない。そして人見知りなところもある。壱哉と付き合っていた頃の比奈は、自分から壱哉に対して働きかけることはなかった。殊セックスに関しては、保守的だった。

比奈との久しぶりのセックスはもどかしく、それがまた妙に壱哉の心を揺さぶった。しかし今回、誘ったのは壱哉からではなく、比奈からだ。先に部屋に行かせ、もしも帰ってしまっていたなら、仕方がないと思っていた。壱哉はフロントでスペアキーをもらい、近くにあるコンビニに行き、避妊具を買い、そして部屋に向かった。

比奈は部屋にいた。声をかけると振り向いて、大きな目を瞬かせた。

比奈は、帰ってしまわなかった。

再会してから、会ったのは三回目。

もともと古い仲で、それなりに抱き合っていたとはいえ、二年半のブランクがある。しかし、比奈は壱哉の行為を受け入れた。久しぶりの感覚が、興奮を高めた。特に二回目の絶頂の時はすごかった。比奈は昇りつめた後、力が抜けたように、くたりとなった。きっと壱哉のせいだろう。それだけ、求めたのだから。

壱哉はスーツケースを手に、寝室から出る。

ジャケットを羽織ってボタンを留めていると、春海が微妙な顔をして壱哉を見た。

「どうした？」

「部屋にピアスが、落ちてました。もしかして誰かとご一緒でしたか？」

そう言うと、後ろから宮川が春海の頭を小突いた。

「あんたはどうしてそういうことをここで言うわけ？　そんなの後で渡せばいいでしょ」

その様子を見て壱哉は思わず笑った。何も言わずに手を出して、ピアスを受け取る。

「可愛いピアスね。誰の？」

宮川が呆れたような目つきで壱哉を見る。壱哉は肩を竦めた。

「奥さんのですよね？　すぐわかるじゃないですか」

「……あんたね、篠原の秘書をやってて気付かないの？　篠原、離婚してんだけど？」

春海は仕事はできるが、少し天然が入っている。

「う、そ、ですよね？」

「本当だよ。一年前に離婚してる」

壱哉は、控えめだが綺麗な輝きを放つピアスを、スーツのポケットに入れた。

「誰のよ。日本に帰ってきて、もう彼女ができたわけ？」

「できたかもね。結婚するかもしれない」

壱哉が言うと、二人は同時に声を上げた。

「ええっ⁉」

「はぁっ⁉」

「そんなに驚かなくても……」

呆気にとられる二人の表情を見て、壱哉は苦笑し、春海に「時間はまだいいのか」と尋ねる。春海は腕時計を見て「少しなら大丈夫です」と答えた。

「いったい、誰よ」

宮川がしつこく言って、壱哉を見る。

「ピアスが落ちるようなことをしたわけですか。嫌よね、同期のそういう生々しいところ、見たくないわ」

「ピアスを見つけてくれて感謝する。彼女、かなり探していたから。帰国したら返そう」

春海が「じゃ、そろそろ」と出発を促した。

ホテルの部屋を出て、エレベーターの前まで行くと、宮川が「ねぇ」と言った。

「何か見覚えあるわ、そのピアス。私、そのピアスが欲しいって、誰かに言ったことがあるような……。そう、篠原が前に付き合ってたあの子よ！」

エレベーターに乗り込んで、壱哉は記憶を手繰る。確かに宮川がそう言っていたことを思い出した。

「彼女、物持ちがいいんだ」

宮川は、呆れたようにため息をつく。

「若くして支社長にまで上りつめた、仕事のできるイイ男も、ただのバカな男だったというわけね」

「そういうことになるかな」

話の見えない春海は首を傾げるばかり。

「どうぞお幸せに。結婚式には呼んで頂戴な」

宮川の物言いに苦笑していると、一階に着いた。

「なんか、僕だけ話がわかりませんが……」

「あんたはいいのよ、春海。そのうちわかるから待ってなさい」

宮川から言われて春海は「わかりました」と素直に頷いた。

壱哉は、フロントに顔を出す。

「おはようございます」

フロントマネージャーが応ずる。

「おはよう」

「今日は遅いご出勤ですね」

「これから出張なんだ」

そう言って、壱哉はカードキーを二つとも出してしまった。

「おや、カードキーは会社にお忘れではなかったのでしょうか？」

「……忘れていたと思ったら、ポケットに入っていた。スペアを貸してくれてありがとう」

どうして二つも出してしまったのか、しまったなぁ、と思いながら壱哉はフロントマネージャーに笑いかけた。

マネージャーもにこりと笑って「そうですか」と調子を合わせた。

「お連れ様の役に立ってよかったですね。タクシーに乗って帰られましたよ。それでは、お気を付けて行ってらっしゃいませ」

「……ありがとう」

お連れ様がタクシーに乗ってとは、比奈のことはバレバレだ。

昔からよくできた人だったが、こんな風にからかわれるなんて思わなかった。

壱哉はどうにか笑顔を作って、フロントマネージャーに背を向ける。

後悔先に立たず。

「失敗したな。スペアだけ返せばよかった」

壱哉はエントランスに迎えの車が来ているのを確認した。

いつもとどこか、世界が違って見える。

たったあれだけのことで、こんなにも自分の心の有りようが違うことに驚く。

頭を仕事モードに切り替えようとするが、すぐには切り替わらず、比奈の顔ばかりが浮かんでくるのだ。

壱哉は微苦笑をしまい込んで、車に乗り込んだ。

行先はアメリカ。

この間アメリカから電話がきて、会いたいと言ったその人の申し出に応じた。

会わないとは言えなかった。

久しぶりに聞いた声は元気そうだった。

その人の顔を思い浮かべながら、壱哉は走り出した車の窓の外へ目を向けた。

## 4

アメリカ到着後、人と会う約束があると言ったら、宮川と春海は、二人だけで食事に行ってくれた。

指定された店に一人で行くと、すでに約束の人は待っていた。彼女は壱哉に気付いて微笑んだので、壱哉も笑顔を返した。

「待った？」

「来るのが少し早すぎたの。先にやってたわ」

「元気そうでよかったよ、エマ」

頷く元妻は、相変わらず美人でスレンダーだった。

「やっと指輪を外したのね？　離婚してからもしばらくは、女避けか何かのために、つけていたようだったけど」

エマにいきなり聞かれ、壱哉は左手を見る。そして頷いて、エマを見る。

「好きな子ができた？」

「よりを戻したよ」

「……あの写真の人？」

壱哉はまた頷く。エマはため息をついて壱哉から目を逸らした。

「そうなの。そんなに好きだったんなら、私とは別れてもしょうがないわね」

「君も好きだった。これは本当だよ」

「わかるわ。でも、彼女には勝てない」

エマは、手にしていたドリンクをもてあそぶ。

「食事は？　ここの料理は、なかなかいけるけど」

「そうだね」

壱哉はメニューを開いて、いくつか料理をオーダーした。料理が来るまでエマは一言も話さなかった。久しぶりに会った元夫が、以前好きだった人とよりを戻したという話題は、エマにとって決して愉快なものではないだろうから、当たり前かもしれないが。

「私、再婚することになったの。それを言いたくて、連絡を取ったの」

「そうだったのか。……差し支えなければ、どんな人か教えてもらっていいかい？」

「あなたの会社とも取引のある日系企業に勤めてる人。あなたのせいで、東洋人にばかり惹かれるようになったわ」

それを聞いて、壱哉は少なからず動揺した。

「私はあなたと会うまで、日本人と付き合ったことはなかったわ。でも、人種や国籍に関係なく忘れられない人ってできるものだって、よくわかった。だから、あなたの気持ちも、今は少しはわかるつもりよ」

壱哉は今まで、別れた人に対して、心苦しいという感情を持ったことがなかった。しかし今は、壱哉は切ない思いを抱いている。離婚という結果にはなってしまったが、壱哉は確かにエマを愛していたのだ。

「イチヤ、そんな顔をしないで。ただ、忘れられないだけ。私は今、大切な人ができた。失敗はもう繰り返さない。……ただ、好きなだけじゃダメなんだって、よくわかった。私の努力も足りなかったわ」

明るく振る舞うエマに、壱哉は思わず手を伸ばす。エマの髪を撫でた。だが思い出すのは、やはり比奈のこと。触り心地が違う髪の毛に、壱哉自身の比奈への思いを確かめる。

「あなたは慰謝料もたくさんくれた。望んでもいないのに振り込まれた時は、お金で解決しようとされてるみたいで本当に怒り心頭だったけど、今はラッキーだったと思っているわ。今度の結婚資金に使えるもの」

そう言ってエマは満足そうな顔を向けた。しばらく何か考えてから、もう一度口を開く。

「一度、その人に会ってみたいわ」

「……機会があったら」

「会わせない、なんて言わないでね」

「彼女は元妻と会ったくらいで、僕を嫌いにならない。むしろ、彼女の気持ちを確かめることができるかもしれない」

エマは首を傾げた。そして「何を試したいの？」と聞いた。

「彼女がどれだけ、僕のことを思っているか。もしそれで二人の関係がダメになりそうになっても、僕は彼女を逃がしはしないけどね」

壱哉が言うと、エマは呆れたように天井を見上げた。

「ムカつくわね。彼女に嫉妬するわ。ねえ、名前は何ていうの？　不意打ちで会いに行ってやるわ」

「……比奈、だけど。それはやめてほしいな」

「ヒナっていうのね。会うなって言われると、ますます会いたくなるわ」

いかにも可笑しそうにエマは笑い、ドリンクを一口飲んで言った。

エマは、ドリンクのお代わりを頼んだ。

結局、エマから今の恋人の惚気話を聞かされた。それを聞くのは苦痛じゃなかった。エマが無理に惚気ているとは思わないが、壱哉に惚気話を聞かせることはエマにとって、精一杯の強がりなのだろう、と思えた。次第に優しくなっていく表情に、エマの今のイイ人はエマに安らぎを与えているのだと壱哉は感じた。

エマが飲み終えるのを待って、二人並んで店を出た。

別れ際の交差点で、急に真顔になったエマが壱哉を見つめる。

「キスして、抱きしめて」

エマの唇は、ルージュがとれ、自然な唇の色になっていた。

壱哉は何も言わずに抱きしめて、そしてその頬にキスをする。

「唇には？」

「君の恋人に失礼だから」

そう言うと、エマは壱哉の胸を一回軽く叩いて、身体を離す。

「じゃあ、機会があったら、また会いましょう」

「そうだね。機会があったら」

「すぐにそうなりそうな気がするわ。今の彼、あなたの会社とも取引があるから」

「キョウゴ・イズミ。あなたのこともよく知ってたわ。それでも私と結婚したいって言ってくれた」

「誰？　名前は？」

壱哉も、和泉恭吾（いずみきょうご）という人物をよく知っていた。何度か壱哉の会社のコンペに参加していた。仕事ができて、明るい性格だったのを覚えている。

「じゃあ、また」

頷いて、エマは壱哉に背を向けた。

エマの背中のどこにも寂しさの影は見出（みいだ）せなかった。壱哉は、安心した。

エマが日本人の妻になるということは、日本に住むかもしれないということだ。

会うことがあるかもしれない。それでも比奈に対する気持ちが揺らぐことはない。

『あなたのヒナと、会うことになったわ。日時と場所は内緒。彼女にも聞かないでね』

翌日開いたパソコンには、こんな短文メールが届いていた。

エマの行動の早さに苦笑して、壱哉は返信をした。

『比奈を傷つけるようなことは言わないように』

それだけを伝えて、壱哉はパソコンを閉じた。

壱哉は、比奈だけでなく自分も試されているような気がした。

比奈に対する壱哉の思いを。

5

どうやって調べたかなんて、よく知らない。

比奈の勤める学習塾は英語指導に定評があり、受講したいという生徒がたくさん待機しているような状態だ。しかし塾長は、いくら有名になっても教室を増やそうなどとは考えていない。だからこそ比奈の塾はブランドになっているのかもしれない。

ある日、比奈は英語でかかってきた一本の電話に出た。

取り次いでくれた事務の人から、外国の女性が比奈をご指名だと言われ、首を傾げる。

『Hello. Excuse me, ……Do you speak English?』

ネイティブの英語だとわかった。何の用事だろうと思いながら、比奈も英語で答える。

「Yes, I do.」（英語を話せますよ）

比奈が答えると「よかった」と電話口の向こうで、安堵したのがわかった。

それから、さらに話の内容を聞いて、比奈は驚いた。

『I'm Emma Wise, Ichiya Shinohara's ex-wife.』

そう言われて反応しないわけはない。エマ・ワイズと名乗った女性は、壱哉の元妻だと言った。そんな人からどうして電話が、と思った。しかも比奈に会ってほしいと、五分でもいいから、話がしたい、と。

比奈は動揺しながらも「わかりました」と答えた。電話の向こうでホッとしたような声が「ありがとう」と言った。

壱哉はアメリカに出張中。久しぶりに抱き合った彼は、翌日にはアメリカへ旅立ち、二日後に帰国する予定になっている。

電話を切って、比奈はため息をついた。

壱哉の元妻は、比奈と会って何を話すというのだろう。

☆　☆　☆

日本に不案内なエマが知っているというレストランで待ち合わせた。エマは「今すぐにでも会いたい」と言ったが、比奈は二日後を指定した。

『明日帰るから、会いたい』

壱哉から、帰国一日前に電話があった。

エマと会うのは、どうせなら壱哉が帰って来る日にしよう、と思った。

壱哉の乗る飛行機の到着は、午後五時を過ぎるらしかった。

新しい英語講師が来たので、比奈の講義予定はある程度余裕を持って組めるようになっていた。二日の休みをどうにかやりくりした比奈は、午後の早い時間にエマと会う約束をした。

比奈が指定の場所に行くと、ブロンドの外国人女性が待っていた。比奈は彼女を見て心臓が高鳴った。

遠くから見ても、綺麗な人だとわかった。白人独特の白い肌と、美しい顎のライン。比奈は彼女に近づく。彼女も比奈を認めた。その青い目は吸い込まれそうなほどに透き通っている。

彼女はゆっくりと立ち上がり、比奈に向かって笑みを零した。

比奈も笑顔を返した。

「どうぞ座って」と促される。

間近で見ると、その綺麗さはより一層際立つ。遠目で見るよりも、ずっとずっと綺麗だった。

「こんにちは、はじめまして。エマ・ワイズよ」

エマが、手を差し出した。比奈は軽く握り返す。

比奈は微笑む。エマが、メニューを差し出した。

「何か食べない？　私、お腹が空いて。あなたは空いてる？」

「ええ、少し」

ランチメニューを選び視線を上げると、エマが比奈を正面から見つめている。

「あの、何かお話が？」

「ええ、話をしたかったの。写真で見てるけど、声は聞いたことがない。どんな人か知りたかった」

そこで言葉を切って、エマは比奈の目を見る。

「あなたはシャイ？　壱哉がそう言っていたわ。そして、彼はあなたのことを忘れられない人だと言っていたわ」

青い目には、懐かしさをたたえていた。比奈はそれを見て、首を横に振る。

「壱哉さんは、あなたのことも、忘れてません。あなたのことが好きだった、と言っていました」

「そうかもしれないけど、私はあなたに負けた。勝ち負けの問題だとは思わないけど、やっぱり負けたと思う」

やがて、二人の前に料理が運ばれてきた。

「美味しそう。いただきます」

エマが先に料理に手をつけて、比奈もそれを見て食べ始める。

「日本の料理って、油っぽくないのね。彼が作る料理も、かなりヘルシーだった」

比奈は頷いた。

「イチヤはあなたに手料理を振る舞う？」

「はい、何度か」

壱哉は独り暮らしが長いので、料理が上手だった。比奈よりも、調理も家事も要領がよかった。

「私ね、イチヤと結婚して痩せたの。友達はからかったけど、きっと食生活のせいね。でも、あなたの方が細いわ」

比奈が食事の手を止めたので、エマも手を止めた。

「壱哉さん、優しかったですか？」

壱哉は、きっとエマに優しかったに違いない。エマが壱哉のことを話す時の目が、とても優しくて楽しそうだ。結婚生活はまったく上手く行っていなかったわけじゃないだろう。

「優しかったわ。……私の努力が足りなかったからダメになったの」

比奈は「努力」という言葉を聞いて首を傾げた。

「私が待てばよかった。壱哉があなたを忘れるまで。でもできなかったの。あなたの写真があるのを知っていた。時々見ているのも知っていた。それで我慢しきれなくなって爆発したら、終わってしまったの」

少し自嘲気味に話すエマを見て、比奈は重く息を吐き出した。

壱哉とエマは夫婦だったのだから、比奈の知らない二人だけの思い出があっても不思議はない。けれどやっぱり自分の知らない壱哉のことを聞きたくはなかった。

この人はどうして比奈と会いたかったのだろう。何の話をしたかったのか。比奈は何を言えばいいのだろう。

いずれにしろ、比奈の心は苦しくなるだけのような気がする。

「あなたが羨ましかったの。イチヤは私のことを思ってくれていたと思うけど、それでも彼の気持ちの中では、あなたの存在が圧倒的に大きいの。私の何倍も何十倍もなのよ。だから会ってみたかったの。イチヤの心の大部分を占領してしまった人に。ただ、会いたかった、それだけ」

エマは比奈の目を見つめた。

「あなたって、写真よりずっとキュート。大きな目で、雰囲気のある人ね」

「そんなことありません。あなたの方が、綺麗です。壱哉さんの隣にいて、似合いそう」

「ありがとう。でも、イチヤはあなたの方がいいみたい」

前に壱哉と付き合っていたという、加奈と会った時もそう思った。

彼女は綺麗でスレンダーで、しかも胸も結構あって、まるでモデルのようだった。壱哉が好きだということを、気後れせずに口にできる人だった。

エマと加奈には共通点がある。本当は、壱哉はこういう人が好みなのかもしれない。比奈は、壱哉の弟の幼馴染で、小さい頃からの知り合いだ。それだけなのかも、と弱気になる。健三の結婚式の日、ライスシャワーを浴びる幸せそうな姿を見て、初めて自分の恋心に気付いた。二次会にも参加したが、途中で気持ちを堪えきれなくなって抜け出し、そして健三の車のドアミラーを覗き込んで、とれてしまった口紅を直しキスマークを残した。そんな比奈の様子を見ていた壱哉が、後日、桜色のリップスティックを贈ってくれたのだった。そんなことがあって以来、比奈の心は壱哉に傾いていった。

あの時、壱哉は、失恋して泣いている比奈を見て心を動かされたと言ってくれたけれど、単なる興味本位だったのかも、と比奈は思ってしまう。

それでも壱哉は、二度も比奈に結婚してほしいと言った。

一度目は断ったけれど、二度目は素直になって受け止めた。壱哉は嘘をつく人ではないし、本心から好きだと言ってくれたと信じたから。

壱哉を好きな気持ち、信じる気持ちに変わりはないが、比奈の心は、ざわめき揺らぐ。

「私、結婚するのよ。今度も相手は日本人なんだけど、すごくいい人。離婚歴がある私でも、愛してくれる。あなたも、イチヤと幸せになるんでしょう?」

エマが結婚すると聞いて、比奈は少し安心した。壱哉とはもう関わることはないだろう、と思う。

けれど、比奈は頷けない。

「壱哉のことは今でも好きよ。だから幸せになってほしい」

そう言うエマは、美しく強い上に大人で、そして相手を思いやる優しさもある。この人は本当によくできた人だ、と思った。

こんな時に暗い気持ちにしかならない比奈と違って、とても明るい。

「急に無理言ってごめんなさい。本当にありがとう。会えてよかった」

「食べましょう」と言って、エマは残りのランチを食べ始めた。比奈も食べないわけにはいかなかった。

けれど、美味しいとは感じられなかった。

☆　☆　☆

一度家に帰って、ミラに食事をやった。留守番をしていたので、ご褒美におやつもあげた。それがとても好きなミラは、食事に夢中になった。

時間は午後四時を回っていた。食事を食べたのは一時からだったので、結構長く話していたな、と思う。

あの人は比奈がいるから諦めた、というようなことを言った。そして努力をしたらもう少し一緒にいられたかも、と。

壱哉も同じようなことを言っていた。努力が足りなかった、と。二人は同じことを考えていた。そしてきっとお互いに大切にし合っていたはずだ。

比奈にそんな言葉は言えない。壱哉の優しい言葉に背を向けて、仕事と今の生活を取っただけ。

そんな比奈のどこを壱哉は好きなのだろう。

エマと比奈はまったく違う人間だ。そして壱哉はエマの言う通り、エマのことを一生忘れないだろう。

比奈を忘れられなかったと言った壱哉は、エマのこともきっと忘れない。

エマは比奈のことを羨ましいと言った。でも、羨ましいのは比奈の方だ。何倍も綺麗で何倍も大人で、別れた後も壱哉を好きな心を持っていて。

比奈よりも何倍も、あの人は女だった。

綺麗で、愛情深く、女特有の未練がましいところを持ちながらも、さらっとした心を持っていて。

壱哉が選んだ人はあんな人なのだと、今更思う。

「よくわからない。あの人の方が何倍も……」

そう言って下を向くと、ミラが比奈の手を舐めた。猫独特のザラリとした舌の感触に、比奈は笑って頭を撫でる。

「そろそろ、行かないと。大丈夫、御飯をたくさん入れておくから、ね」

抱き上げて頰を寄せると、柔らかい感触がして、どこか癒される。

そうしてミラを離してから、比奈は立ち上がる。

軽く化粧を直して、髪の毛を整えた。

そして最後にいつものリップスティック。

その中身は、もうほとんど入っていなかった。

6

壱哉が泊まっているホテルのフロントで尋ねると、もう到着している、と言われた。

午後五時を少し過ぎたくらい。そのくらいに飛行機が到着するのだろうと思っていたから、随分早い帰宅だ。

比奈はエレベーターで上がり、壱哉の部屋のインターホンを鳴らそうとして一瞬躊躇した。大きく深呼吸をして、ボタンを押す。

「今開ける」

壱哉の声が聞こえて、すぐにドアが開いた。

今日の壱哉は眼鏡だった。まだスーツをきっちり着ていることから、帰ったばかりなのだろう。その表情から長旅の疲れは窺えない。

「疲れてないんですか？」

「疲れたよ。たぶん今夜あたりからジェットラグが始まる」

壱哉は、ソファに座る。その隣のソファには、ブリーフケースが置いてあって、本当につい今しがた帰ってきたばかりなのだとわかった。

壱哉は比奈に向かい手を差し出した。その手に自分の手を重ねると、比奈は身体を優しく引き寄せられる。

「元気だった？」

「それなりです」

「でも今日は、少し元気がない」

比奈の頬に手を寄せて、そうして目蓋に触ろうとした。比奈はその手を逃れて、顔を反らす。

「ご機嫌斜め？」

比奈は、ソファに座った壱哉の足の間に膝を乗せる。少し身を乗り出して、キスをしようとしたが、途中で止めた。

「しないの？」

瞬きをして身体を離そうとしたが、壱哉の手によって阻まれた。

「やっぱりやめます」

「ここまでしておいて、お預け？」

腕の力を緩めた壱哉が、すばやく比奈の反対側の手も握る。逃げられなくなって、比奈は壱哉と目を合わせる。

「エマさんに、会いましたよ」

「もう？」

壱哉が言った言葉に、比奈は少し目を瞠る。

「知ってたの？　私たちが会うこと」

「会うことになった、と言われたからね」

「どういうことなの？　どうしてそんな……壱哉さん、向こうで彼女と会ったの？」

「会ったよ」

「どうして？」

比奈は余裕がないのに、壱哉には余裕があった。どうしてこんなに平然としていられるのだろう。

「ひと月以上前から約束していた。出張の時に会おう、と。結婚の報告を受けただけ」

「本当に？」

壱哉は頷いた。けれど、比奈は首を横に振った。

「あんなに綺麗な人と一緒にいたのに？」

「エマとは、もう別れている。僕は比奈さんが好きだ」

「本当に何もなかったなんて、思えない」

「何もなかったよ」

壱哉は比奈を真っ直ぐに見てそう言った。

「本当？」

比奈がもう一度聞くと「本当だよ」と言う。

「……悪かった。君と会わせるべきではなかったね」

「どうして、私たちを会わせたの？」

「……僕が好き？」

比奈は壱哉の手を離そうとした。しかし壱哉は離さない。

そんな壱哉が嫌だった。

「私の質問に答えて！」

「僕の質問に答えたら言うよ」

唇が震える。けれど、比奈は壱哉には負けるのだ、いつも。

「好きよ」

その言葉に壱哉は満足して、言った。

「その言葉が聞きたかった。彼女に会っても、比奈さんはまだ僕が好きかどうか、聞きたかった。何か言われた？　彼女の言葉で傷ついたことはない？」

「壱哉さん以外、私を傷つけるようなことを言う人はいないし」

比奈が厳しい口調で、可愛げのない言葉を放つ。壱哉は「それはよかった」と強引に比奈の身体を引き寄せる。

比奈が全力で身体を突っ張っても、男性の力には敵わない。あっさり抱き寄せられて、壱哉に身体を預ける形となった。

「離して。帰るから」

「せっかく来たのに、帰るはないだろう」

「壱哉さん、嫌い！」

「はいはい」

抱きしめる壱哉の力が緩んで、比奈は身体を起こすが、すぐにまた壱哉の手が伸びてくる。顔を引き寄せられたが、その肩に手を置いて突っ張る。しかし、それもむなしい抵抗にすぎず、壱哉の唇が比奈の唇を奪った。

壱哉の胸を叩いたが、壱哉の力は緩まず、キスは解かれない。上半身にばかり意識を集中していたので容易(たやす)く足をすくわれて、膝に座らされた。

「は……っん」

ようやく唇が離れた時、比奈の息は上がっていた。せっかくつけた口紅は、壱哉の唇に色を移している。

怒ってるのに、どうしてこんなに引き寄せられてしまうのだろう。

「私の機嫌をとってるの？」

壱哉は苦笑した。そして比奈の背を撫(な)でて、髪の毛を触る。

「私が好き？」

「好きだよ」

そう言うと、壱哉は比奈の首筋に顔を埋(うず)める。そして大きな手が比奈の服の中に入ってきて、比奈の胸を優しく掴(つか)んだ。

「本当に私が好き？　……っねぇ、答え、て」

壱哉の手に比奈の胸は物足りないだろう。

「比奈さんが好きだ。また君を手に入れられて、これ以上の幸福はない」

乳房を揉み上げられ、指で乳首を軽く摘まれると、下腹部から快感が込み上げてくる。

それだけではなく、壱哉の言葉に比奈の身体はさらに反応した。

「は……」

「悩ましい声」

壱哉が言い、キスを求めるように顔を近づける。軽くキスをされて、スカートの中にもう一方の手が侵入する。ショーツを膝の辺りまで下げられて、片足だけ抜かれる。

「ここ、で?」

「ダメかな?」

本当はベッドがよかった。けれど、壱哉がここで、と言うなら今日はそれでもよかった。ブラジャーのホックを外されて、直に大きな手が触れてくる。インナーを押し上げて、壱哉が胸に顔を埋める。乳首を唇に含まれて、比奈は堪らずに壱哉の肩を掴んだ。乳首を吸われ、甘い声が漏れる。こんな風になるのは壱哉だけ。壱哉が好きだから。壱哉は、比奈の足の間に手を侵入させた。隙間に指を感じた比奈は、さらに強く壱哉の肩を掴んだ。

「あっ……っ」

自分がすんなりと指を受け入れるのが恥ずかしかった。充分に潤った比奈の隙間の中で動く指に、吐息と共に声が漏れる。

「服、いち、やさんの、スーツ」

「スーツが何?」

「汚れる……っ」

「いいよ。クリーニングに出せばいいだけ」

壱哉は、比奈の中から一度指を抜き、近くにあるバッグを探る。中に新しいパッケージが入っているのを確認すると、その箱を乱暴に開けて、中身を一つ取り出す。比奈が腰に感じている壱哉自身にそれを装着する。そして壱哉は、目を見つめながら比奈の足を持ち上げ、自分の身体の上をまたがせる。

「乗って、比奈」

比奈は首を横に振って、できない意思を示す。

壱哉はネクタイさえ緩めていなかった。緩めたのはスラックスのみで、それが比奈にはやけに扇情的に映る。

「できない」

「どうして？」

「だって……」

眼下にある壱哉自身は腹部につきそうなくらい反応している。これを自分のペースで自分の中に入れるなんて、できない。

「わかった」

壱哉は比奈の身体を少し抱き上げる。

「いち、やさん、やだ……待って」

「じっとして」

耳元で言った壱哉の声は低く掠れていた。力が抜けていて抵抗なんてできない。その間に、比奈の身体の隙間に壱哉自身が当たる。そうして、少しずつ下ろされる自分の身体。中に感じる壱哉自身。

「あ……っあ」

壱哉が深く息をつき、比奈の身体をきつく抱き寄せる。緩やかな動きを感じて、比奈は声を堪えた。

「声は？」

比奈が眉間に皺を寄せて我慢していると、余裕ありげな壱哉は少し声を出して笑った。それから緩く断続的に動いていく。比奈は壱哉の肩に手を回し、その肩に顔を埋める。動きが少しずつ速くなる。我慢していた声が少しずつ出てしまう。壱哉の動きに比奈は声を上げながら、壱哉の荒くなる呼吸を耳元で聞いていた。

力強く抱きしめられ、壱哉は何度か強く動き、その動きが止まる。

壱哉は大きく息を吐き出した。そしてその肩を上下させながら、比奈の身体を少しだけ離す。

「暑い」

壱哉がそう言って比奈の身体を支えながら、ジャケットを脱いだ。ようやくネクタイを緩めて、もう一度大きく息を吐く。そのたびに動く比奈の内部にあるものは、まだ力を失っていなかった。

壱哉は一度比奈から出て、再び中に入った。

「な、に？」

「もう一度」

「この、まま？」

「体位を変える？」

余裕そうに聞いて、にこりと笑う。

壱哉の頬に、汗が一筋流れた。比奈がその汗に思わず手を伸ばすと、壱哉は自分の手で残りの汗を拭う。それから比奈の身体を持ち上げて、ソファの上に押しつけた。

背をソファに預け、今度は前から身体を押しつけられる。

「返事がないけど、体位を変えたよ」

逃げ場がなくなって、再び緩く比奈の身体が揺すられる。比奈は、唇を噛んだ。

二度目は一度目よりも穏やかだった。以前もそうだったが一度目は比奈の身体を我慢できないように抱く。二度目は優しく、比奈の官能を優先するように抱く。

だからどちらかというと二度目の方が苦しくて堪らなくなる。

比奈の唇を壱哉の指がこじ開けて、その唇にキスをする。抑えていた声が漏れてしまう。

「あ、っん」

「可愛い」

中に感じる壱哉と、身体の底から湧き上がる快感に比奈は支配されて、どうにもならなくなった。ただひたすらに声を上げる。壱哉は満足して「もっと声を出して」と比奈に言った。

腰を揺すられて、何度も揺すられて、ソファが軋む音を立てている。このソファも汚れるかもしれない。

けれどそんなことはすぐに考えられなくなった。強く、時には優しく揺する壱哉と繋がっている部分が気持ち良くて。

「あ……っい、き、そ」

比奈の口から恥ずかしい言葉が出る。それに壱哉は笑って、比奈の腹部から乳房を撫でた。

「いいよ。もっと、動いてあげる」

言葉通りに壱哉は動いた。それから比奈は背を反らして達した。少し遅れて壱哉も達して、しばらく抱き合っていたけれど、比奈の中から自分のモノを抜いて比奈の身体を抱き上げる。

ソファで二回愛された後、さらにベッドへ連れていかれた。比奈が何もわからなくなるまで、翻弄（ほんろう）される。

壱哉は比奈の身体を優しく、そして強く抱いた。

☆　☆　☆

壱哉の下にいる細い身体が、くぐもった声を上げる。それを聞いて、もっと声を出させたくて、壱哉は比奈の身体に触れて、そしてその細い身体を揺らす。

膝の上に座らせて、さらに細い身体を揺さぶる。

揺さぶると壱哉も気持ちよくて、何度も揺さぶった。揺れる胸や、比奈の唇を開けて喘（あえ）ぐ様が、とてもいい。

されるがままの比奈が扇情的（せんじょうてき）で、下半身が疼（うず）く。

「あ……っあ」

そしてキスをした。比奈は甘い声を出した。

比奈の身体をもう一度ゆっくりとベッドに寝かせて、緩く腰を揺らす。自分の汗が比奈の頬に落ちて、それが伝っていくのが見える。

汗が落ちるほど白い身体に夢中になっていた。

「気持ちいい？　比奈」

比奈は答えず、横を向いた。が、快感を得ているのはよくわかる。比奈の内部の締め付けや、その仕草や表情から。

比奈の細い身体は、もともと体力があるわけではない。

すでに限界がきているのがわかる。けれど壱哉が与える刺激に、なおも高みに向かって昇り詰めようとしている。

「……ぁっ」

そろそろ終わらせてやろう。壱哉は比奈の背を抱きしめて、自分の快感を追いかける。

上気した頬、薄く開いた唇、縋る腕。

それら全てが壱哉を煽る要素となり、腰を動かすに至る。何度も腰を揺すり、快感を追いかけて、時々自分自身もため息まじりに声を出していた。

気持ちよかった。比奈は言ってくれないが、壱哉は比奈の身体を抱いて気持ちいいと思う。それくらい愛している身体。もちろん身体が気持ちいいのは、この比奈という愛している人だからこそ。

背をしならせ、比奈が達した。

それに伴い、狭くなった比奈の中が壱哉を締め付ける。その締め付けで壱哉も達した。

「……っ！」

比奈の身体を最後まで愛した。最後は小さくうめいてしまったが、眼下の比奈を見る限り聞こえていないだろうと思う。

荒い息を吐きながらクタリとなった比奈の唇に、深いキスをした。

「好きだ」

目を開けた比奈は壱哉の言葉を聞き、顔を赤くした。

何度も目を瞬(まばた)きさせる可愛い仕草を見て、その目に小さくキスをした。

☆　☆　☆

唇に冷たい何かを感じて、唇を開く。中に入ってきた冷たい、小さな固形物を口腔内で溶かす。そうして今度は、柔らかいものを感じて、そこから水分が送り込まれる。ゆっくり入ってくる水分を全て飲み干して、ようやく比奈は気付く。

この感覚は前にも感じたことがある。

冷たい固形物も、ゆっくり入ってくる水分も、本当に美味(おい)しくて堪(たま)らない。

壱哉が口移しで氷と水を送り込んでくれたのだ。

「ベッドと仲良くしてるね」

目を開けるとそこに壱哉がいた。比奈は声を出そうとしたけれど、掠(かす)れて出ない。

「朝の十一時だよ。ちょっとやり過ぎた？」

比奈はまだ頭がボーっとしていた。起き上がろうと試みるけれど、眠くて堪らない。

「いいよ、眠って。体力がないのはよくわかってるから」

眠っていいと言われて、比奈は目を閉じる。

すぐにまた眠りが訪れた。

☆　☆　☆

比奈をもう一度眠りへ誘った後、壱哉も二度寝しようかと考えていた時だった。

隣の部屋に置いたスマホが鳴る。

壱哉は目を開け、遠くから聞こえる音を聞いて息を吐き出した。

隣から聞こえる規則正しい寝息。壱哉の方を向いて眠る、比奈の寝顔を見る。

その安らかな寝顔に安堵し、壱哉は身体を起こす。

近くにあった服に手を伸ばしたところで電話の音は止まった。「朝から誰が電話してきたんだ」と思いながら、下着とシャツを身につけて立ち上がる。

隣に眠っている相手を見たが、まだ深い眠りの中だった。

「いい子で眠ってて」

比奈の髪の毛を撫でてから、その場を離れた。

壱哉は、ソファの隣に置いたブリーフケースの中を探ってスマホを取り出し、着信履歴をチェックする。

「……宮川から、何の用だ？」

今日は休暇を貰ったというのに。仕方なくリダイヤルボタンを押す。数度のコールで出た相手は、まず謝罪の言葉を口にした。

『申し訳ありません、支社長！』

「……君が僕のことを支社長と呼ぶなんて珍しい。いったいどうしたんだ？」

『……どうしても、今日サインをいただきたい書類があるんです。私だけじゃなくて、秘書課の春海も……』

申し訳なさそうに謝る宮川に、壱哉は目頭を揉みながら言った。

「それで？　どうするんだ？」

『今から春海と一緒に……そちらへ伺ってもよろしいでしょうか』

壱哉は心の中で舌打ちした。

「わかった。身支度して待ってる」

『ありがとうございます。今から急いで行きますので』

丁寧な口調で喋る宮川に、壱哉はため息をついた。

もう一度寝室のドアを開ける。比奈はまだ寝ていて、その眠りは深いようだった。昨晩は何度も抱いた。比奈はもともと体力がないので、二回もしたら音を上げる。それは今も変わらないようで、昨晩も二回したあたりから、もうダメだと訴えていた。

クローゼットをゆっくり開けて、なるべく音を立てないようにして服を取る。いつもスーツばかり着ているので、私服は奥の方へしまったままだった。シャツとパンツを身につけ、寝室を出る。

冷蔵庫からミネラルウォーターを取り出して飲んだ。リビングに戻ってソファに座ると、避妊具が入っていたパッケージが床に落ちているのを見つけ、拾い上げた。二つ落ちていたそれを見て、昨夜ここで二回したな、と思い出しながら、ごみ箱に捨てる。再びソファに座って、ブリーフケースからボールペンを取り出し、宮川と春海がいつ来てもいいように準備を整えた。そこまでしたところで、キッチンでお湯が沸いたようなので、コーヒーを淹れる。

昨日の比奈は、ベッド以外の場所でしても嫌だと言わなかった。それはなぜかわかるような気がしたが、その点には触れずに比奈を抱いた。自分でもズルいと思うが、比奈が壱哉に対して怒っている時や、不信感を抱いた時、壱哉は比奈の身体をことさら愛した。「誤魔化しているの?」と前に聞かれたが、違うと答えた。

さすがに、昨日の比奈の態度には動揺した。比奈も急にエマが会いにきたことで戸惑っていたようだが、比奈にキスを拒まれた壱哉も不安な思いに駆られた。いつもは努めて冷静な対応をしている壱哉が比奈に感情をぶつけたら、繊細な比奈はきっと泣き出すだろう。だから、そうはしない。

壱哉としては、元妻と会っても何とも思わないし、もう未練もない。比奈はエマと二人で会った時、何かを感じて傷ついたのかもしれない。壱哉はそう察しつつ、比奈が必死に壱哉の心を自分に向けさせようとしていることを感じていた。そうでなければ、ベッド以外の場所は嫌だと言う比奈が、二度もソファでするはずがない。

そんなことをしなくても、壱哉の心は比奈に向いている。それに、ベッド以外の場所では嫌だと言って断られても構わなかった。けれど、比奈が応じてくれたことはやはり嬉しかった。

いつも受け身でいる比奈に、少し物足りなさを感じてもいたから。

だがそれは以前のこと。今の比奈は少し違う。

部屋のインターホンが鳴った。カップを置いて立ち上がり、モニターを見てからドアを開ける。

「申し訳ありません」

「すみません、篠原さん」

ドアの前で頭を下げている宮川と春海を見て「いいよ」と壱哉は部屋へ招き入れた。

「コーヒーでも飲む？」

「僕は結構です」

「私も、大丈夫」

断る二人をソファに座るように促し、壱哉も腰を下ろした。

「……怒らないでください」

そう言いながら宮川が書類を手渡してきた。その内容は、眉をひそめるものだった。

先ほどまで比奈のことを考えていた頭の中が、仕事の内容で埋め尽くされる。

☆　☆　☆

壱哉のいない寝室で目を覚ました比奈は「相変わらず綺麗な天井だなあ」と思いながら身体を起こした。身体にだるさは残っていたけれど、頭はすっきりしている。

比奈は近くに置いてある白いガウンを羽織って紐を締めた。

ベッドから足を下ろして立ち上がると、少しふらついた。

扉の向こうで声が聞こえる。

比奈はそろりとベッドルームのドアを開けた。

「あら」

「え?」

扉の向こうには壱哉以外にもう二人いた。一人は比奈も見覚えのある女性で、壱哉と同期の宮川。もう一人は、壱哉の秘書だろう男性だった。

「宮川さん?」

比奈がボーッとした頭で三人を見ていると、壱哉が比奈の名を呼んだ。

「比奈。まだ向こうにいて。そんな格好じゃ、みんなが驚くよ」

そう言われて、比奈は慌ててベッドルームに戻った。

ガウンを着ているだけの、こんな格好を見て、二人は何を想像しただろう。

「最悪。壱哉さんのバカ!」

☆　☆　☆

ガウン姿で出てきた比奈に慌てて寝室へ戻るよう言い、閉まった寝室のドアを壱哉は見ていた。

いくつかのお小言とサインした用紙を渡したところで、寝室のドアが開き、比奈が出てきてしまったのだ。

居合わせた宮川と春海はどう思っているのだろうと、二人を振り返る。

二人は、何とも言えない気まずい雰囲気の中、視線を宙に彷徨わせていた。

「今の人、前にトレジャーホテルで会った……あの時の女性ですよね？」

「そう。だから？」

「……確か、弟さんの幼馴染だとおっしゃっていましたよね」

春海は記憶を辿りながら口にする。

「あら、春海も彼女に会ったことがあるのね。この間から気になってたんだけど、いつ復縁したの？」

今度は宮川が壱哉に聞いた。春海は春海で、さらに質問を投げかける。

「復縁、って？」

「そうよ、春海。あの子が、篠原が溺愛する比奈ちゃん。とても大事な子よね？」

「溺愛」とか「大事な子」とか、当たらずとも遠からずなことを言われ、壱哉は否定できない。

「……君たち、用は済んだだろう。だったら早く帰ってくれ」

壱哉は語調を強めて言った。けれど、宮川も春海も腰を上げない。

「篠原さん、ホテルで偶然会った時も、転んだ彼女を壊れ物でも扱うように優しく抱き上げてました……」

「え？　それで⁉」

二人のやり取りに、壱哉は心底うんざりした。

「別にどうでもいいだろう。うるさいから帰れよ」

壱哉が声を荒らげると、二人はやっと帰り支度を始めた。


二人が帰った後、壱哉は目頭を揉んだ。

それから、ベッドルームのドアを開ける。

比奈はいまだガウン姿のまま、ベッドに座っていた。

「お二人は、帰ったんですか？」

「帰ったよ」

「……私のこと、何も言ってなかったですか？」

比奈が恥ずかしそうに聞くので、壱哉はその隣に座って頭を撫でた。

「何も」

「本当に？」

「本当」

比奈は信じたようだったけれど、壱哉から目を逸らした。

「さっきはびっくりして一瞬忘れそうになったけど、昨日の話、まだ終わりじゃありませんからね。壱哉さんの前の奥さん、とても綺麗な人だった」

「昨日もそう言ってたね」

「素敵な人だった。私よりも明るくて、優しい人……好きだったのに、どうして別れたりしたの？　結婚生活を続けようとは思わなかったの？」

「思ったよ。別居している間も、何度か電話をして、関係を修復しようとした。だがエマは、僕と会うと泣くんだ。顔を見るだけで泣きたくなるような、ひどい仕打ちをしたのは僕なんだって思い知った。と同時に、もう彼女の傍にはいない方がいいと悟った」

「でも、今回アメリカに行った時、エマさんに会いたいって言われたから会ったんでしょ？」

壱哉は頷いた。これからも、エマが会いたいと言うなら会うつもりだった。けれど、今回の一件で、比奈はそれを受け入れてはくれないだろう、と考えていた。

だから比奈には、本当のことを話す。話せば比奈が離れていってしまうという不安はある。けれど、比奈にもエマにも、不誠実な態度は取りたくない。そうでなきゃ、ここから先には進めないから。

「これからも、もしエマさんと会っても、好きなのは私だけって言える？」

比奈は壱哉を真っ直ぐに見て聞いた。

以前の比奈なら、こういうことを面と向かって言うことはなかった。たった二年と半年離れていただけなのに、比奈は随分と強くなった。比奈も壱哉と向き合おうとしてくれていると感じられた。

「好きなのは君だけだ。確かに僕は、一人の女性を不幸にしてしまった。でも、もう自分に嘘をつきたくない。比奈さんが好きだから、比奈さんだけを愛したい」

壱哉が言うと、比奈は顔を赤くして顔を逸(そ)らす。

「よく言う。恥ずかしくない？」

「君をこっちに向かせたいんだ。これくらい言わないと」

壱哉は比奈に笑顔を向けて言った。

比奈は、上気した顔で壱哉を見上げて、壱哉の肩に頬を寄せた。

「……私一人っ子だし、両親にきちんと挨拶(あいさつ)してくれないと嫌ですよ。それに、うちの両親、面倒かもしれない」

「どういう風に面倒なの？」

「バツイチってこと、両親は気にするかも」

「事実だから、仕方ない」

比奈は大きな目をもう一度壱哉に向けて、そして少し笑った。

壱哉は比奈の笑顔を見ていれば、心が和(なご)むし、愛しいと思う。

比奈の唇に軽くキスをして、そして体重をかけると、比奈はあっさり倒れた。だが、困惑の表情を浮かべている。

「何、するんですか？」

「近いうちに、指輪を買いに行こうか」

「……いいです。前のがあるから」

「前のが」と言われて、壱哉は健三に託したリングを思い出す。

「もう手離しているかと思ってた」

「……そんなこと、できませんでした」

「どうして？」

言いながら壱哉は、比奈のガウンを脱がす。比奈は肩を竦めて、身体を隠そうと丸くなる。それを許さず少し力を入れて押さえて、壱哉は比奈を見つめた。

「あの指輪を渡されて、ますます壱哉さんが忘れられなくなった。壱哉さん、ずるい……」

壱哉への思いを口にする、比奈の唇が愛しかった。

「バツイチで、ごめん」

「本当です。私には、壱哉さんしかいないのに」

比奈の顔を正面で捉え、そして唇を重ねる。柔らかい感触に酔いながら、力を入れて比奈を抱きしめる。

心はいつも比奈を求めている。

この人と出会うために生まれてきたのかもしれない、と壱哉は本気で思っている。

比奈の長い髪を撫でて、目を閉じた比奈の目蓋に唇を寄せる。

比奈の耳元に唇を寄せて呟くと、比奈はもともと赤くなっていた顔をさらに赤くして、壱哉の身体にしがみついた。

壱哉は心を込めて、比奈の全身を愛した。

## 7

「行かなきゃ！　仕事!!」

壱哉にたっぷり愛された数時間後、うたた寝をしていた比奈はベッドから飛び起きた。

時計はすでに午後二時を回っている。

比奈は下着をすばやく身につけ、ものすごい勢いで服をまとう。そんな比奈を見て、壱哉は言った。

「車で送ろうか？」

比奈は泣きそうな顔で壱哉を見る。

「送ってほしいけど、いいです。あの車、目立つから」

比奈は、長い髪を急いでまとめる。しかし急いでいるので、上手くまとまらない。

「じゃあ、違う車で送るけど」

悪戦苦闘していた比奈が、眉間に皺（しわ）を寄せ、壱哉を訝（いぶか）しむ。

「違う車って、なんですか？」

「国産のＳＵＶ」

比奈は目を瞬（しばた）かせた。壱哉はそれに構わず、床に落ちていた下着を身につけ、トラウザーズを穿いた。

「壱哉さん、二台も車持っているんですか？」

「日本に帰ってきた時に買ったんだ。ベンツは会社が用意してくれたやつ。会社名義だから、あれは僕のじゃないんだ」

仕事の際はあれを使うように言われている。プライベートではＳＵＶに乗っている。乗り心地は悪くないのだが、どうもしっくりこないので、

「それだったらいいよね？」

壱哉が言うと、比奈は頷いた。

「壱哉さんの会社って、車も手配してくれるんですね」

「そうなんだ。髪の毛、大丈夫？」

壱哉が比奈の髪に櫛（くし）を通す。比奈は壱哉を見上げた。絡まっていた髪の毛はほどけたようだ。

「どこに送ればいい？」

「塾です、塾。四時には生徒が来ちゃう」

比奈の身支度が整うのを待って、壱哉は車のキーを手に取った。比奈は結局、髪の毛を一つにまとめただけで、バッグを手に、大急ぎで靴を履いた。

先に壱哉がドアを開けると、比奈も猛ダッシュで部屋を出て行く。エレベーターのボタンを押して、早く来ないかな、と言った。その仕草が可愛い。同時に、本当に仕事に行かなければならないのだ、と壱哉は残念に思う。

仕事があるのに引き止めて悪かった、とも思う。

「仕事だと知っていれば、あんな無茶しなかったのに。ごめん」

「私が言ってなかったから」

エレベーターに乗ると、比奈は壱哉を真っ直ぐに見て、そして言った。

「ねぇ、壱哉さん。お願いがあるんだけど、いい？　もう、エマさんと会ってほしくない。きっと壱哉さんは、会ってもいいと思ってるんでしょ。でも、私は……」

そこで一度言葉を止めて、比奈は俯く。

「どうしても会う時は、私に言って」

比奈が、無理をして笑っているのがわかる。壱哉は自分の心を素直に伝えた。

「もう会わないし、電話もしない」

「そんなこと、できないでしょう?」

「君がそう言うなら、そうする」

比奈は首を横に振った。

「私が言ったからって、全部実行しなくてもいいから」

「昨日、僕には比奈さんしかいない、って言った。それを裏切りたくないだけ」

エレベーターが、地下の駐車場に着いた。比奈は壱哉より先に降りる。

「壱哉さんはそれで大丈夫なの? 好きだった人でしょう?」

「君より好きな人なんて、いない」

これは本当の気持ちだ。比奈より好きな人なんていない。

比奈のことを、どうしてこんなに好きになったかなんて、わからない。

比奈の言うことならなんでも聞ける。エマと会うなと言うなら、会わない。

壱哉はそれでよかった。

「ありがとう。ごめんなさい」

「もっと怒っていいのに」

「壱哉さんには怒れない。なぜだかわからないけど……ああ、早く行かないと」

壱哉は車へと急いだ。そして比奈を乗せ、比奈の仕事場へ向かう。

車中、比奈はほとんど話さなかった。

塾に着くと「ありがとう」とだけ言った。

壱哉は「また電話する」と言った。比奈は頷くだけだった。

壱哉は、比奈が塾の中に入るのを見届けてから車を出した。

☆　☆　☆

ホテルに帰ってからすぐに、エマの連絡先に電話をした。

「エマ？　イチヤだけど」

『あら、どうしたの？』

「別に大した用はない。ただ、君も思っているかもしれないけど、僕はもう君と会わないし、電話もしない」

比奈から言われたからだけではない。

壱哉自身、どこかで思っていたことだ。エマは過去であり、過去も今も好きな人とやっと、これから未来も一緒にいることができるから。

『……そう、でも私たち、会うかもしれないわよ？　ヒナから何か言われたわけ？』

言われるだろうと思っていた言葉。

比奈が言った言葉はそのまま伝えた。

「会ってほしくない、って言われた。僕は、君の人生を傷つけたし、こういうのは本当に悪いと思うけど」

『わかった。私も結婚するし、いいわ。その方が、私もいいし』

エマの声は明るかったが、どんな表情をしているかはわからない。

だから、壱哉は、電話口で謝った。

電話で伝えるよりも会った方がいいのだが、比奈と約束したから。

これからの人生を一緒に歩いて行く比奈と。

『さよなら、イチヤ。元気で』

「エマも元気で」

電話を切って、そして壱哉はエマの連絡先を消した。

これから絶対に会わないと決めた。

比奈のために。

比奈を愛しているから。

8

両親への挨拶（あいさつ）、というのがどれだけ緊張するものなのか、比奈にはまったく見当がつかなかった。

だが、壱哉が比奈の家に上がるのを見て、比奈は自分でも驚くほど緊張した。

壱哉が正座をして、父と母のいる前で、頭を下げた。

「比奈さんと結婚をさせてください」

たったワンフレーズ。それだけのことなのに。壱哉が頭を下げるのを見て、比奈も一緒に頭を下げた。下げる必要はないのか、と思いながら父の様子を窺（うかが）うと、大きなため息をついた父は、「頭を上げて」と言った。

「壱哉君、君はその、離婚をしたと聞いているが……うちの娘とはそういうことにならないと断言できるのか」

壱哉は正直に比奈の父に離婚歴があることを話していた。父の問いに壱哉はどう答えるのだろうか、と比奈は内心ヒヤヒヤしていた。

「はい」

簡潔明瞭（めいりょう）に言い切った壱哉を、父はじっと見つめた。そして比奈を見る。

「比奈、お前は壱哉君と結婚したいのか？」

比奈は一人っ子の一人娘。父に何を言われるだろうと身構えていたが、父は別に難しいことは言わず、嫁に行きたいのか、とそれだけを聞いてきた。

「壱哉さんのところにお嫁に行きたい、と思ってます」

父を相手に何を敬語で、と思いながらも、そうした方がいいと思えたから、丁寧に言った。

「だったら行け。壱哉君はしっかりした人だとわかっている。何せあの会社の支社長を務めているくらいだ。心配はしていない。が、決めた以上は、お前も責任を持て」

父が比奈に少し厳しい声で言った。

「この家から出て、二人で生きていくということに責任を持つんだ。これから先は、お父さんもお母さんも、本当に手を放すからな。何かあっても、こっちに頼る前に、まず壱哉君に相談をすること、そして自分で考えること。いいか？」

比奈は、父の言葉を噛みしめた。

比奈は壱哉を見る。壱哉は微笑んで比奈を見ていた。

「はい」

比奈が返事をすると、父は壱哉に向かって深々と頭を下げた。

「至らない娘ですが、どうかよろしくお願いします」

結婚の許しを得た。父は重ねて壱哉に頭を下げ「比奈をお願いします」と繰り返した。

そんな父の背中を見て、これからは本当に手を放されるのだと、比奈は実感した。

「こちらこそ、よろしくお願いします」

壱哉も頭を下げた。

儀式を終え、比奈は大きく息を吐いた。

先日貰ったばかりの左手の薬指のエンゲージリングがキラリと光る。以前、健三経由で贈られたリングを比奈はまだ持っている。だから新しいものはいらないと言ったのだが、それでも壱哉はプレゼントしてくれた。少し気が引けるが、それでも壱哉に新しいリングを指にはめてもらった時、幸せを感じた。

比奈は、壱哉の隣に一生いる。だから少しも寂しい思いなどせずに済むはずだ。

この人の隣にいる、ということが、比奈には無性に嬉しかった。

9

「忙しい？」

仕事を終え、比奈が帰り支度を整えていると、牧田に話しかけられた。

「怒涛のように、って感じです。こんなに早く結婚式なんて」

それぞれの両親に挨拶してから、比奈の毎日は泣きたくなるくらい忙しくなった。

壱哉が比奈の実家へ挨拶に行った翌週には、結婚式がわずか二ヶ月半後に決まってしまったからだ。それは双方の両親が勝手に話し合って決めたことだ。お祝い事は早いに越したことはない、と両親たちが盛り上がり、可能な限りの一番早い日取りで式場を押さえてしまった。

「そうね、忙しいわね。たった二ヶ月であれこれ決めて、招待状も送るなんて。ところで結納は終わったの？」

「昨日しました。それからそのままトレジャーホテルへ二人で行って、招待状の手配をしてきました」

『延期するなら今のうち。結婚式場、十月もわりと空いてるみたいだけど』

泣きそうな比奈に壱哉はそう言ったが、それでも猶予期間が二ヶ月延びるだけで、忙しいことにたいした変わりがあるわけではない。

壱哉がアメリカから帰国したのは三月で、壱哉と比奈が再会したのは、その一ヶ月後の四月。そして今は、あと一週間で六月になる。

結婚すると決めたのも早かったけれど、結婚式までこんなに早いとは。比奈は目まぐるしく進む式の準備に気持ちが追いついていかない。こういうのをマリッジブルーと呼ぶのだろうか。

「結婚が決まって嬉しいでしょ？」

と人に聞かれれば「そうですね」と答える。が、幸せに浸ってばかりもいられないのが実情だ。

「でも、まぁ、こういう感じだと、嬉しいのよりも忙しさが勝っちゃうわよね」

牧田は既婚者なので、どれほど大変か察してくれているのだろう。

「篠原さんとは、もう一緒に住んでるんでしょ？　不便はある？　誰かと一緒に住むのって、比奈ちゃん初めてでしょ」

牧田に聞かれて、比奈は頷いた。

まもなく結婚するのだから、と壱哉から言われて一緒に住むようになって二週間が経つ。

一人で暮らしたワンルームマンションはまだ引き払っていないけれど、そこからボチボチと細々した荷物を運んでいる。どうせたいした物があったわけではないし、壱哉と住む家には家具も調度も全て揃っている。

その家に、比奈は眉間に皺をたくさんたくさん寄せてしまうのだ。賃貸だと言っていたが、そこはいったいおいくら万円の家賃なんだと思うほど広い。壱哉は、世界的企業の支社長なのだから、それなりのお給料は貰っているだろうけれど。

牧田の言うような不便はまったくない。家事に関しては、比奈よりも壱哉が圧倒的に上手い。とりわけ、食器などの洗い物は、料理をしながら片づけるので、かなり要領がいい。

比奈も独り暮らしが長い方だが、きっとセンスがないのだろう、と思うばかりだ。

「何でもできる、って言葉は、きっとあの人のためにある言葉だと思います。女の私より炊事も洗濯も上手いんですよ。立場なし。壱哉さんは先に帰った方がすればいいからって。でも、先に帰るのって、いつも彼だから」

「……ノロケ?」

「違います!」

「新居はどんな感じ?」

「超がつくほどの高級マンションです。一部屋が広くて、五部屋もあります」

「……へー、すごいわね」

牧田は、鼻白んで言った。

「比奈ちゃん、彼の年収とか知ってるの?」

「……知りません」

そういえば、と比奈は首を傾げる。

その様子に牧田は、ダメダメ、と言った。

「結婚するんだから、知っておかないと。彼のお給料は比奈ちゃんのもの、比奈ちゃんのお給料は彼のもの。夫婦は何でも共有なの。電気代とか水道代だってそう。引き落としは篠原さんの通帳からだろうけど、どれだけ引き落とされているか、知っとかないと」

「そっか。そうですね。でも、知るのがちょっと怖いかも」

怖い? と今度は牧田が首を傾げた。

比奈は自分の左手を開いて、見てください、と言った。

「それにしても、何度見ても、立派なエンゲージリングね」

「そうなんです。給料三ヶ月分には届かない、ってそれしか教えてくれないんです」

キラキラ光るエンゲージリングはプラチナ台にダイヤモンドが載っている。指が重く感じるほど大粒のダイヤが鎮座するリングは、誰が見ても一目で高価なものだとわかるはずだ。

「ま、とにかく聞いてみなさいよ。今日も会うんでしょ？　今日は何するの？」

「ホテルでドレスの試着です。せめて一着は決めないと……」

フィッティングの予約を入れているので、比奈は時計を見る。後三十分で約束の時間だ。

「ヤバイ！　急がないと。牧田さん、アドバイスありがとうございます」

比奈は素早く荷物をまとめた。今日は参考書などを多く詰めているので、荷物が重い。

「置いて行けば？」

「ダメなんです。予習ができなくなるから」

比奈がどうにかそれを持ち上げて、部屋を出る時、牧田は「頑張ってねー」と手を振った。

両手が塞がっている比奈は笑顔だけで応える。

比奈はトレジャーホテルへと急いだ。

# 10

壱哉と共に帰宅した比奈は、牧田が言ったことを思い出して、思い切って口に出した。

「壱哉さん、って、私に通帳とか見せられます？」

壱哉はキョトンとした顔で比奈を見る。

「どうして？」

「私たち結婚するんだし、聞いてみたくて」

はっきり言わなければダメ、という牧田の声が比奈の頭の中に響く。

「年収って、どれくらいあるのかな、って。もちろん私も通帳を見せます」

「いいよ」

壱哉はあっさり言って、通帳を取りに行った。

「あ、私も持ってきますね」

比奈は立ち上がって、比奈の部屋として与えられた場所から、通帳を持ってきた。

「壱哉さん、見ていいですよ」

壱哉は郵便局の通帳を取って、開いた。

「すごく貯めてるね。これで結婚式ができそうだ」

「いつの間にか貯まってたんです。何もなければ車でも買おうかなって。あっ、そうだ。私も結婚資金出しますから」

壱哉は結婚資金の件には触れず、比奈の運転免許のことを聞いた。

「免許持ってるの？」

「持ってます。一年くらい前に取りました。ペーパードライバーですけど」

「恐ろしいな。誰を乗せる気だったの？」

壱哉は、比奈をからかっている。

「一年前に免許取って、それから運転した？」

「してません」

「それで、運転できるのか？」

比奈は、壱哉の言い方に少し腹を立てる。

「ちょっと練習すれば、乗れますよ。今まで必要なかったから、運転しなかっただけです」

「練習って、どこでするの？　練習したいなら止めないけど、最初は深夜か早朝、広い道、交通量の少ないところがいいかもね」

ムカつく、という言葉がお腹の中をせり上がってくる。

「ところで、僕のは見ないの?」

と言われて、壱哉の通帳に目を落とす。けれど通帳を開くのが、少しだけ怖い気がする。

比奈は、通帳を恐る恐る開いた。その中身を見て、仰天する。

「どうした?」

「だって……私の一年分のお給料くらいが、……一ヶ月分、ですよ?」

比奈は首を振り、顔を手で覆った。

何だこの人は。なんでこんな金額のお給料を貰っているんだ。比奈は息苦しくなり、慌てて深呼吸をした。

「何ですか? この額は! 絶対おかしい!」

「そう言われても」

「これ! これは、いくらですか⁉」

比奈は左手を出し、広げた。薬指にダイヤモンドが輝いている。

「だから、そういうことは聞かないように、って何回も言ってるだろ」

「いいでしょ? 教えてください!」

壱哉は頬杖をついて、比奈を見る。

「知りたい?」

「知りたいから聞いてるんですけど」

「内緒」

壱哉の不遜な表情に、比奈のムカつきはＭＡＸに達した。

「私、もっと平凡な人と結婚したかったです！　壱哉さん、普通じゃない！」

「普通だよ」

「全然普通じゃない！」

「……落ち着いて、比奈さん」

壱哉は、落ち着けと言うが、比奈は落ち着いてなどいられない。

「君がそんな人でよかったよ。これからも一緒にいたいって、本当にそう思う」

「はぁ⁉　何言ってるんですか？」

意味がわからない、と比奈が言うと「だって」と壱哉が返した。

「比奈さんは、経済観念がしっかりしてるから、安心だなって。それから、もう一つ。僕が買ってあげるものは素直に受け取って、値段を聞かないこと。これは約束してくれるかな？　男はそういうの、聞かれたくないものなんだ」

壱哉がプレゼントしてくれるものは全て高そうなのだ。指輪はもちろん、以前にもらったネックレスも。

比奈は渋々頷く。

壱哉は比奈の頭を撫でて、笑った。

「明日はどうする？　ドレスを決める？」

比奈はドレスのことを言われて、そうだった、と思い出す。

「決めます。だって、時間が……」

「ないからね」

壱哉は通帳を持って立ち上がり、部屋を出て行く。

壱哉はしばらくして戻ってきて、比奈の前に一つの書類を置いた。

「まだ早い？」

比奈は壱哉が言ったその言葉に首を振った。壱哉が比奈の目の前に、ボールペンを置いた。

「先に書いていいの？」

壱哉が頷いたので、比奈はその書類に名前を書き入れた。間違えないように、慎重に。そして住所も、本籍通りに書き入れた。

「婚姻届、って緊張する」

比奈が言うと「そうだね」と壱哉も言った。

「一緒に出しに行こう。今度の休みはいつ？」

「明後日(あさって)です。壱哉さんは、忙しいでしょう？」

「明後日(あさって)なら大丈夫だと思う」

壱哉が綺麗な字で名前を書く。比奈の丸みを帯びた字と違って、大人な落ち着いた文字だ。まるで壱哉の性格を表しているかのようだ。

「本当に出していい？」

「どうして？」

「苗字が変わるよ。世間は君を僕の妻として見る。いい？」

結婚のことは短い期間で決めたことだけど、壱哉と知り合ってからの時間はかなり長い。

比奈は頷いて、壱哉に言った。

「篠原比奈になりたいから」

壱哉は比奈の頬に触れて満足そうに笑った。

「じゃあ、明後日(あさって)」

壱哉は笑顔で比奈を見て、婚姻届を丁寧に折りたたんだ。

「身分証明に運転免許証かパスポートがいるから、役に立ったね、免許証」

比奈は壱哉の手を叩いて、怒った顔を向けた。

それでも幸福で。

明後日(あさって)が楽しみになった。

## 11

二日後、壱哉と一緒に役所に行って、書類を提出する。

「ご結婚おめでとうございます」

そう言われて、思わず笑みを浮かべて壱哉を見る。

役所の人にこんなことを言われるとは思わなかった。今初めて、結婚しておめでとうと言われたことに、比奈は胸がいっぱいになる。

壱哉と、ここまで来た。もう離れないし離れたくない。

何があっても、離れたくないと思う。壱哉との未来はまだわからないけれど、これからどうやって夫婦になっていくのかもわからないけれど。

一度別れた壱哉とのこれからに不安がないわけではない。状況だって変わるかもしれない。でも、好きだから。

これからもずっと一緒にいたいから。

「ありがとうございます」

壱哉が答えるのを聞いてから、同じ言葉を比奈も言った。

比奈は、川島比奈から、篠原比奈へと名前が変わった。

壱哉の妻になったのだ。正式に。

「これからよろしく、奥さん」

壱哉からそう言われて、比奈はくすぐったくなって笑って、同じような言葉を言った。

壱哉から言われた言葉が、心に響く。これからを一緒に歩んでいく人。

大丈夫、これから何があっても、あんな風に別れることは絶対にしないと心に誓う。

「私の方こそ、よろしく。旦那様」

そうして役所を出て、大きく息を吐く。

「篠原比奈」という名前に、幸せを感じながら。

12

明日は結婚式という日。

何とか手配を整えた比奈は、壱哉と共に家に帰ってきたところだった。

「疲れた……」

「そうだね」

一昨日まで、仕事を終えると即、結婚式と披露宴の打ち合わせという毎日が続いた。衣装合わせの他、招待者の出席の有無を確認し、人数の変更をそのつどホテルに報告する。テーブルと座席の配置を決め、ゲスト全員の割り振りをしなければならない。

比奈が「疲れた」と言ったら、「そうだね」と壱哉も応じた。

「疲れたよ、さすがに。それにしても、結婚式は明日なのに衣装がまだ決まらないなんて」

「すみませんね、ドレス迷って」

「迷った分、好きなのを着られるからよかったとは思うけど」

比奈は三日かかってウェディングドレスを選んだ。それからお色直しの衣装は、途中いろいろあって決め切れていなかった。

だって、いっぱい素敵なドレスがあるのだ。

衣装室はまるでドレスの波のよう。どれもかわいいデザインで、どれも素敵で、どれも夢見るようなものばかり。男の人にはこの気持ち、絶対にわからないと思う。

「二着でよかった？」

「あれ以上時間かけられないでしょ」

結局、結婚式で着るドレスと、披露宴で着るドレスの二着だけとなった。

牧田は披露宴でお色直しを二回した。結婚式は純白のウェディングドレスだったけれど、披露宴はカラードレスと着物の両方を着たのだ。比奈も着物を着たいと思ったが、選ぶ時間がなかった。

「でも、あのドレスは比奈さんによく似合ってたよ」

壱哉にそう言われると何も言えなくなる。着物が着られないと言って怒ることなどできない。

あれこれ悩んだ末に比奈が選んだウェディングドレスは、正統派Ａラインのドレスでバックに大きなリボンがついたもの。そして披露宴の衣装として選んだのは、コサージュがついたバッスルの上品な淡いピンクのドレスだ。肩のラッフルからレースの袖が覗いていて、比奈はそれが気に入った。

「似合っているなら、よかったです」

比奈がそう言うと、壱哉は比奈に手を伸ばす。抱きしめられて、キスをされる。すぐ後ろの壁に背をつけて、深く唇を重ねた。首の裏をそっと撫でられて、声が漏れる。

「ん……っあ」

比奈が少し高い声を出した時、マンションの部屋のインターホンが鳴った。一度ではなく、二度鳴って、壱哉は比奈の唇から離れた。

「誰だろう？」

壱哉は名残惜しそうに比奈の頬を一回撫でてから、インターホンの受話器を取る。そしてそのモニターに映った画面を見て、首を傾げた。

「はい、篠原です」

壱哉が答えると、相手は壱哉に何か言った様子で、壱哉は受話器を耳から離して比奈を見る。

「水川菜奈、って子、知ってる？」

「えっ？」

今度は比奈が首を傾げ、そして驚く番だった。

「どう見ても中学生くらいの、髪の毛の長い女の子。比奈先生のお宅ですよね、って、今にも泣き出しそうな顔で立ってる」

比奈は急いで玄関に行き鍵を開ける。

「比奈先生、今日、お家に泊めてくれる？」

午後九時を回った時間にこんなところにいるなんて、どうしたのだろう。

「菜奈ちゃんどうしたの？　こんな時間に。お家の人は？」

比奈が聞くと、菜奈は比奈の胸でとうとう泣き出してしまった。頭を撫でて、菜奈の名前を呼ぶと、リビングから壱哉が声をかけてきた。

「まず話を聞いてあげようよ？」

壱哉の言葉に従い、比奈は菜奈をリビングに招き入れた。ソファに座り、涙を拭う菜奈を見て、本当にどうしたのかとおろおろする。

　水川菜奈は比奈が勤める学習塾の生徒で、小学生の時から知っている。頭のいい子だけれど試験本番に弱く、両親は私立の学校に行かせたかったらしいが、実力を出せないまま、受験した学校全てに落ちてしまった。

　結局、公立の中学に進んだ。菜奈は受験に失敗した悔いを引きずってしまったのか、学校でも上手く振る舞えず、友達も作れない。現在は学校に行っていなかった。学力が落ちないようにと、比奈の教える塾に週三回通っている。比奈も昼間個別に教えることもある。菜奈は特に英語が好きで、今度は英検にチャレンジさせてもいいな、と比奈は思っていた。

「こんばんは」

　壱哉が菜奈を見て言うと、菜奈は涙を拭いてから壱哉を見る。そして、小さく頭を下げて、壱哉に挨拶をした。

「こんばんは。水川菜奈です。こんな時間にごめんなさい」

「別に構わない。ここまでどうやって来たの？」

　壱哉が聞いていると、菜奈の足元に飼い猫のミラがまとわりついた。菜奈の顔に少し笑顔が戻る。

「比奈先生が、前にこのマンションに入っていくのを見たことがあって……事務の牧田さんに、比奈先生が家で教えてくれるって言ったら、比奈先生の住所、教えてくれました」

今の菜奈の状況を知っているから、牧田はさして疑いもせず菜奈に比奈の住所を教えたのだろう。

比奈は菜奈の隣に座る。

「何か飲む？　それから、家の人には何て言って出てきてるの？」

菜奈は首を横に振った。比奈は、小さくため息をついて、立ち上がろうとした。しかし、菜奈が比奈の手を掴む。

「嫌だ。家に連絡しちゃ嫌。お願い、比奈先生」

「……菜奈ちゃん、ダメよ」

「帰りたくないもん！　菜奈のお父さんとお母さん、菜奈のことで喧嘩してるから。あんなところ、帰りたくない！」

比奈はもう一度ソファに座って、菜奈を見る。

「菜奈ちゃん。お父さんとお母さんが心配してるから、今いる場所を教えておかないと」

「嫌だ！　連絡したら迎えに来るでしょ？　だって喧嘩してるの、菜奈が学校に行かないせいだから。それに、学校に落ちたからだもん。菜奈が原因なのに、帰れないよ！」

菜奈はまた泣き出した。比奈はどうしたものか、思案にくれる。

泣き続ける菜奈の前に、壱哉が冷たいジュースを出した。菜奈はしゃくりあげながら、壱哉を見上げた。

「菜奈ちゃん、君は未成年だし親の保護下にあるんだ。だから、親には連絡しないと。きっと君を心配してる」

「してないもん！」

「心配しない親はいない。ご両親が泊まっていいって言ったら、今日はここに泊まっていいから」

壱哉はそう言って、菜奈の頭を撫で、比奈を見て微笑んだ。その微笑を菜奈にも向けた。

「連絡していいね？」

壱哉が言うと、菜奈は素直に頷いた。

比奈はひとまず安堵して立ち上がる。

「電話しておいで、比奈さん」

比奈は頷いてリビングを出て電話をかけに行った。菜奈の隣に壱哉が座るのが見えた。

まずは塾に電話して、菜奈の自宅の電話番号を聞いた。電話をかけると、数度のコールで菜奈の母親が出た。比奈は事情を話した。

『それで、菜奈は無事なんですか⁉』

「はい、大丈夫です。ご両親の許可をいただけるなら、今日はここに泊めようかと。その、夫もいいと言っていますし」

『比奈先生、ご結婚されたんですか？』

「ええ、実は。結婚式は明日なんですが」

『明日⁉　それではなおのこと、そんなご迷惑、かけられません。迎えに行きます！』

菜奈の母が言ったが、比奈は「いえ」とそれを制した。

「式は午後からですし、午前中には菜奈ちゃんを送り届けますから」

『そんな……大事な日なのに……』

「菜奈ちゃんが、帰りたくない、と言っていますし、一晩経てば菜奈ちゃんも冷静になれると思いますから」

比奈が言うと、菜奈の母親はしばし考えるように無言になって、そして本当にいいんですか？　と確かめた。比奈が大丈夫だと請合うと、小さくため息をついて、菜奈の母は言った。

『では、お願いします。明日、早く迎えにあがりますので』

比奈は「お預りします」と答え、自分の連絡先を教えてから、電話を切った。

リビングからは、菜奈の笑い声が聞こえてくる。壱哉の話し声も聞こえる。

二人が座っている方を見ると、菜奈と壱哉が笑って話をしていた。

「何話してるの？」

比奈が聞く、菜奈が笑って言った。

「比奈先生、昔は英語できなかったって本当？」

何を話しているのかと思えば、と壱哉を見る。壱哉は比奈の「過去」を教え子に暴露しておきながら、涼しい顔をしている。

「本当よ。でも努力してできるようになったの」と比奈は答えた。

「そうなんだ。すごいね！　私も……勉強、できるようになるかな？　中学受験、失敗しちゃって、本当にもうダメダメで……」

菜奈はまた俯いてしまった。

比奈は菜奈の手を強く握りしめ、目を見てきっぱりと言った。

「大丈夫。今度はきっと上手くいく。菜奈ちゃんはとっても真面目だし、いい子だから。お父さんとお母さんを喜ばせたくて、それで緊張しすぎちゃったんだよね。でもお父さんとお母さんは、菜奈ちゃんが笑っていてくれることが、一番幸せだと思うよ」

比奈の言葉を聞いて、菜奈はハッと顔を上げる。しばらく視線を彷徨わせ、ミラを抱き上げてギュッと抱きしめた。

「……本当？」

「本当。お父さんとお母さんは、菜奈ちゃんが大好きなんだよ」

菜奈の曇っていた表情が少し明るくなる。

「……ところで比奈先生、この人は先生のカレシ？」

カレシか、と聞かれ、一瞬言葉に詰まったが比奈は菜奈に言った。

「この人は私の旦那様よ」

そう言ってから、照れる心を抑えて、息を吐く。

「すっごぉーい！　こんなカッコイイ人が？」

菜奈が言うのを聞いて、壱哉が苦笑する。

「明日、結婚式なんだ」

壱哉が言うと、菜奈は目を輝かせた。

「見たーい！　比奈先生ドレス着るんでしょ？」

比奈が頷くと、菜奈は「すごい、すごい」と興奮した様子だ。

こんなに素直で可愛らしい子なのだ。少し心が頑なになってしまっているが、ゆっくりとケアしていこう。今は彼女の好きなこと、楽しいことをさせてあげて、明るい気持ちを取り戻させてあげよう。比奈がそう考えていた時だった。

「見に来るかい？　比奈先生のドレス姿」

壱哉が菜奈に言った言葉を聞いて、比奈は大きな目をさらに大きくする。

驚くべき事態だけれど、菜奈の心が晴れるならば、それもいいかもしれない。

「行く！　絶対行く！　比奈先生のお嫁さん、見たーい！」

菜奈はとびっきり嬉しそうに言い、そんな菜奈の頭を壱哉は愛しそうに撫でた。菜奈の心が前向きになるよう、さり気なくフォローできる壱哉は本当にすごい。

けれど……明日菜奈の両親にどう話そうか、比奈は一人で考える。

今夜は一人で考えることが、たくさんありそうだ。

☆　☆　☆

「壱哉さん、本当に菜奈ちゃんを結婚式に招待するの？」

「ご両親がいいって言ったらね」

「いいって言うと思う？」

「両親もご招待したらどうかな」

比奈には壱哉の意図がわからない。

「さっき支配人に知らせておいた。大丈夫だって言ってたよ」

トレジャーホテルの親会社の支社長である壱哉は、トレジャーホテルの支配人から格別の配慮を受けているのだ。

比奈は、壱哉に従うことにして、まだお風呂に入っている菜奈のことを考える。

「菜奈ちゃんは私のベッドで寝るとして、私はどこで寝ようかな」

比奈が、ソファかな、と呟くと、壱哉は比奈を呼んだ。

「いい加減、僕の部屋で寝たら？」

「え……あ、そうですね」

昨日、壱哉が選んだシンプルな白いダブルベッドが届いていたのだった。けれど疲れた比奈は何も考えずに自分の部屋で寝てしまった。

「ゆうべは一緒に寝てくれると思ったのに、ガッカリだったよ」

「すみませんね！」

一緒に寝ようと言われて、何も思わないわけではない。結婚した男女が一緒の部屋で寝ることは当たり前だが、改めてそう言われるとなんだか恥ずかしい。菜奈のことをきっかけにすれば、一緒に寝る恥ずかしさは横に置いておくしかないか。

「あの子、素直で可愛いね」

「菜奈ちゃん？　そうでしょう。私もそう思う」

「いくつ？」

「十三歳」

「昔の比奈さんみたいだ。あの子の方が愛想がいいけどね」

比奈は壱哉の肩を軽く叩く。

「すみませんね、愛想が悪くて」

「本当だ。最初の出会いは、あれくらいの年頃だったな、って。初めて比奈さんと会った時のことを思い出しただけだよ」

比奈が初めて壱哉と会ったのは十四の頃。年齢的に、今の菜奈くらいだった。

「しかし、何か聞いたことあるんだよね、あの子の名前……」

壱哉がポツリと呟く。

「私が話したんじゃないですか？」

いや、と言って考え込む壱哉。そこへ菜奈が顔を出す。

「比奈先生、お風呂ありがとうございました」

比奈の寝間着代わりのスウェットを着て、にこりと笑う菜奈を見て、比奈は言う。

「寝る場所はこっちよ」

比奈の仕事部屋でもある部屋に案内する。そこにはシングルベッドと、机や本棚が置いてある。広い部屋なので、比奈の教材を置くスペースも充分に確保できた。

「比奈先生の旦那さん、カッコイイし、優しくて、いい人だよね。比奈先生は、どうして結婚しようと思ったの？」

どうして、と聞かれて、比奈は正直な気持ちを話す。

「好きだからよ。ずっと一緒にいたいと思ったから」

「お父さんとお母さんも、そうだって言ってた。でも、菜奈のことで喧嘩するの。好きで結婚したのに、どうしてなんだろう」

「大人って好きだから、相手のことを心配しすぎて、時々上手くいかなくなることがあるの。でも、すぐに仲直りできるから大丈夫」

菜奈は不思議そうな顔をしていたけれど、比奈は「もう寝ましょ」と促した。

明日は結婚式だと思うと、不思議な気分だった。

13

翌日は、早く起きて身支度をして、菜奈を起こした。菜奈は、リビングに漂う朝食の匂いに、パッチリ目を覚ました。着替えをさせてから、菜奈と一緒にリビングに行く。

「おはよう、菜奈ちゃん」

壱哉が言うと「おはようございます」と菜奈も嬉しそうにテーブルについた。

比奈も席につく。

「美味しそう。卵焼き大好き」

そう言って壱哉の作った朝ごはんを食べる。

「比奈先生は、お料理しないの？」

比奈は痛いところを突かれた。

「するんだけど、壱哉さんの方が上手いの。要領よくて。でも、いつもは朝、私が作ってるのよ」

「本当？」

「本当よ。そんな疑いの目で見ないで」

比奈が言うと、菜奈は「ごめんなさい」と笑って比奈を見る。

壱哉は苦笑しながらフォローしてくれた。

「菜奈ちゃん、本当だよ。今日は特別」

壱哉も席について、食事を始める。

リビングの一隅の日だまりでは、ミラが朝食中だ。

朝七時に菜奈の母親から電話がかかってきて、父親も一緒に菜奈を迎えに来ると言う。

菜奈を結婚式に連れて行く、という話は、どう話したらいいんだろう。

朝食を食べ終えた頃、インターホンが鳴った。

「僕が出るよ」

壱哉が立ち上がった。その後ろを比奈もついて行く。

壱哉がドアを開けると、心配そうな菜奈の母親と、その後ろには父親もいる。父親は壱哉の顔を見て驚いていた。

「篠原支社長、のお宅だったんですか？」

「やっぱり。どこかで聞き覚えのあるお名前だと思っていたんです」

比奈は菜奈の父と壱哉を交互に見た。

「俺の会社の支社長なんだ。挨拶して」

菜奈の母親は、驚いて頭を下げ、丁寧な挨拶をする。

比奈はそれを聞いて、菜奈の父親が壱哉の部下にあたる人なのだと事情が呑み込めた。

こんな偶然も、あるんだなと思う。

「水川さんも、今日の結婚式にご夫婦で出席してくれるはずでしたよね？」

「はい……いつも菜奈が話してる比奈先生って、支社長の奥様だったんですか？」

「みたいですね。旧姓は川島だし、皆さん下の名前で呼んでるから、わからないですよね」

とにかく、上がってください、と壱哉が言う。二人は恐縮しながら部屋に通される。

「すみません、先生。私、結婚式のご招待状のお名前をしっかり見ていなくて……まさか、奥様が比奈先生だったなんて」

菜奈の母からそう言われて、比奈は首と手を同時に横に振る。

「いいえ。お気になさらず」

菜奈がこちらを見ていた。菜奈の両親はため息をつく。

「菜奈、帰ろう」

菜奈の父がそう言うと、菜奈は下を向いてしまった。そして比奈を見る。

比奈は菜奈の隣に行って、笑みを向けた。

「ちょうどよかったね。菜奈ちゃんのお父さんとお母さんも、私たちの結婚式に出席してくださるのよ」

「え⁉　本当？」

暗い顔だった菜奈が、ぱっと明るくなって比奈を見上げた。

「いったい何のお話でしょう？」

菜奈の父が首を傾げた。

「水川さん、菜奈ちゃんが私たちの結婚式を見たいそうなので、ご両親さえよろしければ菜奈ちゃんにも出席してもらおうと思ってたんですよ。ダメですか？」

壱哉がそう説明すると、水川はとんでもない、と恐縮した。

「そこまでのご迷惑はかけられません。今日は僕の母に娘を預ける予定でした。さ、菜奈、帰ろう」

菜奈は泣きそうな顔で比奈を見ている。比奈の代わりに壱哉が言った。

「迷惑だなんて思っていません。僕たちはちっとも構いません。むしろ嬉しいくらいです。僕たちを祝福してくれる人が一人増えるわけでしょう。菜奈ちゃんは優しい子だから、ぜひ祝ってもらいたいんです」

「しかし……」

「私、比奈先生の花嫁姿を見たい。比奈先生の旦那さんもカッコイイから、見たい」

その言い方に思わず壱哉が笑い出した。比奈もつられて笑った。菜奈も笑顔になった。

「いいんでしょうか。娘は人数に入っていないでしょうに……」

「その辺は、融通(ゆうずう)できますから、大丈夫です」

壱哉がそう言うと、水川はため息をついて「すみません」と頭を下げた。

「お父さん、お母さん、私も行っていいの？」

菜奈にそう聞かれて、菜奈の両親は仕方なく頷いた。

「やったー」と両親のところへ飛んで行く菜奈を見て、比奈は心底ホッとした。

偶然の引き合わせと壱哉の心遣いに感謝をしながら。

14

「比奈先生、きれーい」

両親と共に一度帰宅した菜奈は、可憐なプリンセス風のワンピースを着て式場にやってきた。比奈のロングベールに触れて、その触り心地を堪能している。それを母親に窘(たしな)められて、菜奈は比奈を見上げる。

「大丈夫よ」

比奈が言うと、菜奈に笑顔が戻る。

「正統派のデザインのドレスねぇ。いいなぁ。私ももう一回結婚式したいわね」

牧田はそう言いながら、比奈のウェディングドレス姿に見入る。

「健三君と一緒に新郎の控え室も見て来たけど、嫌味よね、あれは」

「壱哉さんのこと？」

牧田は、そうね、と言ってため息をつく。

「カッコイイって思ったわ。比奈ちゃんは写真たくさん撮った？」

「それはもう。でも、どっちかというと撮られどおしかも。支配人から、私たちを宣伝パンフレットに載せたい、って言われて」

身支度をするところや、ドレス、アクセサリーまで撮られた。

壱哉は最初、とても嫌そうな顔をしていた。

『会社のためですよ、篠原さん』

会社のためという殺し文句に、壱哉は本当に渋々、納得したようだった。比奈には、壱哉がやり込められているのが可笑しかった。

「よかったわね、比奈ちゃん」

牧田が、比奈に笑いかける。

「私も、まさか、こんな日が来るとは思いませんでした」

「しかも、ハプニングつきだしね。よかったわね、菜奈ちゃん。比奈先生の晴れ姿が見られて」

うん、と元気に返事をする菜奈を見て、比奈も満面の笑みを浮かべた。

「その口紅、いい色ね。とても似合ってるわ」

牧田から言われて、比奈は自分の唇の色を意識した。

比奈が愛用している口紅は、壱哉に貰ったものと同じ色だ。

何度も使って、最後には紅筆で取り出し、使い切ってしまったリップスティック。ある日比奈が、いつもと違う色の口紅をつけていることに気付いた壱哉が、次の日には、同じブランドの同じ色のリップスティックをくれた。

「色白の比奈ちゃんだから似合う色ね」

「ケースのデザインも、カッコいい。金色に輝いて、すっごくゴージャス」

と周囲の誰もが褒めてくれた。

桜色の口紅、という名前がついた金色のリップスティックは、比奈にとってとても思い出深いものだった。

「私と壱哉さんは、きっとこの口紅から始まったんです」

「何それ。そういうエピソードがあるわけ？」

教えてよ、と言われて、比奈は笑って首を横に振った。

「もう、本当に恥ずかしくて。今はもう信じられないような話だから。また今度話します」

幼馴染の健三のことが好きだった夏のあの日。比奈が自分の本当の気持ちに気付いた時にはすでに遅くて、健三は他の女性と結婚式を挙げた日の出来事だった。どうしても健三への思いを形にして残したくて、健三の車のドアミラーにキスマークをつけた。当時つけていた口紅の色は、今の口紅の色よりも薄い桜色だった。

そのキスマークを壱哉に見られて、今の口紅と同じ色のリップスティックを貰った。当時は単に貰ったという感じだったが、今のリップスティックは「プレゼントとして贈ってもらった」という感じがする。気持ちが違うと、同じものを貰っても、こんなにも感じ方が違うものなのだ。

「そろそろお時間ですよ」

スタッフに言われて比奈は立ち上がった。菜奈は母親と一緒に会場へ向かう。

牧田も菜奈を見送ってから、比奈を見る。

「とても感慨深いわ。あなたとは、塾で働き始めてからの長い付き合いだけれど、もっと昔から知ってるみたいな気がする。だから、あなたが幸せになることがとても嬉しい。……あなたが本当に好きな人と結婚するのだもの。あなたが篠原さんと一度別れて辛そうにしている姿を見てきただけに、私も今日という日が本当に嬉しいの」

牧田が比奈の頬に触れ、こう続けた。

「あなたたち、とってもお似合いよ。比奈ちゃんは心から篠原さんが好きで、篠原さんも比奈ちゃんのことを心から大切に思っているって、とてもよくわかるの。もしも夫婦の危機が来ても、今度は努力することを忘れないで。……彼は何よりもあなたを優先してくれる人だから、あなたから離れちゃダメよ?」

さすが牧田は大人だ。比奈の良い面も悪い面もよくわかっている。

二年半かけてようやく大人になった今の比奈には、どうして壱哉があの時比奈と別れたのか、理解できるのだ。

壱哉は当時、二十六歳だった比奈の不安や恐れを慮(おもんぱか)ってくれたのだ。

まだ二十代半ばだった比奈は、やっと慣れてきた塾講師の仕事を手放したくなかった。そんな時に結婚をして、日本を離れることに不安があった。

六歳年上の壱哉は、そんな比奈の気持ちを全て見抜いていたのだ。だから、比奈に無理やり結婚を迫るようなことはしなかった。

「もう何があっても、離れたりしません」

比奈が明るくそう言い切ると、牧田は満足したように笑って「じゃあ、後で」と言って出入り口に向かった。

「牧田さん！」

比奈は呼び止めた。

「ありがとう。いつも、本当に」

「どういたしまして」

牧田は今度こそ、控え室を出て行った。

比奈はホテルのスタッフから促(うなが)されて、ドレスの足元を器用にさばきながら廊下を歩いていく。

もうすぐ結婚式が始まる。

比奈の胸は高鳴りを抑え切れなかった。

15

控室を出た比奈の前を、すごい勢いで壱哉が通り過ぎた。

「……新郎さんはもう式場に入っていなければならない時間、なんですけどね……」

ホテルのスタッフが不思議そうに首を傾(かし)げた。

比奈の方を振り向きもせず通り過ぎて行った壱哉は、廊下の角を曲がってすぐにいなくなった。その後を、上質なスーツを着た一団が、比奈の目の前を、これまたすごい勢いで通り過ぎる。

今、通り過ぎた面々は、以前結婚式に来るメンバーだと紹介されたことを覚えている。

「あんなに急いで、いったいどうされたんでしょうね？」

比奈のベールを持ちながら、スタッフがそう言った。

式場の扉の前では、比奈の父が待っていた。父は比奈の花嫁姿を見ると、大きく息を吐いて腕を差し出す。

「比奈が嫁に行くまで、あっという間だった」

「お父さん、でも私、もう二十九歳よ」

「それでも、あっという間だった。娘だけじゃなくて、息子もいればよかったかな。嫁にやるだけなんて、本当に損だ」

比奈を大学まで行かせてくれた父は、勉強や躾（しつけ）については厳しかったが、普段はごく優しく温和な父だったと思う。比奈がしたいことは何でもさせてくれたし、進学のわがままも聞いてくれた。

「今まで本当にありがとう、お父さん」

「たまには帰ってこいよ。壱哉君を連れてでもいいから」

父は比奈を見つめて言った。比奈は、涙が零れそうになった。

「うちにも遊びに来てよ、お父さん」

「機会があったらな」

会場の扉が開き、音楽が鳴り出した。

比奈は父と腕を組み、バージンロードを一歩一歩、壱哉に向かって歩む。

壱哉の隣まで来ると、比奈が父の腕を離す。壱哉は父に軽く会釈をした。

父は目礼を返し、比奈の傍を離れる。

比奈は壱哉の腕を取り、神父の前に進み出た。

さっきはものすごい勢いで走っていたというのに、壱哉は少しも息が乱れていなかった。いったい何があったのだろう、と思いながらも、神父の言葉に神経を集中する。

「篠原壱哉さん、あなたは川島比奈さんを妻とすることを望みますか？」

「はい、望みます」

「この結婚を神の導きによるものと受け取り、その教えに従って、夫としての分を果たし、その健やかなる時も、病める時も、富める時も、貧しき時も、常に妻を愛し、敬い、慰め、死が二人を分かつ時まで、あなたの妻に対して、堅く貞節を守ることを誓いますか？」

「誓います」

比奈にとってそれは、生まれて初めて間近で聞く誓いの言葉だった。その神聖な言葉の意味が心から理解できる気がした。

永遠の愛なんて、よくわからない。

ただ比奈はいつも壱哉の傍にいたいと願っている。

神父の言う通り、常に壱哉を愛し、敬い、慰め、助けて、変わることなくありたいと思っている。

「川島比奈さん、あなたは篠原壱哉さんを夫とすることを望みますか？」

「はい、望みます」

「この結婚を神の導きによるものと受け取り、その教えに従って、妻としての分を果たし、その健やかなる時も、病める時も、富める時も、貧しき時も、常に夫を愛し、敬い、慰め、死が二人を分かつ時まで、あなたの夫に対して、堅く貞節を守ることを誓いますか？」

「誓います」

そう言葉を発した瞬間、比奈の心臓がどくんと大きく脈打った。

神様の前で、そして壱哉の隣で、壱哉の妻となることを誓ったのだ。

続いて、指輪交換のセレモニーとなった。ベストマン役の桐嶋がマリッジリングを持ってきてくれる。

メイド・オブ・オナーの牧田が、ブーケと手袋を預かる。壱哉が、神父の手からリングを一つ手に取った。

比奈の左手の薬指に、シンプルなプラチナリングがはめられる。

同様に、壱哉の左手の薬指に、比奈もリングをはめた。以前は違うデザインのリングをしていた、壱哉の左手。今は比奈と同じリングをしている。切なかったあの思いは、もうどこかに消えていったのだ、そう思った。

「誓いのキスを」

壱哉が比奈のベールを上げる。比奈は軽く膝を折る。壱哉の手が比奈の頬を包んだ。頬へのキスはすぐに離れたけれど、さらにその後、唇にキスが落とされる。

壱哉の唇に比奈の唇の色が移って、その唇が笑みにほころんだ。

比奈の胸に込み上げるものがあった。片方の目から一筋涙が落ちた。周囲からも、歓喜の嗚咽が沸き上がる。比奈のもう一方の目からも涙が溢れた。壱哉が自分のポケットチーフで、比奈の頬を押さえた。

「大丈夫？」

比奈は頷いて、神父の方を向いた。神父は比奈を見てにこりと笑いかけ、そして言った。

「私は、お二人の結婚が成立したことをここに宣言いたします。お二人が今、私たち一同の前で交わした誓約を神が固めてくださり、祝福で満たしてくださいますように。アーメン！」

祝福の讃美歌の調べと盛大な拍手の中を、二人は退場していく。

おめでとう、お幸せに、と比奈を見つめる牧田の目がそう言っている。

友人たちも笑顔で二人を祝福してくれている。その中に、拍手をする菜奈もいる。

式場を出て、比奈は壱哉と向き合った。

「頬にキス、じゃなかったの？」

「急に、キスをしたくなって」

壱哉がにこりと笑った。

「口紅がついてる」

比奈が手袋を取って壱哉の唇を撫でると、フラッシュが焚かれた。そういえば、今日は徹底的に写真を撮りますよとホテルの人に言われていたのだった。

「壱哉さん、どうしてあの時、走ってたの？」

「比奈さんの前、走った？」

「うん、すごい勢いで」

壱哉は、比奈の手を取って言った。

「何でもないよ」

「本当に？」

「本当」

壱哉は、比奈に余計な気遣いをさせまいとする。しかし、比奈には何かあったのだ、とわかる。今はそれを聞かないけれど。

「壱哉さん、さっき誓ったこと、私実行するからね」

比奈が改めて宣言した。壱哉は嬉しそうに笑い、その場で比奈を抱きしめて、そしてその唇にキスをした。

また写真を撮られたのがわかった。

「僕も実行する。覚悟しといて」

そんな二人を見て、トレジャーホテルのスタッフが目を丸くしている。

「ラブラブですね……」

スタッフから思わず漏れた言葉に、二人で笑い合う。

「ありがとうございます」

比奈がそう答えると、壱哉はなお一層微笑んだ。

結婚してスタートラインに立った。これからは本当に二人で……

健(すこ)やかなる時も、病(や)める時も、富める時も、貧しき時も、死が二人を分かつ時まで、命の続く限り。

ずっと一緒に。

# おまけ　式場へ急げ！　～Run up to the wedding hall～

「絶対間に合わない！」

「間に合いません！」

「間に合うかどうか……」

「ん～、早く返事、来い！」

「大丈夫、大丈夫」

「本社待ちか……」

「間に合うさ。間に合わないとか言うな」

日本アースリー社の重役八名が集まり、口々に言い合う中で、最もヤキモキしているのは、もちろん、一番急がなければならない壱哉だった。

ここはトレジャーホテルの控え室。

比奈と壱哉の結婚式当日という今、パソコンを囲んでいた。

「うるさいな。お前たちの誰よりも、今日の結婚式には新郎の僕が間に合わないと困るんだよ。だから泣き言なんか言ってる場合じゃない。口にするのも聞くのも嫌だ。もう一度電話をかけてくれ」

「情報処理部門がどうなってるか、問い合わせてください」

わかった、と答えた部下の一人がパソコンの前に座って操作を始めた。もう一人は慌ててスマホを取り出し、日本支社に電話している。

「災難だな、壱哉。こんな時に日本支社のデータ全てがバグにやられるなんて」

「ああ、ダメだ、やっぱり繋がらない。本当に修復したのか？」

ある社員から、「何度トライしても、情報部門に繋がらない」と報告されたのが二時間以上前のことだった。すぐに情報部門で修復を始めたが、バグだと気付いたのは一時間前で、しばらくは壱哉の部下が奮闘していたが、いよいよダメだということで、壱哉のもとに深刻な報告が伝えられたのは、今から二十分前だった。

これは緊急事態だと判断した壱哉は、ホテルの控え室にパソコンを六台持ち込み、部下を集めた。

「篠原さん、結婚式当日だっていうのに、何してんの？」

「めっちゃパソコン持ち込んで……仕事？　こんな日に？」

そこへ現れたのが、比奈の同僚の牧田と、壱哉の弟の健三だった。

「壱兄たち、何してんの？」

テレビ電話をしながらヘッドセットを装着し、何やら対応に追われている壱哉を見て、牧田と健三は驚くと共に、呆れ返っていた。

「緊急事態なんだ。牧田さん、比奈さんの相手をしてくれます？　できれば時間のことが気にならないような話でもしてくれるといいんだけど。それと健三、お前は支配人を呼んで来てくれ。緊急事態なんだ」

その時、テレビ電話が繋がった。壱哉はパソコン画面を見ながらため息をつく。

『支社長、今の状態は……』

「ちょっと待ってくれ」

壱哉はパソコン画面の相手を制止し、健三と牧田を見る。

「早く行ってくれ。僕は今ここから離れられないんだ」

詳しい事情を話す暇がないので、やや厳しい口調になったかもしれない。

「行きますよ。だけど比奈ちゃんに何て言うの？　壱哉さんは仕事で忙しくしてましたよ、とか？」

「比奈さんにそんなこと言ったら、僕は一生許しませんよ」

冗談半分にしても、いくらかは本気でそう言う壱哉を見て、牧田は「わかった」と言って退散した。

「健三、支配人を呼んで来いと言っただろ」

低い声になったのはしょうがない。健三も渋々出て行った。

支社からの報告によると、バグ修復作業はまだ三十パーセントしかできていないとのことだった。マーケティング部、カスタマー部のそれぞれの部門で不具合が出ていることが知らされた。

それぞれが忙しく作業にあたっていると、控え室のドアが開いた。トレジャーホテルの支配人だった。

「大変ですね、こんな時に」

「式の時間を延ばせるだけ延ばしたいのですが、できますか？」

支配人は、ちらりと時計を見た。そして、後ろに控えているスタッフを呼んだ。

「式まで後五分、ですね」

そんなに時間が経っていたのか、と壱哉は心の中で舌打ちする。それでも顔には出さないように努めた。

「コンピューターシステムの不具合から、ホテルの営業にも影響が出ていますので、事情はお察しします。ですが、次のお式の準備もありますから、開始時間の延長は二十分が限度です。それ以上はできかねます」

「二十分。助かります」

支配人は、さっそくスタッフにあれこれ指示を飛ばした。そして、壱哉に向き直って微笑む。

「花嫁様のことはお任せください。スタッフがきちんと対応いたします。それはそうとして、修復、できそうですか？」

「たぶん、何とか」

「篠原さんのことですから、信じてお待ちします」

「ありがとう。感謝します」

壱哉が心からそう言うと、支配人は頷いてその場を去った。

そうこうしている間に本社から通信が届き、ウイルス性のバグではないことが判明したので、一同ホッとする。

時計を見ると、式開始の予定時刻をすでに十分過ぎている。ということは、後十分しかない。

間に合うのか？

間に合わせなければ、ここまで頑張った意味がない。

何年もかけてこぎつけた比奈との結婚式なのだ。これ以上、比奈を待たせたくない。比奈が悲しむ顔など見たくない。

「八十パーセント回復しました！」

一人が高らかに告げた。もう一人がすかさずパソコンで回復状況をチェックし、一つ一つ確認していく。

「基本マニュアルでは、八十パーセント以上の回復をしたら危機は脱したとみなす、とあります。とりあえず、安心だ」

壱哉はヘッドセットを外し、立ち上がった。

「後は頼んだ」

そう言い残し、後はひたすら、式場まで走る。

新郎の控え室から式場まで、案外と距離があった。壱哉は走りながら後ろを見やる。壱哉の後を追ってバタバタと走ってくるのは、七名の部下たちだ。

式場の入り口では、ホテルスタッフたちが壱哉の到着を今か今かと待っていた。

「あっ、いらした！　急いで！　急いでください」

壱哉は、呼吸を整えるのにたいして時間はかからなかったけれど、緊張のせいで息苦しかった。

だが、ともかく、間に合ってよかった。

結婚式場のドアが開かれた。

そこに壱哉は、純白のウェディングドレスに包まれた比奈を見た。

比奈と結婚するのだと、実感する。

胸に込み上げてくる熱い思い。

誓いの言葉を交わし、花嫁の桜色の唇にキスをする。

壱哉は、心底思った。

これ以上の幸福はない、と。

☆　☆　☆

「後は頼んだ！」

間に会わないと思っていた仕事がどうにか間に合って、黒い後ろ姿がすごい勢いでドアから出て行く。ミドル丈のジャケットを翻（ひるがえ）して走る壱哉は、すぐに見えなくなってしまった。

壱哉が去った新郎控え室。

七人の面々も次々と身支度を整えていく。

「私も行くわ！　後、よろしくね！」

高いヒールを履いた女性社員もドアを開けて出て行く。

「僕も！　じゃあ、よろしく！」

「ヤバ、俺、ベストマンだった。後よろしく」

光沢のあるグレーのスーツを着た、副支社長もヘッドセットを外して、ドアを開けてすごい勢いで出て行く。

「というか、急がなきゃまずいだろ」

バタバタとみんな、部屋を後にした。

どうにか全員、間に合って式場に入れてもらえた。

ほどなく、壱哉が入場してきた。

先ほどの走った余韻なんかまったく見られない。

「あの篠原さんが、優しく見える。本当に好きなんだね、彼女のこと」

「お前さ、それ壱哉に言ったら殺されるからやめとけよ？」

「あんたは本当に失言多いんだから。篠原に殺されたくなかったら、口閉じなさいよ」

「すみません」

壱哉の姿を見て囁(ささや)き合う。

先ほどまで一緒に仕事をしていた全員が、壱哉は本当に好きな相手と結婚したのだな、と感じ、幸せな気持ちになった。

その気持ちが、この式場にいき渡っているのだろう。

会場は終始、温かい空気に満ちていた——

## おまけその2　幸せになるために

「キャンドルサービスって、新郎新婦がロウソクを手に、ゲストのテーブルを回って卓上キャンドルに火を灯していくっていう、あれ？」

壱哉は今日、比奈と一緒にトレジャーホテルに結婚式の打ち合わせに来ていた。

キャンドルサービスにケーキカットにファーストバイト。人前でそんなことをするのかと思うと、壱哉は恥ずかしくなった。ケーキカットだけにして、ファーストバイトは省略することもできるらしいが、その後各テーブルを回ってゲストをもてなす演出は、やはりどうしても外せないものらしい。

「あと大事なのは、主賓（しゅひん）の方々のスピーチですね」

ウェディングプランナーに言われて、「まったく日本の結婚式ってやつは」と壱哉は少々げんなりした。

けれど、結婚して嫁にもらう女性は、一人娘として大事に育てられた比奈だ。比奈の両親の気持ちを考えると、きちんと形式に則（のっと）った結婚式を挙げなければ、と壱哉は思い直す。

そんな壱哉の様子を見て、プランナーはさらにこう畳みかけてくる。

「ケーキカットとファーストバイトの後で、お二人にゆっくりとゲストテーブルを回っていただくようにすると、時間の配分がちょうどいいと思います。いかがでしょう?」

比奈は大きな目をパチクリさせ、いたずらっ子のような笑みを浮かべて、プランナーにこう告げた。

「キャンドルサービスとケーキカット、それからファーストバイトも、全部やりたいです」

比奈があまりにも嬉しそうな顔をしているので、壱哉としては何も言えない。無言でそれを聞いていると、プランナーが壱哉を気遣って聞いた。

「篠原支社長は、よろしいでしょうか?」

プランナーが壱哉を「支社長」と呼ぶのは、このトレジャーホテルが、壱哉が支社長を務める日本アースリー社の傘下にあるグループ会社だからである。

すでに入籍を済ませ、新妻となった比奈が言うには、「トレジャーホテルといえば、高級ホテルの代表格、誰もが憧れる会場」とのことだった。

確かに、トレジャーホテルは外観内観共にシンプルでありながら格式があり、招待客の誰もが満足できるような格好の会場だろう。

初めにトレジャーホテルで結婚式を執り行うと決め、予約を入れたのは、壱哉と比奈の両親だった。壱哉は遅ればせながら、ホテル支配人直通の電話に連絡を入れ、結婚式を挙げるのは自分だと知らせた。

『さようでございましたか。新郎様のお名前が支社長と同姓同名でしたので、これはひょっとしたら、と思っていたんです。アースリーの支社長の結婚式でしたら、話が違います。もっと大きな会場を押さえましょうか？　料金は全て、七掛けでよろしゅうございます』

壱哉としても、結婚式には多数の出席者が見込まれるので、より大きな会場を押さえてもらえると都合がよい。だが、披露宴の内容にはため息が出てしまう。

「篠原支社長、よろしいでしょうか？」

プランナーに再び尋ねられたところで壱哉もハッと我に返り、

「彼女がしたいようにさせてください」

と答えた。それを聞いた比奈は満面の笑みを浮かべている。

普段もこういう顔を自分に見せてくれればいいのに、と壱哉は思う。最近はそうでもないが、以前は滅多に見ることのできない笑顔だった。

しかしまあ、普段あまり笑わない比奈がこんなに嬉しそうに笑っているのは、それだけ結婚式を楽しみにしているからだろう、と壱哉も嬉しく感じた。

「では、キャンドルサービスとケーキカット、それからファーストバイトもプランに入れておきますね」

妻になった比奈がこんなに嬉しそうにしているのだから、壱哉の方で折れる他ないだろう。というか、式に関することではすでに折れるのが当たり前のような、そんな感じになっている。

ただ、招待客全員が見ている前でケーキを食べさせられたりキャンドルサービスをしたりなどしたら、会社の悪友たちが何と言ってからかうことか。壱哉は少し頭が痛かった。

☆　☆　☆

プランナーとの打ち合わせを終え、トレジャーホテルの近くにあるレストランへランチに行こうとした時だった。ある小さな雑貨屋の前で、比奈は思わず足を止めた。

「どうした?」

「壱哉さん、あのキャンドル綺麗」

そこは、ヨーロッパの雑貨を扱っている店だった。いかにもヨーロッパっぽい上品なキャンドルが飾られているショーウィンドウは、そこだけ別世界のようだった。

「見てもいい?　窓越しでいいから」

壱哉は頷いて、比奈と共にショーウィンドウを眺めた。

花をいくつもあしらった色とりどりのキャンドルが、確かに綺麗だった。花の形は一つ一つ異なり、どれも女性が好みそうな色と形をしていた。その中の小さなバラの形をしたキャンドルを、比奈はじっと見つめていた。

「店の中に入ってもいいよ、比奈さん」

「このキャンドル、披露宴(ひろうえん)で使えないかな。キャンドルサービスの時に、これを使ったらダメかな。この小さいキャンドルをゲスト一人に一個ずつ渡して……気に入る人、いると思うんだけどな。できないかな？」

甘いピンクやオレンジ色、そして赤。色とりどりの背の高いキャンドル。比奈はこういう明るい色が好きで、普段着る服もピンク色が多い。結婚式に着るドレスの候補も、淡いピンク色ばかりだった。

「できると思うけど」

「……本当？」

「君がそうしたいならそうしよう」

比奈は壱哉を頼もしそうに見て、もう一度ウィンドウに目を移す。

何も言わずにただじっと見ているけれど、きっとこのキャンドルがものすごく欲しいのだろう。

壱哉にしてみれば、キャンドルサービスやその他のことだけでも、実は気乗りしないのだが、そこへもってきて、さらに、今この目の前にあるのは、ロマンチックすぎるキャンドル。

『結婚式の主役は花嫁、僕はオプションの新郎マネキン』

というのは、結婚した友人が言った台詞だ。まったくその通りだと思いながら、壱哉は比奈の手を引く。

「中に入ろう。近くで見てみよう」

雑貨屋のドアを開けると、ドアについていた鈴が爽やかな音色を立てて鳴った。比奈はその鈴を見て、また、可愛い、と口にして目を輝かせている。

壱哉は店員に声をかけた。

「このキャンドルの在庫、ありますか？」

店員は笑みを浮かべて「確認します」と言って動いてくれた。

「やだ、壱哉さん。まずはきちんと見てから、って思ってたのに。そんなに簡単に決めちゃっていいの？」

「だって、比奈さん、これが欲しいんでしょ？　披露宴で一番大切なのはおもてなしの心だし、ゲストがいい気分になってくれるものを揃えれば揃えるほど、花嫁もいい気分になってくれると思う」

「……ありがとう。大好き」

「どういたしまして」

比奈の言葉に満足して、壱哉は微笑んだ。

「きっと君よりも僕の方が君のことを好きだ」と誰にも聞こえない声で呟きながら。

比奈のためならしょうがない、何でもやってやる、と思えるほどに、壱哉は自分というものを捨てている。しかも、それを不本意だと思わないから、重傷である。

キャンドルを見つめる比奈の目が本当に幸せそうで、それを見ているだけで、壱哉も幸せを感じていた。

☆　☆　☆

結婚式を終えて披露宴会場に移る時、比奈は頭にかぶっていたベールを外し、ウェディングドレスの肩にケープを着けた。新郎新婦入場の際の音楽は、バイオリンの生演奏だった。

新郎新婦はメインテーブルに座った。その隣では、二人の出会いや経歴を司会役もこなすプランナーが進行している。

「新郎の壱哉さんから伺ったお話によりますと、新婦比奈さんの第一印象は、大きな目をした可愛い子、ということでした。比奈さんがおっしゃるには、壱哉さんの最初の印象は、カッコイイけどなんか苦手、だそうです。このお二人が……」

そこまで明かしていいとか悪いとか、そういうことは一切言ってないけれど、確かに壱哉も比奈もそう話したので、それがそのまま使われている。

「まったく結婚式ってやつは」と心の中で密かにため息をつく壱哉。それでも比奈の幸せそうな笑顔があるから、どんなことも受け入れることにしていた。

しばらくすると、大きなハート型のウェディングケーキが運ばれてきた。主賓の方々の挨拶が予定よりも長引き、時間が押していたので、急遽、入刀はしないことになった。

それでも、ファーストバイトはするそうで、壱哉はケーキを見て小さくため息を吐く。

「古代ギリシャに伝わるお話では、愛し合う二人が将来を誓い合う時、一つのパンを分け合ったのだそうです。喜びも悲しみも二人で分かち合い、そして一生食べ物に困らないように、との願いを込め、永遠の愛を誓ったと……。素敵なお話ですよね。……それでは新郎壱哉さんと新婦比奈さん、永遠の愛を誓って、まずはお二人からケーキをどうぞ」

司会者にそう促されて、壱哉は目の前に置いてあるスプーンを手に取る。

「壱哉さん、私ここがいいな。生クリームとベリーが乗ってるところ」

「ここ？」

頷く比奈。壱哉はケーキを小さく切って、比奈の口の中に入れる。

「新妻のリクエストに優しく応える新郎です。素晴らしい。お味はいかがですか。美味しいですか？　比奈さん」

あのアナウンス止められないか、と壱哉は思う。

「壱哉さんは、どこがいい？」

「別にどこでも」

「本当に？」

壱哉が無言で頷くと、比奈はにっこりと笑みを浮かべて、ケーキをスプーンでカットした。その大きさは一口で入りそうもないほどの山盛りサイズ。比奈がスプーンに手を添えて、壱哉の前に持ってくる。

「そんなに大きいの、入らないけど」

「大丈夫、入ります」

ただでさえこういうのは、したくなかったというのに。

比奈も女性だからこういうことが好きなのか、と今更ながら気付く。ケーキを食べさせ合う、なんていう演出を了承したことを、ほんの少し後悔した。

「壱哉さん、もっと大きく口を開けて。ケーキ柔らかいから落ちちゃう」

壱哉も慌てて手を添え、大口を開けて、ケーキを迎え入れた。やはり一口では入りきらず、一度噛んでから、もう一口を入れる。思わず口元に手をやり、顔をしかめる。思い切り、甘い。

「そこのイイ男。顔が歪(ゆが)んでるぞー」

野次が飛ぶ。

「口にクリームがべったりよー」

「そのクリーム、新婦に舐めてもらえー」

次々に投げかけられる悪友たちの言葉に会場は爆笑となった。

確かにクリームが唇にたっぷりついている。壱哉はそれを指で拭い、ミネラルウォーターでケーキを喉に流し込む。

「よくもやってくれたな」

壱哉が指についたクリームを比奈の唇に押しつけると、比奈は驚いて目をパチクリさせながらも、壱哉の指を唇の隙間に入れる。

「新郎の唇から新婦の唇へ。ラブラブですね」

と司会者がはやしたてた。本当に余計なことを言う、と思いながら、壱哉は近くにあったナプキンで口と指を拭く。

「恥ずかしいんですけど」

と比奈も顔を赤らめている。

「だけど、このプラン決めたの、比奈さんでしょ」

と言うほかない壱哉。

「ウェディングケーキは、後ほど皆様に配られます。幸せのおすそ分け、どうぞお待ちくださいませ」

とアナウンスが告げている。

とりあえず、一つの山は乗り越えた。

後一つの山はキャンドルサービス。

それを思うと、壱哉はまたしてもため息が出そうになるが、そうも言っていられない。

比奈はこのキャンドルサービスを何よりも楽しみにしているのだ。

結婚式の打ち合わせの帰りに比奈と行った雑貨屋で、バラの形をしたキャンドルを見つけ、その場で購入して自宅に宅配してもらった。ホテル側も快く持ち込みを許可してくれたし、セッティングも万全にしてくれた。

そして今、ゲストたち一人一人の席の前に、バラのキャンドルが置かれている。

披露宴は後少し。

だがその前に、お色直しだ。

新郎新婦は、ここでいったん退場となる。

会場を後にすると、比奈がこう囁いた。

「壱哉さん、ケーキ美味しかったですね。もう一回食べたい」

そんなことを言う比奈は本当に可愛いのだけれど、壱哉は首を横に振った。

「僕はもういい。あんなに甘いものを一気に頬張ったの、生まれて初めてだ」

しかし比奈は笑っているだけ。そして壱哉を見つめながら、

「壱哉さんの口についたクリーム、すごく甘くて美味しかった」

と、そんな言葉がどれほど男を嬉しがらせるものか知らぬげに、甘く呟いていた。

もしこの場に誰もいなかったら、壱哉はきっと比奈を抱きしめてキスをしていたはずだ。

「新婦さん、可愛い方ですね」

傍で聞いていたホテルの男性スタッフが、羨ましそうに言った。

「ありがとう」

壱哉も悪い気はしない。それどころか、心が舞い上がりそうだった。

比奈はスタイリストの女性に手を引かれ、新婦専用のドレッシングルームに連れて行かれた。

同じく壱哉も、新郎専用の着替え室に入った。壱哉の着替えはすぐに終わり、しばらく待っていると、淡いピンク色のドレスを着た比奈が現れる。緩くまとめた髪の毛に、キラキラ光るカチューシャと、ラナンキュラスという黄色い小花がいくつも飾られている。

「写真を撮りますので、こちらへ」

スタッフの指示を受けて比奈を見ていると、視線に気付いた比奈も壱哉をじっと見る。

「何？」

「私、ちょっと子供っぽい？　壱哉さんは、すごく大人って感じ」

「そうかな。君もすごくいいと思うけど」

と言ってはみたものの、壱哉自身どこかしっくりこない。こういう時は、思いっきりロマンチックにやった方がいいのだ。

「今日の君はすごく綺麗だよ。お手をどうぞ、お姫様」

と言って腕を差し出すと、比奈は大満足の表情で壱哉の腕に腕を絡める。

「だけど壱哉さん、そういう言葉、よく出ますね」

「昔、ある人がそう言って、奥さんと腕を組んだのを見たことがあって。それを真似しただけ」

「まさか、お姫様なんて言われるとは思いませんでした。何か、照れる」

そう言って笑う比奈を見て、いつもこういう幸せそのものの表情をしていてほしい、と壱哉は願う。

比奈が身体を寄せ、壱哉を見上げた。

その髪を彩(いろど)るラナンキュラスの花から、微かに甘い香りが漂(ただよ)う。

綺麗で可愛い妻が、この上なく愛おしかった。

# 結婚準備編

## バラのキャンドル　～Rose candles～

### １

「大崎さん、このたびはよろしく頼みます。篠原支社長が結婚式の打ち合わせに来館されるの、今日でしたよね。万事しっかりとお願いします」

と声をかけてきたのは、トレジャーホテルの支配人だった。

大崎がトレジャーホテルのプランニング部門の主任になったのは、およそ一年前のことである。それ以前は他のホテルで、ウェディングプランナーとして働いていた。仕事熱心であることとセンスのよさを見込まれて、トレジャーホテルに引き抜かれたのだった。

ここに移ってまだ一年しか経っていないのだから、もちろんトレジャーホテルの全てがわかっているわけではない。それでも、数多くの現場経験があるので、何とかやれている。いきなり主任に抜擢（ばってき）されたことに異論を唱える人もいたけれど、それは上司が決めたことであり、自分は自分の仕事を懸命にやるだけ、と大崎は思っている。

「支社長の結婚式ですから、さすがにみんな緊張してます。それにしても、お若い支社長ですね。まだ三十五歳って……私より二つも下です」

「若くても、それだけできる人だからね。ホテル経営の事業母体はマーケティング部の内部に組み込まれていて、支社長が我々スタッフと顔を合わせる機会は滅多にないけれど、篠原さんがかつて部長だった時は、僕もいろいろとお世話になった。だからこそ言えるんだが、本当にすごい人だよ。何より、篠原さんが打ち出す方針っていうのは、みんなが同意せざるを得ないような、そんな説得力があるんだ。なるほど、それはいいアイデアだというプランばかり。おまけに彼は有言実行の人。ほんと、すごいよ。でも、穏やかな人だから、あまり緊張せずに接して大丈夫」

穏やかな口調で告げ、にこりと笑う支配人もまた、目の保養になるような素敵な男性だ。残念なことに、一年前に結婚しているけれど、奥様も素敵な女性で、ホテルスタッフの間で評判だった。

「ついでに言っておくと、目がいってしょうがないかもしれないね」

「何ですか、それ」

彼は笑みを浮かべて大崎を見た。

「君は、確かまだ独身でしたね」

「ええ」

縁遠いと言いたいのだろうか、と大崎は心の中で少しむくれる。

「支社長はあの若さで大成している。地位もお金も十二分に持っている。それでいて、極めて真面目で誠実で、ストイックな男性だ。そこに禁欲的な色気を感じる女性は多いんですよ。独身女性には目の毒かもしれませんね」

禁欲的な色気と言えば、支配人あなたもでしょう、と大崎は心の中で呟いた。支配人自身もまたその容姿といい、丁寧な口調といい、常に自分を制御しているようなストイックな印象を与える。

「とにかく、素晴らしい式にしましょうね」

「わかりました」

大崎は軽く頭を下げ、そして一息吐いた。

篠原支社長とはいったいどんな人なのだろう、と不安と期待がない混ぜになってくる。支配人があれだけ褒めておいて、それほどの人物ではなかったら、さぞがっかりするだろうな、とも思う。なにはともあれ、三十五歳で支社長という肩書はすごい。大崎だってまだやっと主任という立場なのだ。大した出世である。

あれこれ思いながら資料を整える。粗相のないようにしなければと、もう一度深呼吸をして気持ちを落ち着かせた。

「大崎主任、ご予約のお客様がお見えになりました」

「ありがとう、今すぐ行きます」

そう言って、資料を持ち、ブライダルサロンの方を見る。支社長らしき男性がサロンの個室に入っていく足元が見えた。おそらくはイギリス製の黒い靴を履いていた。ラウンドトウのストレートチップ。その隣に、ピンク色の丸いバレエシューズを履いた女性の足元が見えた。本物のバレエシューズのように、リボンで足首を巻いている。その少し上の方に見えるのは、ボーイズ仕様のジーンズで、足首の少し上までロールアップしてある。大崎の年ではもう着られないような、可愛らしい型のジーンズだった。

「お待たせいたしました。プランナーの大崎と申します」

「よろしくお願いします、篠原です」

「よろしくお願いします、川島です」

未来の支社長夫妻がそう言って大崎に頭を下げた。

大崎は思わず二人をじっと見つめてしまう。

「どうかされましたか？」

「……っいいえ！　久しぶりに見る、美男美女カップル、っていうか。支配人がおっしゃっていた通りですね。本当に驚きました」

『独身女性には目の毒かもしれませんね』

はい、毒です。そう認めざるを得ない。支社長は身長も高く、しっかりした身体つきだけれど細身で、全身どこもかしこも洗練されていた。こんないい男、初めて見ました、という感じ。

「どういう説明をされていたんだか。すみません、暑いのでラフにしていて」

ラフにしていて、と支社長は言うけれど、ただジャケットを脱いだだけ。ジレのボタンはしっかりと留めてあるし、やや明るい青色のタイは緩めていない。襟だけが白で、キャンディストライプのブルーカラーのシャツは、袖口に四角い形の綺麗なカフスボタンがはめられている。どこも決してラフになど見えなくて、ものすごくおしゃれだ。

禁欲的な色気、というのは言いえて妙で、眼鏡を指でそっと押し上げる仕草も、その姿勢も話し方も完璧だった。完璧といえば、その顔も、どこにでもあるようなありふれた男前ではなく、極めて整った顔立ちで、許されるものなら、いつまでも見ていたくなるほど……。メチャクチャカッコイイ。

「あ、あの、冷房が効いているので、すぐに涼しくなると思いますが。奥様はお寒くありませんか？」

「大丈夫です」

支社長の隣にいる婚約者の女性も、見る者が思わず笑みを浮かべてしまうほど、可愛い人だった。髪は長く、目は大きく、そして色白で滑らかな肌。

「奥様なら、きっと花嫁衣装がとてもお似合いになります。支社長には、黒を基調としたお衣装が似合いそうですね。黒いモーニング？　それともフロックコートがよろしいかしら？」

「結婚式は花嫁が主役ですから、僕は適当に」

「適当にはなどできません。花嫁の隣にいるのは新郎ですから」

「そういうものなんですね」

と苦笑する顔も魅力的な支社長。そんな彼を見上げて微笑む花嫁は、「そうよ、そういうものなんです」と言って、大きな目をパチリと瞬かせた。

支社長には黒のフロックコートに白のタイ、白色のシャツ、そして白ボタンで縁が全部白の、黒のジレ、あれが似合うかも。その隣に立つ新婦の可愛いこの人は、きっとピンク色が似合う。お色直しのドレスには、甘くソフトなピンク色のドレスがいい。支社長のお色直しのカラーは、彼の硬質な雰囲気に合わせてネイビーカラーがいい。色白の花嫁を引き立たせるような、はっきりした色にしよう、と大崎の頭の中には瞬時に完璧なビジョンができ上がった。

「結婚式当日まであまりお時間がありませんので、まずはご出席者のご確認を急いでいただくことになります。招待状はこちらで印刷の手配をいたしますが、何か特別なリクエストがおありでしたら、今おっしゃっていただいた方がよろしいかと存じます」

「招待状の内容はスタンダードで構いません。出席者は今の時点でわかっているのはトータル七十人ほど。僕の仕事の関係者が多いです」

「内容はスタンダードでいいとのことでしたけれど……会社の方々にも同じ文面でよろしいでしょうか?」

「構いません。ただ、特別に送りたい人がいるので、五通だけ、こちらで考えた内容でお願いしたい」

と言ってにこりと笑う顔は、めまいがするくらい素敵だ。

その穏やかな口調と、妻となるその人を見る目も、堪らない。

こんな目で見られるこの可愛い人の心は如何ばかりか。

自分だったら、と大崎は思う。

ほう、と心の中で感嘆のため息をつく大崎だった。

☆　☆　☆

衣装合わせは二人一緒にしてほしいと申し入れていた大崎だったが、壱哉が多忙で時間が自由に取れないため、比奈が先日一人で、ブライダルサロンの衣装室に来ていた。そして今日は、壱哉の番だった。

「彼女は、ドレス、決まりましたか？」

と壱哉が尋ねた。

「それがまだでして。お式でお召しになるウェディングドレスは決まりましたが、披露宴(ひろうえん)でお召しになるドレスがまだです」

大崎は苦笑しながら答えた。

「彼女、昔から、決断に時間がかかるから」

壱哉も苦笑している。そして、「暑いですね」と言ってフロックコートを脱ぐ仕草もなんだか様になっている。

「支社長はやっぱりモーニングよりも、フロックコートがお似合いです。背がお高いので、よく映(は)えますね」

大崎由紀子(ゆきこ)、三十七歳。「トキメクなあ」と篠原を見て思った。だから、何気ない風を装って、こう聞いてみる。

「昔から、とおっしゃいますと？　長いお付き合いでいらしたんですか」

「そうですね、十五年前から知ってます」

十五年、という年月の長さに大崎は驚く。

「それは長いですね。奥様は二十九歳でいらっしゃいますから……十四歳の時から？」

「そうなりますね」

笑みを浮かべて、椅子に座るその仕草も、彼は絵になる。マナーの教育でも受けたのだろうか、それともよほど育ちがいいのか、と大崎はあれこれ考えてしまう。

「十四歳の時の奥様って、どんな方だったんでしょう」

二人の馴れ初めを知っておくことは、一応プランナーとして仕事の一部でもある。

「可愛い子でしたよ。あの通り大きな目で……まるで猫みたいに恐る恐る僕のことを窺い見ているだけで、話しかけてもつれなくてね」

「長い時間をかけてご結婚、という感じですね」

「そうですね」

微笑む横顔に、そこはかとなく哀愁も漂っていて、それもまた魅力的だ。

「彼女のドレス選び、手伝ってあげてください」

「はい。でも、奥様のお好みもありますし。いくつかお勧めの品をお出ししてはいるんですが」

「そうですか」

と言いながらジレを脱ぎ、大崎に手渡す仕草も堂に入っている。きっと人を使うことに慣れているのだ。決して偉そうにするのではなく、自然な態度で、好感が持てる。

壱哉は眼鏡を押し上げて、「大崎さん？」と呼びかけた。

「っはい？」

思わず声が裏返ってしまう。けれど彼は不審に思わなかったらしい。

「彼女に似合いそうなドレスの中に、これというものは、ありますか？」

ネクタイを解きながらそう言う姿が、またドキドキさせる。

「あります。実はお式のドレスも結局は私がお選びして……」

「そうでしたか。では、あなたの確かな仕事ぶりで、どうか比奈さんにとびっきりのドレスを選んでくれませんか？　僕のこの衣装も、あなたが選んでくれた。とても満足しています」

婚約者を、比奈さん、と丁寧に呼ぶところも、とてもいい。こんな素敵な男性が、どうして今まで売れ残っていたのか。さっさとお買い上げされて当然のはずなのに。もしかしたら彼自身、自ら好んで売れ残ってでもいたのだろうか。妻となるあの可愛らしい女性のために。

「支社長がお召しになるネイビーカラーのスーツとよく調和する、とびっきりのドレス、ですね」

「ええ、頼みます。彼女、ドレスが決まらない、と毎日沈んだ顔をしているので」

そうして壱哉は、「着替えてきます」と言って、フィッティングルームに入った。

「とびっきりのドレスを選んでやってください、か。……愛されてるなぁ」

ああいう人、もういないだろうな、と残念に思いながらも、「とにかくプランを進めていかなければ」と心を引き締めた。

それにはまず、新婦のドレスを決めなければ、先へ進めない。

「選びますかね」

大崎はため息を一つ吐き、お勧めのドレスの数々を思い浮かべた。

☆　☆　☆

「キャンドルサービスって、新郎新婦がロウソクを手に、ゲストのテーブルを回って卓上キャンドルに火を灯していくっていう、あれ？」

新郎の篠原にそう聞きながら、新婦比奈は小首を傾げた。

「そうですね。新郎新婦がケーキを食べさせ合うという演出を入れると、お時間がちょうどいかもしれません。どうでしょう？」

新郎の代わりに大崎が答えると、篠原がこちらに笑みを向ける。

キャンドルサービスとケーキカットの演出は結婚式のパックプランに含まれている。

キャンドルサービスは外せないでしょ、と大崎は思いながら、でもケーキカットの方はどういう形式にするのか、ファーストバイトの演出も加えた方がいいのだろうか、と聞いた。

大崎が提示したのは、入刀したウェディングケーキの最初の一口は新郎新婦がお互いの口に運んで食べさせるという演出で、これはギリシャの風習にちなんだもの。

新郎新婦が入刀したケーキをその場でスタッフが切り分け、新郎新婦自らがゲスト一人一人に配るという、ケーキサーブというプランもあるけれど、これはゲストと歓談する時間が持てる反面、披露宴全体の時間が長くなる。新郎の壱哉は支社長なので、主賓のスピーチにも時間がかかるだろう、と思い、ファーストバイトを提案した。彼が招くゲストは錚々たる顔ぶれとなるはずで、スピーチも当然、一人では済まない。

「キャンドルサービスとケーキカット、それからファーストバイトも、全部やりたいです」

とても嬉しそうな顔の比奈に、壱哉も賛成していた。

大崎も当日の式にも披露宴にも参加する。たぶんアナウンスも担当することになるだろう。

そうか、ケーキを食べるのか。

照れるからしない、と言うカップルも多い中、彼女がしたいと言ったらするというのだ。この人の口にケーキが入れられ、唇にクリームがついたところを見てみたい、と大崎は思った。

「では、キャンドルサービスとケーキカット、それからファーストバイトもプランに入れておきますね。後は新婦様のドレス選びですね。新作ドレスを入荷しまして、それが新婦様のイメージにぴったりなんです。一度ご試着なさってはいかがでしょう。きっとお気に召すと思います」

そう言うと、小さく笑って頷いた比奈が、頭を下げた。

「すみません、優柔不断で」

「いいえ。一生に一度のことですから、納得のいくドレスに出会うまで、いくらでもお試しになってください」

そうして打ち合わせを終え、比奈に新作ドレスを見せ、袖を通してもらう。

思った通り、比奈は気に入った様子であり、そしてとてもよく似合っていた。色白の肌に淡いピンク色のドレスはぴったりで、いつにも増して可愛く見える。

やっと目星がついた披露宴の衣装。

式までは、後少し。

☆　☆　☆

披露宴会場のインテリアやテーブルセッティングにこだわるカップルは多い。二人の場合もそうだった。

『キャンドルサービスの時に使うキャンドルを、こちらで用意しても構わないでしょうか？』

篠原からそう問われ、「どうぞ」と応じると、その翌日に素敵なキャンドルが届いた。花の形をしたキャンドル。小花をたくさん集めてブーケにしたような、洒落たデザインのものもあった。小ぶりのキャンドルはゲストの人数分用意してあり、ゲスト各人の卓上に置いてほしいとのことだった。その小さなキャンドルを入れるガラスの容器はホテルにあるものを使うということでよろしいでしょうか、と篠原に問い合わせ、許可を得た。

「そこまで気付かなかった。さすが大崎さんだ。よろしくお願いします」と、お褒めの言葉までいただいた。

結婚式前日、会場セッティングは順調に進んだ。卓上に飾られたキャンドルを見て、おもてなしの心が伝わる素敵な披露宴になりそうだ、と大崎は嬉しくなった。

そして迎えた結婚式当日。

滞りなく挙式を終え、披露宴もいい雰囲気で進行し、新郎新婦がケーキを食べさせ合うその時。

大崎の想像通り壱哉は大口を開けて、ケーキを頬張った。あまりにケーキが大きくて零れそうになるので、顔をしかめ、口元に手を当て、どうにか呑み込んだまではよかったが、口の周りいっぱいについたクリームを指ですくい、新婦の唇につけるのを見て、大崎は堪らなくなってこうアナウンスした。

「新郎の唇から新婦の唇へ。ラブラブですね」

それを聞いてちょっと顔を歪めた篠原が、人間らしくていいと思った。

久しぶりにベストカップルを見た。

大崎が選んだドレスを着てお色直しをした比奈は、ラナンキュラスの可愛い花に髪を飾られて、甘やかな雰囲気。

比奈の腰回りはとても細いので、ヒップラインを豊かに見せるバッスル付きのドレスを勧めたが、これは大成功だった。いわゆる鹿鳴館スタイルのドレスに身を包んだ比奈は、そのくりくりとした大きな目も相俟って、お人形さんのように見える。

「今日の君はすごく綺麗だよ。お手をどうぞ、お姫様」

聞きましたよ、お姫様。あんなに素敵な旦那様にお姫様と呼ばれて、幸せの絶頂でしょうね。

この間も、旦那様が衣装合わせにサロンにお見えになった時、「奥様のことを本当に大切にしていらっしゃいますね」と言ってみたら、こう返事をされました。

『彼女だけは不幸にしたくないんです、絶対に』

「仕事をしている時は、あんなに厳しいのに。彼もああいう顔をすることがあるんだな」

いつの間にか大崎の隣にきていた支配人が、意外そうな顔でそう囁（ささや）いた。

「奥様とご一緒の時はいつも優しいお顔しか見せないので、そういう方かと」

「まさか。ビジネスの交渉とか契約とか、そういう面では切れる。その実力を買われて、日本アースリーの支社長に就任、というわけです」

ふうん、そうだったのか、と思いながら、式場の中に入っていく篠原を見送る。

「支配人は中に入らなくてよろしいのでしょうか？」

「うん、支社長からお達しがあったのでね」

「仕事？　こんな日に？」

「本社のCEOが、明日お越しになるそうで、その準備をね。おそらく、さっきのトラブルのせいですね」

支配人が、そう言ってため息をつく。さっきのトラブルというのは、何か仕事上のトラブルがあり、結婚式の開始時間をずらしたあれだろう。

「じゃあ、後は頼みます、大崎さん」

と忙しなく踵を返し、エレベーターの方へ向かう姿に、支配人も大変だなと思う。

披露宴会場に入れば、幸せいっぱいの二人。

ゲストたち一人一人のためにあつらえたキャンドルに火を灯していく。その灯りに、幸せが宿っているように見えた。

二人が手にしたキャンドルは温かな光を放ち、まるで花から朝露が零れ落ちるように、蝋の雫を滴らせていた。

## 2

「旦那様がご一緒に来られなくて残念ですね、篠原さん」

この仕事ができそうな大崎というプランナーの女性は、何でもお見通しというか、比奈が残念に思っていることをずばりと言い当てた。数日前に川島比奈から篠原比奈になったことを、比奈はまだ大崎に伝えていないけれど、そのこともちゃんと知っているようだった。

「入籍したこと、ご存じだったんですね。『篠原さん』と呼ばれることにまだ慣れなくて、恥ずかしい」

「明日婚姻届を出す、とこの前支社長がいらした時におっしゃっていたので。申し訳ありません」

「……いえ、恥ずかしいですが、嬉しいです」

「おめでとうございます」

「ありがとうございます」

比奈はにこりと笑った。幸せだった。

だが、ウェディングドレスをどれにするか決められない。次々と試着するごとに迷いが増えていく。胸元が開きすぎていず、上品に見えて、壱哉の隣にいてしっくりくるもの。そんなドレスにしたいと思うと、どうしても悩んでしまう。お色直しのドレスなら色だけは決めているが、ウェディングドレスがなかなか決まらない。微妙にデザインテイストの異なるドレスをあまりに数多く見せられ、比奈は頭がクラクラしてきた。

「このAラインのドレスは、シンプルでオーソドックスなデザインですけれど、だからこそ正統派のドレスです。後ろについている大きなリボンがアクセントになって人目を引きますし、これをお召しになって髪をアップにまとめ、ティアラを乗せたら、まるで本物のお姫様みたい……篠原さんにぴったりだと思います」

プランナーからそう言われて、比奈は鏡に映る自分を見つめる。

確かに、今着ているドレスが一番しっくりくるような気がする。頭にティアラを乗せ、ベールをつけると、かなり厳かな雰囲気になりそう。

「篠原支社長はブラックカラーとネイビーブルーを基調にお衣装を選ぶようです。お二人の衣装のマッチングを考えますと、このような正統派のドレスがよろしいでしょう」

「……本当に、似合ってます？　大崎さん」

「ええ、本当です。篠原さんはお顔立ちが可愛らしいので、何でもお似合いになりますが、こういうシンプルなデザインのドレスでしたら、より美しさが引き立って素敵です」

と言われて比奈は、もう一度鏡の中の自分を見る。

背中のラインもすっきりとしたデザインなので、全身のシルエットが美しい。

壱哉の花嫁にふさわしい衣装を選ぶのだから、こういうシンプルかつノーブルなドレスがいいのかもしれない。

「これにします」

「かしこまりました。これに決めていただいて、私も嬉しゅうございます。ティアラはどういたしましょう。ああ、ベールも決めなければいけませんね」

「あの、似合うものを、選んでください。私一人では、決められなくて」

何事であれ、数ある中から一つを選べと言われると、上手く選べないのが比奈の悪いところ。人の意見に流されたくはないのに、結局はそうなってしまう。それでも最終的には、自分が気に入ったものでなければ納得できないのだから、自分でも困ってしまう。

「では、このドレスに合うティアラとベールは私の方でいくつかお選びしておきます。二人のお衣装の雰囲気が合うよう、支社長がいらした時にご相談しながら決めますね」

「そうしてください。よろしくお願いします」

比奈は着替えるためにフィッティングルームに入る。

これでようやくウェディングドレスが決まった、とホッとしながら、だけどお色直しのドレスがまだだったことに気付き、軽く落ち込んでしまう。

ドレスだけではなく、招待状の準備もまだできていない。

壱哉ならきっと衣装ぐらいサクサク選んでしまうだろう。招待状の発送準備もほとんど済んだと言っていた。

日頃から決断力のある壱哉だからできることだ。

結婚式のプランに関することでは、壱哉はまず比奈の意見を聞いてくれるので、比奈もどうにかここまでやってこられた。

「だけど……着物も着たいな」

着替えながら、独り言が零れる。またしても比奈の悪い癖(くせ)が出そうになる。ドレスもいいけれど着物も、と欲張ってしまうのだ。

けれど、ウェディングドレス一つ決めるのにもあれほど時間がかかったのだから、白無垢だの色打掛だのと次々見せられたら、比奈の頭は混乱してしまうに違いない。

あのウェディングドレスに合う髪型を決め、お色直しのドレスを選び、とやることはまだたくさんある。明日こそはしっかり決めよう、と比奈は自分に誓った。

☆　☆　☆

「またシュンとしてる。ドレスのこと？」

会社の同僚、牧田にそう聞かれた。

「そうなんです、なかなか決められなくて」

「おやまあ、可愛らしいマリッジブルーだこと」

「マリッジブルー？　そんなのじゃないです」

比奈が少し怒ったように言うと、牧田は笑って、

「残業なんかしていないで早く帰りなさい、新婚さん。じゃあね」

と一足先に退社した。

比奈も帰路につく。

電車で十五分ほどで壱哉のマンションがある駅に着く。壱哉のマンションというよりも、

そこはもう、二人の新居なのだが。

ここを新居としたのは、壱哉にとっても比奈にとっても、交通の便がよかったからだ。ことに、車を運転しない比奈にとっては、駅から近いことが魅力だった。

初めてこのマンションに足を踏み入れた時は、その広さと豪華さに驚いた。今でも、二人で住むには広すぎる、もったいないほどだと感じている。でも、やがて子どもができたら、これくらい広い方がいいのかな、ありがたいことだ、と満足している。

壱哉との新婚生活は、万事上手くいっている。こんなに幸せでいいのか、ちょっと怖くなるくらいだ。

新居、壱哉との生活にはとても満足しているが、比奈には気にかかることがある。

もう二十代も終わろうとしているのに、誰かの助けがなければドレス一つ選べない優柔不断な自分の性格。自分でも嫌になってしまう。

壱哉は、こんな自分のいったいどこがよかったのだろう、と不安な気持ちになってしまうこともある。

壱哉は頭がよくて一人で何でもできて、仕事の能力はもちろんのこと、容姿も性格も抜群にいい。そういう完璧な男性が比奈を選び、妻として迎えたのだ。「ほんとに、私でいいの？」と女心が揺れてしまうのも無理はない。

壱哉は今は歴とした比奈の夫だけれど、以前は別の女性と結婚していた。その女性はアメリカ人で、比奈も一度会ったことがあるけれど、とても綺麗で頭の回転の速い人だった。彼女の他にも、壱哉が以前付き合っていた女性はみんな、美人で、自信に満ち溢れていて、比奈とはまったくタイプが違った。

「壱哉さん、ほんとに、私でいいの？　こんな私のいったいどこがよかったの？」と聞いてみたくて、でも聞くわけにはいかなくて、比奈はちょっとだけ、拗ねたような気分になる。

だけど今は、拗ねたりしている場合じゃない。新婚だもの、できるだけ早く帰ってくるよと、壱哉は約束してくれて、実際その通りにしてくれている。今日は比奈が少し残業したので、壱哉の方が先に帰っているかもしれない。

マンションのエントランスを進み、エレベーターに乗った。目的階に着くまでの間に、部屋の鍵を取り出しておく。鍵を開けて中に入ると、やはり思った通り、壱哉はすでに帰宅していた。もう九時を過ぎているのだから、当然といえば当然だけれど。

壱哉は、風呂上がりなのか濡れた髪のまま、リビングルームでテレビを見ていた。

「お帰り、比奈さん」

「ただいまです」

「どうかした？　元気がない」

人のちょっとした声の調子にも敏い人。本当に壱哉はすごい、と思いながら比奈は首を横に振る。

「別に何でもないの。荷物置いてくる」

「比奈さん、待って」

壱哉が比奈のバッグを掴(つか)んだ。比奈が見上げると、どうしたんだ、と言いたげだった。

「何もない人は、そんな顔で帰って来ない」

「……ちょっとしたマリッジブルーのようなものです。気にしないでください」

「マリッジブルー？　だったら気になるけど。とにかくこっちに来て座って」

手を掴(つか)まれて、ソファに座らせられて、壱哉に顔を覗(のぞ)き込まれる。

「何でマリッジブルーなの？」

「些細(ささい)なことですよ。気にしないでください」

比奈がそう言うと、壱哉はため息をついた。比奈は、「どうせこんなことしか言えませんよ」と自嘲(じちょう)しながらも唇を引き結ぶ。

「結婚式したくない？　それとも、結婚したことを後悔してる？」

「そんなこと言ってません。したいですよ、結婚式」

「じゃあ何？　言ってくれないとわからない」

壱哉は比奈の髪の毛に触れ、頬にも触れる。その触り方はいつもと同じで、優しい。

「私、何でも人にやってもらってるから、落ち込んでるだけです。衣装も招待状も、自分で上手くこなせないなんて、何だかもう、いい大人なのに」

「……そんなこと？」

「そんなことじゃないです。私は、決めきれない自分が嫌なの」

壱哉は、比奈の肩からバッグを下ろし、その肩を引き寄せた。

「招待状のことなら別に構わない。二人の式だから、二人で協力すればいいと思うんだけど」

「私の分まで、壱哉さんに頼んでます」

「書類作成は得意だから、気にしないでいい」

「だけど私、ドレスも決められなくて。結局、プランナーの人に……」

「それが彼女の仕事なのだから、君が落ち込む必要なんかないよ。君も納得して選んだドレスなら、それでいいじゃないか」

「だけど、いつも決め切れなくて……」

「大切な日のことだから、迷いが出るのは当たり前だと思う。悩んで当然」

「そうですか？」

壱哉は頷きながら、そうだよ、と言った。

「招待状は君の代わりに僕が作った。そしてドレス選びはプランナーが手伝った。それだけ君には助けてくれる人がいるってことだ。幸せだ」

幸せ、という言葉を聞いて、比奈の胸がすっと軽くなる。

「僕は君と一生一緒にいたいと思っている。君が苦手なことやできないことは、手伝いたいし助けたいと心から思う」

「壱哉さんはどうして私なの？　昔から、いつも手を焼かせた私だよ。壱哉さんが勉強を教えてくれても、ちっともわからなかったんだよ」

比奈が言うと、壱哉は可笑しそうに笑い、そして言った。

「手がかかるほど、可愛いものなんだよ。こういうのは理屈じゃない。君じゃないとダメなんだ。君こそ、どうして僕？　昔は僕のこと嫌いだったくせに」

比奈が軽く壱哉の肩を叩くと、壱哉は「痛い」と言って笑った。

「マリッジブルーは解けたかな？」

比奈は頷いた。不安や心配、憂鬱な気分の全てが消えてなくなったわけではないけれど、でも、壱哉が「君じゃないとダメなんだ」と言ってくれるのだから、その言葉を信じて明るく前向きに生きようと思う。こうしていつも比奈を導いてくれる壱哉に、素直に従っていこうと思う。

「キャンドル、届いてるよ。君が選んだ、花の形のキャンドル」

「本当ですか？」

「嘘は言わないよ」

と壱哉が指さす段ボール箱を開いてみると、色とりどりの綺麗なキャンドルがいっぱいに詰まっていた。店で見たものだけでなく、さまざまな種類の花のキャンドルが比奈の目を楽しませた。

「店の人が、いろいろ取り寄せてくれたみたいだ。よかったね」

「このキャンドルは、きっとラナンキュラス。私の好きな花だ」

比奈が取り出して見せると、壱哉も微笑んだ。

「ようやく笑顔になった。そうやっていつも笑っていてくれないと、僕は心配だな」

そして壱哉は比奈の頭を撫(な)でた。

比奈は、心配をかけてしまってごめんなさい、と心の中で謝りながら、壱哉の身体を抱きしめる。そして、こう実感する。

この人が好きだ。

## 好ましい二人　～Sweet couple～

「比奈ちゃんは、一週間後に結婚式を控えた身なのよ？　本当に来るわけ？　健三君」

「うん、式を目前に控えた、花嫁の悩みでも聞いてやろうかと思ってさ。誘ったら来るって言ったよ。牧田姉さんも一緒だって言ったら、嬉しそうだった」

「よく承諾したわね」

「結婚一週間前って、もうほとんど準備が終わってる時期だし、俺の時なんか余裕だったよ？」

そりゃ、あんたはね、と牧田は心中で毒づき、ドリンクを口に含む。

『やっと式のドレスが決まりました』

比奈からそんな電話をもらったのが、つい一週間前のことだった。お色直しのドレスは？と聞くと、途端に声が沈んだ。

そんな状態の比奈が来るのか、本当に？

比奈の結婚相手、壱哉は、男にかけてはうるさい牧田の目から見てもかなりハイレベルだ。イケメン、なんて軽い言葉を使うのが畏れ多いほど。姿形は申し分なく、聞くところによればかなりの高学歴で、留学や海外勤務の経験も豊富らしい。

初めて見た時は、さらりと着物を着こなしていて、とても目を惹いた。二度目に会った時は、スーツ姿だった。それがあまりにも様になっているので、比奈が騙されていたらどうしよう、と心配になったくらいだ。

けれど壱哉は、そんな牧田の予想に反して、浮気をするような悪い男ではなかった。一度は比奈と別れ、外国で結婚をしてしまったけれど、すぐに離婚をし、比奈のもとに戻った。そんな複雑な経緯があったことから、壱哉が比奈を見るまなざしには、以前とは比べものにならないほどの深い愛情と思いやり、そして誠実さが感じられた。

「一度別れてくっついて、それから結婚に至るまでの時間はすごく短いけど……まぁ、これでいいのかしら？」

「だねぇ。でも壱兄は、結婚式にあんまり乗り気じゃなかったみたいだよ？」

「なんでよ？」

「親が勝手に決めちゃっただろ、会場も日取りも。だから、なんとなく気分が乗らないいんじゃないかな。それに、結婚式までたった三ヶ月弱しか準備期間がないんだぜ。壱兄としては、どんな些細なこともきちんと比奈と話して決めたかったらしい。比奈の気持ちを確かめながら、一年後あたりに結婚式ができたらって、そう思ってたみたい。っていうのを、壱兄がうちの母親に話してるのを聞いちゃったんだ」

「ふーん。そうなの」

　かつて壱哉は、比奈と別れて約半年後、別の女性と結婚した。牧田はその女性に会ったことはないが、金髪碧眼の美女で、スタイルもよく、壱哉の隣にいて遜色のない人だった、と聞いている。比奈は実際に会ったことがあるらしく、やけに自信をなくしていたのを覚えている。

「篠原さんは、元妻とまだ連絡取ってるわけ？」

「取ってないみたいだぜ？　もう連絡するのはよそうって、はっきり伝えたらしい」

「あら、そんなにきっぱりと」

「だろ？　壱兄って、そういうところあるんだよなぁ」

もう会わないと決めたのが比奈のためなのだったら、その方がいいと思う。

これからは比奈が正式に壱哉の妻となるわけだが、元妻の存在が気にならないわけがない。壱哉に限らず誰だって、嫌いな人と結婚なんかしないだろう。愛があったから結ばれた。そんな相手と、離婚後もまだ連絡を取り合っていることがわかったら、妻は穏やかではいられない。もし牧田がその立場だったら、夫を殴り飛ばしている。

けれど、比奈は決してそうはしないだろう。牧田から見れば、そこが比奈の美点であり、弱さでもある。そんな比奈だからこそ、壱哉は忘れられなかったのだろうと、牧田は思う。

「別れた女と会うなんて、弱い男がすることよ。篠原さんは偉いと思うわ、もう二度と会わないと決断したんだから」

「やけに壱兄の肩持つね」

「だって、比奈ちゃんが好きになった人だもの」

牧田にとって、比奈は特別な存在だった。だから比奈にはいつも幸せでいてほしかった。

彼と別れた後、比奈は見ていられないくらいにしおれていた。泣きはしないし、女々しいことも言わなかったが、いつも壱哉を思っていることは手に取るようにわかった。牧田が気分転換にと他の男性と知り合う機会を作ろうと働きかけても、比奈は首を横に振るばかりだった。なおもしつこく誘い続けた末、ようやくその気になってくれたと喜んだのも束の間、とんでもないことになってしまったという苦い経験がある。一緒に参加した合コンで、比奈は初めて会った男に無理やりキスをされ、泣きながら帰ってしまったのだ。店員にそう教えられて、牧田は申し訳ない気持ちでいっぱいになった。

「壱兄は、比奈が好きだからエマさんと離婚したのかな？」

「たぶんそうでしょうね」

「俺にも真相は教えてくれないんだ。家族なのに」

「篠原さんが一人でアメリカへ行くことになったのは、比奈ちゃんが断ったせいでもあるし、一概に篠原さんだけを責められないわね」

「比奈も悪いのかな？」

「本当に好き合った男と女が別れるのに、一方だけが悪いなんてことはない。お互いにどこか悪かったのよ、きっとね」

「そうなのかな」

「そうよ。そういえば、二年半前のあの時――」

牧田は当時のことを思い出す。

比奈は二十六歳になったばかりで、仕事にやりがいを覚え始め、壱哉という初めての恋人もいて、とても充実していたはずだ。だが、その恋人が突然、仕事の都合でアメリカに転勤することになった。一緒に来てくれと言われたのに、そしてそれは事実上のプロポーズでもあったのに、比奈は断ってしまった。比奈は仕事を辞めたくなかったのだ。それに何より、アメリカへ行ってからの生活に自信が持てなかったのだろう。いかにも比奈らしい保守的な発想だが、それがいけなかった。尻込みしていたら、幸せは逃げていってしまうのだ。自信が持てなくてもいい、迷いがあってもいい。あの時比奈は、たった一言「別れたくない」と言えばよかったのだ。

「おそらく、篠原さんは比奈ちゃんに遠慮したんでしょうね。まだ若いし、仕事もしたいだろうし、いきなりアメリカに連れて行ったりしたら、人見知りする比奈ちゃんがかわいそうだと思ったのよ」

「そうかなあ……何で、そこまで考えてやらなきゃいけないわけ？　本当に好きなら、何がなんでも連れていっちゃえばいいのに」

「篠原さんって、いい意味でも悪い意味でも大人なのよ、きっと。妙に醒めているっていうか、諦める癖があるんじゃない？　でも今度ばかりは違うようだから、私はよしとしてるけどね」

もう二度と比奈を諦めたりしない、と壱哉が意思を固めているのだと、牧田もひしひしと感じている。

あまり乗り気じゃないのに結婚式をしようとしているのも、比奈の幸せを願ってのことに違いない、と傍目(はため)にもわかる。

と、そこで健三のスマホが鳴った。たぶん、かけてきたのは比奈だ。

「トレジャーホテル？　いいけどさ」

健三が受け答えをしている。

牧田は、ドリンクの最後の一口を飲み干した。

☆　☆　☆

最近の比奈は、仕事帰りにトレジャーホテルに立ち寄り、結婚式の打ち合わせをすることが多い。今日も比奈は壱哉と共にトレジャーホテルで打ち合わせをし、今はホテル内のレストランで食事をしているとのことだった。健三と牧田を待たせてしまって申し訳ないが、もう少し時間がかかる、と伝えてきたのだ。

「ま、仕方ないわね。何といっても結婚式まで後一週間なんだから、忙しいはずよ。比奈ちゃんが言う通り、こっちから出向いていってあげましょ」

「それにしても、壱兄と比奈、いいとこで食事してるよな。牧田姉さん、今夜は壱兄に奢(おご)ってもらおうか」

「そうねぇ。篠原さんはリッチだもんね」

牧田と健三はトレジャーホテルに向かい、レストランを覗いた。入り口でスタッフに、「中に連れがいます。篠原です」と告げると、まるで常連客に対するような丁重な応対で、店内へ案内された。

「篠原様のお席はあちらです」

入り口から遠く離れた席に、壱哉と比奈がいた。牧田と健三の到着に気付いた様子はなく、笑顔で話をしている。

「壱兄たち、いるじゃん」

歩み寄ろうとする健三を制して、牧田は二人を見やった。

「いい雰囲気じゃない？　もうちょっと、そっとしておいてあげよう」

「そうだな。そうしようか」

健三も頷いた。

比奈のあの可愛い笑顔を見るのは何年振りだろう、と牧田は思う。いつも牧田が見慣れているものとはまったく違う表情。あの輝く笑顔は、本当に大好きな人にしか見せないもの。恋する壱哉が目の前にいるからこそ、自然に浮かんでくる最高の笑顔だ。

比奈はその最高の笑顔を壱哉に向け、壱哉はテーブル越しに比奈の手をそっと握っている。

「うわー、いちゃついてね？」

健三が騒ぎだす。

「静かに！」

牧田がそれをぴしゃりと制した。

幸せそうな比奈と壱哉を眺めていると、牧田の心もじんわりと温まってくる。

牧田は比奈のことならほぼ何でも知っているが、比奈と別れてからの壱哉がどんな二年半を過ごしたのか、よくは知らない。ただ、壱哉もきっと、乗り越えなければならない辛い日々を送ったことだろうと察しがつく。

今、壱哉は比奈の手にそっとキスをしている。それを見て牧田は、大丈夫だ、この二人ならきっと大丈夫だ、と信じることができた。

すると、比奈がこちらに気付き、壱哉の手を振り解いた。壱哉もこちらを見て、にこりと笑う。

牧田と健三は遠くから手を振った。そして比奈たちと同じテーブルに着く。

「ごめんね、健三、牧田さんも。ここまで来てもらっちゃって」

「いいのよ。それよりも、ドレスは決まったの？」

「……決まってないんです」

比奈が心底悲しそうな顔をしてそう言うので、牧田は笑ってしまった。

「しょうがないわね、もう。決められないなら、篠原さんに決めてもらったらいいのよ」

「壱哉さんに？　嫌です。自分で決めたいから」

比奈は意外と頑固なところもあるのだ。

「比奈さんに任せておいたら、決まるのは一年後かもね」

壱哉がそう茶化すのを真に受けた牧田は、「一年？　そんなに？」と目を丸くした。

「いろいろ試着しているそうなんだけれど、どれも今一つピンとこないらしい。とりあえず、ドレスの色は淡いピンクと決まったものの、候補が五着あって、比奈さんの迷いはどこまでも続く、って感じかな。もう一着、着物も着たいって言ってるんだけど、このままじゃとても着物なんか着られないね、って笑っていたところですよ」

「壱哉さん、そんなこと人前で言わなくていいですから！」

比奈がむきになって止めるのを見ていると、牧田も黙ってはいられない。

「さっさと決めないと、ドレスなしで結婚式することになっちゃうわよ？」

比奈が、「牧田さんまで、そんな」と言って、顔を強張らせる。

「うそ、うそ。大丈夫よ。可愛い比奈ちゃんのためなら、篠原さんはいつまでも待ってくれるわ」

そう言われて比奈は、瞬きをしながら壱哉を見る。まるで懇願するような目だった。

壱哉はため息をついて比奈に教え諭す。

「待ってるから、なるべく早く決めるように」

比奈は笑顔を取り戻し、頷いた。

「ん、もう、ラブラブだな、壱兄と比奈。っていうか、比奈ってば俺の義理の姉ちゃんになるわけかぁ。複雑だなぁ、俺」

「私、もう健三のお姉ちゃんだよ。籍入れてるから」

「……ああ⁉　いつの間に？」

二人が入籍したことを牧田は比奈から聞いていたけれど、まさか健三が知らないとは思わなかった。

「まったく、いつの間に、ちゃっかり俺の姉貴になってんだよ⁉」

健三はわざと乱暴な口調でそう言うが、実は嬉しくて堪らないのだ。

牧田も、嬉しかった。

この二人が永遠に幸せにいられますように。

あなたよりずっと　～I love you more than you～

『百年先も愛を誓うよ。たとえどんなに苦しいことがあっても辛くても、来世も君といたい。そのために、今から来世のお願いをしないと。また、男と女として生まれさせてくださいって。……君が男で僕が女だったら、僕は相当苦労しそうだ』

比奈は壱哉に言われたことを反芻して、唇を引き締める。

「苦労しそうって失礼な」と思ったけれど、確かに自分はしっかりしている方ではないので、反論できない、と比奈はぼんやり考えていた。

夫である壱哉は、嬉しいことを言ってくれるけれど、ちょっとどこかで比奈を落とす。

「牧田さん、私が男だったらどうします？」

「……はぁ？　何言ってんのよ比奈ちゃん」

さっぱり意味がわかりません、という感じで肩を竦める牧田は、キャラメルフラペチーノをひと口飲んだ。

いつも来ている職場近くのカフェ。牧田の向かいの席に座り、比奈も同じものを飲んでため息をつく。

「どうします？」

「困るわね。しっかりしてよ、的な？」

「ひどい、牧田さんまで……」

「比奈ちゃんがそんなことを聞くなんて、どうせ篠原さん絡みなんでしょう？　何か言われたの？」

「嬉しい言葉と一緒に、私が男だったら相当苦労しそうって……」

比奈がそう言うと、牧田は笑った。大笑いだった。

「牧田さんったら、どうしてそんなに笑うの！」

「苦労しそうだもん。比奈ちゃんが男だったら、頼りないもの」

確かに自分を省みてもそう思う。

ボーッとしているところがあるし、言葉足らずなことも多い。でも、今までは何とかやってこれた。それは、幼馴染で相方とも呼べる存在である、篠原健三がいつも傍にいて理解してくれていたからだ。

けれど社会人になっていろいろな人と知り合うようになり、「変わってるよね」と言われたりするようになった。婚約者である健三の兄、壱哉からも「何を言ってるのかわからない」と言われることも多い。

「比奈ちゃんは女でよかったのよ。それで篠原さんは男でよかったの。もうすぐ結婚するんだから、余計なことは考えず、幸せに浸っていなさい」

確かに牧田の言うことは、その通りだと思う。

実は数日前、マリッジリングのことで壱哉と少し揉めた。

揉めたのは比奈の一言がきっかけで、今となっては自分でも、言うべきではないことを言ってしまったという自覚がある。

壱哉の元妻、エマとのマリッジリングのことを引き合いに出してしまったのだ。比奈と再会後、一緒に食事をした時に身につけていたもので、デザイン性のある、ややゴテっとしたリングだった。壱哉のすっと伸びる長い指に、それはあまり似合ってないような気がした。が、素敵なリングであることは間違いなかった。

対して自分たちの結婚式のために購入したのは、既製のリングだった。それに結婚式の日付と名前を彫り、すでに準備は整っている。本当はもっと時間をかけて、二人でデザインを決めたかった。でも、壱哉の仕事と比奈の仕事の都合が合わず、あまり時間が取れなかったのだ。

だから、既製のリングにした。仕方ない事情ではあったけれど、一生に一度のこと、オリジナルリングを作れたら、どれだけよかっただろう。

そうしたら、元妻のことを気にしてしまう自分の気持ちが、少し癒されるかもしれない。

比奈がここまでエマのことを気にしてしまうのには、理由がある。二年半前に別れた際、比奈は捨て台詞のように「金髪美人を掴まえて結婚しそう」と壱哉に言ったからだ。皮肉なことに、彼はその通りの金髪美人、エマと結婚した。壱哉は比奈のことをずっと忘れてはいなかったと言ったけれど、やっぱり不安な気持ちはある。

「そういえば、マリッジリングを買いに行ったんでしょ?」

比奈は頷いて「綺麗なリングですよ」と言った。

とても綺麗な模様で、比奈はそれを気に入っている。シンプルな飾り気のないリングでもよかったが、実際に見てみると、アクセントがあるものも素敵だった。

「綺麗ではあるんですけど、壱哉さんの前の奥さんとのリングの方が素敵だったなって思っちゃったんですよね。それを言ってしまって、そしたら壱哉さんがちょっと不機嫌になっちゃって……」

「そりゃ、篠原さんが不機嫌になる気持ちはわかるわ。比べるものじゃないもの」

比奈は牧田の目が見れなくて下を向いたが、それでも自分には主張がある、と顔を上げて口を開く。

「本当に、素敵なリングだったんだもん。私もできたら、二人で話し合って作りたかった、と思って……」

「マリッジリングなんて、単なる形よ？　確かにオーダーメイドの方が、作った直後は満足感があるかもしれないけど、ずっと身につけてたら慣れて気にならなくなるわよ、きっと。っていうか、篠原さんの前のマリッジリングなんて見たことあったんだ？」

「あります。壱哉さんが帰国して初めて食事に行った日、前の奥さんとのマリッジリングしてたから……だからその時は、まだ結婚してるんだって思いました」

ふーん、と言って牧田はキャラメルフラペチーノを飲み干した。そうして自分の左手の薬指を見る。

「つけていることに慣れちゃって、外すのを忘れてたのかも。彼の場合、女避けとかそんな理由でつけてて、比奈ちゃんの前で外さなかったのも他意はなかったんじゃない？」

「そういうもんですか？」

「わりとね。ずっとつけてるから、身体の一部みたいになるのよ。お風呂に入ってる時も着替える時も、特に外さないもの。篠原さんだったら、前の奥さんとの指輪をしてなければ、今頃もっといろんな女に目をつけられてたわよ。イケメンだし、収入も多いし」

「そうかもしれないけど……」と、比奈は何だか腑に落ちなくて、心の中で呟く。

高学歴、高収入、高身長、容姿も抜群。話す速度も声も心地よくて、淡々としているけど、優しい人。たまに惑わすような意地悪なことを言うのも、壱哉の魅力だ。

比奈が思いを巡らせているのにもお構いなしに、牧田はさらに言葉を続ける。

「どこからどう見ても、さっさと売れそうな男。一回買われたくらいでよかったわよ？」

「そう何回も買われている人は嫌です」

「篠原さんでも？」

「もちろん、壱哉さんでも！」

「彼のこと、本当に好きでも？」

「それでも、嫌です」

唇を引き結び、比奈はきっぱりと答える。

リングのことで揉めた日の夜、壱哉と抱き合ったことを思い出す。きっと壱哉は、抱き合ったことでわかり合えたと考えているだろう。比奈もそう思おうとしたけれど、いつまでも心が晴れない。

「お子ちゃまねぇ。比奈ちゃんはね、篠原さんが何回結婚してても、きっと結婚してたわよ」

「そんなことないです」

「あるって。彼以外にはいないもの。それに、比奈ちゃんは無理よ」

「何がですか?」

「比奈ちゃんは、他の人とは恋人同士のスキンシップも取れないじゃない。結婚なんてもってのほかよ」

確かにその通りだ。

比奈には、一度だけ大学時代に付き合った人がいた。でも、すぐにダメになってしまった。男の人だということに身構え、彼がしようとすることを意識しすぎてしまって受け入れられなかった。それで結局、比奈から別れを切り出したのだ。

以来、ずっと恋人はできなくて、周りの友人が彼氏といる姿を見かけては羨ましいと思いながらも、きっと自分が男の人と付き合うことはないと諦めていた。

そんな時に、壱哉から好意を向けられた。壱哉も比奈に異性として意識していることを示した。それに戸惑いはしたけれど、壱哉だから気を許せた。そして、徐々に好きになっていった。

十代の頃から、ずっと知っていた相手。初めは嫌いだったはずなのに、いつの間にか惹かれていた。特別な人になっていた。

それだけでも奇跡のような出来事なのに、付き合い始めてからも、いろいろな奇跡が重なって、結婚という今に至れたのだと思う。

壱哉と一線を越えると決めてからも、思いを遂げるまでには、とても時間がかかった。比奈は初めてだったのだから、仕方がないことだと思うが、とても焦らしたと思う。それでも壱哉は、根気よく待っていてくれた。導いてくれた。

そこまでしてくれた壱哉。そんな優しくて、他にはいないような素敵な彼氏との関係が終わってしまったのは、比奈のせいだと思う。

牧田の言う通り、確かに比奈は壱哉じゃないと結婚しないと思う。他の男の人となんて、きっと考えなかった。

「まったく、マリッジリングくらいで拗ねて。もうすぐ結婚して、篠原さんは永遠に比奈ちゃんのものになるのに」

「……一回、彼は他の人とも永遠を誓ったはず……」

「比奈ちゃん、いい加減にしたら？　何が不満なの？」

「……何も……」

「だったら、そういうこと考えないの。何かしら不満があって、結婚したくないなら、やめちゃいなさい」

『結婚したくないなら、やめちゃいなさい』

その言葉が心に突き刺さる。すでに式場も結婚式の日取りも決めた。みんなに招待状も送っているし、それからマリッジリングも購入している。

「やめるなんて、できません」

「まさか、式場の心配とか、そんなこと考えてるんじゃないわよね？　後に引けなくても、今ならやめることはできる。まだ気持ちが固まってないなら、やめなさい」

「私の気持ちは固まってます。……ただ、マリッジリングのことはデザインもそうだけど、私はすごく残念に思っているのに、壱哉さんは平気そうなのが寂しかったの。もっと結婚に向けて、二人だけの特別なことが……」

――したかったのに。

でも、もうそんな時間はないし、それどころか、ウェディングドレスさえも決まっていない。

「だったら、比奈ちゃんから特別な何かをあげれば？　二人で考えなくても、比奈ちゃんが一人で考えて、彼と共有してもいいでしょ？」

牧田に言われて、ハッとした。

壱哉と結婚したい。

壱哉と一緒にいたい。

これは本当の、本物の気持ち。

けれど比奈は、これまで自分から何かをしようと考えたことがなかった。壱哉が何でもしてくれるからと、いつも壱哉任せにしてしまっていた。

「それって、心がこもってれば何でもいいのかな……」

「いいんじゃない、比奈ちゃんが納得することをすれば」

牧田の反応を見て、比奈は「そうですね」と言って笑った。少し心が軽くなり、気持ちが前向きになった。

比奈はあることを思いついていた。壱哉にも、誰にも知らせず、すぐに行動に移した。

壱哉への、たくさんの気持ちを込めて。

☆　☆　☆

比奈は、あれからすぐに壱哉へのプレゼントを用意した。

準備したはいいものの、そのプレゼントは今も比奈のバッグの中に眠っている。

いつ渡そうか、とずっと悩んでいた。どうやって切り出そう、とずっと考えていた。何度もくじけそうになったけれど、比奈は心を奮い立たせて、壱哉に切り出そうと試みた。けれど、いまだ行動に移せていないのは、壱哉をちょっとだけ怒らせたから。

昨日、比奈は壱哉とその秘書の後ろ姿を見間違えてしまったのだ。それを不満に思った壱哉に、昨晩はそのままお仕置きのように抱かれた。壱哉の意外と焼きもちやきな一面を見た気がする。

翌朝、目覚めてみると、二人の服がベッドサイドに散らばっていた。

いつも壱哉は、きちんと服をハンガーにかけている。けれど昨夜は、そんな余裕もなかったのだと思うと、ますます愛しさが募る。

しかも今朝は珍しく、比奈が起きても壱哉がまだ眠っていた。

比奈は彼の姿を見て、安心してまた眠った。

次に比奈が起きると、壱哉はまだベッドで眠っていたが、入浴したらしく、何も着ていなかったはずなのに、バスローブ姿に変わっていた。

自分の枕元にもバスローブが置いてあるのを見つけ、比奈はにこりと微笑んだ。自分に着せるために、壱哉が用意してくれたのだ。彼はいつも気が利いている。

それに袖を通して、ベッドから下りる。

そうして、バッグの中を探り、目的のものを取り出した。それから比奈はもう一度ベッドへ戻り、壱哉を起こすために手を伸ばす。

「壱哉さん、起きて」

二度三度揺さぶると、壱哉は「ん？」と言って目を覚ます。そして手近にあった眼鏡をつけて、にこりと笑う。

「おはよう。シャワーは？」

比奈が首を振ると、彼は瞬き(まばた)をして起き上がった。

「どうしたの？　昨日、髪の毛を解かないまましてしまったね。化粧もそのまま……早くシャワーを浴びて……」

壱哉は比奈の答えを待たず、言葉を続けた。

「壱哉さんに、プレゼントがあるの」

「……プレゼント？」

壱哉が不思議そうに比奈を見ている。黒目がちの大きな彼の目は、いつにも増して魅力的だった。昔は苦手だったこの目が、比奈は今では本当に好きだ。

この人ともう一生、離れたくない。だからこそ元妻にこだわってしまうし、彼女との素敵なマリッジリングが忘れられなかった。けれど、気にしてばかりでは何も前に進めない。

自分から一歩踏み出そう。

ビロードの箱を差し出して、開ける。

「見ての通り、リングですよ」

「何？」

「僕に？」

「はい、壱哉さんに」

本当にシンプルなリング。マリッジリングを購入したところで、あれから急遽、作ってもらった。

「これ、初めにジュエリーショップで比奈さんが見てたリングだ」

「シンプルだけど、やっぱりこれがいいなって思って注文したの」

「……左手の薬指につけるの？　すでに結婚指輪は買ったよ？」

壱哉の言うことに頷くと、壱哉は笑った。

「リングの重ねづけをするの？　女性の比奈さんならともかく、男性の僕も？」

「壱哉さんが、つけてくれないとダメなの」

リングを箱から取り出し、壱哉にリングの内側を見せる。

「私の気持ち。誰にも、負けない……壱哉さんの前の奥さんにだって、きっと。これが私の、ありったけの気持ち」

リングの内側を見た壱哉が、顔を上げて比奈を見る。

「私は、この指輪に誓う。壱哉さんの心を、ずっと私のものにしたい」

真っ直ぐに彼を見て言うと、壱哉は頷いた。そうして、そのまま比奈の前に左手を差し出して壱哉は言った。

「Could you just put it on?」

それは、彼がエンゲージリングをくれた日に、比奈が言った言葉と一緒だった。

言われた通り、比奈は笑みを浮かべてマリッジリングの上に、シンプルな銀色のリングを重ねるようにはめる。

「『I love you more than you』……どれくらい？　比奈」

「計り知れないくらい」

首を傾(かし)げて比奈が答えると、壱哉は笑って比奈の首筋に手を添えた。

「それじゃわからない」

「そんなこと、言われても……」

すごく考えた言葉だったのに、逆に質問を返されてしまった。

どう答えればいいのか。

ただ、きっと壱哉が思っているよりも、比奈は壱哉を愛している。

「この言葉、考えてくれたの？　よく思いついたね」

耳元で壱哉に囁かれた直後、比奈の身体は壱哉に倒された。

そうして、比奈のバスローブの隙間から、彼の手が滑り込んでくる。

比奈の口から、重いため息が零れる。

「僕は、君に初めて会った時から、君のものだよ」

大きな手が比奈の胸を揉んで、頂点を軽く摘まむ。

「ん……、あの、意味が……」

初めて会った時から君のもの、と言われた意味がいまいちわからない。考えている間も、彼が胸を揉み上げる手は止まらない。

「初めて会った時から、君に惹かれてたと思う。でなきゃ、あんなに構わないし、意地悪なんて言わない」

「何、それ」

「好きな子ほど苛めたくなる、男のバカな習性。……こうして君を手に入れるまで、どれだけ時間をかけたんだか」

言葉を投げかけながら、揉み上げている手が移動して、比奈の太ももを撫でる。片方の手で胸を揉まれながら、内ももに手を這わせられ、あっという間に比奈のバスローブを割り開く。それから、何も身に着けていなかった比奈の秘めた部分を、下から上へ撫で上げた。壱哉の指が、比奈の隙間の入り口に触れると、濡れた音が響いた。比奈はそれが、堪らなく恥ずかしかった。

「ぁ……っ」

壱哉の長い一本の指が、音を立てながら比奈の中へ入ってくる。中を押された拍子に比奈が甘い声を上げると、もう一本指を増やされた。

「何だ、すぐに入れそう。昨日の余韻かな？」

「ん……っん」

中を出入りする指が、比奈の内から込み上げるものを増幅させる。息を詰めて声を我慢しても無駄だった。

壱哉は比奈の首筋に、頬をすり寄せる。

「声、我慢してほしくないな」

「だ……って、あ……っ」

何かに縋りつかないと、どうにもできない気分になる。堪らなくなって、比奈は壱哉の頬を自分の首筋に押しつけるように抱きしめた。

身体と身体が密着して、壱哉のモノが比奈のお腹に当たる。しっかりと反応している壱哉のモノが、比奈を堪らない気分にさせた。

こんな気分になるのは、壱哉とだけ。壱哉としか経験できないこと。比奈の身体に触れられるのは、壱哉だけがいい。

「入っていい？」

自分の首に回されていた比奈の腕を解き、壱哉が片手で足を開く。片方の足を持ち上げられて、壱哉のモノが隙間に当たるのを感じた。

ダメだと言うわけがない。比奈は頷いて壱哉を見た。

壱哉は笑みを浮かべて、比奈の頬を撫でてくれた。

それからゆっくりと壱哉が入ってくる。比奈は隙間をいっぱいにされて、大きく熱いため息を吐く。

「ありがとう」

言われて、抱きしめられる。それからゆっくりと、壱哉は比奈の身体を揺すった。揺すりながら、左の掌で額から目蓋、鼻から唇、と優しく撫でていった。

比奈は目蓋を撫でられている時に、触れられていない方の目で壱哉の左手の薬指を見た。マリッジリングと比奈が贈ったリングの二つが見えて、とても満ち足りた気持ちになった。

この人は、本当に私のものになったんだ、と。

「っ……いち、やさ……っんぅ」

「比奈」

「比奈」と呼ぶ声が耳元で聞こえた後、壱哉は胸を揉み上げた。そうしながら腰を揺すられると堪らない。比奈は知らないうちに声を上げていた。壱哉の名前を、何度も何度も呼びかける。

「……腰にくる」

重いため息と共にそう言われたけれど、強い快感に翻弄されていた比奈には、よく聞き取れなかった。

それからは、壱哉が何か言っても聞こえなかった。

何しろ、壱哉の与えるものに夢中になってしまったから。

ゆっくり揺すられていた腰の動きが少しずつ速くなり、息が苦しくなっているのに、壱哉に止めてくれる気配はない。彼から与えられる快感はひっきりなしで、苦しいくらい。でも、その苦しささえ、今は心地よく感じられる。

腰の動きと共に、次第に快感が高まっていく。

「壱哉さ、好き……っ」

「好きだ、比奈。君だけ、好きだ」

腰の動きが速くなるにつれ、壱哉の背を抱きしめる比奈の手に力がこもる。どうにもならない快感を、先に弾けさせたのは比奈の方だった。

「んん……っあ！」

何度か揺すった後に、壱哉の動きが止まる。最後に突き上げられた時に比奈の奥に当たり、あまりの心地よさに涙が出る。比奈はそのまま静かに目を閉じた。

壱哉に頬を撫でられたことに気付き目を開けると、目にキスをされた。それから身体が繋がったまま、横向きの姿勢にされて抱きしめられる。

軽く揺すられた衝撃で「あ」と声が出てしまうと、それを聞いた壱哉が微かに笑った。

それから耳元で小さく、壱哉が一言だけ呟いた。

朝から狂おしく抱かれ、身体を繋げたまま囁かれた言葉は、比奈が贈ったリングに書かれた言葉。

――あなたよりも私の方が、あなたのことを愛してます――

## お酒のホンネ　～In vino veritas～

「お迎えありがと！」

いきなり抱きついてきた弟の健三に、背中をバンバン叩かれた壱哉は顔をしかめた。

比奈との結婚式を間近に控えた壱哉は、式前後に入っていた出張の予定を調整しているため、最近は特に多忙な毎日を送っていた。

今日もそんな、強行スケジュールでのアメリカ出張から帰ってきたばかりだった。

「健三、どれだけ飲んだ？　比奈さんは無事？」

「おー、ブジブジ、ブジですとも！　牧田姉さんと、俺の友達と共にブジでっす！」

「酒臭いな。それより、比奈さんは？」

「迎えに来て」と言った比奈は、呂律が回らない状態だった。店の外にある長椅子に健三を座らせて店の中を覗くと、牧田と一緒に比奈が出てきた。足元の覚束ない二人を見て、壱哉は眉間に皺を寄せてため息を吐いた。健三の友達という男も身体がゆらゆら揺れていて、真っ直ぐ帰れるかどうか不安だった。

「どれだけ飲んだんだか」

壱哉が零すように呟くと、牧田が手を上げて挨拶してきた。

「おっす、篠原壱哉さーん！　比奈ちゃーん、旦那様のお迎えでーすよ！」

牧田が言うと、赤い顔をした比奈が、これ以上ないというくらいの最上級の笑顔で、壱哉を見つけて駆け寄ってきた。

「篠原壱哉さーん！　お迎えありがとうございマース！　って、本当に迎えに来たし！」

「俺が言った通りだったろー？」

そう言って抱きついてきた健三は、酔っぱらいそのものだった。

「壱哉さん、私には帰ってくる日、教えてくれなかったし！」

比奈の言葉を聞いて、壱哉は眉根を寄せた。

「ちゃんと今日帰るって伝えたよ？　今日だって、帰国して家に直行したのにいなかったから、電話もかけたし」

比奈はかなり酔っているらしく、壱哉の名前をフルネームで呼ぶ。大きな声だな、と壱哉は思ったけれど、酔った人たちの耳にそれが届くわけがない。だから、何も言わなかった。

家に帰っても比奈はおらず、心配して比奈に電話をかけたのだが、電話が繋がることはなかった。

比奈の返事を待たず、後ろにいた男が近寄ってきて、壱哉を見て嬉しそうに笑う。

「壱兄さーん、はじめまして！　おれ、健三君の友達のソーヘーです。噂通り、カッコイイですね！」

壱哉の手を取った男は、かなり強く握って、大きく上下に振ってくる。

「……はじめまして」

壱哉も仕方なく答えた。

「おれも車に乗せてくださいっ！」

「どこまで？」

「健三君の行くところまでですっ！」

そう言ったソーヘーは、ヨロヨロと健三の隣に座る。

酔っぱらいが四人。押し込めば乗れないこともないだろう。車を近くまで回してこようと思案する。

「二人は、健三の家まで送ればいい？」

「うん、そう。俺ん家に泊めるから」

「わかった。牧田さんの家はどこですか？」

牧田もかなり酔ってるので、壱哉が聞くとにっこり笑って答えた。

「比奈ちゃん家に泊まりますー。ね？」

「牧田さんを家に泊めます」

「……そう。車持ってくるからここにいて」

牧田を家に泊めることに抵抗はないが、比奈が自分に断りもなく決めていたことに、壱哉は少しだけイラッとした。けれど、酔っ払いの言ったことなので、仕方なくスルーした。

駐車場に停めた車を店の前につけると、ソーヘーは「おおっ」と歓声を上げた。

「ベンツだ……すっげ！」

「お褒めいただき、ありがとう。それより早く乗ってくれる？　長くは停められないから」

車の量が少なくなっている深夜でも、道路沿いに車を停めると迷惑になる。早く乗るように促すと、次々に乗り込んでいく。比奈も牧田と一緒に後部座席へ乗ろうとしていた。

「比奈さんは、助手席においで」

「牧田さんの膝がいいのー」

「……そう。じゃあ、まずは健三の家から」

健三の家に向かうべく車を発進させると「静かだなぁ」とソーヘーが感嘆の声を漏らす。確かに壱哉が乗っている車は静かで、乗り心地がいい。それは認めるが、今日の後部座席はうるさかった。

皆、酔っているせいかよく喋る。壱哉は一つため息を吐き、後ろは気にしないようにした。


健三の家へは、二十分ほどで着いた。二人は車を降りると少し酔いが醒めたのか、真っ直ぐに歩いていた。二人を見送ってホッとしたところで、牧田の膝の上から下りる比奈の姿を、バックミラーで確認する。

「牧田さーん、次は私の家です。一緒に寝ますか？」

「旦那さんに悪いからぁ、私には比奈ちゃんの部屋を貸してー」

そんなやり取りを聞きながら、壱哉は目を伏せてため息を吐く。本当に、どれだけ飲んだのか。

「あの店は一軒目？」

「違いますー。あれは三軒目」

まだ呂律が回ってない口調で比奈が答えた。

牧田に身体を預ける比奈は、酒のせいで身体に力がまるで入っていない様子だった。マンションのエレベーターに、ちゃんと乗れるだろうか。

そう懸念していると、ほどなくマンションに着き、どうにか二人は歩いてエレベーターに乗ってくれた。だが、玄関のドアを開けるなり、二人は座り込んで動かなくなった。

「もう動けなーい！　酔いが回った……」

牧田が「うー」と唸りながら叫んでいる。壱哉はもう一つため息を吐いて、隣に座り込む比奈を見た。「私も」と言った比奈は、そのまま玄関に寝転んでしまった。

「こんなところで寝ない！」

「だって、きついんだもんー」

「二人とも飲み過ぎだ」

酔っぱらいの介抱なんて、壱哉はほとんどしたことがない。そういう役は、今まで回ってこなかったから。内心、面倒だ。妻の比奈は身体が小さくて軽いので、ベッドに連れて行くのは簡単だが、牧田は細身でも身長がある。比奈よりも体重があるだろう。あまり気は進まないものの、動かないなら動かすしかない。

仕方なく、牧田を起こして抱き上げる。やはり比奈よりは重たかった。

「イイ男がお姫様抱っこしてくれてる！　めっちゃイイ気分！」

「牧田さん、静かにしてください。動くと落としますよ？」

比奈の部屋のドアをどうにか開けて、ベッドの上に下ろす。キチンと布団をかけてやると「ありがとー」と、呂律の回らない口調で礼を言われた。

「ちゃんと寝てくださいね。後で水を持ってくるから。トイレは出て左ですよ」

「はーい。どうもー」

牧田の返事に頷き、もう一度玄関へ向かう。いまだ玄関先で靴を履いて寝ている比奈を見て、また大きなため息が出た。

「限度ってものがあるでしょ？　どれだけ飲んだんだ、まったく」

そう言って身体を揺らすと、比奈の大きな目が開く。酒のせいで充血したその目は、壱哉を見上げている。

「壱哉さん、私も抱っこして。牧田さんだけ、ズルイ」

「しょうがないでしょ？」

比奈の腕を首に回して抱き上げる。やはり比奈は、牧田より軽かった。比奈を抱えたまま今度は夫婦の寝室のドアを開けて、ベッドに下ろした。

「どこ行くの？」

「水を取りに行くだけ。大人しく寝てて」

壱哉が行こうとすると、比奈が引き止めてくる。しかも、普段はそういうことをしないのに、壱哉の服を引っ張ってくる。壱哉はその手をやんわり外し、キッチンにある冷蔵庫を開けると、水のボトルを二つ取り出した。比奈の部屋で寝ている牧田の枕もとに、ペットボトルを置いて部屋を出た。

自分たちの寝室へ向かうと、比奈は目を閉じていたから、寝ているのだろうと思った。そんな比奈を横目に、壱哉がベッドサイドで着替えていると、比奈が急に起き上がった。

「あ、壱哉さん、着替えてる」

「着替えるよ。僕も、もう寝るから」

「寝ちゃダメ。こっちに来て」

同じベッドで寝るのだから、どちらにしても比奈のところへ行くつもりだ。けれど壱哉は何も言わず、ため息を吐いてベッドの方へ歩み寄った。そうして壱哉がベッドに上がると、今度は比奈が、おもむろに「服」と言った。

「服が何？」

「脱がせて」

「わかりました」

比奈の着ている服のボタンを外して脱がせて、スカートのファスナーを下げる。

「後は自分で脱ぎなさい。じゃあ、おやすみ」

そこまでして壱哉が横になろうとすると、比奈はなおも腕を引っ張ってくる。比奈はいったい、何がしたいのだろう。じっと彼女を見る。

「僕は今日、出張から帰ってきたばかりで疲れてるんだ。寝たいんですけど」

今日の壱哉は、二泊四日の短い海外出張から午前中に帰ってきて、一度帰宅した後、会社へ行って仕事をしてきた。再び家に帰ってきたのは午後九時を過ぎてからだったのだ。

「今日帰国するなんて、私聞いてなかった！」

「言ったよ、行く前に。寝ながら聞いてたから、覚えてないんだ」

布団に入りながら壱哉は今回の出張のことを話していたので、眠くて聞いていなかったのかもしれない。何となくそんな気はしたけれど、その日は自分も疲れていて、念を押さなかったのがいけなかったらしい。比奈はやはり、覚えていない様子だ。

「健三から聞くまで知らなかった！　言ってないもん！」

「……言ってないかもね。おやすみ」

説明するのが面倒になり、壱哉は話を切り上げて布団をたぐり寄せる。けれどそんな壱哉を見て、比奈が布団を引きはがす。ほとんど下着姿の比奈を見上げて、壱哉は再び大きなため息を吐いた。

「どうしたの？」

「今日帰ってくるって知ってたらぁ、飲みに行かなかったよ」

比奈の大きな瞳が潤み、一筋の涙が零れた。

「どうして泣くの？」

その姿に驚いた壱哉が起き上がろうとすると、比奈は体重をかけてのしかかってきた。

「今日、飲み屋の三軒目で健三から聞いて初めて知ったの……壱哉さんが、今日帰ってくること。何で健三が知ってるの？」

「それは、たまたま健三と電話した時に話したから。泣くことじゃないよ。……比奈さん、酔っ払ってるんだ。もう寝なさい」

「や！　ひっどい！　私に言わずに、何で健三にだけ教えたの？　ひどいよ、壱哉さん」

本当に、いったいどれだけ飲んだのか。今日の比奈は、随分感情が高ぶっているらしい。

壱哉は困り果てて、思わずため息が零れた。

比奈ときちんと仲直りしなければ、と思うけれど、この状態では話ができそうにない。

壱哉は明日代休だし、確か比奈も休みだったと思う。今日のところは一度寝て、明日起きてからまた話そう。壱哉はそう考え、比奈をなだめることにした。

「言わなかったね、ごめん。今日はもう寝て、明日ゆっくり話そう？」

上に乗っかった比奈の背中を撫でて言うと、首を振って壱哉の首に頬をすり寄せる。

「壱哉さん、好き、大好き。だから今度はきちんと言ってから出張に出かけて」

「ね？」と、潤んだ瞳で懇願する比奈を、壱哉はじっと見ていた。

壱哉は確かに比奈に伝えたのだ。比奈は眠そうにしていたけれど「気を付けてね」と返事をしてくれた。

けれど、こんな切ない顔をしている比奈に、そんなこと言えるはずない。

「返事、ない」

何も答えなかった壱哉に対して、比奈は不満げに顔を上げて壱哉の顔を見た。

「わかった。……もう夜遅いし、寝よう？」

「はい」

素直に返事をした比奈に少し驚いた。けれど、彼女は一向に寝る準備を始める様子もなく、上に乗ったまま壱哉の首に頬をすり寄せ、キャミソールを脱ぎだした。

「何してるの？」

「壱哉さんが『寝よう』って言ったから脱いでます」

「は？」

「『寝る』んじゃないですか？」

キャミソールを脱ぎ去り、今度は下着のホックに手をかけようとしたので、壱哉は慌てて比奈を制した。

「違うよ。『おやすみ』ってこと。もう寝る時間でしょ？」

「寝る」の意味が違うことに気が付いて言うと、明らかに落胆した目をした比奈が、こちらを見ていた。

「壱哉さん、私のこと好きじゃないの？」

「好きだよ」

「二週間くらい、何もしてないよ？　寂しかったです」

「……したいの？」

「壱哉さん、好き好き」

そう言った後、酒に酔っているからだろうか、珍しく比奈から積極的にキスをしてきた。

比奈は酔うと、普段よりも素直になる。そんな比奈が可愛い。壱哉は彼女の提案に賛成した。

「わかりました、しましょうか」

「壱哉さん、好き」

何度も好きだと繰り返す比奈に、壱哉の性欲はゆっくりと引き出されていく。

壱哉からキスをすると、比奈は甘い声を上げ、身体を預けてきた。それが心地よくて、比奈を抱きしめる腕に力がこもる。

出張帰りで疲れていたけれど、比奈との行為の気持ちよさに壱哉は溺れていった。

☆　☆　☆

翌日も、比奈は泥のように眠ったまま、なかなか起きなかった。

壱哉も出張の疲れと、昨晩の心地よい疲労感から、いつもより長く寝ていた。

やっとベッドから起き上がり、身支度を整えてコーヒーを飲んでいると、牧田が起きてきた。

時間は午前十一時半。今日は三人とも大寝坊だ。

「おはようございます、牧田さん」

「……泊めてもらって、ありがとうございます」

「いいえ」

「昨日は、かなり酔ってしまって、ご迷惑をおかけしました。比奈ちゃんもかなり酔っていたけど……大丈夫でしたか？　何だか出張から帰る日を教えてくれなかったって怒ってたような記憶があるけど……それから覚えてないんですよね」

「そうですか」

壱哉はリビングのテーブルに牧田を座らせて、コーヒーを渡した。牧田はそれを受け取り、一口飲む。

「酔っぱらいが四人もいて、大変でした」

「すみません」

思えば昨日は、かなりハードな一日だった。出張から帰ってきて、夜まで仕事をし、酔っぱらいを迎えに行き、最後に比奈の相手もした。比奈のお相手は、身体的には気持ちよかったが、さすがに疲労がまだ残っている。誘惑に負けてしまった自分が、少し恨めしい。それに比奈は、かなり酔っていたので、昨日のことを覚えているかどうかも怪しい。

「コーヒー、ごちそうさまでした。私、もう帰りますね」

「帰り道はわかりますか？」

「大丈夫。わからなかったらタクシーを拾います」

立ち上がってバッグを持ち上げ、玄関へ向かう牧田を壱哉は見送りに出た。

「前の通りを左方向に進んでいったら、すぐに大通りに出ますから。気を付けて帰ってください」

「お世話になりました。そういえば……比奈ちゃんに出張から帰ってくる日を言ってなかった、って……比奈ちゃんの勘違いですよね？」

「当たり前です。話した時、比奈さんは眠そうにしてたから、ちゃんと聞いてなかったんだと思います」

壱哉の返事を聞いた牧田は、緩く笑った。

「比奈ちゃんらしい……それを聞いて安心しました。いろいろすみませんでした。でも、比奈ちゃん寂しかったみたいです。仲良くしてくださいね」

ふふ、と意味深に笑った牧田が、玄関のドアを開ける。最後に礼を言うのを忘れずに、家を出て行った。

客を送り出して一息つき、壱哉はリビングに戻ってコーヒーを飲んだ。

飲み干してから寝室へ行くと、まだ比奈は寝ていた。ぐっすり寝ているので、呼吸が深い。

「もう十二時を過ぎた、か」

チェストに置いてある時計を見て、ベッドの上に乗る。

昨日愛し合ったまま電池が切れたように眠っている比奈は、キャミソール一枚を身に着けているだけの状態。その肩紐は両方とも肩から落ちていて、かろうじて胴周りに留まっているような感じだ。

「比奈さん、そろそろ起きたら？」

昨晩は壱哉も疲れていたから、そんなに長くは愛し合ってない。寝たのはきっと、二時を回ったくらいだっただろう。そう考えると眠ってから、すでに十時間が経過しようとしている。

「比奈さん？」

身体を揺り動かすと、比奈の目蓋が震える。

ゆっくりと目を開ける動作に、縁取られた長い睫毛が揺れた。

「おはよう」

半分開いた比奈の唇にキスをする。

下唇と上唇を啄むように挟んでいると、比奈はやっと目が覚めたようで壱哉を見た。

「あれ？　壱哉さん……あ、えっと、昨日……」

「この酔っぱらい。昨日のこと、覚えてないって言うつもり？　大変だったんだよ」

壱哉が言うと、比奈は何度か瞬きをして顔を赤くした。

「え、あ、えっと……昨日、何かした？」

「したね」

「えっと……夢かと……」

「セックスは夢じゃないよ」

壱哉が少し笑って言うと、比奈は瞬きをして下を向いてしまった。

「『壱哉さん、好き好き』って誘ってた」

比奈の顔がさらに赤くなるのを見て、可愛いと思った。

「疲れてたけど、比奈さんに負けたよ」

壱哉は比奈の鼻を摘まんでそう言った。

「そろそろ起きてシャワーを浴びといで。もう昼だよ？」

壱哉が言うと、比奈はのろのろと起き上がる。キャミソールが脱げそうなその格好にやっと気付いたようで、慌てて肩紐をかけ直した。

ベッドの上に用意していたパジャマ代わりのワンピースを渡すと、素早くそれを身に着けて、もう一度壱哉を見上げた。

「壱哉さん、出張から帰る日、教えてくれなかった」

「……これからは、ちゃんと言うよ」

昨日の繰り返しだ、と心の中で苦笑しながら、壱哉は何も反論せずにベッドを下りる比奈を見ていた。

「ちゃんと、言ってくださいね」

「はい、わかりました」

しかし比奈は首を傾げて考える仕草をしばらくした後、

「でも昨日、出張から帰る日、言ったはずって壱哉さんが言ったような……」

と付け加えた。

「酔っぱらいの記憶はあてにならないよ。昨日のセックスも曖昧でしょ？　頑張ったのに、ひどい話」

言うと、比奈は壱哉の肩をパンッと叩いた。

「人を叩かない。さっさとシャワー浴びといで」

「『頑張った』とか言うから！」

壱哉は「はいはい」と言ってなだめて、比奈をバスルームへ押し込んだ。

顔はムッとしていたが、怒りたいのはむしろこっちの方だ。

『壱哉さん好き』

そう言われただけで、壱哉は嬉しくて堪らなかったのに。

昔ならあり得なかった、そんな自分の変わりように苦笑しながら、シャワーから上がった比奈のために紅茶を入れた。

幸い今日は、二人とも仕事は休み。

昼過ぎまで寝て、ゆっくり過ごすのも悪くない。

楽しい休日は、まだまだこれから——

あなたをひと目見た時に

二週間近くアメリカに出張へ行っていた壱哉と、比奈はこの日、帰国したその足で会う約束をしていた。きっと彼はスーツ姿のままで来るだろう。きっちりと締めたネクタイ、綺麗なカフスボタン、細身だけど筋肉質な体型で背も高い彼は、スーツがとてもよく似合う。それはもう、嫌味なくらいに。

久しぶりに会う彼の姿を思い出すだけで、心臓がドキドキする。

「誰と待ち合わせしてるんだろうね、あのカッコイイ人」

会社帰りのＯＬ風な女性が、友人と思しき隣の女性に話しかけている。視線の先には、一人の男性が立っていた。スーツは黒、シャツは無地の青。シャツと同色のストライプのネクタイをしめている。遠目で見ても、超カッコイイ、エリート社員。

「……カッコイイなぁ。待ち合わせの相手が羨ましい」

女の人がそう言って、比奈の隣を通り過ぎる。

「壱哉さん、目立ってる……」

比奈は、そう小さく呟いて、周りの反応を見ていた。

壱哉はそれに気付いていない様子で、ブリーフケースを探ってスマホを取り出した。通話ボタンを押して、耳に当てている。そして、周囲に視線を巡らせる。

比奈のスマホがバイブ音と共に揺れ、耳に当てると、低くていい声が、比奈の名を呼んだ。

『比奈さん、今どこにいるの？』

壱哉のいる位置からでは、比奈の姿は見えない。

「すぐ近くにいるけど……壱哉さん、目立ちすぎ」

『近くってどこ？　僕のいる場所からは見えないけど……』

「壱哉さんから見て右側の、柱の近くにいるから」

比奈は、電話を一方的に切った。こういうのはよくないと思ったけれど、比奈は下を向いて壱哉が見つけてくれるのを待った。

もう入籍して夫婦になったけれど、まだその実感がない。篠原比奈という名前になり、何のためらいもなく、傍にいられる立場なのだけど、あんな風に他の綺麗な女の人にもカッコイイと言われる壱哉の傍に自分から行くのは気が引けた。比奈は、壱哉の美男ぶりに気後れしているのだ。

「いたいた。どうしてこんなわかりにくい場所に……」

頭上から聞こえた低い声。見上げると、先ほどの超カッコイイエリート社員が立っていた。

「壱哉さんが目立ってたから、困ってたの」

「……目立つ？　何それ？　比奈さん、ご飯は食べた？」

「お腹ペコペコ」

確かに空腹だったけれど、久しぶりに見る壱哉に胸が高鳴り、本当はそんなのどうでもよかった。

　式を目前に控えた身だけれど、もう少し恋人気分で付き合いたかったという気持ちも少しある。

　もちろん片時も離れたくないと思ったからこそ結婚したわけで、新婚生活も楽しい。けれど二年半前も、恋人同士としての交際期間は短いまま終わってしまい、そして再会してから彼氏彼女だった期間はもっと短い。比奈は壱哉とはどんなこともたくさん経験したいという気持ちがあるからだ。

「どこか食べに行く？　この時間だったら、居酒屋かな」

　時計を見る仕草さえもカッコイイ。

　壱哉の顔が真っ直ぐ見られず、俯（うつむ）いた視線の先にあった、左手薬指に光る大粒のダイヤモンドリング。それを見てから、壱哉を見上げると、壱哉も比奈を見つめていた。どうかしたのか、というような感じで、にこりと笑いかけられる。

「私、二人だけになりたい」

「お腹空（す）いてるのに？」

「お腹も満たしつつ。……って無理ですね」

　レストランへ行けば、他のお客さんやお店のスタッフがすぐ傍にいたり、常に誰かの話し声が聞こえて、そんなことは無理だ。

「大丈夫だよ」

「は？」

「お腹も満たしつつ、二人で、でしょ？」

壱哉は携帯電話を取り出し、どこかに電話をした。

「篠原です、今から個室を押さえられますか？」

壱哉は腕時計を見ながらそう言って、それから比奈の頬に触れた。温かい指が比奈の頬を滑っていく。

「ありがとう。では、今から向かいます」

電話を切って、「行こうか」と言う。

壱哉は比奈の頬から手を離し、比奈と手を繋ぐ。こういうことを、サラリとできてしまうこの人は、大人だなといつも思う。さりげなく、というのが比奈にはまだ難しい。

「どこに行くの？」

「美味しいフレンチの創作料理の店。ここから歩いて行ける距離にある。結構、隠れ家的なところ」

壱哉は、仕事でもこういった店をよく使うらしく、落ち着いた雰囲気の飲食店をよく知っている。そういうところも大人。

壱哉の何でもそつなくこなす姿を見るたびに、さらに彼を好きになる。

もしこの人とまた別れることになったら、どうしよう。

きっと比奈は一生独りでいるだろう。もう、こんなに心魅かれる人とは出会えないと思うから。

「隠れ家的なレストランなんて、よく知ってるのね」

「そういえば、まだ比奈さんを連れて行ったことはなかったな。仕事で使うことが多い店なんだ」

そうなのか、と思って手を引かれるままに歩く。

歩いて十分ほどで店に着いた。

やけにたくさん道を曲がった先、住宅街の一角。古い洋館風の建物には看板も出ていない。

壱哉はためらいもせずにドアを開ける。洋館風の内部はリフォームされているのか新しい感じだった。ドアベルが鳴ったので、それを聞きつけた一人の女性が微笑みを浮かべて出てくる。きっと、ここの女主人なのだろう。

「こんばんは、篠原様。お待ちしておりました」

黒のワイドパンツに、同じ色のスリーブレスブラウス。肩のあたりで切り揃えられた髪の毛を揺らして、頭を下げた。

「こちらへどうぞ。いつものお部屋が空いておりますので」

「ありがとう」

先に歩き出した彼女の後ろをついて行く。通された部屋には、L字型の高級そうなソファとテーブルがあった。

「お料理はどのコースになさいますか？」

「いつものコース……は僕だけで、彼女には風コースを」

「かしこまりました。では、お料理はよろしい時にお持ちしますので。お知らせください」

「ありがとう」

なんだろう、このやり取りは。比奈は女主人と壱哉を見比べた。女主人が去ってから、壱哉は比奈の手を放す。

「どうした？」

「……ここ、高級料理を出すところ？」

「ある程度は。ここは秘書の春海から教えてもらった穴場。以来、仕事でよく使ってる」

壱哉はソファに座って、ブリーフケースを脇に置いた。

「座らないの？」

「こういうところ、来たの初めてで緊張しちゃって」

言いながら壱哉の隣に座って室内を見る。テーブルには清潔なクロスが掛けてあり、L字型のソファは柔らかくて座り心地がとてもいい。

「政治家や財界人も使うレストランなんだ」

「へ？」

「防音もばっちりだし、料理を運んでくれ、と言わない限り誰も来ない。鍵を閉めることもできる。密会するには、もってこいの場所」

そう言いながら比奈を見つめる壱哉の右手には、黒いフェイスの時計が見える。スーツの袖口のカフスボタンも高価そうなものだ。こんな格好の壱哉なら、この店に出入りしていても違和感はない。

「君の言う通り、二人だけになれたよ」

言われて目を逸らす。そこでふと、壱哉の左側に座っていることに気付いた。

「あ、こっち側ダメですね。壱哉さん、利き手左だから」

左利きの壱哉の左側に座ると、食事の時に肘が比奈に当たることになる。だから隣に座る時は、いつも右側。それを忘れて、つい左側に座ってしまった。

「いいよ、そのまま」

壱哉に見つめられ、身体を引き寄せられる。ゆっくりと顔が近付いてくる。比奈は、壱哉が目を閉じるのを見た。

「……ん、ん」

比奈が目を閉じると同時に、唇に柔らかい感触があった。唇を啄むようにキスをされて、濡れた音が響く。右手を取られて、さらに身体を引き寄せられる。比奈の袖口から、壱哉の指が侵入する。

「結婚式のドレスは、決まった？」

「式の、ドレス、は」

「決まった」と言いたかったけれど、キスに呑み込まれた。比奈との間にあったブリーフケースがゴトリと音を立てて落ちた。鎖骨のあたりに触れられて身じろぎすると、背にソファの感触を感じる。

「いち、やさ……っ、ここ……」

食事をする場所ではないのか、と言おうとしたけれど、続きの言葉はキスに呑み込まれてしまった。

「ま……って」

「二人になりたい、って。君が言った」

服の上から胸に触れられて、比奈は目を閉じる。スカートの裾から手が入ってきた。下着を下げられて、そこに触れられると、思わず大きな声が出た。

「あっ！」

きっと今日は抱かれるだろう、と予想していた。ただ、この場所でとは思わなかった。

「会った瞬間から？」

壱哉が聞く。

「……っ、な、に？」

壱哉がネクタイを解きながら少しだけ笑う。

「……てた」

耳元で言われた言葉と、下着の中で動く手を感じて、比奈の顔が熱くなる。

壱哉を見ると、上着を脱いでブリーフケースを拾い上げた。そしてベルトを緩めた。

「ここでこんなこと、して、いいの？」

「呼ぶまで誰も来ないって言わなかった？」

ブラウスのボタンを外された。ブラジャーはホックを外さないまま持ち上げられ、乳房が露(あら)わになる。壱哉は、四角のパッケージを手にしている。ブリーフケースの中にあったのだろうか。

「そんなものを、いつ？」

「空港に着いた時」

足を開かれて、スカートを脱がされた。比奈はまだ恥ずかしさがあったから、一瞬隠すような仕草をした。

「隠しても、一緒なのに」

足を抱え上げられて、壱哉の方へ引き寄せられる。

「……っあ、あっ……ん」

こんな場所で本当にいいのか、と戸惑う気持ちはある。けれど、比奈は一度目を閉じて息を吐いてから、決心してゆっくり目を開ける。カッコイイエリート社員の壱哉が、服を着たまま比奈を愛している。待ち合わせ場所で誰もが振り返ったこの人が、比奈の中を動きながら、ひどく色っぽい表情を見せている。

それだけで、比奈は感じてしょうがない。

『あなたをひと目見た時に、もう感じていました』と、心の中で打ち明けた。

☆　☆　☆

「お腹空(す)いた～」

息を整えて比奈がそう言うと、壱哉が可笑(おか)しそうに笑って比奈の頭を撫(な)でた。

「そうだね」

言いながら壱哉はスラックスの中にシャツを入れて、ボタンを留める。それからベルトを締め、ネクタイを軽く締め直した。身支度を整えると、ぐったりしている比奈の背に手を回して、身体を起こしてくれる。

「大丈夫？」

「お腹空きすぎて死にそうです」

「さっきから、それしか言わない」

壱哉が、比奈のブラウスのボタンを留める。右足に引っかかったままのショーツは、比奈が自分で引き上げた。

「よかった？　比奈さん」

「え？」

「君も、したかったみたいだから」

露骨に言われて、壱哉の肩を叩くと「痛い」と言われた。

「こ、こんな場所で、もう、しないでくださいね」

「じゃあ、ご飯食べながら二人になりたいなんて、可愛いこと言わないようにね」

壱哉の肩をもう一度叩こうとすると、難なく受け止められた。

「お腹空きすぎて死にそうなんでしょ？　君のコースは結構量が多いから、満足できると思うよ」

壱哉の手がテーブルに置いてあるボタンを押した。ほどなくしてお絞りと一緒に、前菜が運ばれた。

とっても美味しそうだった。

さっそくひと口頬張ると、見た目の通り、すごく美味しかった。

「美味しい！」

「よかった。お腹が空いたまま運動したのも、よかったかもね」

比奈は、そんなことを言ってからかう壱哉を睨む。そして唇を引き締めて言った。

「こんな美味しいお店、他にもたくさん知ってるの？」

「知ってるよ。今度は違う店に行こうか」

「個室じゃなくてもいいから、二人になれる店がいいな」

「お任せを」

誰もが振り返るこのカッコイイ人は、比奈の夫なのだ。

そんな彼と結婚したということは、比奈自身に求められるもののハードルも高くなったが、これでいいのだと思った。

待ち合わせの場所で待っていた彼を、ひと目見た時から、比奈は心が高鳴っていた。

壱哉が恋しくて堪らなかった。

「楽しみにしてます」

この人が好きだ、と比奈は改めて思う。

早く食事を終えて、本当に壱哉を独り占めできる、自分の家に帰りたい。そう思った。

## 新婚生活編

### 一週間後の甘い生活　～ A week later ～

結婚式を終えて、一週間。

ようやく落ち着いてきたと思っていたけれど、パスポートや運転免許証の名前の変更のことを、すっかり忘れていた。新婚旅行までに間に合うだろうか、と比奈は焦った。

今日は仕事の休みを利用して役所に足を運び、戸籍謄本を取りにきた。

移動の途中で何気なく見た戸籍謄本を手にした比奈の歩みが止まる。

「え？」

思わず大きな声を出してしまい、周りの人が振り返った。

比奈は周囲に向かってにこりと笑って軽く会釈する。

それから、近くの椅子に座った比奈は、落ち着いてもう一度戸籍謄本を見直す。壱哉の両親の姓が工藤になっている。どうやら父母の名前も篠原家の両親とは違うようだ。

「あれ……壱哉さんって……」

比奈はまじまじと用紙を眺める。家族として登録されている筆頭者は壱哉で、妻の欄は比奈になっている。そして篠原家に養子として入ったことも書かれていて、比奈は戸惑う。これまで、壱哉からそういったことを聞いたことはなかった。結婚したのだから、どこかのタイミングで教えてくれてもよかったのに。この事実を知ったら、比奈の気持ちが変わるとでも考えていたのだろうか。それならそれで、少し寂しい。

しばらく呆然と用紙を眺めていたけれど、一人で考えていても仕方ないと思い、おもむろに立ち上がる。

「とりあえず今はパスポート！」

ひとまずパスポートを作りに行くことにした。新婚旅行は三週間後。今日のうちに手続きを済ませなければ。

何とか無事パスポートの手続きを終えた比奈は、いまだに壱哉の出生のことが気になっていた。

まるで、見てはいけないものを見てしまったような気分だった。戸籍を見る限りは、壱哉は篠原家の養子で、比奈はその養子縁組した息子の妻、ということになる。壱哉の下の弟妹、健三や浩二、愛はこのことを知っているのだろうか。そして、壱哉の本当の両親は、どんな人なのだろうか。

比奈は壱哉と知り合った当初から、壱哉のことを幼馴染(おさななじみ)の健三のお兄さんと思っていた。けれど実際は、健三と壱哉は兄弟ではなかったようだ。比奈は健三の義姉になったのだと思っていたけれど、厳密には違う間柄だったらしい。一気にいろいろな情報が押し寄せ、比奈は自分の中では処理しきれず、頭がパンクしそうだった。

壱哉は今日も仕事に行っている。朝、何事もなく送り出した彼は出掛けに「今日は早く帰る」と言っていた。彼の帰りを待って、思い切って聞いてみよう。そう考えたけれど、いてもたってもいられない気分だ。

「いきなり会いに行ったら、迷惑だよね……」

そう思いながらも比奈の足は、壱哉の会社へ向かっていた。

役所の建物を出ると、日射しがまぶしかった。日傘をさして、自分の髪の毛を鬱陶(うっとう)しく感じながら歩き出す。

いつの間にか、胸の辺りまでだった髪の毛が、随分長くなっている。

壱哉と再会した時より、十センチ近く長いだろう。再会から結婚まで、あっという間だったように感じていたけれど、時間は確かに経っているのだ。その間に壱哉と比奈はより強く心の奥底で結びつき、心から望んで結婚した。

大丈夫、こんなことくらいで自分たちの絆は揺らがない。

確信を胸にした比奈は、いつの間にか壱哉のところへ向かって駆け出していた。

☆　☆　☆

「いつ見ても、大きくて立派な会社」

バスを降りて、五分ほど歩いたところに、壱哉の会社はある。見上げたビルはとても大きくて、まるでホテルのような外観をしている。比奈は壱哉と付き合い始めるまで、このビルをセレブが泊まる高級ホテルだと思っていたくらいだ。

「このうちの一部が会社ってわけじゃなくて、全部が壱哉さんの会社、なのよね」

独り言を呟いて、ハンカチで額の汗を拭う。

日傘をたたんで中に入り、大理石のようにピカピカの床を歩く。天井は高く、目の前にはエスカレーターが設置された開放的な空間が広がっている。さすが外資系だと、つくづく感心してしまう。

比奈はこれまで、何度か会社の前までは、壱哉と一緒に訪れたことがあった。けれどこうして一人で中に入るのは、今日が初めて。自分が場違いな服装をしていないか、そればかりが気になり、肩身の狭い思いだった。

しばらくウロウロして、やっと受付らしき場所を見つけ、そこにいた女性に話しかける。

「あの、すみません。篠原壱哉を呼んでいただくことはできますか？」

「篠原とは、篠原支社長のことでしょうか？　本日はお約束か何かですか？」

「え？　いえ、アポイントは特に入れていません」

首を傾げる受付の女性を前に、比奈は突然訪ねてしまったことが、恥ずかしくなり、いたたまれない気持ちになる。

「失礼ですが、篠原とは面識がおありでいらっしゃいますか？」

「家族の者です。でも、あの……忙しいなら、別に……」

「ご家族様、ですか？　妹さんですか？」

「……あ、はい。そう、妹です」

困った比奈が首を傾げて笑うと、受付の女性は電話の受話器を取って、どこかに連絡し始めた。壱哉に繋いでくれるのだろうか。

比奈は咄嗟に「妹」と答えてしまったことで、すっかり全身の力が抜け切っていた。わざわざ会社まで来たのに、何をやっているのだろうか。どうして「妻です」と言えなかったのだろうか。そして壱哉がこのことを知ったら、どう思うだろうか、と。

「あの、やっぱりいいです！　家に帰って話しますので……」

受付の女性が、きょとんとした顔でじっと比奈を見る。慌てた比奈は、にこりと笑って、言った。

「兄と、きちんと家に帰って話します」

またも「兄」なんて言ってしまった自分を、「本当にバカ！」と心の中で叱った。

何一つ上手（うま）く言えなかった比奈は、諦（あきら）めて帰ることに決めた。応対してくれた受付の女性に、にこりと笑みを向けて軽く会釈（えしゃく）する。

さっと踵（きびす）を返して、出口へ向かって歩き出したその時、後ろから呼び止められる。

「あの、お待ちください」

後ろから、受付の女性が追いかけてくる。カウンターに隠れてわからなかったが、とても洗練されたスーツを着ている。いかにも大企業で働くOLという感じで、とても素敵だった。比べて比奈は、ふんわりとした白のワンピースに、足元はピンクのローヒールの楽なサンダル姿。ヒールの高いパンプスで颯爽（さっそう）と走る彼女を見るにつけ、ますます場違いな気がしてきて、少し悲しくなった。

「篠原は会議中のため、代わりの者が向かっているそうですので。こちらで少しお待ちください」

にこりと笑ったその人は、顔立ちも美しく、耳元に光る控えめなピアスがよく似合っていた。壱哉はこんな素敵な人たちに囲まれて、毎日働いているのだ。何だか気後れしてしまう。

優しい受付の女性に促(うなが)され、ロビーのソファで待たせてもらうことにした。ゆったりとした一人掛けのソファに腰かける。

「ここでお待ちください」

比奈は落ち着かず、キョロキョロと辺りを見回した。

「それにしても、本当に豪華で綺麗な会社」

呟いて周りを見ると、どの人も洗練されたスーツを着ていた。年配の男性も、ナイスミドルという感じでどこかおしゃれで、比奈は結婚式に来ていた壱哉の友人たちを思い出す。壱哉の会社の同僚や近しい人たちは、その誰もが素敵な服を着て列席してくれた。壱哉の同期の宮川も普段はかけている眼鏡を外し、素敵なカクテルドレスを着て列席してくれた。式当日に会った時も美人だなと思ったけれど、こんな一流企業で働いているのだ。洗練された身のこなしやファッションも、社員として必要なスキルの一つなのかもしれない。

「こんにちは」

しばらく待っていると、後ろから声をかけられ、振り向くと宮川がいた。いかにも働く女性、デキる女性という感じで、ビシッとスーツを着こなし、高いヒールのパンプスを履いている。

比奈の顔を見た宮川は、噴き出すように笑って、目の前のソファに座る。

「篠原の妹さんが来てるって、そう聞いたのに」

足を組んで、まだ笑いが止まらない様子で比奈を見る。

「妹さんですか？　って聞かれたから思わず……」

「そうだったのね」

そう言って宮川はポケットからスマホを取り出し、番号を押した。

「ああ、もしもし、篠原？　黒くて長い髪の毛の、大きな猫さんだったわ。受付で妹か？　って聞かれて、返事しちゃったみたい。出てこれる？　……そう、わかった」

スマホをしまった宮川は、再び比奈に、にこりと笑いかける。

「受付の人から『妹さんが来てます』って聞いたんだけど、篠原の妹の愛ちゃんは、今は仕事で日本にいないって聞いてたから変だと思ったのよね。で、どんな人？　って聞いたら、目が大きくて髪の毛が長い女性です、って言うからピンときたの。それで、篠原は会議中だったし、私が代わりに来たの」

そうしてまた宮川が笑った。

「どう見ても、比奈さんは妹に見えないわ。篠原と似てないもの」

先ほどの戸籍謄本のことがあったからか、何気ない一言に反応してしまいそうになる。

壱哉と愛にも血の繋がりはないはずだから、それほど似ているということもないのではないか。今までは気にしたこともないようなことが、気になってしまう。

「……愛ちゃんは似てます？」

「そうね、似てるような似てないような、って感じかしら。でも、比奈さんよりは似てる感じ。兄妹だから当たり前か」

真実を知った今でも、比奈もやっぱり壱哉と弟妹は似ていると思う。特に皆、笑った顔が似ているのだ。よく考えてみると、壱哉と他三人の弟妹の目は似ていない。どちらかというと切れ長な感じの健三たちの目とは違い、壱哉はやや大きくて黒眼がちな目をしている。

「篠原は、他の弟妹に比べて、随分目力が強いけどね。そう考えると、比奈さんと篠原って目力があるカップルよね」

宮川がそう言って、じっと比奈を見る。けれど、宮川の視線が比奈の後ろへふっと外れたので、比奈も後ろを振り返った。そこには壱哉が立っていた。

壱哉は比奈の姿を確認して、苦笑している。

「とても妹には見えないな。受付の人も妹には見えないからって戸惑ってたよ。どうして妹なんて言っちゃったの？」

ため息をついて言われたので、比奈は壱哉を見上げた。

「だって、不審に思われてたから咄嗟に……」

「どうして急に来たの？」

「私が来ちゃ、都合でも悪いわけ？」

責められるのに耐えられなくなり、比奈は壱哉を軽く睨んだ。そんな比奈の姿を見て、壱哉が頭を撫でてくる。

「来てもいいから、妹なんて嘘はつかないで。きちんと妻です、って言いなさい。まったく、何で妹とか言われて返事をするんだか。意味がわからない」

「本当よね。この間、結婚式挙げたばかりの新妻なのにねぇ」

不満を漏らす壱哉に、宮川も相槌を打って比奈を見る。

「妻って言葉が出なかったんです、恥ずかしくて。何か他にいい言い方ってないですか？」

比奈が少し拗ねたように言うと、緩く笑いながら宮川が答えた。

「妻しかないわよね、篠原」

壱哉を少し困らせてやろうと企んでいるのだろうか。やけに楽しそうだ。

「後は、嫁？　もしくは英語でワイフ？　自分で自分のこと奥さんです、とは言わないしな」

「そうよねー。そういえば、比奈さん英語の先生でしょ？　恥ずかしいならネイティブな発音で、篠原のワイフって言ってみたら？　それなら恥ずかしさが半減するかも」

「篠原のワイフって可笑しいな。じゃあ、宮川は坂下のワイフ、って感じ？」

宮川の夫もこの会社で働いているのだと、結婚式の時に壱哉から聞いた。壱哉は坂下とも知り合いのようで、先ほどの反撃に出たようだった。今度は壱哉がイキイキしている。

「私のことはいいのよ！」

壱哉が宮川から軽くどつかれて、笑う。

「宮川は『坂下の妻です』とか言うわけ？」

「時と場合によっては言いますよ？　……って、私のことはいいから！」

二人はやけに楽しそうだ。壱哉と宮川は同期だし、本当に普段から仲がいいのだろう。その中に、比奈は入っていけなかった。

そんな二人のやり取りを眺めながら、ここへ来た目的を思い出した。仕事中にあまり時間を取らせても悪いから、手短にどこかで二人で話したいと思うが、なかなか会話のきっかけが掴めない。

どうすることもできず二人をじっと見ていると、それに気付いた壱哉が笑いかけてくれた。

「何か話があって来たんだよね？　どこかで話そうか」

言われて、頷き返した比奈は、宮川に礼を言う。

「宮川さん、ありがとうございました」

比奈が言うと、宮川は首を横に振った。

「いーえ。それじゃ、またね、比奈さん」

比奈に向かってにこりと笑った後、ニヤニヤ笑いながら壱哉を呼び止める。

「篠原、可愛くてしょうがないんでしょ？」

　宮川の言うことに、壱哉はただ笑みを向けただけだった。それから宮川はヒールの音を響かせ、颯爽と去っていった。

「比奈さん、何か急な用事があったの？」

「あ、いや、あの……急な用事じゃなくて。家に帰ってからでもよかったんだけど……」

　面と向かって聞かれると口ごもってしまう。

「ここでできる話？」

　壱哉はにこりと笑って比奈に尋ねた。何だか上手く切り出せず、心がくじけた比奈は「やっぱりいい」と帰ろうとした。けれど壱哉に腕を掴まれる。

「やっぱりいい、っていうような用事なら、ここまで来なかったでしょ？　どうした？」

　壱哉が言ったので、比奈は思い切って言った。

「……今日、戸籍謄本を取りに行ったんだけど……」

「戸籍謄本？　ああ、そうか、パスポートの……」

　壱哉は何かを察したようだ。

「僕の親のことだね？」

　比奈が瞬きをすると、壱哉はわかったような顔をした。その顔からは、何を考えているのかは読みとれず、比奈の胸には不安な気持ちが広がっていった。この人は、事実を話す気がないのかもしれない。

「まだ仕事中だし、家に帰って話そうか。よかったら、家まで送らせるけど」

比奈が気付かなければ、死ぬまで話さなかったのかもしれない。そう思うと、少し腹が立った。

「いいです。一人で帰れますから」

比奈は壱哉の腕を避けるように一歩引いて言った。それに気付いてか、壱哉は比奈の手をぐっと掴(つか)んだ。けれど、すぐに離してくれる。

「何か怒ってる？」

壱哉の言葉に、比奈は首を横に振る。

比奈は何も知らなかったし、教えてもらってもない。夫婦になるのだから、隠し事をしなくてもよいのではないか。普通は教えてくれるのではないか。そんな思いを胸に抱きながら壱哉を見る。

「……どうして、教えてくれなかったの？」

「ちゃんと話そうと思ってたよ」

「嘘」

「本当だよ」

壱哉の言葉を信じる気になれず、比奈は首を横に振った。

「絶対、嘘」

そう言い切った比奈に、壱哉はため息を吐き、「それでどうしたいの？」と言いたげな目を向けてくる。

「僕は、嘘なんてついてない」

壱哉がもう一度、比奈に触れようとしたので、比奈は反射的に一歩身体を引いた。

「壱哉さんのバカ！　どうして教えてくれなかったの！」

壱哉に言うと、比奈を見てまた、ため息を吐く。

「そうだね。僕が悪かった」

自分が悪いと認めた。

冷静に言う、その言い方が気に食わなくて、比奈は壱哉に背を向けた。けれど、すぐに壱哉に手を掴（つか）まれ、向き合うように戻される。

「今日は早く帰るから」

「それ、朝も聞きました」

比奈は手を解いて、今度こそ壱哉に背を向けて歩き出す。

後ろから、壱哉のため息が聞こえたような気がしたけれど、比奈は構わず無視して会社を出て行った。

建物を出たところで、比奈は壱哉の勤めるビルを仰ぎ見る。

壱哉はこんな大きな会社の支社長なのだ。自分とは感覚も生活も、本来は相容れない人物なのかもしれない。仕事も相当忙しいだろう。もしかしたら本当に話しそびれただけで、近いうちに打ち明けてくれたのかもしれない。それに結婚式までほとんど期間がなかったから、本当に話す時間がなかっただけかもしれない。

けれど、それでも、やっぱり話してほしかった。それくらいの時間は、作れたのではないか。壱哉は自分のことを、心の奥底では信頼してくれていないのではないか。小さな不安はどんどん肥大していき、やがて比奈の心に暗い影を落とす。

日射しは相変わらず強かったけれど、日傘をさすのなんて忘れていた。

☆　☆　☆

「おい、比奈、帰らなくていいのかよ？　もう十時だぜ？」

健三から言われて、店にかかっている時計を見る。

壱哉の会社から出た直後、動揺する気持ちを一人で抱えきれず、すぐに健三に電話をした。すると会ってくれると言ったので、待ち合わせの時間まで比奈はウィンドウショッピングをしたりして時間を潰した。

そうして午後六時に健三と待ち合わせ、食事をしながらお酒を飲んだ。今夜はヤケ酒だ。

「健三は、どうしてすぐ私を家に帰そうとするわけ？」

「だってさ、壱兄心配してるぜ？」

「心配すればいいんだ。って言うか健三も嫌い。知ってたんなら教えてよ！」

健三の肩を叩くと「痛いな」と言って比奈を恨めしそうに見る。

「そんなこと、俺から話すわけないだろ？　夫婦なんだから、話してると思ってたしさ」

「そうだったの？　まだ結婚式を挙げてから一週間しか経ってないし、入籍したのは一ヶ月前だけど、忙しくてゆっくり話す時間もなかったんだもん」

思い切って健三に打ち明けてみたら、呆気ないほどすぐに「知ってたよ」という言葉が返ってきた。

壱哉と比奈が結婚することが決まった時に、弟妹には知らせていたらしい。

「急に話したいことがあるって集められて、家族会議だったよ。でもまぁ、壱兄は壱兄だし、俺らの兄ちゃんに変わりないから。聞いた時は多少驚いたけど、そう言われれば壱兄だけ顔立ちが違って男前だし頭もいいし、それに性格も落ち着いてるし。一人だけ飛び抜けてできがいい感じ？　そうは言っても俺らと似てるところもあるし、まったく血が繋がっていないわけじゃないからな。血縁上は、従兄(いとこ)にあたるわけだから」

どうして同じ時に、比奈にも話してくれなかったのだろう。比奈だって壱哉と家族になることが、その時すでに決まっていたのに。何だか自分だけ蚊帳(かや)の外のようで、寂しい。

「そんなに怒るなよ。壱兄だって、きちんと話すつもりだったと思うぜ、比奈には」

「そんなの嘘」

「自分の奥さんにさぁ、嘘ついてどうすんだよ。いずれどこかのタイミングでわかることなのに」

「わかんないよ？　壱哉さんだし」

比奈が言うと、健三は黙ってため息を吐く。

「お前、壱兄のこと信じらんないの？　何度も言うけど、お前、結婚したんだろ？　壱兄にとっては、なんて言うか、本当の意味で家族になった人だろ？」

健三は真面目な顔で比奈を見る。

「だってさ、篠原家に養子にきてからも、小学生の頃は静養のために祖母さんの家に預けられてたし、中学からは全寮制の学校、大学も一人暮らし。壱兄は大学の時から、ほとんど家に帰ってこなかった。別に俺らが嫌いってわけじゃないと思うけど、もしかしたら少し遠慮してたのかもしれない。……全部、推測だけどさ」

言われてみれば、壱哉は確かにそうだった。比奈は自分が中学生の頃を思い出す。あの頃、壱哉は大学生で、そう遠くない場所に住んでいたにもかかわらず、帰ってくるのは半年に一回程度だった。大学を卒業して就職してからは、会社のプログラムで一年間留学したりもしていた。

よく考えてみると、家族と一緒に住んでいた期間は、ものすごく短い。

「だからさ、怒らずに家に帰れよ」

壱哉の会社を出た後、比奈は怒りにまかせてスマホの電源を落としていた。もしかしたら壱哉は、比奈に何度も電話をかけたかもしれない。

健三の言葉を聞いて、少し頭の冷えた比奈は、冷静さを取り戻し始めていた。壱哉のことを非難する前に、自分がもっと壱哉のことを信じなければ。自分は壱哉の妻なのだから。

「わかった。でも、もう少し飲んでから」

すぐに素直に健三の言葉を受け入れる気にはなれない。だから比奈は、せめてもの抵抗をした。

健三はため息を吐いて「わかったよ」と言ったきり、それ以上追及はしてこなかった。

これまで壱哉とは、喧嘩らしい喧嘩なんてしたことはない。でも、今回のことをうやむやにはしたくない。きちんと話してほしかった。第一、戸籍謄本なんかで、壱哉の本当の両親を知りたくなんてなかった。きちんと彼の口から聞きたかった。

時間は午後十時を過ぎている。壱哉は今日「早く帰る」と言っていたから、きっと心配しているだろう。

そんなことを考えながら、比奈は飲み物を口に含んだ。

『好きだから話してほしかった』

ただそれだけなのに、なかなか素直になれなくて——

比奈はグラスを傾けながら、壱哉の顔を思い浮かべた。

☆　☆　☆

気が付けば酒が進んでいた。

結構、飲んでしまったらしい。少しふらつく足取りで、比奈は健三と店を出た。

「大丈夫か？　送ろうか？」

「大丈夫だって」

比奈がそう言ったのに、健三は「やっぱり送る」と言って譲らない。

足元は覚束ないけれど、意識ははっきりしている、と比奈は思っているが、もしかしたら相当酔っ払っているのかもしれない。けれど、それさえも、どうでもいいような気がしていた。

「健三、私を送っていったら終電がなくなるよ？」

「そん時は、泊めてもらおうかな」

ははは、と笑いながらそう言う健三の明るい笑顔を見て、比奈は素直に厚意に甘えることにした。

二人でタクシーに乗り込み、色とりどりのネオンを眺めていると、酒の効果も手伝ってか、眠気が襲ってきた。それでも何とか起きてようと頑張った。ほどなく家の前に着き、タクシーを降りる。先ほどまで眠たかったのに、これから壱哉に会うことへの緊張からかパッチリと目が覚めた。

「相変わらず、お前の家ってすごいよな」

「私のじゃなくて、壱哉さんの家だもん」

比奈が拗ねた口調で言うと「あのな」と呆れた口調で健三が言う。

「壱兄の家はお前の家なの。それに、戸籍のことだって、そんなに怒るなよ。壱兄がお前のことを大切に思ってるのは明らかだし、傷つけようと思って言わなかったわけでもないだろうし。比奈もわかってるだろ?」

確かに比奈も自覚している。比奈は壱哉に大切にされていると思う。だから何も言わず頷いた。

「俺のスマホの着信履歴見る? 壱兄からの着信だらけ。探し回ってたんだろ。心配してるぜ」

そう言って着信歴を数え上げ「七件だよ」と呟いた。一緒にいる確証のない健三にさえ七件の着信を残していたのだ。もしかしたら牧田など、他の友人にも迷惑をかけてしまっているかもしれない。何より、壱哉に心配をかけていることは明らかだ。そう思うと、少しでも早く家に帰らなくてはと思い、おもむろに歩き出す。

「ふらついてるから、上まで送る」

心配して脇を支えてくれた健三の腕を、振りほどくなんてできなくて、比奈は素直に従った。玄関口のオートロックを開け、中に入ってからエレベーターのボタンを押す。そうしてエレベーターを降りて暗証番号と鍵を差し込み、やっと自宅のドアを開ける。

「おかえり」

比奈がドアを開けると、壱哉が立っていた。すでにスーツから私服に着替えている彼は、比奈の顔を見て小さくため息を吐く。

「壱兄、ごめんな、結構飲ませた」

「悪い」と言った健三に、壱哉は「いいよ」と軽く答えた。

比奈は二人に構わず靴を脱いで上がり、リビングへ向かった。

しばらくして玄関のドアが閉まる音を聞き、一人分の足音が聞こえてきた。比奈はソファに座ったまま俯き、リビングに入ってくる壱哉の顔を見られなかった。

「もう、寝る？」

壱哉から言われて顔を見上げると、壱哉は何の表情も浮かべずに比奈を見ていた。

「え……何も話してくれないの？」

「今は僕も頭に血が上っている。昼間の話の続きは、明日にしないか」

いつもよりもきつめの口調で、壱哉が怒っているのを感じた。けれど比奈はここでは引けない。

「少しは心配した？」

比奈が言うと、壱哉は傍までやって来た。そうして比奈を見下ろして、視線を合わせる。

「心配したか？　って？」

壱哉は比奈の身体をソファに強く押しつけて、一方の手で比奈の頬を包んだ。口調とは裏腹に、頬に触れた手はとても優しかった。

「ものすごく心配した。昼間のこともあったし、帰ってこなかったらどうしようかと怖かった。遊びに行くなとは言わないけど、スマホの電源を切るのはやめてくれないか？本当に、参る」

真剣な顔でそう言われ、比奈は驚いた。いつもは余裕のある壱哉の姿ばかりを見ているから、こんな風に自分を心配してくれるなんて思わなかった。

「そんなに、思ってくれてるなんて……わからなかった」

「思ってるよ。大切な、比奈さんのことだから」

ソファに押しつけていた手の力を緩め、壱哉はため息を吐く。

「それにしても、頼ったのが健三だったのは悔しい」

「健三は友達だし、壱哉さんの弟じゃないですか」

「でも、比奈さんは昔、健三のことが好きだった」

「昔は、でしょ？　今は、壱哉さんが好き。壱哉さんと結婚したの」

比奈が言うと、ようやく少しだけ笑った壱哉が、比奈の両頬を包んだ。

「だから腹が立つ。どんな悩みも、夫の僕に一番に言ってほしいのに。きちんと話すつもりだった話も、きっと健三からもう聞いてしまったんだろう？」

壱哉が比奈の目を真っ直ぐに見て言ったので、壱哉は本当に比奈と向き合って本当の両親のことを話すつもりだったのだ、と理解した。

「ごめんなさい」

比奈が言うと、壱哉がそのまま顔を近づけてきた。唇を重ねられたけれど、比奈はその胸を押して、首を横に振る。

「今日は、やだ。お酒飲んでるし」

逃れようとしたけれど、壱哉は構わず再び唇を重ねる。そうしてキスが深くなっていくのを感じていると、酔いも手伝ってか、身体から力が抜けていった。

「明日は？」

壱哉はいったん唇を離し、比奈の首元に顔を埋める。

「講義はないけど、午前中、一度……っ」

鎖骨を舐められて、比奈は上手く喋れなかった。壱哉の大きな手が、比奈の胸の辺りを彷徨う。

「明日の夜は大丈夫？」

キスをして、首筋に顔を埋められて、服の上から少し胸の辺りに触れられただけなのに、比奈はすでに息が上がっている。酒の効果もあってか、心臓の音がうるさい。

比奈が答えないのを見て、壱哉の手がさほど大きくない比奈の胸を服の上から揉んだ。

「大丈……夫。壱哉さん、や……だ」

やっとそれだけ言うと、一度軽くキスをされ、水音を立てて離れていった。

「……っあ、待って、ここ、嫌」

「ベッドで、でしょ？」

壱哉は軽々と比奈を抱き上げる。その間も何度もキスをしながら、器用に寝室のドアを開けて歩いていく。比奈は、あっという間にベッドまで運ばれていた。

そして、すぐに比奈は押し倒され、気が付くと壱哉に組み敷かれていた。もう、逃れることはできない。

「壱哉さん、いつもこう」

「何が？」

「言い合いになった時とか、いつも壱哉さん……っ」

「前もそうだった」と思いながら抗議するが、壱哉の手は構わず比奈の服の中に入ってきた。比奈は壱哉を遮る。

「お互いに好きだし、仲直りには最適の行為だと思うけど」

「怒ってるの？」

比奈が言うと、壱哉は視線を合わせて少し乱暴に服を脱がせた。

「怒って悪い？　僕の話も聞かないで、健三なんか頼って。会社で手を振り解かれた時、僕がどう思ったか、比奈さんはまったくわかってない」

そう言って身体の上に体重をかけられ、壱哉の身体の重みを感じる。心地いい重み。それから息もつけないようなキスをされ、その間も胸を愛撫される。ショーツの中に手を入れられて、比奈は唇を離してこもった息を吐いた。

「……っは……っあ！」

やっと声を出せた。

壱哉の腕に縋って、どうにか壱哉の名前を呼んだ。

「何？」

「嫉妬してくれたの？」

比奈は彼の腕を掴んでいた手を頬にやって、頬を軽く撫でた。

「君が昔好きだった男に、嫉妬して悪い？　だいたい、君が好きな男は誰だ？　結婚までした男は？」

ショーツを脱がされて、少し強く足を開かされる。その間に壱哉も、自分のズボンを脱ぎ去った。

「言って、比奈」

強く言われて、本当に嫉妬しているのを感じて、比奈は思わず笑った。

こんなに思ってくれていることが嬉しい。もう戸籍のことを教えてくれなかったことも、どうでもいい。

「もっとして……」

比奈が言うと、壱哉は呼吸を荒くしながらこちらを見ている。

「もっと嫉妬して。私を見て。好きよ、壱哉さん」

酔いの効果も手伝って、素直に言葉が出た。

「戸籍なんて、どうでもいい。本当に、好きよ、壱哉さん」

比奈が言うと、壱哉が息を吐き出すように笑いながら「まったく」と言って、比奈の膝に両手を置いた。

「こんなに煽られたのは初めてだ。君は天才、比奈」

そう言ってから、比奈の中に壱哉が早急に押し入る。比奈はそれに思わず息を止めた。大きくのけ反る。声にならない息を吐き出すことしかできなかった。

壱哉は比奈の中に入った後、身体を強く揺さぶった。その行為に、上手く息を吐き出せなくて、苦しくて、それをどうにか伝えた。

「もっ……と、ゆっくり、して……っ」

「却下」

息を吐き出しながら言った壱哉の顔を見る。久しぶりに彼の余裕のない顔を見て、比奈は満足して目を閉じた。

彼のそんな姿を見られるだけで、比奈は本当に満足してしまうのだ。ゲンキンな自分が可笑(おか)しい。

さらに身体の向きを変えられて、今度は比奈が壱哉の上に乗るような体位になった。壱哉が比奈の身体を起こす。

「完全な裸より、服を着たままの方がいやらしい」

下から見上げられて、比奈は自分の足をスカートで隠す。そして上半身も胸の辺りをかき合わせた。

「隠さないで、手を退けて」

比奈が首を横に振ると、下から軽く突き上げられて、声が出る。

「動いて、比奈」

「できな……っ」

できるわけなんかない、と思う。比奈は奔放(ほんぽう)な質(たち)ではないから、そういうことは上手(うま)くできない。何より、壱哉しか知らないから、動いてと言われてもやり方がわからないのだ。

「じゃあ、そのままでいて」

比奈は壱哉がすることを受け入れて、何度も高い声を上げた。

壱哉も身体を起こし、抱き合うような体勢で何度も身体を揺らされる。

しばらくすると身体が痛いほど抱きしめられ、それと同時に動きが止まり、そして背を軽く撫(な)でられた。

「黙って家出は、しないで。いい？」

壱哉が荒い呼吸の合間に言った言葉に、比奈は素直に頷いた。

そうしてキスをされて、額(ひたい)を合わせられる。

「家出なんて、この前のミラと一緒みたいなことは、やめて」

一週間前、飼い猫のミラが家出をしてしまい、壱哉と深夜まで探したことがあったのだ。マンションの外に出てしまったのかもしれないと、方々を捜し歩いた結果、結局はマンションの中にいたらしく、管理人が抱えてつれてきてくれた。

その時のことを思い出した比奈は、何だかくすぐったい気持ちになって笑い、壱哉の肩に腕を回した。

しばらくそうしていると、もう一度身体を押し倒され、ベッドにあお向けになる。

次は優しくゆっくりと愛されて、比奈は絶え間なく声を上げることになった。

☆　☆　☆

翌朝、比奈は目を覚まし、隣に手を伸ばしたが空を切るばかりだった。

ダブルベッドの隣にはすでに壱哉はいなくて、比奈は身体を起こした。

どうやら壱哉は出社した後のようだ。

そう考えていたところで髪の毛の辺りから何かが落ちたのに気付き、視線をそちらに移すと、比奈の好きな花がベッドの上に落ちていた。

淡いピンク色のラナンキュラス。

それを拾って、近くに置いてあったガウンを着てから、リビングに行くと、テーブルの上にはブーケが置いてあった。

淡いピンクと、赤のラナンキュラスだった。

たぶん壱哉が、昨日買ってきてくれたのだろう。花束を贈って謝罪なんて、そんなロマンティックなことをする人だったのか、と少し驚いた。

頭から落ちたラナンキュラスに唇を寄せると、比奈の顔には自然に笑みが浮かんだ。

『明日の夜は大丈夫？』

ラナンキュラスのブーケを持ち上げ、花の香りを胸いっぱいに吸い込む。

昨日は結構夜遅くまで起きていて、壱哉から愛されて、ちょっと疲れている。職場に少しだけ顔を出すだけで帰って来れるのだから、少し頑張れば済む。自分のことを奮い立たせ、ブーケを持って立ち上がった。

ブーケを花瓶に飾り、テーブルの上に置き、比奈も身支度を整える。

「待ってるね、壱哉さん」

花をもらって嬉しくない人なんていない。比奈は花に指で触れながら、壱哉のことを思って話しかけた。

しっとりとした柔らかな花弁の感触を感じて、ふと視線を外に移す。

壱哉が開けていったのだろう窓から、爽やかな風が通り過ぎた。

こんな、ささやかだけど幸せな壱哉との日々が愛おしい。

これからもこうして二人、時を重ねていきたい。

ずっと、永遠に――

Lipstick

The complete

〔番外編〕

# 幸せのその先に

『今日は早く帰れそうにない。ごめん、比奈さん』

川島改め、篠原比奈の夫は、篠原壱哉という。

彼は大変忙しい人だ。外資系大企業の日本支社長だから、というだけではない。支社長と兼任で本社の副社長に就任したことで、企業改革を進めたり、様々な契約内容を見直したりしているからだ。

会社の経営状況は上向きのようだが、細かな内容でどうしても目をつむれない箇所があるらしく、会議や書類仕事がたくさんあるらしい。

『いつも遅くなったり、帰ってこられなかったりして悪いと思っている。きちんと埋め合わせはするから。絶対に』

埋め合わせと言われても、それはいつなのかと思う。むしろ、気を遣わなくていいよ、と言いたいけれど、電話の場合、ありがとう、くらいしか言えなかった。

夫婦となったのだから、きちんと顔を合わせてそういう話をしたいと思う。

前に一度別れを経験したからか、壱哉は二人でいる時間、とことん比奈を甘やかし、優しくしてくれる。でもそれは、気を遣ってそうしてるわけじゃない。

そんなこと聞かずとも、本心から甘やかしてくれているのだと知っている。

自分だってもう、昔のままの比奈ではないのだから。

彼の仕事は、比奈の仕事よりもセンシティブな部分が多いため、大変なことが多いとわかっている。

「いつまでも、キャンキャン文句言うわけないし……それに私だって仕事をしてるからすれ違ってるんだし……。でも、会いたいんだけど、壱哉さん……」

辛い別れがあって、またよりを戻して。よりを戻してからは、すぐに結婚を決めた。

それに迷いはなかったし、もう二度と彼の手を離したくない自分がいた。

もっと二人の時間があれば、こういうモヤモヤもないのではないか。

一緒に住んだら、二人で過ごす時間も増えると思っていたのだが、なかなかそう簡単にはいかないようだ。

壱哉は優秀な人だから、と彼の周りにいる友人たちは口を揃えて言う。だからこそ、日本支社以外の仕事も任されたりするし、出張も多い。

そんな中で、壱哉のアメリカでの勤務が決まった。もちろん比奈は付いて行くし、すでに勤務先にも急なことだが仕事を辞めることになった、と伝えている。

「会って、話がしたいなぁ……絶対的にコミュニケーションが不足している気がする」

比奈はいつも、彼のことを考えているようだ。

もう結婚をしたのだし、いつまでも壱哉への熱をこんなに持ち続けるのは、どうなのかと思う時もある。初めて出会った時から数えたら、すでに十年以上経つのに、となんだか気恥ずかしくもなるけれど。

今日は、塾講師の仕事が午前中で終わり、どこにも寄ることなく早く帰宅してしまったから、延々とこういうことを考えてしまうのだろう。

しかも週末ということもあり、明日は休みだ。

「これからのことを考えないとね、前向きに。っていうか、ガムテープ買ってくればよかったな。ここに越して来た時にはあったのに、見当たらなくなってしまったし」

もう少しやらなければならないことに目を向けて、それから壱哉に、もっと話したいと言おう。二人の時間が足りないからって、クヨクヨ考えてはいけない。

そう思いながら、今日の朝できなかった洗濯をするために、比奈は立ち上がるのだった。

とりあえず今できることを、と考えながら。

☆　☆　☆

比奈がいろいろと考えていたその日、壱哉はいつもの時間より、早く帰宅した。

最近は夜遅くまで仕事をしているから、どんなに早くても夜の九時半くらいの帰宅だったのに、今日は七時に帰って来た。

「お帰りなさい、今日はすごく早かったね」

比奈が驚きながら玄関まで迎えに行くと、壱哉は苦笑した。

「いつも帰りが遅いから、この時間に帰ると驚かせてしまうね。今日は、比奈さんが早い時間に帰ってきているから、僕もできるだけ早目に帰宅できるよう頑張ってみた」

靴を脱いで、それをシューズボックスに入れると、肩を落とすように大きく息を吐き、比奈を片手で軽く抱きしめた。

「遅いのが当たり前になっててごめん。ただいま、比奈さん」

そう言った後、すぐに手を離し、彼はリビングへ向かった。

彼の表情を見る限り、なんだか疲れてそうだと比奈は感じる。

今日のご飯は、鶏肉のグリルステーキと温野菜のサラダとコーンスープ。だけど、もっと胃に優しいものを作った方がいいだろうかと考える。

「壱哉さん、疲れてる？　今日はお肉にしたんだけど、もう少しあっさりしたものにしようか？」

比奈が壱哉を追いかけてリビングへ行くと、彼は上着を脱いでソファーに座ったところだった。彼は比奈の言葉を聞き、首を横に振る。

「肉って、なんの肉？」

「あ……チキンなの。グリルステーキで、少し油を落とした感じにしたんだけど、大丈夫？」

彼は笑顔で頷き、髪の毛をかき上げる。

「そういうのが食べたかったんだ。ちょっとガッツリ系がよくて。今日はご飯もしっかり食べたいし、肉のお代わりもしたい気分だな」

壱哉がこんなことを言うなんて意外だった。彼は比奈と違って普通か、少食に感じる。ステーキ二枚なんて、かなりのボリュームになるのだが。

「壱哉さんがそんなことを言うなんて……珍しいですね？　いつもは、私より食べないのに」

「君は結構食べるでしょ。比べたらダメだよ比奈さん」

呆れたように言われ、比奈は一瞬口を尖らせる。そうしたら、その唇に壱哉が軽くキスをした。

「着替えたら食べさせて、奥さん」

素敵でカッコイイ顔をした彼に、間近で言われたら、もちろん頷くしかない。

比奈の好きな人は、非常に整った顔立ちをしているので、お願いされると、はい以外、何も言えなくなる。

それも、彼に恋をしている証拠なのだ。そう思うと、ちょっと悔しいけど。

「わかりました。ご飯いつもより大盛りで用意するから」

「ありがとう、じゃあ、着替えてくる」

そう言って上着とブリーフケースを持って立ち上がった背中を見送る。上着を脱ぐと余計に、彼のスタイルの良さがわかって、カッコイイと思う。

彼の服の下なんて、何度も見ている。なのに、些細なことですぐに心臓が跳ね上がる比奈は、まだまだ夫婦初心者だと感じた。

比奈は気を取り直し、テーブルに料理を並べ、彼のご飯をいつもより多くよそった。二人で食卓に着き、食事をする前に、いただきます、と言って箸を付ける。

「私たち、絶対的コミュニケーション不足と思わない？　壱哉さん」

比奈が思い切って言うと、壱哉は一度目を閉じ、小さくため息をついた。

「わかってる。これからのこと、何も話せていないからね。急に転勤が決まって、比奈さんも仕事を辞めざるを得ないというのに……」

と、言いながら、壱哉は本当にお腹が空いていたのか、ご飯を食べる速度が速い。

「でも、どうにか、仕事に目途がつきそう。ストレスのせいか、今日はずっとお腹が空いていて……お酒も飲みたい気分で……。でも、ようやく君との時間が持てて嬉しい」

ストレスのせいか、というその通りの様子に、比奈は大丈夫なのかな、と心配になる。

「壱哉さん、大丈夫？　心も身体も疲れ切ってるみたい」

「大丈夫、君への埋め合わせもきちんとしたいし」

比奈にとっては嬉しい言葉だが、彼が身体を壊しては元も子もないのだと、壱哉はわかっているのだろうか。

「でもね！　壱哉さんが体調を崩したら、私不幸になるんだからね！　埋め合わせなんて、いつでもいいの！」

ちょっと怒った風に比奈が言うと、彼はしばし箸を止め、驚いた様子で比奈を見た。

それから可笑しそうに笑い、その表情のまま、比奈を見つめる。

「成長したなぁ、比奈さん。前は仕事で会えなかったり、すれ違ったりすると、いつも頬を膨らませていたのに。それはそれで可愛かったけど、今の怒った顔も、いいね。好きだよ」

臆面もなく好きだよ、と言う壱哉に、比奈はほんのり顔を赤くしてしまう。

だが、そうではなくて、と気を取り直して彼に言った。

「好きなのは私もだから。だから余計に心配してるの。そりゃ、成長するに決まってるじゃない。好きな人と一緒にいるために、大人の階段上ってるの！」

比奈はご飯をかき込み、お肉を頬張った。その様子を見ていた夫の壱哉も、再度食べ始める。

「でも、比奈さんは子供なわけじゃないよね？」

「それはもちろんです。子供に見えるの？」

「見えないから、できれば今日、ベッドで比奈さんを抱きたいんですが。きちんとお風呂に入って、少しテレビを見て、今後のことを話し合って。それから、というスケジュールですが、どうでしょう？」

そういうラブな時間に、スケジュールを立てるのはどうかと思うのだが。

「壱哉さん心身共に疲れてるんじゃない？　だからそんな変なこと言ったりするんだ。今日はこれからのことを少し話をして、早く寝た方がいいと思うんだけど」

コーンスープをスプーンですくいながら言うと、そうかもしれないけどね、と彼もスープを飲み始める。

「やっぱり好きな人の隣に寝ると、男としてはね……比奈さん」

暗に今日はセックスします、と言って、彼はにっこりと笑った。

「これからの話、するのよね？」

「するよ。きちんとしないといけないことだ。これからのことだしね」

「絶対よ」

「約束する。でもその後は、さっき言ったスケジュール通りでいいよね？」

そう、念を押されて、比奈は眉を寄せた。けれど、確かに彼とベッドでというのは久しぶりだ。といっても、一週間と少ししか間を空けていないけれど。

普通の新婚が、どれくらいの頻度でするのかよくわからないが、比奈と壱哉は一ヶ月に二回程度。たぶん少ない方ではないかと思う。

だが、それだけで愛の深さや好きの深さが測れるわけではない。少ない回数の中で、比奈は彼からたっぷりと愛されている。

だから今日もそうなるだろう。

「わかりました、いいよ、壱哉さん」

「じゃあ、よろしく。ご飯食べたら、先にお風呂にどうぞ」

そう言って壱哉は食事を再開する。本当に大盛りにしたご飯をペロッと平らげ、珍しくお代わりをした。

「ほんとに今日はどうしたの？　いい食べっぷり」

「今日はランチを食べ損ねてね……途中でおにぎりを一個食べたけど、足りなくて」

クスッと笑って、お代わりしたご飯を口に入れる。

「ご飯、美味しいです？」

「美味しいよ、いつも」

いつも、という言葉が嬉しいけれど、本当なのかなと思ってしまう。だけど、美味しいと言って食べてくれるのはありがたい。

今度はもっと美味しい物を作りたいと思った。

比奈は、明日のご飯は何にしよう、と考えながら、これから話し合いたいことを頭の中で整理するのだった。

☆　☆　☆

食事を終えて、二人とも入浴を済ませると、並んでソファーに座る。

壱哉はさすがに、後からくる食べすぎ症状に、眉を寄せていた。

「食べすぎたな……お風呂入ってなんとかちょっと落ち着いたけど……」

「そうよね……壱哉さんにしては、かなり食べてたし……」

夜にコーヒーは、と思ったが、胃の働きが少しは促進されるだろうと出す。彼は、ゆっくりとコーヒーを飲み始めた。

「君と同じくらい食べた気がするのに……比奈さんは平気そうだ。若いせいもあるのかな？」

そう言ってフッと笑った彼を見る。

もともとたくさん食べる比奈だが、今日の壱哉は比奈よりも食べていたと思う。

「私より食べたんだから、苦しいに決まってますよ、壱哉さん。それより、今後のこと、話していいですか？」

比奈は紅茶を入れたカップに口を付けてから、彼に向き直る。

「これから住むところって、決まってるの？」

「決まってるよ。会社が用意してくれた場所になる」

決まっているのなら早く伝えてほしかったと思うが、忙しい彼とはこのところずっとすれ違ってばかりだったのでしょうがない。

「どんなところですか？」

「会社の近くにアパートを用意してくれた。このマンションよりかなり広くなるよ」

比奈はパチクリ瞬(まばた)きをした。

自分の知識では、アメリカのアパートとは、日本で言うところのマンションである。ここより広いとなると、めちゃくちゃ家賃が高い気がするのだが。

「でも、家賃は……」

「会社が借り上げてるから、家賃は心配しないでいい。ついでに家電やベッドもアパートに付いているから、持っていけないものをリストアップして、倉庫に預けないといけない」

会社の借り上げなんて、びっくりした。

さすが世界の優良企業と言われるだけのことはある。比奈は実際にアメリカに住んだことがないので、どんなものかはわからないけれど。

「場所はどこですか？」

「マンハッタン」

コーヒーを飲みながらあっさり言われた言葉に、クラッときた。

だって、そこはどう考えたってお金持ちの住むところだから。

「私、そんないいトコロに住める奥さんじゃないんですケド……」

「会社から近い場所を借り上げてくれただけ。僕だって、普通に日本の和菓子屋の息子だけれど、一応はアースリーの副社長だから、ってところだろう。ドアマンのいる、セキュリティのしっかりしたアパートなんだ。家電は付いているけど、布団なんかは持って行こうかと思ってる。ただ……きちんと届くか心配だな。できるだけ、余裕を持っていった方がよさそう」

ただ頷くことしかできず、黙って紅茶を口にする。

比奈はドアマンが付いているアパートなんて知らない。まるでホテルみたいだ、と思いながら、これから住むところを想像する。

今住んでいるマンションも充分に広いのだが、これより広いなんて、いったいどれくらいなんだろう。

たとえば、アメリカのお金持ちが飼っている犬が、自由に遊べるくらいの広さだろうか。だとしたら、慣れるまで落ち着かなさそうだ。

「聞く限り、すごく、お金持ちっぽくて……庶民には過ぎた家なのでは、と思ってしまうんだけど……」

「そうかもしれないけど、会社がそこに住めって言うからね。電車での出勤を考えていたんだけど、無理やり用意された……僕も君と同じ気持ちだよ」

半分飲んだところで、壱哉はコーヒーをテーブルに置いた。

「僕の仕事は落ち着いたから、これから引っ越しの荷造りをしていこうと思う。比奈さんはウチに引っ越して間もないのに、申し訳ないと思うよ。食器も二人で揃えたのにね……お揃いのマグカップも」

そう言って彼は比奈が手にしているマグカップを見た。

一緒に住むために必要なものを買い出しに行った時、ふと目に付いたお揃いのマグカップ。シンプルで軽くて、どこにでもあるデザインだったが、気に入って購入した。

『こんな普通のカップでいいの？　もっと好きなデザインが他にあるかもしれないよ？』

壱哉からそう言われたけれど、比奈は首を横に振って、これがいいと言ったのだ。

特別素敵なデザインではないし、ありふれたものだが、これが一番いい気がした。

実際使いやすいし、彼も手に取るとしっくりくると言っていた。いい買い物をしたと、二人で満足したのを覚えている。

「向こうに行っても、いろいろ一緒に揃えるものはあるだろうし、このマグカップも持っていく。確かに、引っ越して間もないけど、私は今度こそ、壱哉さんに付いて行くって、決めたから」

彼に付いて行けなかった苦い過去を思い出し、比奈は紅茶の入ったカップを見る。カップの中で揺れる紅茶を見て、大きく息を吐き出した。それから彼を見る。

「私は、今度こそ、好きな人の手を離さないって、決めてます」

壱哉を真っ直ぐ見つめると、彼は比奈の頬を撫(な)でて微笑んだ。

それから、比奈のカップを優しく奪い、テーブルに置いた後、頬にキスをした。

「僕も同じ気持ちだ、比奈」

反対の頬にもキスをして、最後に唇へキスをする。啄(ついば)むように短いキスをして、もう一度同じことを繰り返しながら、比奈の身体を抱き寄せた。

彼が比奈の唇を割り、隙間からゆっくりと舌を入れてくる。

「はぁ……っん」

鼻にかかった甘い吐息を出すと、壱哉が体重をかけてくる。比奈は手を付いて、彼の重みを受け止めつつ、ソファーに背を沈めた。

このソファーの値段は聞いたことがないけれど、とても座り心地がよく、気持ちいいほど二人分の体重を受け止めてくれた。

微かに軋んだ音を立てるそれが、これからの時間を予感させる。

「あ……っ」

息継ぎのために開いた唇から、甘い声を出してしまう。

けれど、そんな声を出したのは、キスのせいだけではなく、彼がパジャマの上から胸に触れ、揉み上げたからだ。

服越しに胸の先端を探られ、摘まれると下半身に快感が響く。

「久しぶりだ……君は柔らかい」

そう言って彼はキスを深め、パジャマの下に手を入れ、直に胸に触れてくる。もうすでに感じて尖った胸の先が、敏感に震えた気がした。

ゆっくりと、水音を立てて唇を離した壱哉を見上げると、彼は目を閉じて小さく息を吐いた。

「僕は、君を幸せにできているだろうか……せっかく二人で暮らし始めても、また転勤になってしまった。今回は別れないにしても、君に負担をかけることになる」

比奈の前髪をかき分けながら言われた言葉に対し、比奈はただ彼の背に手を回し、その指先に力を入れた。

「あの時は、まだ……私が、いろいろ決心できるほど大人ではなかっただけ。今も、そう変わらないけど、でも……壱哉さんのことが好きだから、大好きだから、どんなことがあっても一緒にいたい」

一度別れたことは、お互いの中でまだ小さなしこりとなって残っている。

でも、いつかそれがなくなるくらい、ずっと一緒に、互いを大事にして暮らしていきたいと思う。

「向こうでやりたいことを見つけてもいいし、変化を楽しんでいければ、って思ってます。それに、なんと言っても、二人で幸せになりたい」

比奈の言葉に壱哉はフッと笑った。それから、彼の手が少し強く比奈の胸を揉む。

「あん……っ！」

「僕も同じ気持ちだ。君がずっと一緒にいてくれたら、心強い」

パジャマの裾（すそ）を首元まで押し上げた。寝る前は下着を着けない比奈は、一気に露（あら）わになった胸を見る。感じて尖っている先端に、彼の唇が近づき、まるで食べられるみたいに口に含まれた。

「は……っあ！」

彼が比奈の膝を割り、自身の身体を割り込ませる。下半身に感じる強い疼（うず）きが、快感だとわかる。

膝に力が入り、彼の身体をキュッと強く挟み込んでしまう。

比奈は自分の中から、愛液が溢れてくるのを自覚した。皮膚を伝う感覚があり、ただ胸を愛撫されているだけだというのに、すでに壱哉を受け入れるべく反応している。

濡れた音を立てて片方の乳房を吸い、反対の乳房も同じようにされ、尖りを舌先で転がされた。

「胸、ばかり……っん！」

「下も、触る？」

クスッと、揶揄するように耳元で言われて、ムッとして眉を寄せた。

「触らなくて、いいですよ」

そう言うと、彼は苦笑いをして、また耳元に唇を寄せる。

「すみません、比奈さん。触りたいです、触らせてください」

こういう時に、丁寧な言葉を使うのは、相変わらずだ。比奈が下唇を噛むと、小さなキスをされて、彼の手がパジャマのズボンの中に入ってくる。

「……っ」

「下着が、濡れてる」

そう言いながらショーツの上を指先でなぞる。何度かそうされた後、クロッチをずらして、壱哉の指先が比奈の秘めた部分を撫でた。

「あ……っあ……っ」

「ヤバいな、その声。まだ愛撫もそこそこなのに、入れてしまいたくなるよ、比奈」

比奈、と呼ぶ声が掠れていた。

彼が比奈の下半身に自身の反応しているモノを軽く押し付ける。

ストイックな外見をした壱哉が、熱い息を吐きながら、比奈の身体で興奮している姿は、とても色っぽい。もうすでに硬くなっている部分に手を伸ばし、その形に触れると、さらに硬く反応を示した。

「い、れたい？」

「そんな甘い声で言われると、今すぐにでも突き上げたくなるね」

少し余裕を残しているのか、彼は笑った。そして、比奈の入り口を撫でていた指を、濡れた音を立てながら中へと侵入させる。

「ふ……っあ！」

彼が比奈の中に指を入れた途端、身体の中からさらに愛液が溢れた気がした。

ショーツが一気に濡れて、もう穿けないだろうとわかってしまうほどに。

「君の中、すごいな……」

彼が指を抜き、ズボンと一緒に比奈の下着を脱がせる。

それらを床に落とし、比奈の両膝を大きく割り広げた。秘めた部分が彼の目の前に晒され、比奈は恥ずかしくて顔を横に向けた。

「はずか、し……」

顔を赤くしながら言うと、彼は足の付け根を撫(な)でた。

「そんな顔は、ただ僕を煽(あお)るだけだ。ゴムなしでいい？」

聞かなくてもいいのに、と思いながら比奈は頷いた。

壱哉は自分のスウェットを、下着と共に下げる。彼の反応しきったモノが出てきた。

確かな質量を持った自身に手を添え、比奈の隙間にあてがう。

「……っは……あ！」

比奈の中に、彼の昂(たかぶ)ったモノが少し性急に入ってくる。何も付けていない彼は、いつもより大きく、少し圧迫感を覚えた。

「大き……い……っあ！」

グッと腰を押し付けられ、壱哉が比奈の一番奥深いところまで入ってくる。そこで一度、強く突き上げられた。なんとも言えない快感が身体中に広がり、比奈は彼を締め付けながらすぐに達してしまう。

「あ……あ……ダメ……」

身体が震え、彼の背を強く抱きしめる。

「すごい締め付けだね、まったく……君は、どれだけ僕を夢中にさせるんだか」

イッたばかりの比奈の身体は、敏感になっていた。けれど、それに構うことなく、壱哉は腰を前後に動かし始める。

激しく中を出入りする彼のモノに比奈の内部は擦られ、それがまたなんとも言えない気持ち良さを呼び起こす。

「まだ……っあ！　きもち、い……っ」

自然と口から出てきた気持ちいいという言葉。

舌足らずに言いながら、彼の背をギュッと抱きしめると、深く突き上げられたまま腰を左右に揺り動かされた。

「僕も、イイよ、比奈」

目を開けると、壱哉の色っぽくも気持ち良さそうな、それでいて苦し気に見える表情が、視界に飛び込んでくる。それに堪らなくなった。

この人は比奈のもので、比奈の身体と繋がってこうなっているのだと思うと、嬉しくて幸せだった。

「壱哉さん、好き……大好き……っ」

夢中でそう言うと、彼はさらに強く腰を突き上げて、比奈の身体をより一層揺さぶってきた。互いの皮膚が当たる乾いた音が聞こえ、壱哉の額に汗が滲むのが見える。

何度も何度も比奈の身体を揺らしていた壱哉が、眉間を寄せ、比奈の身体を抱き上げた。

向かい合うような体勢になったところで、彼は小さく呻き声を上げる。

「……っん！」

は、と息を吐き出し、比奈の身体を強く抱きしめながら何度か強く突き上げる。

彼は比奈の中に自分の欲望を吐き出し、動きを止めた。

「比奈……」

名を呼び、彼は比奈に口づける。唇が腫れるのではないかと思うくらい強く吸われ、舌を転がされる。

「は……っん」

ゆっくりと濡れた音を立て、呑み込み切れない唾液が唇の端を伝った。それを舌先ですくい取りながら、彼は比奈の身体をソファーに倒す。

比奈と身体を繋げたまま、彼は大きく深呼吸した。

互いに忙しない呼吸を繰り返す。でも、比奈の中で彼は力を取り戻しつつあった。

「壱哉さん、硬く、なった……」

「このまま、もう一度したい……けど、次は、ベッドかな」

そう言って苦笑したかと思うと、壱哉は再度比奈を抱き上げ、身体を繋げたまま寝室へと向かう。

こんなことをされてしまっては、その振動で比奈は感じてしまうわけで。

「ん……っなか、に響く……から……っ早く」

「わかってる」

短く、焦ったような感じに言った彼は、寝室に行き着くと、すぐに身体をベッドに下ろした。

感じ入ったように唇を塞がれ、何度も唇の角度を変えてキスをする。

息を乱してキスをしながら、壱哉は比奈の身体を断続的に揺らした。

中から溢れるのは愛液なのか、彼が放ったものなのか。

それさえ気持ち良く感じながら、比奈は彼の背を強く抱きしめる。

この満ち足りた時間が幸せで、ただ壱哉と比奈は強く互いを求め合うのだった。

☆　☆　☆

壱哉と抱き合い、そのまま寝てしまった比奈は、日の光を感じて目を覚ます。

「朝……」

はぁ、と一度呼吸をすると、頬に触れてくる人がいる。

隣を見ると、壱哉が比奈の頬を手の甲で撫でていた。

「おはよう、比奈さん」

「……おはよう、壱哉さん」

しっかりエッチなことをした翌朝だからか、何とも照れくささを感じる。何度彼のことを好きだとうわごとのように言っただろう。

「一緒に、風呂に入らない？」

朝からいきなりエッチな提案をされ、比奈は首を横に振る。

「それは、だめ」

「でも、昨日シャワー浴びて寝なかったし、僕は君の中に……」

そこまで言って、彼は苦笑する。

比奈はその言葉と彼の顔を見て、顔を真っ赤にした。

「何を言って……！　私は一人でお風呂に行きます」

「どうして？　君と入りたいな。夫婦なんだからよくない？」

また頬を撫（な）でられ、比奈も首を横に振った。

「壱哉さん、朝からエッチなことを……そんな人でした⁉」

「男だからね。好きな人の身体をずっと眺めていたいね」

クスッと笑ったその顔に、不覚にも比奈の心臓が跳ね上がる。どこまでもイケメンで爽（さわ）やかで、素敵な男。

お風呂に一緒に入ったらナニをするんだろう、と想像してしまう。

こんなことを考えられる朝は幸せだ、と思いながらも、やっぱり葛藤（かっとう）してしまうわけで。

「比奈さん」

壱哉の甘い声に流されてしまいそう。

新婚の波に乗るべきかどうか、悩む比奈だった。

恋愛小説「エタニティブックス」の人気作を漫画化！

EC Eternity COMICS

# 君と出逢って

漫画 柚和 杏 *Anzu Yuwa*

原作 井上美珠 *Miju Inoue*

2020 10/13 出荷予定！

必ず

幸せにします……

どんどん増していく――

あなたからはいつも甘い香りがして好きなんです

訳あって仕事を辞め、充電中の純奈（じゅんな）。独身で彼氏もいないけど、そもそも恋愛に興味なし。別にこのまま一人でも……と思っていた矢先、偶然何度も顔を合わせていたエリート外交官・貴嶺（たかね）と、なぜか結婚前提でお付き合いをすることに！　ハグもキスもその先も、知らないことだらけで戸惑う純奈を貴嶺は優しく包み込み、身も心も愛される幸せを教えてくれて――

B6判　定価：本体640円＋税　ISBN 978-4-434-27987-4

恋愛小説「エタニティブックス」の人気作を漫画化！
EC Eternity COMICS
君が好きだから
漫画 幸村佳苗 Kanae Yukimura
原作 井上美珠 Miju Inoue
僕と結婚しませんか？
あっ…
だめ…っ
しほ…さ…
二十九歳の堤美佳がお見合いで出逢ったのは、エリート育ちのイケメンSPである三ヶ嶋紫峰。平凡な自分では相手にもされないと思ったのに彼から熱いプロポーズを受けて結婚することに！　思いがけず始まった新婚生活は幸せそのもの。だけど、美佳はどうして彼がこんなにも自分を大事にしてくれるのかがわからず、不安にもなって——。お見合い結婚から深い愛が生まれる運命のラブストーリー。
B6判　定価：640円＋税　ISBN 978-4-434-21878-1
君が好きだから
漫画 幸村佳苗 原作 井上美珠
お見合い結婚から はじまる恋
エロきゅん新婚ラブ
エタニティCOMICS

エタニティ文庫

# 恋の病はどんな名医も治せない？

エタニティ文庫・赤

## 君のために僕がいる1～3

井上美珠　　装丁イラスト／おわる

文庫本／定価：本体 640 円＋税

独り酒が趣味の女医の万里緒（まりお）。叔母の勧めでお見合いをするはめになり、居酒屋でその憂さ晴らしをしていた。すると同じ病院に赴任してきたというイケメンに声をかけられる。その数日後お見合いで再会した彼から、猛烈に求婚され⁉　オヤジ系ヒロインに訪れた極上の結婚ストーリー！

※エタニティブックスは大人の女性のための恋愛小説レーベルです。ロゴマークの色で性描写の有無を判断することができます（赤・一定以上の性描写あり、ロゼ・性描写あり、白・性描写なし）。

詳しくは公式サイトにてご確認ください。
https://eternity.alphapolis.co.jp/

携帯サイトはこちらから！

恋愛小説「エタニティブックス」の人気作を漫画化！

EC Eternity COMICS

俺のことが好きなんだよね？

んんっ…

君を見てると
なぜかめちゃくちゃに苛めてやりたくなる

# 天下無敵のI love you

漫画 柚和 杏　原作 桧垣森輪

営業部のエリート課長・央人（ひろと）に片想い中の日菜子（ひなこ）。脈なしだとわかっていても訳あって諦められず、アタックしてはかわされる毎日を送っていた。そんな時、央人と二人きりで飲みにいくチャンスが！　さらにはひょんなことからそのまま一夜を共にしてしまう。するとそれ以来、今まで素っ気なかった央人が、時には甘く、時にはイジワルに迫ってくるようになって――!?

B6判　定価：本体640円＋税　ISBN 978-4-434-26886-1

恋愛小説「エタニティブックス」の人気作を漫画化!
EC
Eternity COMICS
原作
桜朱理
Syuri Sakura
漫画
幸村佳苗
Kanae Yukimura
野良猫は愛に溺れる
野良猫
ぱちゅっ
は…あっ…
野良猫は愛に溺れる
溺愛の檻からは逃れられない
エタニティCOMICS

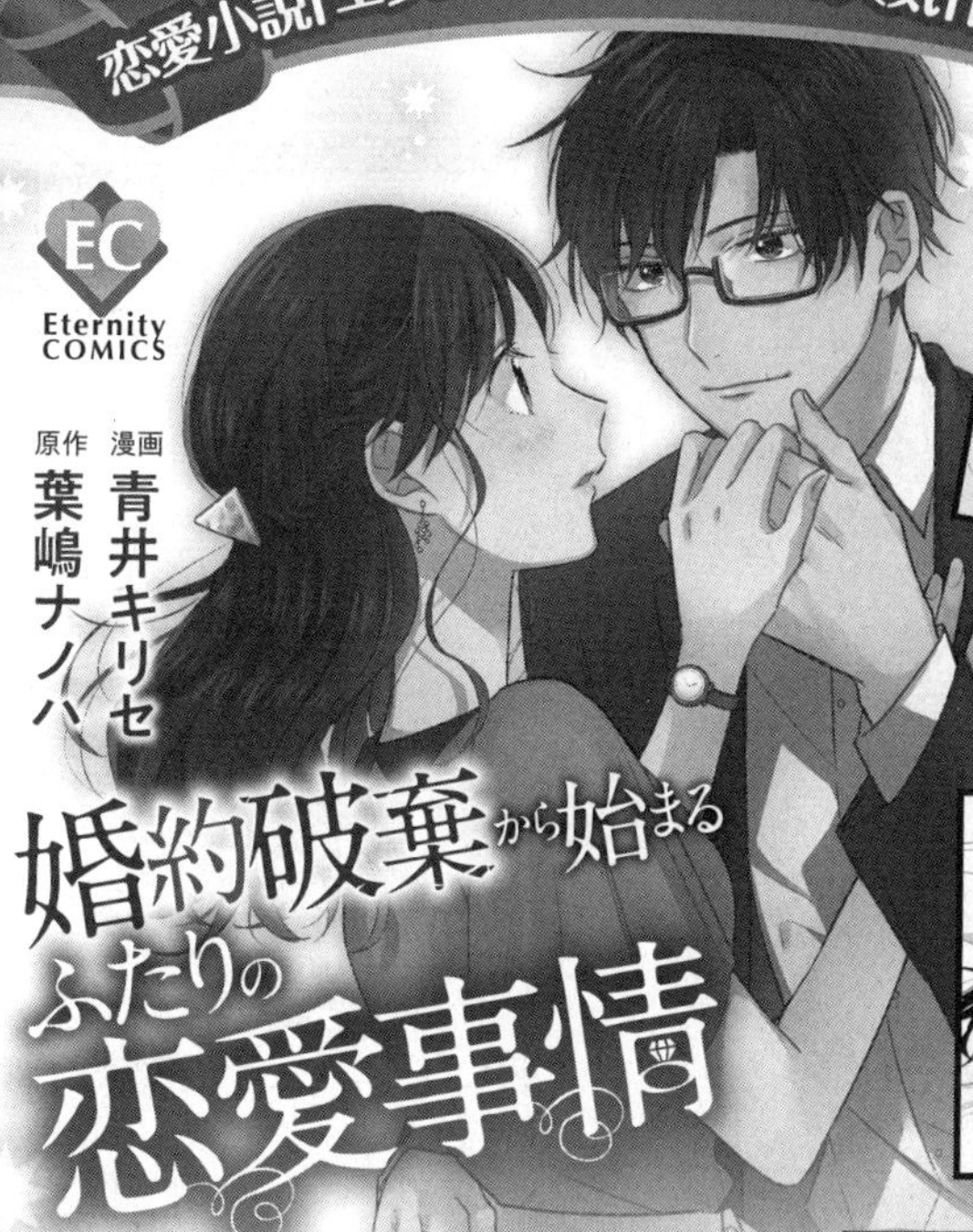

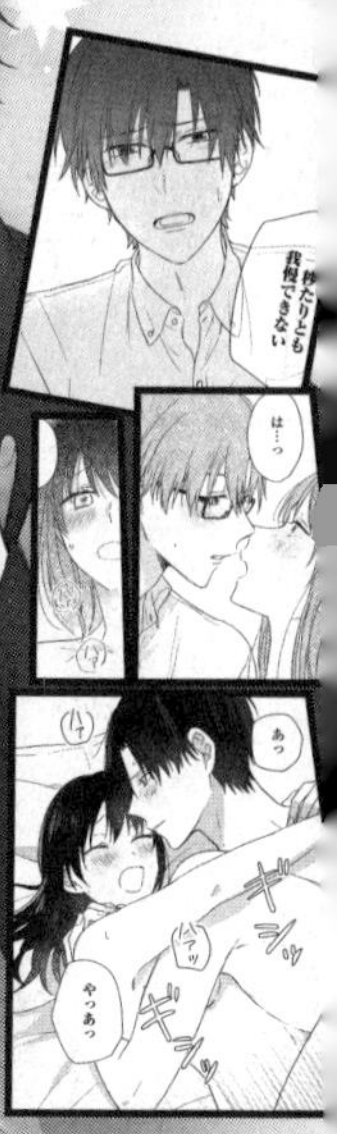

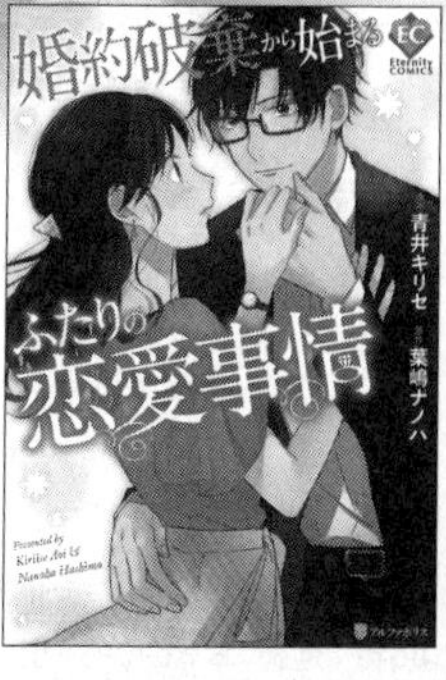

恋愛小説「エタニティブックス」の人気作を漫画化!
EC
Eternity COMICS
旦那様、その『溺愛』は契約内ですか?
Kurono Sawa
漫画 玄野さわ
Kikyo Kaede
原作 桔梗楓
この機会に
俺が君の夫に相応しいかどうかを試してくれ
気持ちいいか?
ぬるぬる滑って…
七菜愛してる
君のペースに合わせて
君を愛そう
生活用品メーカーで働く七菜(なな)に、ある日、とんでもない特命任務が下される。それは新製品モニターとして、鬼上司・鷹沢(たかざわ)と"夫婦"想定で同居すること!? 戸惑いつつも仕事と割り切り、引き受ける七菜。すると、鷹沢からずっと好きだったと告白され、さらには「この同居を通じて、君の夫にふさわしいかも試してほしい」と言われて!?
B6判 定価:本体640円+税 ISBN 978-4-434-27988-1

本書は、2013年7月「リップスティック1」・2013年8月「リップスティック2」として当社より文庫本で刊行されたものに、書き下ろしを加えて再編集したものです。


この作品に対する皆様のご意見・ご感想をお待ちしております。

おハガキ・お手紙は以下の宛先にお送りください。

【宛先】

〒150-6008 東京都渋谷区恵比寿4-20-3 恵比寿ｶﾞｰﾃﾞﾝﾌﾟﾚｲｽﾀﾜｰ 8F
（株）アルファポリス　書籍感想係

メールフォームでのご意見・ご感想は右のＱＲコードから、
あるいは以下のワードで検索をかけてください。

ご感想はこちらから

エタニティ文庫

# 完全版リップスティック

井上美珠

2020年10月15日初版発行

文庫編集－本山由美・宮田可南子
発行者－梶本雄介
発行所－株式会社アルファポリス
〒150-6008 東京都渋谷区恵比寿4-20-3 恵比寿ｶﾞｰﾃﾞﾝﾌﾟﾚｲｽﾀﾜｰ8F
TEL 03-6277-1601（営業） 03-6277-1602（編集）
URL https://www.alphapolis.co.jp/
発売元－株式会社星雲社（共同出版社・流通責任出版社）
〒112-0005 東京都文京区水道1-3-30
TEL 03-3868-3275
装丁イラスト－一夜人見
装丁デザイン－AFTERGLOW
（レーベルフォーマットデザイン―ansyyqdesign）
印刷－中央精版印刷株式会社


ISBN978-4-434-27977-5 C0193